KB115902

첼悟틈 전병훈 수필선집

그
시절
그
사랑

그 시절 그 사랑

1판 1쇄 발행 | 2019년 3월 20일

지은이 | 전병훈
발행인 | 이선우
펴낸곳 | 도서출판 선우미디어

　　등록 | 1997. 8. 7 제305-2014-000020
　　02643 서울시 동대문구 장한로12길 40, 101동 203호
　　☎ 2272-3351, 3352 팩스: 2272-5540
　　sunwoome@hanmail.net
　　Printed in Korea ⓒ 2019. 전병훈

값 13,000원

※ 이 도서의 국립중앙도서관 출판예정도서목록(CIP)은 서지정보유통지원시스템
　　홈페이지(http://seoji.nl.go.kr)와 국가자료공동목록시스템(http://www.nl.go.kr/kolisnet)에서
　　이용하실 수 있습니다.(CIP제어번호:CIP2019010007)

ISBN 978-89-5658-606-9 03810

智悟 전병훈 수필선집

그 시절 그 사랑

선우미디어

책머리에

사랑은 생명의 근원이요, 일생 동안 누리는 사랑의 총화는 탄생과 더불어 만인평등으로 인간에게 주어지는 신의 축복이요 은총이다. 하나, 내면적인 사랑의 색깔과 농도는 사람마다 각양각색이요, 풍기는 삶의 향기 또한 다양한 성싶다.

가난한 농촌 출신으로 어려운 인생역정을 사랑에 인색한 채 앞만 보고 걸어온 내게도 과연 미지근한 사랑의 잔서(殘暑)나마 남아 있으며, 어떤 냄새가 풍길지 궁금하다. 남에게 햇빛 한 줌 전하고 상쾌한 기분을 주는 방향(芳香)이면 좋으련만 걱정이 앞선다.

나의 삶의 굽이굽이를 수필로 조감(照鑑)해 보았다. 생활 속에 묻혀버린 나의 나상(裸像)에서 풍기는 참된 사랑의 의미를 음미하며 그 향기를 찾고 싶었다. 하나, 원체 문재가 둔한 탓에 미흡함만 남는다.

나는 문학의 길의 어려움도 모르는 문외한인 채 늦은 나이에 겁도 없이 한 수필 전문 계간지의 요청으로 ≪나의 삶, 나의 인생≫이라는 주제로 주로 장편 수필을 연재한 바 있다. 이후 발표한 글과 함께 이에 모은다. 비록 부족한 글이나마, 조금은 특이한 인생여정의 기록이 메마른 삶에 지친 상처받은 영혼을 사랑으로 촉촉이 적셔 주고 치유하는 한 줄기 빛이 되었으면 하는 바람이다.

기껏 '바보들의 행진'에 지나지 않는 삶의 모습으로나마 그려 볼 수 있도록 뜨거운 사랑과 열렬한 성원을 베풀어 주신 모든 은인들에게 감사의 증표로 이를 드리고 싶다.

2019년 3월 새봄을 맞으며
智岩 전 병 훈

智慧품 전병훈 수필선집

그 시절 그 사랑

차례

책머리에 …… 4

제1부 나의 통학길

생(生)의 근원(根源) …… 10

갈색과 녹색 …… 14

백(白)과 적(赤) …… 21

만학(晩學)의 애환(哀歡) …… 24

필명(筆名) 낭패(狼狽) …… 33

춘향일야(春鄕一夜) …… 37

나무장수와 나물장수 …… 44

6·25단상(斷想) 2제(二題) …… 56

지팡이 …… 66

나의 통학길 …… 74

제2부 숭조효친(崇祖孝親)의 재음미

진이 안녕 ······ 84

성못길 소묘(素描) ······ 88

성(姓), 그 뿌리와 가지들 ······ 92

서쪽으로 간 까닭은 ······ 96

풀고 가셔야지요 ······ 100

홀로 가는 길섶에 맺는 이슬 ······ 109

불효(不孝)의 변(辯)(1) ······ 115

불효(不孝)의 변(辯)(2) ······ 122

불효(不孝)의 변(辯)(3) ······ 126

숭조효친(崇祖孝親)의 재음미 ······ 130

제3부 Changing Partners

자귀꽃 피는 언덕 ······ 140

심야에 흐르는 눈물 ······ 146

바캉스 산조(散調) ······ 149

친구야, 철쭉 핀 태백에서 호연지기를 ······ 159

무박 3일, 여행은 즐거워 ······ 164

인생은 한판의 경기이련가 ······ 170

남국에 피어나는 연꽃 향 ······ 177

그 시절, 그 사랑 ······ 182

돌이킬 수 없는 후회 ······ 192

Changing Partners ······ 196

제4부 초록 구름을 타고

간산(看山) 낙수(落穗) ······ 204

어떤 비운(悲運) ······ 208

숫자의 마력(魔力), 그 역학적(易學的) 조명(照明) ······ 213

바쁜 삶의 까닭은 ······ 222

캠퍼스 스케치 ······ 231

이름, 그 겉멋과 속맛 ······ 238

감도 따고 님도 보고 ······ 243

3월과 4월, 그리고 5월 이후 ······ 250

나의 병영 생활 ······ 255

초록 구름을 타고 ······ 262

제5부 나비넥타이

꿈이런가 ······ 268

빚 갚기나 하리라 ······ 272

노벨 평화상, 그 빛과 그림자 ······ 278

양호유환(養虎遺患) ······ 283

노량진 ······ 290

어떤 실패한 수필가의 몽상(夢想) ······ 295

이별의 여정(餘情) ······ 299

바보들의 행진 ······ 306

고전(古典)에서 해답을 찾다(3) ······ 315

나비넥타이 ······ 324

제1부

나의 통학길

생(生)의 근원(根源)

먹이를 이고 지고 일렬종대로 끝없이 늘어져 이동하는 불개미 떼를 따라가던 어릴 때 호기심은 그들의 구멍 앞에서 물거품이 되곤 했다. 나무 그늘 아래에서 달콤한 소꿉 살림 꾸리기에 골몰한 신랑의 불알이나 고추 끝을 인정사정없이 물고 늘어진 것은 연분 없는 불장난을 막자는 예방인가, 싹트는 풋정을 초전박살하려는 질투인가. 그때는 괘씸하여 개미구멍을 진흙으로 막아 버리는 화풀이만 했다. 영문 모르는 각시는 사금파리 잡은 손만 떨군 채 옆에서 눈만 멀뚱거린다.

초등학교 가는 비탈길 언덕배기의 땡비[土蜂] 굴은 난공불락의 요새라 겨울방학이라야 벼르고 벼러 며칠을 불 지피며 복수심을 태우기도 했다. 뿐인가, 뒷산 바위 동굴 안에 살고 있는 오소리를 잡는다고 청솔가지 쌓아 연기 피우며 기고만장하던 꼬마들은 불길을 박차고 사생결단으로 뛰쳐나오던 불덩이 오소리에 혼비백산이 되었었지. 아무튼 개미구멍, 땡삐 구멍, 오소리 구멍은 한 시절 좋은 놀잇감이요 놀이터이었다. 오늘의 어떤 어린이용 무협 만화, 비디오테이프, PC 프로그램인들 감히 필적하랴. 실화로 동산의 묘소를 태워 소여물 뿌리고 막걸리잔 올리며 망자와 후손에게 백배사죄하였으나 동구 밖 수호신인 노송과 느티나무 밑 등걸의 펑 뚫린 골다공증의 환부에 모닥불 피워 언 손 녹인 죗값만은 속죄할 길이 없다.

마을 앞을 흐르는 개천에는 돌다리 세 개가 걸려 있다. 두 사람 겨우 나란히 걸어갈 정도의 좁은 길이나, 다리만은 승용차가 지날 만큼 넓고 튼튼한 화강암 통돌이다. 앞을 내다본 선인들의 지혜와 안목이 놀랍다. 당시 이름을 떨치던 마을 한약국 어른의 회갑 기념으로 사재를 들여 헌납한 기념 다리이다. 그중 마을 어귀 가장 큰 다리의 네 귀퉁이에 대각으로 각각 쌍으로 '만년교'와 '萬年橋'라 새긴 비석을 세웠다. 다리 옆에는 2미터 정도 높이의 돌에 '조심하시오'라고 추락 위험에 대한 주의를 환기시키는 친절한 경고문이 음각되어 있다. 절개지 자연 암반에는 시공한 석공의 이름이 새겨져 있다. 명성을 남기려는 것이 아니라 시공에 대한 자부심과 책임감을 밝히는 장인정신의 발로일터, 길이길이 후손에 남을 큰 귀감이다. 한 세기가 족히 지난 오늘까지도 붉고 선명한 이름 세 글자의 단청이 얼마나 고운지 지날 때마다 나의 시력을 훔쳐 간다. 이들 다리를 못내 잊지 못하는 것은 어슴푸레한 추억과 새로워만 지는 풋사랑의 아름다움 때문이다.

제 새끼가 귀여우면 장난기가 동하는 법인가, 가운데 뉘어 놓고 양쪽에 모로 누워 어루만지며 '윗다리, 가운데 다리, 아랫다리'를 오가며 부창부수 번갈아 가며 다리 밑에서 주워 왔다니 가슴이 덜컹 내려앉으며 팔딱거리던 새가슴의 박동이 지금까지도 잊히지 않는다. 차라리 '가운데 다리' 밑의 암반 위에 움푹 파진 '구멍'에서 주워 왔다고 했더라면 총명한 나는 겁을 덜 먹었을 텐데. 훗날 "도라지 도라지 백도라지/ 심심산천의 백도라지/ 어디가 날 데가 없어서/ 쌍바위 틈에 났느냐/ … /

한두 뿌리만 캐어도 대바구니가 처리 철철 넘친다."는 노랫말의 속맛을 깨칠 즈음에야 악몽 같은 두려움이 삶의 운치로 섬광처럼 번쩍하였다. 다리 밑 암반에 깊게 파인 구멍은 7, 8월 벌거벗은 구릿빛 하동들의 사랑을 독차지한 절구였다. 물위에는 절굿공이 풋고추가 두둥실 떠다녔다. 물 흐르는 반석 위를 미끄럼 타고 멱 감으며 붕어, 미꾸라지 잡던 시절은 아직도 추억 속에서 꿈틀대나 함께 노래하고 춤추던 파랑(물)새와 파랑 잠자리는 사라졌다. 한데도 기억의 영상에서는 언제나 나의 꿈이요 삶의 길잡이다.

살아가면서 어려울 때면 초능력적인 힘이 그리울 때가 있다. 여의봉, 여의주, 흥부네 박이 어찌 그리도 부럽던지. 하나, 내게 마음대로 하나만 고르라면 이제는 주저 없이 '구멍'을 택하리라. 구멍만큼 마력이나 신통력, 신비를 가진 게 또 있을까. 구멍은 생명의 모태요 인간의 원초적 욕구를 충족시켜 주는 힘의 원천이다. 아버지 떠난 씨가 어머니의 자궁에서 싹이 트고 생명은 잉태된다. 단추 없는 남성의 팬티 구멍과 구멍 갈무리를 위한 바지의 지퍼(zipper) 고안자는 의류업계 축재의 신화가 된 지 오래이다. 터널과 지하철, 로켓은 시공을 초월하는 현대판 축지법의 표본이요, 경제적 가치창출과 절약의 원동력이다. 골프, 축구, 야구, 농구… 현대 인기 스포츠의 황제(?)들은 하나같이 구멍의 마력으로 부와 명예를 한꺼번에 움켜쥔 행운아들이다. 명산, 길지의 구멍[穴] 하나로 천 년 지난 후손들이 조상의 뼈대를 팔며 콧대를 높이고 부귀영화와 권력을 누리니 손오공의 여의봉이 부러울 게 없다.

하나, 호사(好事)에는 마(魔)도 따르는 것, 구멍의 위력에도 한계는 있다. 홀인원(hole in one)의 환호성에는 '19홀'의 유혹이 있고, 생명의 모태가 패가망신의 화를 부르기도 한다. 잘 나오면(out of the hole; 흑자가 나서) 일확천금이요, 잘못 들어가면(in the hole; 적자가 나서) 파산을 하기는 양(洋)의 동과 서가 마찬가지이다. 명당 길지 혈(穴)을 찾는 지관의 눈이 밝으면 왕후정승이요, 돈에 눈멀면 절손멸문(絶孫滅門)이 된다. 카드놀이에서 홀(hole; 엎어서 주는 첫 장의 패)이 있어 묘미가 있듯이, 인간사에서 우주의 가상적 구멍인 블랙홀(black hole)의 신비만은 호기심과 연구의 대상으로 비밀인 채 영원한 신 개척지(new frontier)로 남아 있었으면 싶다. 생의 마지막 비경(秘境)으로.

갈색과 녹색

갈색은 나의 토양이요 녹색은 나의 자양(滋養)이다. 특히 갈색은 나의 육체를 살찌워 주고 녹색은 나의 마음을 풍요롭게 한다. 만물이 그렇듯이 사람마다 고유의 특징적인 색깔이 있을 성싶다. 어느 한 순간 여름날 소낙비 뒤의 무지개 삭아들 듯 지구상의 모든 색깔이 사라진다면 어떠할까. 순식간에 공포의 생지옥으로 변할 것 같다. 색이 없는 세상을 잠깐만 상상해 봐도 소름이 끼쳐 온다. 색이야말로 생명의 근원이요 인류의 축복이다. 색은 너무도 우리의 생활에 밀접하게 깊숙이 동화되어 우리와 불가분의 일체가 되면서 우리는 새삼 그 존재나 고마움을 잊은 채 살아가고 있다.

넘실대는 쪽빛 바닷물을 박차고 힘차게 치솟는 붉은 아침 태양에서 색에 대한 태고의 신비를 감탄하며, 가을바람에 일렁이는 황금물결의 벌판에서 황색의 장엄함을 찬미할 수 있다는 것은 만인을 위한 신의 은총이다. 색에 대한 개개인의 선호, 선망, 기대, 바람이나 내적 의미는 사람의 얼굴만큼이나 형형색색이리라. 첫아이의 출산을 위한 산고로 몸부림치는 임신부를 싣고 건널목에서 신호대기 중인 겁먹은 예비 아빠에게는 청신호가 들어올 때까지의 불과 몇 초가 1년이요 10년이다. 오륜기와 만국기 펄럭이는 색의 제전에서 올림픽 선수들은 금은동의 색깔에 웃고 운다. 전쟁터에서 선혈을 내뿜으며 절규하는 병사의 가슴에 흐르는 붉은 피는 못다 핀 청춘의 한과 조국 수호의 충혼이 서린다. 크림슨을 교색으로 하는 학교에서 배우고 가르치며 온통 붉은 계통의 색채에 휩싸여 살아가면서도 내가 좋아하는 나의 정신적 색깔은 정작 갈색이요 녹색이다.

나는 닳아 찌든 왕골자리 한 잎이 겨우 깔려 있는 초가 오두막집 황토 방바닥에서 태어나 어머니가 가꾸어 키운 목화나 삼으로 짜서 기워 주신 무명베 삼베옷에 감싸여 자랐다. 나의 맨 손발은 언제나 흙에 절어 있었다. 여름밤엔 풀잎 연기 자욱이 피어오르는 매캐한 모깃불의 매움 속에서 눈물을 삼키고 마당에 멍석 깔고 누워 무수한 밤하늘의 별을 보며 상상의 나래를 펴다 아버지의 팔베개 품에서 짚 부채 바람결에 어느새 사르르 잠이 들었다. 늑대가 어느 집 돼지새끼를 물어 갔다는 와자지껄한 한밤중 한바탕의 동네 소동과 산촌의 적막을 깨뜨리는 개들의 합창 소리에 깨어나 무서움에 떨기도 했다.

나의 몸은 흙에서 자라고 나의 마음은 녹색에서 꿈이 움트고 커 간다. 초등학교 시오리 논틀의 외길 통학에는 뒤꿈치 헐어 터지게 하는 길들지 않은 검정고무신이나 물 묻어 발 삐기 십상인 나막신보다는 맨발이 더 좋다. 뜀박질에도 잔디 동산 뒹굴기에도 모래밭에서 씨름하기나 한쪽 다리 들고 닭싸움하기에도 다 좋았다. 무엇보다도 길가의 목화밭에서 몰래 다래 따 먹다가 숨어 기다리던 주인의 인기척에 겁에 질려 줄행랑치거나, 찌는 여름날 하굣길에 마음만 먹으면 금방이라도 첨벙하고 큰 못으로 뛰어들어 멱 감기에 안성맞춤인 속옷 없는 베잠방이뿐인 반나체 차림새에는 오히려 신발이라는 게 거추장스러울 수밖에 없다. 그래서

이맘때의 아이들은 초여름부터 초가을까지는 맨발로 학교를 다녔다.

입시지옥이나 과외라는 호사스런 말은 싹도 트기 전이요, 한 반에서 기껏 십여 명 진학하는 시골 학교에서 공부라는 게 부담이 될 리 없다. 그저 친구 따라 건성으로 왔다 갔다 하면 된다. 즐거운 것은 여자아이들에게는 공기놀이나 고무줄넘기요, 사내아이들은 진(陣)뺏기나 땅따먹기다. 어쩌다가 돼지오줌통에 입으로 바람 불어 넣은 공이라도 있는 날이면 신이 나서 새끼줄로 칭칭 동여맨 고무신발로 힘껏 내찬다. 공은 코앞에 맥없이 푹 주저앉고 신발짝만 하늘 높이 허공으로 난다.

전날 집어던져 버린 책 보따리만 주워 남학생은 대각선으로, 여학생은 수평으로 등에 질끈 동여매면 학생이 되는 거다. 집에 들면 소 몰고 꼴망태 둘러메고 산으로 들로 달린다. 꼭 일손을 돕기 위해서만도 아니다. 하루 세 끼니조차 이어가기 힘들던 어려운 시절, 간식이나 군것질 거리가 따로 있을 게 없다. 절량농가 신세에 누룽지 눌어붙을 여유도 없지만 부엌문 잡고 침 흘리는 어린것 애처로워 약한 마음에 어쩌다가 한 쪽 건네는 날이면 흥부네마냥 올망졸망 매달린 새끼들 싸움박질 분란만 일으키기 일쑤다.

제 먹을 것은 다 타고난다던가, 산골아이들에게는 허기진 배를 달래주는 자연의 보고인 산과 들, 개울이 있다. 이른 봄의 찔래(순), 삐삐, 잔대뿌리 지나가면 진달래꽃 피고 산딸기 익는다. 여름이면 머루, 다래요 가을이면 개암이 여물고 보리수 열매 붉어진다. 감자묻이, 밀서리, 콩서리는 계절의 별미요, 악의 없는 옥수수 서리나 과일 서리가 애교로 넘어가던 인정이 흐르는 시절이기도 하다. 개울에서는 붕어, 가재 잡고 들판에서는 메뚜기 잡아 모닥불에 구워 먹는다. 겨울이라고 그냥 지나치지는 않는다. 누에고치 삶아 명주실 뽑는 할머니 옆에 아이들이 옹기종기 쪼그려 앉아 어미가 물어 오는 먹이를 다투어 받아먹는 새끼 제비들마냥 번데기 받아먹기에 제 차례 놓칠세라 눈알이 휘둥그렇다. 이런 자연이 주는 천혜의 자양분과 인정을 먹으며 산골아이들의 잔뼈는 굵어 가고 마음은 철이 들어간다.

나의 삶의 밑바탕에는 녹색과 갈색의 두 줄이 깔려 있다. 서로 날줄과 씨줄로 엮이고 때로는 가로세로 교차되어 하나 된 내 삶의 천을 이룬다. 이 두 색이 주종(主從)을 번갈아가면서 나의 삶을 일구어 낸다. 13살에 중학교에 입학하면서 나는 처음으로 양복을 입었다. 어머니가 손수 가꾸신 목화를 쐐기에 먹여 씨앗을 뺀 후 활로 타서 잘 부풀린 면화를 고치로 만 후 물레를 돌려 실을 뽑는다. 바람 없는 따뜻한 어느 겨울날 양지바른 마당에서 풀 먹인 날줄 날아 도투마리에 말아 베틀에 건다. 어둠침침한 호롱불 밑에서 베틀에 올라 졸음에 겨운 눈을 부라리며 밤을 지새우며 던진 북실이 쌓이고 쌓여 가장 날이 고운 백색 목화실과 갈색 목화실을 섞어 가며 한껏 멋 부려 짜낸 요즘말로 천연색 체크무늬인 무명베 원단은 중학입학을 축하하려는 어머니의 정성을 안고 재봉 집에 맡겨졌다. 어머니가 손수 지어 주신 무명베, 삼베 바지저고리로만 감싸여 언제나 배꼽이 나오던 몸뚱이는 재봉틀로 기운 최초의 백색과 갈색 무늬진 멋쟁이 양복을 입고 입학식에서 녹색의 꿈을 가슴에 그린다. 그 뒤 이 옷은 다시 한 번 어머니의 손에 의하여 검정색으로 물들여지고 옷깃이 고쳐져 교복으로 바뀌었다. 지금도 나는 어머니께서 혼숫감으로 손수 짜 주신 삼베 한 필과 직접 짜서 기우신 아버지의 무명베 옷 한 벌을 나의 장롱 밑바닥에 고이 간직하고 있다. 영원한 어머니의 정성과 아버지의 사랑에 대한 증표로.

나의 초록빛 꿈은 전쟁이 할퀴어 교사의 주초만 휑하니 남은 황량한 중학교 교정의 뒷산 잔디밭 노천 수업에서 싹이 트고, 나의 내일의 갈색 꿈을 잉태하면서 봄기운에 능선 따라 피어오르는 아지랑이마냥 날개가 돋아난다. 나의 갈색 꿈은 금융기관 중견 간부, 전문회계인, 교수로 이어져 내려왔다. 나의 정성이 소홀하지 않았기에 내게는 다 소중하다. 그간의 나의 우연찮은 전직(轉職)에서 어느 것 하나 외도라는 생각이 없다. 겉보기에는 바뀌어 왔으나 내면적으로는 경영학이라는 갈색 영역 외길이다.

내게는 갈색과 녹색에 얽힌 유별난 사연이 있다. 돈 벌고 배우고 가르치는 1인 3역으로 갈색의 삶에 몰두하던 시기 한때나마 녹색을 망각한 채 살아왔다. 직업 관계로 요긴할 것 같아 학위를 받을 때 제복사에 맞춘 가운이 학위 수여식 하루 전날 밤에 주문과는 달리 녹색 후드로 배달되었다. 왜 갈색이 아니냐는 반문에 제복사에서는 무엇엔가 홀려 버린 듯한 착각에 난감해했다. 하루만 그대로 사용하면 다시 제작해 주겠다는 간청을 받아들일 수밖에 없었다. 난처했던 나는 얼떨결에 농학박사 학위 가운으로 수여식을 마쳤다. 이 가운을 입고 기념사진을 찍었다. 이때까지만 해도 녹색에 대한 여운으로 마음이 개운치 않았다. 다음으로 어렵게 길러 주시고 가르쳐 주신 어머니의 은혜에 감사드리는 뜻에서 사진을 찍어 드리려고 가운을 벗고 녹색 후드를 손에 쥐는 순간 놀라운 생각이 불현듯 머리를 스쳤다. '이 가운은 제복사의 실수가 아니야. 이 가운은 아버지와 어머니에게 농학박사 학위를 수여해 드리라는 계시야.' 맞다. 그들이 장사를 하루 이틀 한 것도 아니요, 주문서에 자기 손으로 기록한 갈색이 어떻게 녹색으로 둔갑할 수가 있단 말인가. 이틀 뒤에 갈색 후드가 전달되었다. 다시 한 번 정중히 사과를 하면서. "뭘요, 공부(농사일) 열심히 해서 농학박사 학위를 하나 더 받지요."라며 오히려 위로해 주었다. 사실은 대학 진학할 때 농학 공부를 생각해 본 적도 있었다. 농촌 후계자의 핑크색 꿈을 부풀리면서…. 그 이후 이 갈색 후드의 가운을 입고 많은 제자들에게 경영학 학위를 수여했다. 그때마다 제복사의 선견지명에 감탄하며 나는 태생적으로 '갈색'이 아니고, '녹색'이라는 우둔한 만시지탄에 자조한다.

잃어버린 물건은 제 주인의 눈에는 쉽게 띄나 보다. 미국에서의 수학(修學) 시 한국 잔디와 무궁화 꽃을 목격하면서 우리 것에 대한 본능적인 뜨거운 기쁨의 눈물과 함께 뼈저리게 탈취감을 맛보았다. 전쟁의 잿더미 속에서 고사리 손으로 잔디 씨, 무궁화 씨를 모아 그들의 살살 녹는 듯 보드랍게 느껴지던 질 좋은 연필과 매끄럽고 질긴 종이로 바꾸어 들고 좋아라! 하늘을 날던 천진 순박한 내 기분은 그들의 '가든 스테이트' 뉴저지의 잘 꾸며진 정원에서 완전히 추락하고 말았다. 생과 사가 교차하는 절박한 전투상황 하에서도 치밀하게 계획, 추진되는 그들의 자원 수집 정책은 생각만 해도 등골이 오싹해진다. 그들은 우리를 도와주기만 한 것이 아니다. 우리가 사경을 헤매는 틈에 우리의 많은 식물과 동물의 종(種)을 앗아갔고, 심지어는 우리의 글 훈민정음을 연구하기 위하여 그들의 도서관을 찾아야 한다. 남에게 신세진다는 게 이렇게도 사람을 허탈하게 할 줄이야… 나는 다시 한 번 주먹을 불끈 쥐며 나의 갈색 삶에 힘을 솟구쳤다. 보다 강한 나라를 가꾸는 밑거름이 되겠다는 오기를 부리며.

요즘 내게는 다시 녹색에 대한 강한 충동이 일고 있다. 누구든 어느 분야에 종사하든 종국에는 철학자(?)가 된다는 얘기는 들었으나 "누구나 문학인이 된다."는 말을 기억하지 못하는 것이 나의 과문의 탓이었으면 한다. 뻔뻔스러운 국외자의 침입이 용서될 수만 있다면 조용히 지난날을 뒤돌아보며 자신의 삶을 관조하고 음미하면서 나만의 녹색정원을 거닐어 보고 싶다. 다시 한 번 고향의 푸른 언덕에서 황토색 흙냄새 맡으며 각박한 삶의 틈바구니에서 무심히 버려지고 짓밟혀 버린 사색의 이삭들을 하나하나 주워 모아 녹색과 갈색으로 무늬진 구슬로 꿰어 내고 싶다. 문학의 지혜로 이 마지막 꿈이 녹색 밤송이에서 터져 나오는 탐스러운 다갈색의 밤알처럼 여물면 지난날의 나의 자연에 대한 마음의 빚은 일부나마 갚아질 텐데….

백(白)과 적(赤)

손자 진오가 다니는 유치원의 가을 운동회에 조부모 초대로 참석하였다.

'잎새반' 응원석에 자리를 잡은 우리 가족은 자라나는 새싹들의 재롱 잔치에 열띤 응원을 보내며, 파란 하늘 아래 내리쬐는 따스한 햇볕과 우거진 숲에서 바람에 실려 오는 피톤치드 향기를 한껏 마시며 힐링의 초가을 정취를 만끽하였다.

5세, 6세, 7세의 원아 200여 명과 부모들의 공동 잔치에 조부모까지 합세하니 수원 월드컵경기장의 보조 경기장은 열기가 한껏 달아올랐다. 37회란 오랜 연륜에 걸맞게 주최 측에서 준비한 다양한 프로그램이 풍성하게 펼쳐진다. 한데, 각종 경기를 참관하던 중 '백은 적'이라는 생각이 번쩍 뇌리를 스친다. 슬픔이 가슴을 아리게 한다. 응원기만 백색기로 되어 있을 뿐 청색과 대칭되는 백팀의 모든 개별 경기용 소품의 색깔은 적색이 아닌가. 백을 마음 편히 적(홍)으로 사용하는 날이 빨리 오기를 고대한다.

초등학교 시절, 추석이 지난 가을날에는 어김없이 운동회가 개최되었다. 운동장에는 만국기가 펄럭이고 동편과 서편에 설치된 개선문 위에는 깃발이 휘날린다. 전교생은 두 색깔로 구분하여 여학생은 머리띠를 매고, 남학생은 모자를 쓴다. 단체경기의 진행을 위하여 두 편으로 가른 것이다. 한때는 홍군과 청군으로 구분하더니, 언제부터인가 홍군은 백군으로 바뀌었다. 나는 왠지는 몰랐다. 지금은 백팀과 청팀으로 나뉜다. 군이 팀으로 바뀐 것은 우연히도 글로벌 시대의 추세에 걸맞다 하더라도, 홍(적)이 백으로 바뀐 것은 철들어 알게 된 우리의 슬픔이었다.

삼원색(三原色)으로 두 팀의 색깔을 정하는 경우 노랑보다는 빨강과 파랑이 채택될 가능성이 높다. 하나 빨강 앞에 주저하는 것에 우리의 아픔이 있다. 해서 나는 팀의 색깔 결정 근거를 태극기에서 찾고 싶다. 그렇다면 청·홍(적)에서 청·백으로 바뀔 수도 있겠다. 잠깐 태극기의 정신을 음미해 본다. 적은 관용 사랑 용기를, 청은 성실 희망 책임을, 백은 밝음과 순수, 그리고 전통적으로 평화를 사랑하는 우리의 민족성을 상징한다. 태극 문양은 파랑의 음과 빨강의 양의 조화를 상징하는 것으로 우주만물이 음양의 상호작용에 의해 생성·발전하는 대자연의 진리를 형상화한 것이다. 하늘, 땅, 물과 불을 상징하는 건곤감리(乾坤坎離) 4괘는 음과 양이 서로 변화하고 발전하는 모습을 나타내며, 태극을 중심으로 통일의 조화를 이룬다. 색의 특성으로 봐서는 운동경기와는 순수나 밝음을 상징하는 백보다는 정열과 적극성을 나타내는 적이 더 잘 어울릴 것 같다.

선조들의 오랜 생활 속에서 우러나온 지혜와 얼의 결정체인 태극의 문양을 중심으로 만들어진 태극기는 우주와 더불어 끝없이 창조와 번영을 희구하는 우리의 이상을 담고 있다. 오늘의 원아들이 태극기에 담긴 정신을 이어받아 민족의 화합과 통일의 기쁨을 향유하고, 인류의 행복과 평화에 이바지하는 역군으로 성장하기를 기원한다. 그날이 오면 명실 공히 태극의 색깔을 되찾아 백은 다시 홍(적)으로 환원해도 좋을 것이다.

조손(祖孫) 간의 사랑의 끈을 이어 주고 가족의 화목을 도모하는 오늘의 화합의 한마당이 내게는 조손까지 이어지고 있는 우리의 아픔과 염원을 되새기는 계기가 되었다. 적은 청과 더불어 태극에서 고이 간직하고 있는 우리의 고유의 색이다. 결코 파업이나 시위에서 살기 띤 적대감으로 엄습하는 혐오감을 주는 색깔이 아니다. 우리는 무심하게도 적을 너무 홀대해 온 감이 있다. 마음 놓고 자유로이 사용하며 사랑할 수 있을 때까지 가슴깊이 새겨야 한다.

조용히 눈을 감는다. 운동회의 하이라이트, 계주의 결승점이 가까워졌다. 붉은 머리띠를 두른 주자가 파란 머리띠의 주자를 추월하는 순간이다. 맨발로 달리는 트랙 따라 뽀얀 황토 먼지가 비행운처럼 꼬리를 물고, 뜻도 모른 채 목이 터져라 외치는 응원단의 빅토리! 빅토리! V·I·C·T·O·R·Y의 함성이 통일의 염원이 되어 가을 하늘 높이 메아리쳐 간다. 청·백의 응원기가 힘차게 휘날린다. 원아들의 지·덕·체에 새 살이 돋는다.

만학(晩學)의 애환(哀歡)

늦다고 생각할 때가 가장 빠른 것이라고 한다. 하나, 이것은 일의 시작이나 근면을 격려하자는 데 의미를 두고 있는 것이리라. 크게 봐서 배우고 공부하는 데 늦고 빠름이 있으며 무슨 제약이 있느냐 하겠지만, 분명 만학에는 보람과 함께 육체적, 정신적, 시간적 또는 경제적 유형, 무형의 많은 어려움과 부담이 따른다.

생활이 여유로워지고 고학력 사회가 되면서 우리나라에서도 만학의 기회는 높아졌다. 중등교육과 고등교육의 비정규적 학력 인정 과정이 확립된 지 오래며, 평생교육이나 재교육 차원에서 운영되는 대학 및 대학원의 각종 학위 또는 비학위 과정이 최근에 눈에 띄게 많아지고 있다. 삶의 질을 향상시키고 여가를 선용할 수 있는 중앙정부나 지방자치단체 또는 사설의 교육기관, 문화센터 등에서 운영하는 교육과정이 날로 열기를 더해 간다.

나의 만학은 초등학교 입학 전에서부터 싹이 튼다. 이유나 원인을 물어본 바 없지만 자수성가로 가난을 극복하신 아버지의 배움에 대한 갈증과 아들을 통한 대리만족에 거는 기대가 너무 컸거나 아니면 옛것에 대한 집념에서 비롯되었을 성싶다. 집안에 찾아오시는 손님들과 취학을 앞둔 몇 년 전부터 나누는 대화는 늘 사라져 가는 서당(書堂)에 대한 말씀이었다. 질곡에서 해방된 기쁨도, 신교육의 오랜 정착에도 아랑곳없이 초등학교 취학에는 뜻이 없으셨다. 덕분에 친구들이 학교 다닐 때 1년을 족히 집에서 빈둥거리며 놀았다. 인근의 서당은 다 문을 닫았고 수소문한 아주 먼 곳까지는 어린놈을 떼어 보내기가 여의찮으셨는지 결국 다음 해 초등학교에 들어가게 되었다. 절묘한 기회가 되었음직한 간접적인 인연은 그로부터 꼭 25년 후에 내게 찾아 왔다. 나는 1940년대 말까지 서당의 훈장으로 고향과 가문에 대한 긍지를 지켜 오신 박팽년 중시조의 17대 손(孫)인 한학자(漢學者)의 4남 4녀 중 일곱 번째인 막내딸을 배우자로 맞았다. 하마터면 '딸 도둑놈'으로 매는 더 맞았을지 모르지만 아마도 '글세'는 감면 좀 받았을 텐데 하는 아쉬움이 남는다. 아버지께서 찾으시던 보물을 아들이 종국에는 찾아내고야 말았으나 지나친 실기(失機)였다. 하나, 이것은 인생에는 인(因)과 연(緣) 못지않게 시기(時機)가 중요함을 터득케 하는 큰 깨우침을 주었다.

나의 초등학교 입학은 취학절차에 의한 학기 초의 정규입학이 아니라 학기 중간의 2학년에 월반 편입학이었다. 어느 날 아버지의 부탁을 받은 분을 따라 시오리 가량 떨어진 초등학교 교장실에 갔다. 우선 생전 처음 보는 교실 6개의 교사인 큰 집과 넓은 운동장에 질려 몸 둘 바를 몰랐다. 지시에 따라 작은 흑판에 생전 처음 쥐어 본 분필로 이름이며, 몇 가지 말(단어), 숫자를 쓰는 나의 손은 사시나무 떨듯 흔들렸고, 새가슴은 마냥 뛰기만 했다. 결과는 합격이었다. 해방 직후 한시적으로 문맹퇴치를 위해 운영되었던 연령 제한 없는 공민학교에 누나 따라 몇 달 다니며 뒷전에서 배운 실력이 큰 효험을 본 것이다.

등교 첫 날 첫 시간에 처음 뵙는 선생님으로부터 두 손바닥을 대나무 막대기로 열 대나 맞았다. 열 번째 나의 복창은 거의 모깃소리만큼이나 목안으로 기어들어 갔으나, 흐르는 눈물은 첫 번째의 열 배는 넘었던 것으로 기억된다. 마침 복도에서 누군가 치던 풍금 소리에 잠시 정신을 빼앗기고 서 있는 내게 교실 안내를 재촉하며 "임마, 뭐 봐. 그 안에 사람이 들어가 노래하는 거야."라던 옆집 선배의 능청스런 친절, 그 새까만 거짓말을 오랫동안 고마움으로 간직했었다. 겁에 질린 채 들어간 교실의 칠판에는 간단한 '샘본' 문제 10개가 적혀 있었다. 성도 이름도 모르는 생면부지의 옆자리 친구가 하는 짓을 슬금슬금 훔쳐보며 공책에 그대로 옮겨 적었다. 아니 그렸다는 표현이 더 좋겠다. 나는 그때까지 글씨 쓰는 요령을 배운 일이 없었으니까. 옆의 친구는 손가락을 굽히거니 펴거니 하면서 무엇인가를 더 적고 있으나 나는 속수무책이다. 나는 종(縱)으로 쓰여 있는 두 줄씩의 숫자의 의미며, 더구나 옆구리에 붙여진 +나 −의 의미도, 무엇을 하라는 것인지도 모른다. 얼마 후 회수된 나의 공책에는 큼직한 '동그라미' 하나가 그려져 돌아왔으며, 드디어 입학선물을 받으러 앞으로 불려나갔다.

이름 좋아 월반이지 1학년의 과정을 구경하지 못한 나는 4학년이 되어서야 기초가 제물에 잡혔다. 최초로 받은 100점짜리 시험지를 들고 '옆집 선배'를 찾아 쉬는 시간에 넓은 운동장을 한 바퀴 날듯이 뛰었다. 지난날의 '풍금 소리의 친절'에 앙갚음하기 위해서였는지, 그냥 자랑을 하기 위해서였는지는 모르겠다.

아무튼 월반 덕분으로 나의 최초의 만학은 나를 대학의 학부까지 최연소 연령으로 정규 교육을 마칠 수 있게 했다. 그러나 나는 값진 교훈을 얻었다. 기초나 기본이 생략되는 '초급 월반'은 절대 반대요, 인생은 월

반이나 속성보다는 반복이나 보습(補習)에 의하여 더 풍요로워진다는 만고의 진리를. 그래서인지 나의 인생길에서는 slow slow, quick quick 보다는 slow slow, steady steady가 더 빛을 발한다. 단지 언제나 서툰 나의 dancing step을 제외하고는 말이다.

첫 단추를 잘못 끼운 탓인지 나의 만학 증세는 어느새 고질화되어 버렸다. 이번에는 스스로 선택하는 만학의 길로 접어든다. 선무당이 생사람 잡는단다. 학부 시절 기초도 제대로 터득하지 못한 풋내기 경영학도들의 끝없는 잔디밭 입씨름에는 의견도 생각들도 많았다. '경영학은 이론과 실무가 겸비되어야 한다.' '학부에서 배운 이론에 10년 이상 실무를 쌓은 후에 더 새로운 이론적인 연구를 하는 것이 좋다.' '실무와 이론을 겸비한 박사 학위자는 적어도 45세 이상의 인생경륜은 있어야 한다.' 등으로 국가고시 준비로 무거운 머리를 식히곤 했다. 행동은 언제나 마음[思考]을 뒤따르나 보다. 나의 인생행로는 대체로 이 틀을 벗어나지 못한다. 대학을 졸업할 때 대학원 진학을 권유하시던 많은 선생님들의 살뜰한 보살핌을 거의 반항적(?)으로 뿌리치고 나는 실무계로 진출했다. '실무 경험을 10년쯤 쌓은 후 다시 뵙겠습니다.'라는 말없는 다짐을 뒤로 하면서.

순탄한 승진이 계속되는 분위기 좋은 직장을 그만두는 기회를 포착하기란 쉽지 않다. 어느덧 다시 공부하기로 스스로 정해 둔 기한은 4년을 초과하고 있다. 개인적인 공부로 직장에 누를 끼치지 않기 위하여 자유업인 공인회계사 개업을 하고 경영대학원을 진학하기로 일단 어렵게 작심을 했다. 언제나처럼 펄쩍 뛰듯 반겨 주시는 대학원장 선생님을 너무 오랜만에 찾아뵌 것이 무척 송구스러웠다. 그냥 인사차 왔거니 하시던 선생님께서 점점 진지해지신다. "졸업한 지가 얼마나 되었지?" "예, 13

년 6개월 되었습니다." 말없이 고개를 좌우로 흔드신다. 물론, '내가 너를 잘 알고 있으나 너무 늦었다.'는 의미임을 읽을 수 있었다. "선생님, 학계로 나갈 것도 아닌데 뭐, 늦을 게 있습니까?" "제가 그동안 쌓아온 실무 경험, 특히 최근 은행 국제부에서 익힌 것을 이론적으로 좀 체계화해 보고 싶습니다. 지원서를 써 가지고 왔습니다." 하면서 원서를 드렸다. 조용히 검토해 보신 후 내가 정한 무역론 전공을 당신께서 직접 '회계학'으로 고치신다. "공부는 한 가지 계통으로 계속해야 하네. 공인회계사인 자네는 이제라도 공부를 더 하려면 회계학을 해야지." 하신다. 학문연구는 '한 우물'을 파는 것이라는 선생님의 신념에서 하시는 말씀이다. 이리하여 나의 본격적인 만학은 시작되었다.

늦게 배운 도둑이 날 새는 줄 모른다던가, 석사 과정이 진행되면서 박사 과정에 대한 욕심이 점점 강하게 일기 시작한다. 이때 나를 가장 괴롭힌 것은 불일 듯 이는 외국에 대한 강한 욕구였다. 연만하신 어머니를 위시하여 연년이 이어지는 남녀 동생들의 혼사며, 남동생을 양자로 데려간 숙부모님 댁까지 합쳐 양가에서 계속되는 대소 가정의례… 부양가족 10명이 넘는 대가족을 끌어가는 가장으로서의 경제적 책임과 시간적 제약 등은 '뜻만 있으면 불가능은 없다.'라는 듯 겁 없이 살아온 나였지만 끝내 실행의 기회를 막고 말았다. 또 한 가지는 제2 외국어에 대한 문제였다. 내가 관심을 두고 있는 학교에서는 아직 채택하지 않았지만 직장생활에서 익힌 일본어를 시험과목으로 하는 학교로 진학하여 늦은 공부를 조금이라도 단축시키고 싶기도 했다. 그러나 언제나처럼 나의 길은 돌아가는 길이요, 우회로이다. 늦은 길은 제2 외국어라는 또 하나의 만학의 실개천으로 흘러 들어갔다.

제2 외국어 준비로 본 학업이 1년여 중단, 지연되기는 했지만 이를 통하여 자칫 놓칠 뻔한 귀중한 삶의 체험을 했다. 감수성의 날이 닳을 대로 닳고, 희열의 촉감이 무디어짐직한 40의 나이에 나는 내 생애 처음으로 진정한 '합격'의 기쁨을 맛보았다. 불안한 가슴을 달래며 행여 누가 볼세라 주변을 두리번거리며 몰래 훔쳐본 합격자 발표 게시판 앞에서 순간적이나마 약간의 현기증이 이는 형언할 수 없는 감흥(感興)을 느꼈다. 이때의 그 기분을 적절하게 표현하지 못함은 오직 나의 문예적 소양의 부족 때문이다. 벤치에 앉아서 안정을 찾으며 마음을 추스르는 나의 뇌리에는 고1에서부터 제2 외국어에 대한 긴긴 역사(?)가 주마등같이 흘렀다. 멀게는 나의 제2 외국어 문학 전공으로의 진학을 강력히 권장하시던 고등학교 독일어 담당선생님에 대한 고마움과 가깝게는 밤늦은 시간에 1년여 동안 학원을 출입하며 쌓인 심신의 피로가 오버랩된 초라한 만학도의 모습이 마침 삭아들기 시작하는 먼 동쪽 하늘의 자줏빛 저녁놀로 빨려 들어간다.

보는 이에 따라서는 너무도 하찮은 것에 나답지 않게 유독 오늘 깊은 상념에 빠져드는 데는 내 나름의 사연이 있다. 나는 나의 모교들과 남다른 기연(奇緣)에 얽힌 아쉬움과 기쁨을 간직하고 있다. 우연찮은 초등학교 입학 과정은 접어 두고라도 우선 정원의 10%를 선발하는 무시험 특별전형이란 거의 타의적인 학부 입학은 학교 선택과 진학에 대한 자기의사 반영이나 욕구에 대한 미련을 남겼다. 또한 국가고시 합격자로서의 대학원 석사 과정 무시험 특별전형은 본격적인 나의 만학의 시발점이 되었다. 입학과 진학에 관련해서는 나는 늘 선생님들의 뜻을 받들지 못했다. 그때그때의 주변 없는 나의 오만한(?) 거절의 무례는 늦게나마 인생을 터득하면서 선생님들에 대한 자책감으로 나의 가슴에 깊은 자국을 남긴다. 중학교 졸업하면 사범학교로, 고등학교 졸업하면 사범계 대학으로, 대학 졸업하면 대학원 진학으로 이어지는 선생님들의 한결같은 보살 핌이 어쩐지 싫었다. 이에 대한 이유 없는 반항은 만학의 모태가 되고 훗날 나의 삶을 담금질하는 시련이 되었다. 내가 진심으로 선생님들의 사랑이 나에 대한 정확한 처방이었음을 깨우치며 때늦은 뜨거운 감사의 눈물을 삼킨 것도 나의 만학의 가르침이었다. 합격의 기쁨이나 불합격 의 아픔을 체험하지 못한 데서 비롯된 나의 학업에 대한 불감증이 나의 '지각 합격'으로 완전 치유된 것은 무엇보다도 큰 수확이다.

지금이야 환경이 많이 좋아지고 가족적 분위기라지만 한때는 짧은 기 간이나마 고달프고 힘들었던 훈련을 마치고 떠나면서 "그쪽을 향해서는 내 앞으로 평생 소변도 보지 않겠다."는 말을 우리나라 젊은이들이면 한두 번 즐겨 쓰고 듣던 시절이 있었다. 비록 성격상의 차이는 있으나 나와 모교와의 기연도 만만찮다. 나름대로 실무계에서 정성껏 쌓아 올 린 '공든 탑'이 무너지는 듯한 아픔을 씹는 6개월여의 갈등 끝에도 나는 모교의 권유를 뿌리치지 못했다. 나는 2년 만이라는 조건을 달면서 17년 전 도망치듯 빠져나온 모교에 전임 교원으로 발령을 받았다. 모교 입학 만(滿) 25주년이 되는 졸업식에서 최종 학위를 받기도 했다. 그러나 2년 만이라던 꼬리는 어느덧 20년이 가까운 몸통으로 자라 버렸고, 한때나 마 '밑진 결혼' 같은 기분이 없지 않던 나의 모교는 25년간 나의 머리를 채워 주고, 25년간 나의 배를 불려 주는 나의 은인이요 내 삶의 전부가 되었다. 이제는 기연(奇緣)이라는 표현을 천생연분(天生緣分)이나 찰떡 궁합(宮合)쯤으로 바꾸어야 하는지 모르겠다.

나의 만학은 교수로 옮겨 온 6년 뒤 미국 현지 수학으로 이어졌다. 드디어 만학에 시한이 있음을 실감하는 기회가 온 것이다. 운세(運勢)가 바뀌었는지 인연에 이변이 생겼다. 미국 서부 소재 명문교와 정규 과정

입학 수속을 마치고 막 현지로 떠나려는 시점에 공교롭게도 두 학교는 학술 교류 자매결연을 맺었다. 개인적인 욕심 같아서는 계획대로 추진하고 싶었으나 교수 신분이라는 여러 가지 제약적인 사정으로 인한 원로 선생님들의 완곡한 만류에 따라 다시 한 번 '학생'이 되는 것을 피하고 연구교수로 수학할 수밖에 없었다. 만학이 극복하지 못하는 한계선상에서 일시적이나마 크나큰 허탈감에 빠졌다. 명색이 경영학도로서 자기인생의 계획조차 제대로 세우지 못하였음을 너무나 늦게 터득한 자책감에 몸 둘 바를 몰랐다. 그러나 기분 전환 겸 동부 소재 대학으로 바꾼 때늦은 현지 교육 및 연구에서 많은 새로운 것을 얻었다.

만학은 힘이 든다. 가끔 나의 만학의 변(辯)을 빌어 후학들에게 격려도 하지만 만학은 보람 못지않게 희생도 크다. 무엇보다도 만년 청춘같이만 느끼고 살아가는 건강에 뜻하지 않은 문제가 생기는가 하면 가족이나 주변의 협조가 힘이 되면서도 정신적인 부담을 준다. 만학에는 공통적으로 이해되는 사항도 많지만 사람에 따라 아쉬움은 다양하게 남으리라. 나는 교우(交友) 관계에서 우정의 폭이 깊이를 따르지 못하는 것도 나의 만학과 무관하지 않다고 보고 있다. 선진국의 현지 수학이라는 이유로 인간 생명의 최연장선 상에서 부모의 애정이 가장 질기게 달라붙는다는 막내아들의 '3관왕'의 영예로운 초등학교 졸업 광경을 보지 못했다. '기분 좋은 하루'였다며 오히려 만 리 이국에 있는 부모의 아쉬운 마음을 달래 주는 아들의 편지를 받고 우리 부부는 지구의 반대쪽 언저리를 유유히 흐르는 나리탄 강변을 한없이 걸었다. 1년이 지난 후에야 만나 새삼스레 위로한들 이미 지나 버린 감수성이 그때의 동심을 손상 없이 보상해 줄 수 있는 것일까. 아이들 손잡고 그 많은 놀이공원 어디 한 곳을 거닐어 본 적이 없다. 그저 티 없이 건강하게 자라 준 성년이 된 아들

녀석들의 뒤꼭지를 바라보며 늘 고맙고 든든해하고 흐뭇하게 미소 지으면서도 마음 한구석에는 큰 아쉬움의 그림자가 남는다. 나는 나의 만학에 대한 가족들의 고마움을 나의 학위 논문 발간 서문에서 다음과 같이 적어 두고 있다. "…각고의 고생을 무릅쓰고 길러 주신 부모님의 은공에 깊이 감사드리며, 만학의 어려움을 인내와 격려로 내조해 준 아내와 같이 놀지 못하여 늘 아쉬워하던 준홍(埈弘), 준우(埈佑), 준영(埈永) 세 아들에게 이 책을 조그마한 선물로 전하고 싶다."

필명(筆名) 낭패(狼狽)

　나는 오늘도 나를 벗긴다. 누가 인체를 신비롭다 했던가, 벗기고 벗겨도 초라한 나상인 것을. 고향 떠나온 지 반세기가 훌쩍 지나고, 현직에서 은퇴한 지 10여 년이 경과하니 화려했던 직책들과 인걸은 자취 없이 사라지고 남은 것은 허울 좋은 이름뿐이다. 한데도 예로부터 사람은 이름에 집착한다. 욕심 많게도 나는 세 개의 이름을 갖고 있다.

　가난한 집의 24세 노총각 아들로 눈물 젖은 빵을 먹던 16세의 며느리를 맞은 시어머니의 위세는 너무도 당당하고 추상같았다는 얘기는 살아오면서 어머니로부터 수없이 되풀이 들어 왔다. 특히 매달 한 번씩 붉은 속바지를 빨 때마다 받은 구박을 상기할 때는 어느덧 눈가에 이슬이 맺히곤 했다. 이유인즉, 5대양 6대주를 주름잡을 '옥동자'의 탄생에 확신을 갖고 있는 불심 깊은 시어머니의 손자 독촉이 빗발쳤단다. 학수고대하던 손자를 끝내 보지 못하고 할머니는 세상을 떠났다. 아들을 낳고 뜻을 이룬 만족감에 부모의 입에서 터져 나온 일성은 옥동자였고, 이것이 나의 아명이 되었다. 다정하고 친근한 이름으로 다들 부담 없이 좋아한다. 특히 초등학교 3학년 때 교장선생님께서는 '금동'이면 더 좋았겠다며 나의 머리를 쓰다듬으시면서 뜨거운 사랑을 주셨다.

이름을 바로 잡는 것도 쉽지 않다. 특히 안보나 범죄 등의 사유로 과거에는 지금처럼 쉽게 이름을 바꿔 주지 않았다. 일단 호적상의 이름을 바꾸려면 법원에 개명 청원을 내야 하며, 개명 이유의 타당함을 인정하는 판사의 판결문을 받아야 한다. 내 경우는 '옥동(玉童)'이라는 이름이 일반적으로 아들을 의미하는 옥동자(玉童子)에서 연유하는 보통명사로 널리 쓰이는 말로 특정인을 대표하는 고유명사로서는 적합하지 않다는 것과 본명 병훈(炳勳)이 동시에 오랫동안 통용되어 왔다는 사실에 의하여 쉽게 판결을 얻을 수 있었다. 하나, 개명에는 유형, 무형의 손실도 따른다. 자주 접하지 않는 사람들로부터 잊힐 수 있다는 것도 그중의 하나이다. 나는 결혼을 계기로 본명으로 바꾸었고, 뒤이어 몇 차례 집안의 관혼상제를 치르면서 집중적으로 알릴 수 있는 기회를 자연스럽게 할애하여 별 무리 없이 제자리를 찾았다.

본명 병훈(炳勳) 중 병(炳)은 용궁(龍宮) 전가(全哥) 53세손(世孫)의 항렬자(行列字)이므로 결국 내 이름은 훈(勳)이다. 해서 법률행위나 공식적인 경우 외에는 전훈(全勳)을 애용해 오고 있다. 이름의 힘을 빌려 행여 사회에 조그마한 업적이라도 남기려나 하는 기대를 갖기도 했다.

나는 지오(智悟)라는 필명으로 비전공자로서 때늦게 문단의 말석에 발을 들여놓았다. 제대로 문학을 수학한 것이 아니기에 언제나 글 앞에서는 위축되었다. 또한 전공분야와 본업에 종사하는 분들에게 어설픈 글로 누를 끼칠 것이 우려되기도 했다. 본명을 처음부터 밝히지 못한 솔직한 심정이다. 지오라는 필명을 갖게 된 동기가 좀 특이하다. 한 시절 명리학, 성명학, 풍수지리학 등 인생학을 섭렵한 적이 있다. 당시 성명학을 지도한 스승께서 음양, 오행, 원형이정(元亨利貞)[1]의 작명 원리에 완벽하고, 사주나 직업에 비추어 가장 적절한 것으로 강력히 추천해 주셨다. 의미가 좀 심오하고 법명의 냄새를 풍긴다는 품평회에서의 지적에도 불구하고 본업인 교육자로서의 학문적 성과와 인생의 지혜 터득이라는 과욕으로 받아들였다. 이처럼 대체로 이름도 과대 포장되는 경향이 있다. 요즘은 internet 시대다. 나의 e-mail name(ID)은 gochon이며, e-mail address는 gochon@korea.ac.kr이다. 대체로 남들이 생각하는 고촌(故村)이나 '고향 앞으로'를 실행은 하지 못하였으나 태생적인 촌놈이기에 고향으로 가고 싶다는 희망 사항만은 버리지 못했다. 다만 진의(眞意)와 나만의 해석은 지오(智悟) 전(全)의 영문 표기이다.

여러 개의 이름을 사용하는 경우 본인에게는 편리한 점이 많으나, 타인에게는 혼란이나 불편을 줄 수 있다. 상대방이 사용하는 호칭에 따라 청소년기, 사회 활동기, 문인 활동기 등으로 교우 시기가 확연히 구분된다. 상대에 따라서 애정 표현이나 사교상의 예의 표출에 적절히 대응할 수 있는 이점을 준다. 한데 나는 필명 사용으로 큰 낭패를 겪은 적이 있다.

그해 여름은 유난히 더웠다. 한 문인이 어렵게 시간을 내어 나의 직장을 방문하였단다. 한데 어느 누구에게 물어봐도 그런 사람이 없다는 대답이었다. 찾아 주신 각별한 정성에 배신감만 안겨 주었을 테니, 허탈감에 돌아가는 발길이 얼마나 맥이 빠졌을까 상상만 하여도 아찔하다. 몇 달 후 문학 행사장에서 만난 당사자인 문인으로부터 직접 전해 들었다. 나도 처음에는 죄송하게 되었다며 무심히 넘겨 버렸다. 급기야는 나의

---

1) 원형이정(元亨理貞) : 성명의 각 글자의 획수를 결합하여 이름의 운세를 판단하는 작명 원리의 하나로 元(이+름), 亨(성+이), 理(성+름), 貞(성+이+름)으로 한다. 운세는 성운, 평운, 쇠운으로 구분하며, 가급적 쇠운은 피한다.

신원 자체에 의심이 가기 시작하였나 보다. 한데 그 후일담이 좀 충격적이다. '지오 선생은 K대학 출신도 아니며, K대학에 근무하지도 않더라.'는 헛소문이 문우들 간에 번져 나갔다. 나는 그저 웃고 넘기는 수밖에 없었다. 한동안 지난 어느 날 갑자기 한 생각이 섬광처럼 뇌리를 스쳤다. 그 문인이 학교에 와서 과연 누구를 찾았을까. '지오? 아니 전병훈?' 나는 그제야 답을 찾았다. 나만이 혼자서 쓰는 필명인지라 그런 사람을 직장의 어느 누구도 알 턱이 없다. 나는 그 문인에게 저희 학교 방문 시 누구를 찾으셨는지 확인을 했다. "지오 선생님을 찾았지요!" 못 쓰는 글 숨기려다 하루아침에 학력과 직장 사칭의 파렴치한으로 전락하였다. 육체를 떠나면 허상인 이름의 마력을 실감한다.

자신 있게 본명을 밝히는 글 한 편 쓰고 싶다. 아동·청소년기의 옥동, 사회 활동기의 병훈, 그런대로 시의적절하게 제 나름의 몫을 완수하는 데 유감없이 제 값을 발휘했다. 내게는 애증이 유별난 고마운 이름들이다. 유독 필명만이 아직도 자신이 없다. 나는 필명 지오(智悟)를 꼭 한문으로만 표기한다. '지 선생'으로 불리면서 성이 바뀌는 것을 예방하기 위해서다.

춘향일야(春鄕一夜)

    정원과 텃밭에 만개한 꽃향기의 시기(猜忌) 때문인지 한밤에 잠이 깼다. 정적 감도는 한적한 산골 마을에 밤이 깊었다. 서산에 기우는 열사흘 달빛에 어린 창호지에는 만발한 꽃가지의 수묵화가 미풍에 살랑살랑 춤춘다. 유혹에 겨워 주섬주섬 옷을 챙겨 입고 섬돌을 내려섰다. 심호흡을 들이쉰다. 상쾌한 공기에 폐부가 짜릿하다. 습관처럼 하늘을 쳐다보니 북두성 자루 동천을 가리키고, 뭇별이 시샘하듯 빛을 쏟아낸다. 반세기 전 희미한 호롱불 등잔 밑에서 졸음에 취하고, 끄름에 그을린 침침한 눈 씻어 주고 갈증 난 목 추기던 청량한 그 빛, 그 맛이다. 아! 얼마 만에 마셔 보는 고향집 향취인가. 본채, 사랑채 한껏 청사초롱 밝히고, 앞 정원의 수은등, 텃밭의 백열등 모두 켰다. 청홍빛 조명 받은 요염한 기와집 추녀의 성선(性腺)에 정수가 고이고 꽃바람 일렁이는 전희에 불끈 솟은 용마루가 자두꽃, 배꽃, 매화꽃 이파리를 붉게 물들인다. 한 달에 두 번 정도 고향을 찾으면서 절정기와 마주치기란 쉽지 않다. 타향살이를 하면서 고집스레 고향을 지켜 온 보람은 이 한밤만으로도 충분하다. 고향집은 꽃 속에 묻힌 무릉도원이요, 도연명이 <귀거래사> 제4장을 읊조리며 정원의 사립문으로 들어선다. 즐거움을 함께하고 싶은 벗이 멀리 있어 아쉬울 뿐이다.

몇 해 전 집을 중수할 때 헐어 버리고 양옥으로 재건축하라는 권유가 많았다. 경제적으로 어렵던 1950년 마을 사람들이 총동원되어 해발 천여 미터의 마을 소유 천연림에서 적송 동량(棟樑) 감만 골라 산길 백여 리를 10여 명씩 기차놀이하듯 두 줄지어 좌우 어깨로 이고 등으로 지고 날라 온 아름드리 목재로 지은 우리 마을 최초의 기와집이 아닌가. 내 손으로는 차마 헐어 버릴 수가 없다. 아버지의 손결을 지울 수 없었고, 더욱이 입주 후 채 한 달도 못 되어 청천벽력같이 맞은 6·25 전쟁 피란지에서 B-29 폭격에 마을이 전소되었다는 소문에 아연실색하며 허망해하시던 아버지의 모습과 어머니의 눈물이 앞을 가로막았다. 아궁이 부엌이 입식, 기름 난방으로 바뀌고, 양변기와 냉·온수 시설 갖춘 욕실이 대단한 것이 아니다. 한옥 수리 전문가가 갈고 닦아 되찾은 기둥, 도리, 굴도리, 납도리, 서까래, 대들보와 원목 마룻바닥의 천연 무늬와 풍겨 주는 50년 묵은 적송 향내며, 문풍지 타고 전해 오는 아버지의 숨결은 천금보다 더 소중하다. 건넌방 외벽에 걸린 양각(陽刻)된 '모산재(慕山齋)'라는 현판의 글씨가 오늘따라 정겹다. 옛 어른들은 모산이라는 마을 이름을 '지산(池山)'이라 의역해 왔다. 왕복 20킬로미터의 산길을 중·고등학교 6년간 걸어서 통학하면서 계절 따라 변하는 산의 아름다움에 심취한 나는 '모산(慕山)'으로 표기하며 우리 집의 당호로 즐기고 있다.

남편의 고향, 아버지의 고향이라는 인연만으로 우러나는 짙은 맛을 알 리 없다. 음미는커녕 현대인은 고향이 없다. 아니 고향을 버린다. 왜일까. 고향의 애착을 떨치지 못해 공연히 남의 일로 안타까워하고, 애를 태우기도 한다. 개개인마다 사연이 있겠으나 아마도 물질이나 편의 위주의 생활 방식에 크게 기인할 듯싶다. 지켜 가기에는 '고향 유지비'가 만만찮기도 하다. 물적, 정신적, 시간적으로 많은 노력과 정성이 든다. '고향은 비밀이 없다.'는 것도 고향에 대한 미련을 쉽게 떨쳐 버리는 큰 이유인 것 같다. 개발 경제와 산업 사회화 과정을 거치면서 하루아침에 졸부가 되었거나 횡재나 투기로 부를 쌓은 사람이나, 신분이 갑자기 수직 상승한 경우 고향이라는 것이 거추장스런 짐이 되기 일쑤다. 시종에게는 황제가 없듯이 발가벗고 존경받기는 어렵다. 금의환향이 기껏 비단옷 입고 밤길 걷는 격이 되기 십상이다. 아니면 고향의 잣대로 대접받기를 억울해한다. 그러고도 많은 사람들은 버린 고향의 그리움을 달래려 전원주택을 찾고 주말 농장에 의지하지만 껍질일 뿐 알맹이와는 점점 멀어만 간다.

밖으로는 추풍령의 정상인 해발 1,111미터의 황악산에서 뻗어 내린 700미터 내외의 가지들이 사방의 외각을 에워싸고, 안으로 낮은 구릉들이 겹겹이 둘러쳐진 우리 고장은 대로를 살짝 비켜 들어앉고, 큰 물줄기가 몇 겹의 밖으로 감돌아 나가는 외지이다. 산속 깊이 있는 듯 없는 듯 묻혀 있는 평온한 마을들이라 옛날부터 산적들도 스쳐 지나간다는 천혜의 요새요, 전투기의 공습마저 여의치 않은 곳이라며 6·25 전쟁 중에는 전국의 피란민이 넘쳐났다. 아낙들은 목화, 삼 기르고, 누에를 쳐 베 짜고, 남정네들은 천수답 다랑논에 땀 뿌리며 대물려 벼, 보리 길러 오던 전형적인 농경 마을이다. 하나, 이제 고향의 4월은 자두와 배꽃의 흰 파도가 넘실대는 호수인 듯 푸른 산영이 잠긴 바다인 듯싶다.

고을에는 살아온 후손들의 세수(世數)로 환산하면 3백 년은 족히 됨직한 해발 6백 미터 정도의 높은 산의 4부 능선쯤 중턱 산속의 산에 못처럼 쌓여 있다고 하여 물 없이도 '모산'으로 불리는 고향 마을을 비롯하여 일곱 부락이 자리 잡고 있다. 고지대이고 연중 강수량이 적으며 큰 골짝을 등지고 있는 탓에 이곳의 농지는 대부분 언제나 갈증에 타는 천수답이다. 남향받이에 사방을 둘러싼 산들이 장풍을 하는 곳이라 연중 따뜻하다. 쏟아지는 햇볕을 이름 했음인지 공식적인 지명이 양각리(陽角里)이다. 이곳이 이름값을 하기 시작한 것은 자두의 주산지로 바뀌면서 이다. 재배 면적율 75%, 생산량 70% 이상으로 전국 1위인 경북 자두의 시군별 순위는 단연 김천이며, 브랜드 네임 '태양표 양각자두'가 그 으뜸의 자리를 지키고 있다. 척박한 토양과 적은 강수량이 주곡 위주 농사에서 과수단지로 탈바꿈하는 계기가 되었고, 지형적인 조건으로 쏟아지는 태양의 애무를 한껏 받애[sunkissed='sunkist'] 빛깔과 육질 좋고 당도 높은 양각자두는 서울의 유명 백화점들과 직거래되면서 지역 특산물에서 전국의 명물로 떴다. 대석과 포모사가 주종으로 개화기의 절정은 4월 17일 전후이다. 산과 들은 백화만발이요, 모든 골짜기는 천상의 선녀가 풀어 헤친 듯한 명주천 고운 결이 너울댄다. 부모 세대까지만 해도 부업으로 누에를 치던 뽕나무는 사라지고 자두나무, 배나무로 바뀌었다. 상전벽해(桑田碧海)란 이를 일러 하는 말인가 보다. 오디로 채우던 군것질이 자두로 격상되었으나 물레 잣아 명주실 뽑는 할머니 옆에 옹기종기 모여 앉아 번데기 받아먹던 제비새끼들 모습은 영원히 사라졌다.

자두 덕분에 우리 마을은 정보통신부 특별 지원의 정보통신 시범 마을로 변신되었다. 작목반 집집마다 컴퓨터가 지급되고 인터넷이 가설되어 안방에서 전국과 전자 거래하며 세계의 구석구석까지 메일을 주고받는 최첨단 IT를 구가하는 선진 마을이다. 농촌전화사업(農村電化事業)의 일환으로 막차 타고 전기가 들어왔던 마을로서는 환골탈태의 격세지감이다. 역시 늦을 수는 있어도 역학의 이론을 빌릴 것도 없이 '양각(陽角)'은 태양이요, 전기, 전자, 통신임이 분명하다.

　기억의 영상에는 아직도 짜릿한 밀어들이 부드러운 보릿잎 끝에 이슬로 맺혀 달빛에 영롱하고, 풋사랑의 열기에 일렁이던 보리밭 이랑은 짙푸른 물결 타고 끝없이 번져 가는데 머리 위엔 하얀 자두꽃 이파리만 흩날린다. 허허한 마음에 듬직한 자두나무 둥치를 껴안는다. 등걸의 촉감이 까칠한 아버지의 손등이다. 가슴과 등 어루만지시며 보듬던 손 거칠어도 꿈결 속의 아버지 품안은 언제나 포근했다. 아버지 세대는 격동기를 살면서 전통 농경 사회의 끝자락을 움켜쥐고 몸부림쳤다. 나라 잃은 울분을 삼키며 전쟁과 수탈에 찢긴 허기진 심신으로 보릿고개를 힘겹게 넘기면서도 자식에게만은 가난과 무지를 물려주지 않겠다는 각오로 점철된 고단한 삶이었다. 선대의 빚만 물려받은 조실부모한 15세 소년 가장으로 자수성가하신 아버지의 아들에 대한 꿈은 소박했다. 근근이라도 중학교 졸업시켜 무지를 깨치게 하고, 중농의 살림 물려줘 일꾼 두어 편히 살게 하자는 것이 전부다. 타고나신 근면과 자연의 순리에 따르는 정직한 삶의 보은인가, 부처님 가피(加被)의 음덕인가, 가세는 승승장구 불어나고 자식을 통한 배움의 대리만족도 원 없이 누렸다. 하지만 진정한 아버지 삶은 보상할 길이 없다. 이화월백(梨花月白)한 야반(夜半)에 몸통 텅 빈 늙은 자두나무 등걸 부여안고 흐느끼는 자식의 눈에는 회한의 눈물이 맺히고, 목 메인 절규가 터져 나온다. '차라리 선영(先塋) 지키는 굽은 솔이었더라면…, 영농 후계자로 가업을 이었던들 아버지 삶의 양과 질에 조금은 윤기가 감돌 수 있었을 텐데.' 나의 '한밤의 향연'은 부모 세대의 고통의 개화요 열매이다. 서고로 바뀐 아버지가 땀으로 채우시던 곡간은 빛바랜 헌 책으로 넘쳐난다. 한데도 마음은 언제나 허전하다.

조용히 문을 열고 도둑고양이 걸음으로 방으로 들어간다. 어머니의 잠을 설칠까 봐서 숨을 죽이며 자리에 누웠다. 초저녁에는 말은 못하고 속으로만 끙끙 앓으시더니 깊이 잠이 드셨나 보다. 기어이 무리하게 일을 하신 것이다. 삶이 곧 일이긴 하지만 이제는 좀 쉬시라는 신신당부는 속수무책이다. 이제 와서 허리 땅에 주저앉도록 고랑 파헤치며 아들딸 공부 뒷바라지하여 출향시킨 때늦은 푸념을 한들 무엇 하랴, 외롭게 쓸쓸히 고향 지키는 일만 보상으로 남은 것을. 말은 변함이 없으나 몸이 생각처럼 움직여 주지 않는 것이 역력한데도 마음은 만년 청춘이다. 말로는 지금 죽어도 여한 없이 훨훨 춤을 추며 아버지 곁으로 가신다고는 하면서도 자식 걱정이 쉴 날이 없다. 교수로 빠듯하게 살아가는 큰아들 삶의 모습이 안쓰럽고, 사업하는 작은아들 비행기 타고 외국 나다니는 걱정, 공부하며 마냥 시간 끄는 손자며느리 후사 늦다는 성화며, 만혼 풍조에 느긋한 손자들 혼사 주선 않는다는 핀잔 섞인 꾸짖음…. 정말 염라대왕이 교신할 틈을 주지 않는다. 어머니의 주무시는 초췌한 모습에 눈시울이 달아오른다. 땅바닥에 널브러져 누워 있는 뱃가죽 등에 달라붙은 앙상한 어미 개의 젖꼭지에 주렁주렁 매달려 젖나오지 않는다고 앙칼 부리는 새끼들의 머리를 열심히 핥아주며 달래던 어미 개와 보채는 노랑 병아리 떼 몰고 대나무밭을 헤치며 먹이 골라 먹이던 어미 암탉의 모습이 뇌리를 스친 것이다. 새끼들에게 속을 다 파 먹힌 것은 서럽지 않으나 '못자리' 떠나기 아쉬워 모내기하는 무논 위를 맴돌고만 있는 빈껍데기 어미 골뱅이 모습이 완연하다. 삶에는 사랑할 때와 떠나보낼 때가 교차한다. 그토록 사랑을 쏟던 어미 개와 암탉도 때가 되면 비정하고 매몰차다. 달려드는 새끼들을 자근자근 물거나 콕콕 쪼아 접근을 못하게 한다. 젖떼기를 하고 터울을 판다. 며칠이 지나면 어느 결에 남남이 되어버린다.

　어머니께서는 아직도 힘겨운 사랑의 끈을 놓지를 못한다. 건강하게 천수를 누리시고 여한 없이 보내 드리는 길은 없을까. 늘 옆에 두고 함께 논틀길 거닐고 싶은 소원 한번 흡족히 풀어 드리지 못했다. 요즘 부쩍 아들의 정년퇴직을 기다리신다. 명예퇴직으로라도 마무리하고 귀향하여 어머니와 옛 얘기 도란도란 나누는 것이 불효를 속죄하는 마지막 기회가 될 것 같다. 대청마루에서 묵화 치는 호사는 누렸으면 싶다.

나무장수와 나물장수

1.

나는 어려서 아버지를 따라 산에 나무하러 다니곤 했다. 화목(火木)이 주된 땔감이었던 1960년대 중반까지만 해도 나의 고향 시골에서는 나무장수가 주된 부업이었다. 특히 도회지에서 이십여 리 떨어져 있는 산촌 마을이라는 지리적인 조건으로 우리 마을은 화목이 주곡(主穀)에 버금가는 큰 수입 원천이었으며, 그 덕분에 당시 인근에서 가장 여유 있는 마을로 알려지고 우마차가 가장 많았다.

소등에 길마를 싣고 지게 지고 큰 재를 넘어 산언덕, 골짜기를 몇 굽이 돌아 두세 시간 걸리는 깊은 산으로 간다. 산길에는 짚신이 가장 좋다. 지금같이 편리한 신발이 없기도 하지만 당시 신발의 주류를 이루던 고무신은 산에서 나무하는 데는 부적합하다. 우선 마른풀이나 잔디 위에서 미끄럽고 발이 시리다. 이에 비하여 짚신은 따뜻하고 촉감이 좋다. 추운 겨울 햇빛이 채 들지 않은 응달에서 억새풀을 베거나 물푸레나무, 진달래나 철쭉 등의 잡목 또는 죽은 소나무 가지 등으로 나무를 짝으로 만든다. 너무너무 추웠다. 손발이 꽁꽁 얼었다. 물론 장갑이 없는 맨손이다. 양지바른 쪽의 나무는 진작 동이 나고 없다.

아버지께서 소등에 들바리로 싣고 갈 것과 당신께서 지고 가실 것 해서 세 짝을 하는 동안 나는 고작 내 몫을 챙기기도 버겁다. 연약한 내가 지고 가는 양이 얼마나 되었을까. 따지고 보면 나의 보탬이란 보잘 것 없다. 그런데도 방학 때면 아버지께서는 내가 원하기만 하면 산에 데려 가셨다. 나는 데려가는 이유를 몰랐다. 그저 호기심으로 따라나서고 아버지 곁에서 하루를 보낼 수 있다는 것이 좋았다. 어머니께서는 반구치(얼치기) 농군은 빌어먹기 십상이란 알 듯 말 듯한 말씀을 흔히 흘리시곤 하였다. 이것은 공연한 아비 욕심에 아이 일만 제대로 배우지 못하게 된다는 염려에서 하시는 넋두리였다. 그것도 그럴 것이 우리 형편에 아이를 중학교에 진학시킨다는 것을 주변에서 어느 누구도 이해하려 들지 않았으며 공연히 주위 분들을 흥분시키기에 안성맞춤이었다.

십대 초반에 할아버지를 여의고 쌓인 빚더미와 부양가족 6명의 가문을 물려받은 소년가장이 1920년대 중반에 가난을 극복할 묘책은 없었다. 적수공권(赤手空拳)의 몸뚱이가 인생의 총 밑천이다. 자매와 동생들을 결혼시켜 가며 근근이 이겨 온 가난이 이제 겨우 허기를 면할 만큼의 가세(家勢)로 돌아서려는 즈음에 자식 공부는 좀 지나친 사치라는 것이 아버지의 과욕(?)을 달래려는 고마우신 분들의 진정어린 위로요 충고였다. 나 역시 기껏 운 좋게 중학교라도 마치면 지게 지고 농사지을 것이니까 진작부터 일을 제대로 배워야 한다는 생각뿐이었다.

불가능 속의 가능으로 점철된 아버지의 인생살이에는 매사에 목표를 내색하지 않는다. 굳이 숨기고 싶은 다른 뜻이 있어서가 아니다. 처음부터 무리한 출발이고, 성사의 가능성이 희박한 '언제 팽개치고 환속할지 모르는 풋내기 구도자의 외길'과도 같은 아슬아슬한 살얼음 위를 고달프고 외롭고 쓸쓸하게 걸어오면서 몸에 익히신 절제된 생활 자세 때문이다. 그래서 아버지께서는 주위의 비난이 거울 때면 "자식 눈 좀 틔어 농사짓게 해도 나쁠 게 없다."는 게 고작이다. 과묵하신 아버지의 깊은 심중은 헤아릴 길이 없었다. 아버지 삶의 진면목의 나상(裸像)은 천금 같은 무언의 현장 교육이었던 것을. 자식을 기르면서 행여 좌절할세라 비굴할세라 아니면 오만할세라 늘 가슴 졸이시며 당신께서 값비싼 대가를 치르고 터득한 인생의 참교훈을 말없이 자식에게 물려주시려던 그 애틋한 뜻을 이해하지 못하고 따르지 못한 우둔함과 불성실은 늘 나의 마음을 숙연하게 한다.

하루 분의 나무 준비가 대충 끝나면 점심식사를 하게 된다. 겨울 해는 어느덧 서산을 기웃거리며 한나절이 훨씬 넘었다. 순간적으로 시장기가 왈칵 밀려든다. 아침 출발할 때 지게에 매달고 온 보리쌀과 콩이 반이 넘는 거친 잡곡밥은 얼음처럼 차디차다. 반찬이래야 된장 고추장이나 김치 정도이다. 그러나 어느 산해진미(山海珍味)인들 그때 그 밥맛을 따르랴. 달다고밖에 표현할 길이 없다. 정말 꿀맛이다. 엄동설한 김이 모락모락 피어나는 큰 바위틈에서 솟아 흐르는 옹달샘 물을 가랑잎으로 만든 물 잔으로 두어 잔 들이켜면 이거야말로 감로수(甘露水)다. 아버지께서는 일생 동안 솥을 거쳐 나온 음식으로 탓하는 것이 없었다. 유일하게 감자만은 그 아린 듯한 맛이 싫다며 즐기시지 않을 뿐이다. 나는 아버지를 빼어 닮은 점이 퍽 많다. 또한 나름대로 고집도 있다. 왼쪽과 바른쪽을 구별하지 못하던 철없던 시절 마주앉은 밥상에서 '아버지같이 하는 것이 옳다'는 확신에 찬 나에게 왼손 숟가락질이 틀렸다던 어머니의 꾸중은 못내 서운했다. 오래오래 왜 틀렸는지를 몰랐다. 나는 감자를 이유 없이 멀리하며 자랐다. 그러나 부자간의 정감(情感)을 알 리 없는 아내의 '알칼리성 음식'이라며 권하는 메마른(?) 영양학적 강요에 굴복하고 어느새 나는 감자를 거절하는 자유마저 잃었다.

2.

　아버지는 5일마다 서는 왕복 사십여 리의 시장에 땔나무를 소달구지에 싣고 가는 단골 나무장수였다. 땔감에도 종류가 많다. 억새풀이나 갈대 같은 키 큰 마른풀은 '해제기', 잔디나 가랑잎 같은 것은 '거부지기', 그리고 진달래 철쭉 싸리나무 등의 관목이나 죽은 소나무 가지 같은 삭정이는 '삭다리'라 부른다. 마른 솔잎은 '솔갈비'라 하며 반지르하게 윤기 흐르는 다갈색의 솔갈비 짐은 보기에도 몸단장을 한껏 한 새색시마냥 깔끔하고 불담이 좋아 인기가 높으나 노력이 많이 들고 공급에 제약을 받는 게 흠이다. 통나무 둥치를 도끼로 패어 만드는 장작(長斫)은 나무에 따라 소나무장작, 참나무장작, 오리나무장작 등 종류가 많다. 나무의 종류에 따라 질과 화력(火力)에 차이가 크다. 소나무는 질이 질겨 도끼질하기가 힘이 드는 데 비하여 참나무는 결이 좋아 도끼질만 정통으로 명중시키면 쫙쫙 잘 나가는 것이 기분이 상쾌하다. 오리나무는 결의 질기기는 중간쯤이나 가지가 갈라진 부분을 쪼개는 것이 좀 힘이 들면서 마르기 전에는 유난히 무거운 것이 흠이다. 장작은 대체로 난방용이고 불담이 좋기로는 단연 참나무이며, 특히 음식점 같은 대량 소비처의 취사용으로도 인기가 있다. 장작에 대한 나의 애정은 각별하면서도 사뭇 다르다. 소나무장작이 무던하고 은근한 인정미 흐르는 촌부라면 참나무장작은 정갈하면서도 절개 있는 선비다. 그러나 오리나무장작에서는 듬직하고 투박한 질화로 같은 정이 넘친다.

　"짚신장수 집에 신발이 없다."던가. 막상 나무장수 집의 땔감이 더 형편없었다. 내어다 팔 나무를 손질하고 남은 부스러기가 고작이요, 소죽을 끓이거나 군불을 지피기에는 솔잎이 붙어 있는 생소나무 가지나 베어 낸 지 오래된 나무 밑동의 썩은 부분을 뿌리째 캐어 낸 썩베기가 아니면 생짜의 아카시아나무가 보통이다. 엄동설한에 꽁꽁 얼어붙은 청솔가지는 일단 불쏘시개로 불만 붙여 놓으면 탁탁 소리치며 잘 탄다. 아궁이에 불을 피우는 데도 선인들의 지혜가 배어 있다. 부녀자들이 아궁이에 불을 때면서 젖은 앞치마를 말리기도 하지만 여기에는 그 이상의 신비가 숨어 있다. 예로부터 농촌 여성에게는 부인병의 대표주자인 냉병이 없다고 하지 않는가. 불을 땔 때 자연스레 국부가 화기(火氣)를 받기 때문이란다. 또한 장작불을 땔 때는 장작에 불이 붙을 때까지는 불쏘시개 나무를 태우며 조심스레 기다려야 한다. 성질 급하게 부지깽이로 들쑤시면 붙던 불마저 꺼진다. 이래서 옛 어른들께서 "모닥불과 신혼부부는 주위에서 들쑤시면 깨진다."고 하셨나 보다. 아마도 우리 민족성의 한 단면을 이루고 있는 '은근과 끈기'도 아궁이나 온돌방과 무관하지 않을 성싶다. 연료비가 만만찮던 당시의 도회지 가계는 값이 싼 나무와 비싼 나무를 잘 배합하여 사용하는 것이 연료비 절약의 큰 방편의 하나가 된다. 나는 시골 출신이면서도 땔감의 특성이 군의 작전에까지 반영되고 있음을 20대 초 비무장지대의 군사 훈련에서 알았다. 야영(野營)이나 적진 앞에서의 취사용 땔감은 연기가 나지 않는 마른 싸리나무만이 허용된다.

어떤 종류이든 장사라는 게 그날그날의 일진(日辰)에 영향을 타게 마련이다. 장이 제대로 되지 않아 아버지의 귀가가 늦는 날이면 칠흑같이 어두운 그믐밤에 등불을 들고 동구 밖이나 때로는 십여 리씩 마중을 나간다. 사각 중 한 편의 유리가 통째로 없거나 귀퉁이가 깨어져 나간 자리를 창호지로 바른 등불은 그야말로 풍전등화다. 길을 밝히기 위한 마중이나 때로는 불은 꺼지기 십상이다. 그러나 불이 켜 있든 꺼졌든 대수가 아니다. 부자(父子) 간에 흐르는 따뜻한 애정이 하루의 추위와 피로를 녹여 주고, 불 꺼진 싸늘한 등(燈)은 아버지와 아들의 어둠을 밝혀 주는 내일의 등불이 되었으니까.

　나의 중·고등학교 통학길은 해발 500여 미터의 높은 산등성이를 넘어가는 지름길과 신작로로 가는 시내길이 있다. 편도에 30여 분 빠른 산길이 등교에는 전용이나 하교 시에는 선택의 자유가 주어진다. 하교 시에도 대체로 산길이 우선하지만, 단축수업이나 책을 사거나 친구들과 어울리면 시내를 경유하는 우회로를 택한다.

　시내 길에서는 꼭 나무전(廛)을 지나가게 되어 있다. 장날이면 나는 그곳에서 아버지를 뵙게 된다. 때로는 나무를 다 팔았고, 때로는 해 질 녘까지 고스란히 그대로 쌓여 있다. 그 추운 겨울날 저녁, 언제 그것을 다 팔고 이십여 리 집에 돌아오실지 너무 걱정스러운 때가 많았다. 그러나 인생사 살다 보면 운이 좋은 날도 있게 마련이다. 어떤 때는 일찌감치 나무를 다 팔고 오히려 아들이 오기를 기다리고 계시기도 한다. 시장가 난전(亂廛)에 있는 식당으로 친구와 나를 데려가서 주모에게 소개한다. '나는 손발이 다 얼어터진 나무꾼이나 내 아들이 이곳 명문 K중학교 학생이요.'라는 말없는 자랑을 만면에 흐르는 웃음이 감추지를 못한다. 국수 한 그릇씩 잘 말아 달라고 부탁하며 당신께서는 막걸리를 청하신다. 좀 부끄럽고 쑥스럽던 분위기는 온데간데없고 순식간에 우리는 국수 그릇만 비운다.

　오늘은 우마차(牛馬車) 타고 하교한다. 아버지는 운전수요 아들과 나의 친구는 손님이다. 훗날 공교롭게도 그 친구가 고속버스 기사가 되었음은 또 무슨 인생의 아이러니인지. 겨울 해라지만 아직도 두어 뼘이 넉넉히 남아 있다. 아버지도 아들도 오늘은 운수 좋은 날이다. 일찍 장을 보고 해 떨어지기 전에 그것도 아들과 아들 친구를 태우고 일찌감치 퇴근(?)길로 접어들었으니 그 기분이야 짐작할 만하다. 아들과 친구는 허기진 배를 따끈한 간식으로 채우고 훈기 뿜으며 타고 가지 않는가. 비포장 자갈길 위를 소가 끌어가는 달구지, 한쪽 바퀴가 큰 돌이라도 넘을 때면 기우뚱하며 떨어지는 한쪽 엉덩이가 얼얼하기도 하고, 사타구니가 움찔움찔하면서 꼭 싫지만은 않았다. 한참 동안 조용히 매끄럽게 가면 오히려 반대쪽 엉덩이가 지레짐작으로 들리며 그 별미를 기다린다. 시내를 빠져나와 한결 한적한 길로 접어든다. 말 타면 종을 두고 싶다던가, 아버지의 기분은 점점 하늘로 날아오른다. 소는 충직하게 굽이굽이 돌아 집으로 걸음을 재촉하고 막걸리에 얼큰하신 아버지는 고삐로 소의 엉덩이를 슬쩍 장구 치듯 쳐 흥을 돋우신다. 드디어 풍악이 울려 퍼진다. "신고산이 우르르 함흥차 가는 소리에 … 내 사랑아" <신고산 타령>을 구성지게 내뽑으신다. 내가 기억하고 있는 아버지의 티 없이 행복해하시던 한 장면이다. 정말로 세상은 살 만한 것인가. What a wonderful world? 아버지도 루이 암스트롱도 가신 지 오래이다.

아버지는 어렵고 오랜 세월을 인내와 극복으로 기대와 기다림 속에서 살아오셨다. 그래서인지 아버지의 애창곡의 하나는 <나의 사랑 클레멘타인>이다. 아마도 망망대해와 같은 인생고해를 오직 당신의 육신(肉身) 하나만 믿고 의지하면서 쓸쓸히 헤쳐 온 삶에 그 노랫말이 큰 힘이 되셨나 보다. 오늘도 그 '어린 아들'은 늙으신 아버지의 '만선의 귀향'을 그리며 아버지의 애창곡을 불러 본다. 그저 아들의 아들에게 들려주고파서. 나의 아내는 물론 아들 셋은 지금은 없어진 이 나무전 거리의 사연을 잘 알고 있다. 내 자신이 모범이 되지 못하는 것 같아 감히 숭조(崇祖), 효친(孝親)을 내어놓고 강변(强辯)은 못하지만 승용차를 타고 다니는 고향 길의 밑바닥에는 할아버지의 눈물겨운 땀이 배어 있다는 사실만이라도 상기하면서 살아 주었으면 하는 심정에서 고향을 나다니며 지나칠 때마다 전설 같은 이야기를 철이 채 들기 전부터 전해 주었으니까.

아무튼 아버지의 나무장수 부업(副業)으로 감히 중학교를 진학할 것으로 생각지도 못한 주위 사람들의 우려는 한갓 기우로 끝났다. 나는 중·고등학교의 학비를 한 번도 기일을 어기지 않고 마쳤다. 그러는 사이 주업(主業)인 전답은 계속 늘어 종국에는 일꾼 두 명을 두는 중농(中農)으로 가세는 불어나고 대학에 보내마라고 미리 말씀하신 적은 없으나 내게는 언제나 때가 되면 제 갈 길이 훤히 열려 이어져 왔다.

아버지의 자식 사랑이나 교육 방법에는 독특한 면이 있으며 무서운 힘을 갖고 있다. 당신께서 살아온 길목 굽이굽이에서 배우고 터득하신 체험의 응집(凝集) 바로 그것이다. 처음부터 "빈손으로 출발했으니 밑질 게 없다."는 것이라든지 "자연은 정직하고 노력한 만큼의 대가를 준다." "거부(巨富)는 하늘의 뜻이나 보통 사람의 부는 근면에 있다." "돈은 건강과 교육에 필요한 만큼이면 족하다." "너무 강하면 부러진다." 주옥(珠玉) 같은 생활 철학이 세월이 흐를수록 빛을 더해 간다. 부족한 것도 탈이지만 지나친 것도 병이라며, 과욕은 금물이라신다. 부족한 것으로는 재산의 부족은 크게 탓하시지 않았다. 단지 글의 부족함을 안타까워하셨다. 서당이나 학교는 여유 있는 집 자식들이나 갈 수 있는 곳이라 치더라도 문맹퇴치의 일환으로 어렵잖게 배울 수 있었던 야학당을 제대로 다니지 못한 것을 늘 아쉬워하셨다. 밤을 낮 삼아 살아가느라 그 시간마저 마음 놓고 쪼개어 내지 못하셨단다. 더욱이 엄하신 할머니께서 생업에 지장이 있다며 야학당 출입 금족령(禁足令)을 내렸다는 것이다. 가족 생존을 위한 할머니의 살을 깎는 구빈책(救貧策)이라 감히 누구를 원망할 수도 없다. 효심이 지극하신 아버지께서 거역할 리도 없다. 그러한 절박한 상황에서도 독실한 불교 신자이신 할머니께서는 먼 해인사를 걸어서 다니시며 훌륭한(?) 자손의 출생을 축원하셨다니 그 불심(佛心)의 효험은 언제쯤일지…. 어쨌거나 어깨너머로 몰래몰래 훔쳐 배운 도둑 공부(?)로 한글은 터득하셨고, 구구단에 의한 가감승제에 불편 없이 사신 아버지이다. 유일한 공직(?)으로 20여 가구씩으로 짜인 동네 반장 일을 큰 불편 없이 하시기도 했다.

자식 사랑은 다정하면서도 엄하시다. 예의, 범절, 겸손, 도리 등이 중시하신 덕목이다. 특히 숭조효친 사상이 강하셨다. 교육 방법은 일종의 자유방임이랄까, 자기 일은 자기가 알아서 하는 방식이다. 목표는 할 수 있는 데까지 열성을 다하여 하는 것이고 실천은 각자 맡은 자의 몫이다. 이를테면 '공부는 네가 할 일'이며 '학비는 아버지인 내가 할 일'이니 각자 자기 맡은 일에만 충실하자는 것이 전부다. 자기의 몫이 아닌 것에 대해서는 걱정이나 신경을 쓰지 말라신다. 또한 그것이 자기 일을 하지 않거나 못하는 이유나 핑계가 될 수 없다. 한마디로 어려운 시절 어렵게 살아오신 분의 인생철학이다. 가난을 헤쳐 오면서 가난의 상처를 전혀 받지 않는 혜안(慧眼)임을 늦게나마 깨치면서도 내게는 그 실천이 쉽지만은 않다.

3.

아직도 심한 도농(都農) 간의 경제적 격차가 선결되어야 할 초미의 과제이지만 지난 반세기 동안 우리의 농촌도 눈부신 발전을 했다. 하늘만 쳐다보던 천수답(天水畓)이 대부분인 고향의 산골 마을은 자두, 포도의 주산지이요 사과, 배, 복숭아의 과수단지와 수박, 참외, 토마토, 오이 등의 과일과 소채류가 재배되면서 부촌(富村)으로 일구어졌다. 또한 시대가 발전하고 경제적 상황이 달라지면서 우리 마을의 부업도 바뀌었다.

예의 나무장수는 전설 속의 이야기가 된 지 오래이며, 지금은 나물장수로 탈바꿈하였다. 어찌 보면 부업의 대상만 바뀐 것이 아니고 부업의 주체가 바뀐 것이다. 남정네의 부업에서 아낙네의 부업으로 말이다. 정말 세태의 변화는 인력으로도 못 막나 보다. 굳이 "지세가 청룡인 낙산이 약하고 백호인 인왕산의 기가 세기 때문에 서울에서는 여권(女權)이 주도 한다."는 어느 역학자의 열변이 이쯤 되면 별 설득력이 없다.

경제력의 향상과 식생활의 변화로 요즘 나물에 대한 인기는 새삼스러울 게 없을 만큼 대단하다. 이른 봄부터 늦가을까지 들과 산에는 갖가지 나물이 풍성하다. 나생이 꽃다지 사랭이 씀박이 달래 쑥 돌미나리는 들(밭)나물이요, 두릅 홀잎 삼초싹 취나물 다래나물 고사리 도라지 등은 산나물의 대표적인 것이다. 부추 상추 삼동추 미나리 열무 무 배추 들깻잎… 재배하는 소채도 철마다 넘친다. 더욱이 수명이 길어지고 건강이 중시되면서 새로 빛을 보는 나물이 계속 늘고 있음도 재미있는 현상의 하나이다. 고혈압과 성인병 예방이 중시되면서 얼마 전까지만 해도 푸대접받던 머구잎과 줄기의 인기가 한창이다. 머지않아 뽕잎이 빛을 보지 않을까도 생각해 본다. 누에똥이 당뇨병 예방에 효과가 있다는 임상실험이 나오고 있으니까.

영농이나 재배기술이 개발되면서 지금은 각종 산나물도 밭에서 재배되고, 나물재배가 기업농으로까지 발전하기도 한다. 나의 고향집 텃밭과 얼마 남지 않은 세전 전답(田畓)에도 각종 나물이 무성하다. 이른 봄에는 울타리의 두릅과 가죽 잎이 눈부시게 피어나고, 방아 미나리 도라지 머구 부추 우엉 토란…, 푼돈이 될 만한 게 꽤나 많다. 파 상추 호박잎무 배추 들깻잎 등 재배하는 채소도 적지 않다. 농촌을 노인네들만이 지켜 나가고 있다는 것은 어제오늘의 이야기는 아니지만 그래도 우리의 고향 마을에는 젊은 전업 영농자가 비교적 많고 자연 동네가 활기차다. 그러나 우리 집에는 나물장수를 할 만한 인력이 없다. 농사철에만 한시적으로 고향집을 개방하고 있기 때문에 어머니께서 고향으로 내려가 계시고, 주말이나 휴일에 아들딸, 손자들이 번갈아 드나드는 것이 고작이다.

논틀 외길의 어린 시절 추억이 실종된 것은 아쉽지만 지금은 어엿한 도농 통합시(都農統合市)요 시내버스가 하루에 왕복 십여 차례나 다닌다. 휴일이면 고향 찾는 경향각지의 승용차가 길을 꽉 메운다. 이쯤 되면 어머니의 신혼 시절 이야기는 족히 호랑이 담배 피울 적이 된다. 꽤 부유한 집에서 태어난 맏딸은 기(氣)가 밖으로 발산한 장사(壯士) 아버지(외할아버지)가 처자식을 버리고 외국을 떠돌며 가산을 탕진하는 바람에 가세가 기울고 어머니(외할머니)마저 비명으로 돌아가시자 졸지에 고아 신세가 되었다. 고모 댁에서 자란 16세의 들녘 처녀는 지금으로부터 꼭 65년 전 가난한 24세의 산골 노총각에게로 시집을 왔단다. 오막살이 토담집에 연명조차 어려운 찌들게 가난한 집인 줄 알면서도 첫눈에 신랑 한번 믿음직스러워 시집보낸 후 오랫동안 굶주리는 질녀 생각에 목이 메어 식사를 못 하셨다는 이야기를 나는 어려서 외고모 할머니로부터 들었다. 나의 머리를 쓰다듬으며 사연을 전하시는 그 할머니의 눈가에 맺힌 이슬의 의미를 나는 몰랐다.

어머니께서는 새색시 시절 차라리 지긋지긋한 가난의 시집살이를 떨쳐 버리고자 몇 번이고 동구 밖을 내다보았단다. 그러나 길을 찾지 못하여 도망을 치지 못하고 그 고된 시집살이를 눈물로 감내했다며 '너희 집'에 바친 일생이 너무도 원통하다며, 아직도 두고 온 '우리 집(자기 집)'을 잊지 못하신다. 그러나 나의 해명은 좀 엉뚱하다. 우선 여자는 팔자를 한 번 고칠 수 있는 기회가 있어서 좋다는 여성 찬양론으로 마음을 풀어 드린다. 그리고는 여기가 언제까지 '너의 집'이냐고 가볍게 신경을 긁어 본다. "어머니, 길이 있었으면 도망가셨겠네요." "가고말고."라며 기다 렸다는 듯 대답에 힘이 실린다. "돈이 없어 못 들어오지 길이 없어 못 들어오는 차가 무엇이 있느냐?"며 "길을 찾지 못했다는 것은 괜한 구실 입니다."라고 하면 어머니께서는 아직도 잃어버린 청춘의 보상이 미흡 한지 두 눈이 촉촉이 젖어든다. 아닙니다. "어머니 들녘 색시가 높은 산 의 정기를 탄 한창 물오른 20대 초의 산골 신랑을 만나신 게 잘못이지 요." "그 좋은 신랑을 두고 감히 어디로 도망을 갑니까."라는 나의 음양 론(陰陽論)에 의한 설명에 "궁합만 좋으면 무엇 하냐."면서 팔순 노모는 어린 손자들 앞에서 상기된 얼굴을 감추지 못한다. 얼마나 가난에 찌들 었으면 신혼의 단꿈 서린 추억 한 조각마저 엿들을 여유조차 없을까.

아무튼 어머님! 잘 참으셨습니다. 이제라도 진심으로 원하신다면 제 가 영화 〈자가용 타고 친정 가다〉처럼 '어머니 댁'으로 모셔다 드릴 수는 있겠으나 '아버님의 승낙'을 받을 길이 없군요. 이제는 제발 저의 청을 하나만 들어 주세요. 아무리 몸에서 좀이 일고, 울타리의 나물이 세어빠 지더라도 장날 나물 보퉁이 머리에 이고 아침 일곱 시 차 놓칠세라 동구 밖으로 허둥지둥 뛰어가시는 일은 그만하세요. 아들딸들이 사다 드린 소주 한 잔씩 권해 드신 취기 어린 동네 친구 어른들께서 말씀들 하신다 고요. "저 할미, 박사 아들, 사장 아들 만들고도 성에 차지 않아 손자들 성공시키려고 저런다."고. 글쎄요, 속는 셈치고 저의 마지막 소원은 들 어 주세요. 어머니, 부디 건강하게 오래오래 사십시오. 나물장수 손자들 이 '벤츠'로 모실 때까지.

6·25 단상(斷想) 2제(二題)

1. 사람 피란 · 소 피란

전쟁의 무서움이나 나라 잃은 슬픔을 채 모르는 나에게 6·25는 어린 영혼을 기쁨과 슬픔으로 뒤범벅이 되게 했다. 어쩌면 고삐 없는 송아지는 외양간보다는 산과 들에서 멋대로 뛰는 자유로움이 더 좋을 게다. 무차별 떨어지는 포탄보다도 어느새 피란민 대열을 앞지르는 생전 처음 보는 양코배기 흰둥이 검둥이에 더 질려 버렸다. 우리는 낙동강을 건너지 못했다. "아바이 오마니 이제는 전쟁 다 끝났습니다. 안전하수다. 모두들 고향으로 빨리빨리 돌아가시라요." 하는 인민군의 독려에 가던 길을 되돌릴 수밖에 없었다.

포화에 전소(全燒)되어 화염에 휩싸인 시가지를 야음을 틈타 목숨을 걸고 사선을 넘으며 빠져나와 졸지에 적지로 바뀐 고향집으로 되돌아 왔다. 혼자서 쓸쓸히 집을 지키던 누렁이가 밤중에 찾아온 주인의 냄새를 맡고 삽짝문으로 잰걸음에 뛰어나온다. 인민군의 보신탕 사냥으로 왼쪽 뒷다리에 총상을 입은 채 뒤뚱거리며. 나는 누렁이의 머리를 쓰다듬어 주었다. 눈물 젖은 누렁이의 눈에도 분명 전쟁의 슬픔은 서려 있었다. 새 집을 준공한 지 채 두 달도 못 되어 피란길에 올랐던 부모님들께 서는 폭격당하지 않은 집을 보고 얼싸안으며 뜨거운 안도의 눈물을 한없 이 흘리신다. 본부 건물로 사용했는지 기둥에 남아 있는 ㅇㅇㅇㅇ공화국 이라는 표시가 귀향은 했으나 나라는 없어졌음을 말해 주었다.

최후 전선을 넘지 못하고 밀려온 적군의 점령으로 우리의 피란길은 중도에서 실패로 끝났다. 시간적으로는 오래지 않았으나 길게만 느껴졌 던 피란 생활은 나에게 많은 새로운 것을 보고 느끼게 했다. 인산인해로 수라장을 이룬 강변 노천 야영에서 발 디딜 틈 없이 사방에 쌓인 인분의 냄새며 악취, 들끓는 파리 모기떼, 7월의 추적되는 장마, 학질 걸려 무심 히 반짝이는 밤하늘 별 아래에서 이슬 맞으며 고열, 오한에 떨며 신음하 던 악몽…. 전쟁의 끔찍함으로 나의 뇌리에 새겨져 있는 한 단면이다. 지천으로 널려 있는 주인 잃은 낙동강 변 과수원에서 풋사과, 참외, 수박 을 닥치는 대로 따먹으며 버드나무 늘어선 강물에서 전투기가 나타나면 자맥질하고 모래밭에서 벌거벗고 겁 없이 뛰놀던 즐거움은 내게는 어쩌 면 전쟁과는 거리가 먼 낭만 그것이었다. 전쟁터에서의 나의 철없는 녹 색 생활은 잠시나마 전쟁의 공포를 잊게 하였으며, 큰 강과 넓은 들은 좁디좁은 산골 마을 아이의 눈을 넓게 뜨게 해 주었다.

'사람 피란'에서의 시련이 부족해서인지 우리 고향의 짧은 피란 생활 은 귀향 후 2개월여의 '소(牛) 피란' 행렬로 이어졌다. 고향에 주둔한 인 민군은 군량미의 보급이 부족해서인지 닥치는 대로 소를 징발해 갔으며 주민들은 이에 소 피란 작전으로 응수했다. 새벽 일찍 해 뜨기 전에 마을 뒷산 큰 재를 넘어 산골짝 깊은 곳에 소를 숨겨 두었다가 저녁 땅거미가 내리고 어두워진 후 집으로 몰고 돌아오는 이름하여 '여명(黎明)작전'이 다. 나와 같은 초등학교 5학년짜리는 막내둥이로 대원에 끼여 푸른 산야를 마냥 신나게 누볐다. 일과래야 꽁보리밥이지만 두 끼 분 두둑이 챙겨 산속 깊이 들어가서 긴 밧줄로 고삐 늘려 소를 매어 두고 오전 오후 두어 차례 정도 옮겨 주면 된다. 하루 종일 맑은 계곡물, 짙은 그늘 아래서 멱 감고, 물레방아 만들어 돌리고, 형들의 잔심부름에 토라지면 나무 위에 올라 한창 열 올리며 배우고 있는 〈신라의 달밤〉 흉내로 넌지시 그들의 노래 솜씨에 시비 거는 것이 고작이다. 심부름이래야 감자묻이 할 모닥불 피울 마른 나뭇가지를 모으거나, 불에 달구어 덮개로 쓸 납작 납작한 돌을 주워 오거나, 숯불 위에 감자를 놓은 위에 덮고 흙으로 묻는 데 쓰이는 풀을 베고, 지붕 위에 구멍을 뚫어 부어 넣어 수증기를 일으키 기 위한 물을 개울에 내려가 떠오는 정도이다. 예나 지금이나 약자에게 는 강자의 시킴이라는 게 늘 서럽다.

하루의 소 피란 일과에서 가장 신나는 때는 해 질 무렵이다. 산골짝 신선놀음 같은 즐거움이야 먼 훗날 삶에 쪼들리면서 깨치는 것이지 당장 은 알 리 없는 조무래기들은 엄마 품에서 떨어진 하루가 길기만 하여 해 질 녘이면 어느덧 어미 찾는 송아지가 된다. 귓전에는 대청에서 손국 수 미는 엄마의 홍두깨 소리가 울리고 어느새 입안에서는 국수 꽁댕이 맛에 침이 돈다. 뒷산 큰 재 정상에서 집을 내려다보며 오늘도 무사히 소를 보호했다고 대견해하시는 부모님의 칭찬에 벌써 어린 가슴은 뿌듯 해 오며 마음은 개선장군이 된다. 해가 우리 쪽 서산으로 떨어지고 금오 산을 배경으로 하는 동쪽 하늘이 저녁노을로 물들 때쯤이면 나의 가슴은 박동이 빨라지기 시작한다. 우리의 산 정상 언덕, 녹색 관람석에는 40여 명의 목동(?)들이 숨을 죽이고 기다린다. 무대 쪽의 저녁노을이 서서히 사그라지기 시작한다. 드디어 'H hour'는 왔다. 천지를 뒤흔드는 굉음 소리와 함께 어제 저녁 떠난 B-29 편대가 다시 나타났다. 낙동강 최후 전선과 금오산 주변의 학교와 면사무소 등에 주둔한 인민군을 격퇴하기 위한 융단폭격이 개시된 것이다. 대오를 지어 연속적으로 골짜기로 급강하해 내려가 목표물을 명중시키고 하늘 높이 치솟아 오를 때면 이곳 관람석에서는 일제히 손뼉 치며 탄성이 터진다. 거무스름하게 물든 석양의 하늘을 배경으로 화염을 내뿜는 그 장엄하고 작렬한 줄줄이 이어지는 비행 편대의 실제상황 전투 장면은 지금까지의 어떠한 전쟁영화 공습 장면과도 비길 바가 못 된다. 그러나 그때 한 가지 중요한 사실을 까맣게 잊고 있었다. 누구를 위한 열광이고 찬사인지, 즉 그 비행 편대의 명중을 빌어 주어야 하는지, 내가 피란길에서 광란의 불길에 휩싸인 시가지를 운 좋게 빠져나오듯 목표물이 절묘하게 폭격을 모면할 수 있도록 마음 졸여야 하는지는 생각조차 못한 채로 전쟁은 어리석은 내게 녹색 꿈만 부풀려 주었다.

우리는 소를 지키려다 많은 사람을 잃었다. 사방이 높은 산으로 병풍처럼 둘러치고 있어 예로부터 천혜의 요새요 영원한 피란처라 전해지던 우리 마을도 너무나 큰 전쟁의 희생을 치렀다. 호사다마라던가, 머루 따 먹고 개암 깨물며 산언덕과 골짜기를 누비며 천진스럽게 뛰놀던 우리의 터전도 안전지대가 아니었다. 우연히도 풀 속 발길에 차여 괴물이 하나 발견되었다. 아이들은 신기한 듯 돌려가며 서로 잡고 안아 주고, 뭉실뭉실 길쭉하게 잘 생긴 부분을 어루만져 주었다. 한창 다리에 열이 올라 있는 녀석들이 앉아만 있을 리 없다. 드디어 한쪽 끝의 팔랑개비 부분을 두 손으로 잡고 사타구니에 끼어 자기의 '물건'이라 소리치며 뺏고 빼앗기며 달린다. 너무너무 신나고 즐거운 오후였다. 해 질 녘에 나는 있는 힘을 다하여 산 위에서 골짜기로 이 괴물을 던져 버렸다. 그날 저녁 집에 와서야 그것이 박격포 포탄이라는 것을 알았고 너무도 겁주는 어른들의 당부에 멋모르고 때늦게 간담만 서늘해 왔다.

어른들의 당부가 좀 더 철든 청소년들의 호기심을 꺾지는 못했다. 버렸던 포탄은 다음 날 우거진 풀밭에서 보물찾기하듯 다시 찾아내어졌다. 어느 누구의 지시도 없이 호기심에 찬 눈들은 산 정상 부분 놀이터에 둥그렇게 겹겹으로 둘러앉아 그놈의 생김새에 매료되기 시작했다. 만져 보면 껴안고 싶고, 안아 보면 열어 보고 싶은 심정은 점점 제동을 잃기 시작했다. 마침내 뇌관의 뚜껑을 열고 화약을 덮고 있는 내피(內皮)를 낫 끝으로 찍었다. 순간에 현장은 산천이 진동하는 폭음 속에 붉은 피를 토하며 울부짖는 아비규환의 수라장으로 변했다. 포탄이 있던 자리에는 무릎 깊이만큼 땅이 파였다.

온 마을 주민은 각자 자기 아들이며 친척 아이의 이름을 외치며 울며 불며 뒷산으로 한꺼번에 하얗게 기어오른다. 산 위에서는 중상자, 경상자 할 것 없이 피를 줄줄 흘리며 고통에 울부짖으며 하산한다. 마을에는 전날 그 포탄을 마지막으로 던져 버린 내가 사망자 1호로 나래가 돋쳐 전해졌다. 병환으로 계시던 아버지는 집 밖에도 못 나오신 채 문고리만 쥐고 통곡하고, 어머니는 거의 실신 상태로 산을 날듯이 올라왔다. 눈물과 땀으로 범벅된 어머니의 품에 안긴 나의 옷자락에는 까맣게 익은 산초송이가 한아름 안겨 있었다. 겨울철 아버지의 천식해소에 좋다는 산초 기름을 짜기 위한 나의 조그마한 효심을 머금은 채. 나는 포탄 찾는 수색을 마치고 산으로 오르던 중 골짜기 외진 곳에서 탐스럽게 익은 산초나무를 발견했고 그 산초를 꺾는 중 산 정상에서 터지는 포탄 소리에 소나기처럼 우수수 떨어지는 솔방울 세례를 받으며 황급히 현장으로 달려갔다.

이 포탄 사고는 추석을 일주일 앞둔 우리 마을에 사망 3명, 중상 3명,

경상 5명이라는 유례없는 큰 슬픔을 안겨 주었다. 전쟁에는 전선이 따로 없다. 1950년은 나에게 철모르는 기쁨과 슬픔으로 얼룩진 녹색 추억을 남겼다.

2. 전장(戰場)의 상처

5학년 1학기 중반에 내동댕이친 책 보따리가 이듬해 봄 다시 등에 매달렸다. 8개월여 만에 6학년이 되어 만난 친구들은 서로 부둥켜안으며 재회의 기쁨에 눈시울을 적셨다. 낙동강 최후 전선대(帶)에 속했던 교사는 폭격으로 지붕의 반 이상이 폭파되었으나 옛 주인을 맞는 정감만은 그날따라 유난히도 따사로웠다.

전선이 북상하고 정상적으로 복교는 했으나 당면 과제는 공부가 아니었다. 전쟁의 상처를 치유하는 것이 급선무였다. 전쟁이 할퀴고 지나간 자국은 너무나 깊고도 컸다. 하여 하루의 일과는 수업보다는 주로 특별활동으로 짜여졌다. 방송 등 대중 매체가 보급되기 전인지라 주로 전황은 전통(電通)을 타고 들어왔고, 그 내용은 아침마다 행해지는 전교생 운동장 조회 때 교장선생님의 훈시를 통하여 전달되곤 했다. 인천상륙작전 소식에 박수를 보내고, 9·28 수복에 환호하며, 지상군의 선봉대가 압록강 물을 마셨다는 소식에서는 기쁨의 눈물을 훔쳤다. 또한 "전우의 시체를 넘고 넘어 앞으로 앞으로/ 낙동강아 잘 있거라 우리는 전진한다"라는 군가는 최후의 보루였던 바로 우리의 고향 지역에서 국군이 계속 전진한다는 고무적인 메시지로 다가왔다. 어수선한 분위기에서 학생들의 안전을 위하여 실시된 아침, 저녁 일렬로 대오를 지어 걷는 등하굣길에서 목이 터져라 불렀던 많은 군가들 중 단연 으뜸 곡이었다. 분명 흐트러진 마음을 안정시키고 전의(戰意)를 고취시키는 데 크게 기여한 노래이다.

전쟁의 무서움은 전장에서만 국한되지 않는다. 어느 날 아침 조회시간에 우리의 담임선생님은 사상범(?)이라는 이유로 사랑하는 제자들 앞에서 포승줄에 묶인 채 잡혀 갔다. 일주일이 채 안 되어 3학년 1반 선생님을 체포하러 몇 명의 군경이 학교를 급습했고, 선생님은 학교 뒷산으로 잽싸게 도망쳤다. 뒤따르며 쏘아 대는 연발 총성은 어쩌면 그렇게도 요란했던지 지금도 그때를 생각하면 나의 간담이 쪼그라드는 듯하다. 두 선생님에 대한 존경과 권위는 순식간에 진흙탕으로 떨어지고, 위세 당당하던 모습은 삽시간에 사라졌다. 선과 악, 진과 위, 주의(主義)와 사상이라는 말들을 제대로 분별하지 못하던 나의 가슴에 큰 충격만 던져 준 채 그 선생님들의 안부는 영영 물을 길이 없다.

더더구나 전쟁은 목숨과 피만을 요구하는 것이 아니다. 타오르는 불길 속에서 우리의 사랑과 인정이 까만 재로 남는다. 따사롭던 너와 나의 얼굴에 냉기가 흐르고 살기가 돋아난다. 오순도순 살아가던 산골의 인정에 금이 가기 시작했다. 누구는 친일했다며 '바람재' 깊은 골짜기에서 낙엽처럼 날려갔고 또 누구는 누대의 지주로 많은 소작인을 착취했다고 밀고 되어 '인민재판'에서 뭇매를 견디다 못해 끝내 숨을 거두었다. 갑자기 신바람이 난 현지 앞잡이들의 핏발 서린 눈알과 붉은 완장 찬 요원들이 들판에서 벼 알을 세고, 콩깍지를 세며 부산을 떤다. 그것도 땅의 주인에 따라 적용 기준이 같지 않다는 아낙네들의 푸념 섞인 쑥덕공론이 우물가에서 귓속말로 새어 나온다.

순간순간 변하는 종잡을 수 없는 상황을 먼발치에서 바라보며 겁에 질린 나의 뇌리에 잊힌 영상이 갑자기 클로즈업되었다. 최초로 목격했던 위엄과 권위가 빠져나간 빈껍데기의 초췌한 아버지의 모습이다. 어느 날 오후 아버지는 끝물 목화 나부랭이가 담긴 가마니를 등에 둘러메고 패전 직전 최후 발악하던 순사의 발길에 무참히 짓밟히며 주재소로 끌려 갔다. 숟가락, 놋쇠그릇까지 마구 회수해 가던 절박한 물자징발 하에서 목화공출을 속였다는 죄목으로.

일체의 개인 소유는 없어지고 모든 사람이 똑같이 고루고루 나누어 잘 먹고 잘사는 세상이 된다는 '공산(共産)'이라는 말이 민심을 뒤흔들기 시작했다. 비탄에 빠지는 사람, 공포에 떠는 사람, 예상되는 상실감에 지레 겁에 질리며 한숨짓는 사람, 새로운 희망에 날개 돋는 사람…. 그러나 가난에 한 맺힌 민초들의 귓가로 다가오던 '구원의 복음'도 변죽만 울린 채 수복과 더불어 우리의 고향 하늘 위를 스쳐 날아간 순간의 신기루가 되고 말았다. 민심의 골 깊은 상처만 남겨 놓은 채.

학교도 예외일 수 없다. 겉도 속도 정상이 아니다. 교장 이하 10여 명이던 선생님은 5명 내외로 줄었다. 나머지는 징집되고 잡혀 가고 또 잠적되고…. 그래서 학과 시간도 두 개 이상의 학년이나 학급의 합반으로 이루어지곤 했다. 게다가 교재와 학용품은 태부족이었다. 또한 수업 시간의 반 이상은 위문편지를 쓰며 보내곤 했다. '눈보라 치는 엄동설한' '들국화 향기 은은히 풍겨 주는 골짜기' '전우의 선혈인 양 반겨 오는 진달래 향내'… 알 듯 모를 듯 내가 당시 즐겨 썼던 기억에 남아 있는 몇 구절이다.

특별활동은 어수선한 학교 주변을 청소하고 환경을 정리하는 것에서부터 시작되었다. 특히 힘들고 기억에 남는 것은 폭격 당한 교사의 지붕을 덮을 기왓장을 날라 온 일이다. 마침 20여 리 떨어진 곳에 기와 굽는 공장이 있었다. 그러나 전란 중이라 기와를 옮길 운송수단이 없었다. 이에 전교생이 며칠에 걸쳐 이고 지고 옮겨 왔다. 1, 2학년생은 2장, 3,

4학년생은 3장 그리고 5, 6학년생은 5장이 1회에 옮기는 지정 양이다. 장가까지 든 나이 많은 친구나 힘을 뽐내는 아이들이 덤으로 늘리는 양은 자유였다. 거리를 단축한다고 고갯길을 넘으며 흘린 땀은 비 오듯 하였다. 허기진 배를 움켜쥐기 몇 번이던가. 하나, 나라를 지키며 일선에서 뿌리는 국군 아저씨들의 피땀에 비하면 이거야말로 새 발의 피일 테지 하며 이를 악물기도 했다.

며칠간의 노력 동원(?) 덕분으로 교사의 지붕이 깨끗하게 수리되었다. 전교생은 교장선생님으로부터 격려도 받고 칭찬도 들었다. 정말 땀의 보람을 맛본 순간이었다. 전쟁! 정말로 무섭다. 총칼만이 무서운 것이 아니다. 배고픔이 무섭고 돌아서는 흉흉한 민심이 더 무섭다. 그런데 이 어인 변고인가, 교사를 개수한 며칠 후 우리 학교에는 또 한 차례 날벼락이 떨어졌다. 하룻밤 사이에 전 교사의 모든 유리를 다 떼어 가 버렸다. 계속 수복되는 지구의 전후복구가 전국적인 과제인 데다가 민수품이 극도로 고갈된 상태인 만큼 기상천외의 일이 다 일어나던 때인지라 더한층 허탈한 마음을 달랠 길은 막막했다. 어린 마음에도 그저 분하다는 생각밖에 미치지 못했다. 아마 당시 당직 책임자는 큰 문책을 받았을 것 같다.

하나 그러고도 우리 학교는 지금까지 건재하고 있다. 분명 그 규격화된 유리는 다른 학교의 유리창을 수리하는 데 사용되었을 것이다. 그 학교에서 추위에 떨지 않고 열심히 공부한 학생들이 이 나라를 지켜 가는 동량(棟樑)이 되고, 전쟁 중의 굶주림을 달랠 길 없어 순간적인 실수를 저지른 누군가도 참회의 눈물로 나라의 재건에 열정을 다했을 테지. 전쟁이 죄일 뿐이다.

반세기에 접어드는 6·25의 상처는 언제 완쾌될 것인가. 천만 이산가족의 피맺힌 아픔은 언제 아물며, 입대한 아들을 염려하는 부모의 아린 사연의 위문편지는 언제쯤이면 마음 포근한 부모 자식 간의 안부편지로 바뀔는지. 나의 막내아들은 지금 새까만 이등병으로 복무중이다. 신병훈련 중에서도 가장 힘든 고비라는 기본소총훈련(PRI)을 마치고 종합침투훈련에 접어들 무렵 나는 아들에게 다음과 같은 위문편지를 띄웠다. "사랑하는 막내아들 준영(埈永)에게, 준영아! 너의 근황이 궁금하구나. 계속되는 각종 훈련에 정신이 없지? 그것들이 쌓여 가면서 너는 어엿한 한 병사가 되어 가고 있을 거야. 이 아버지는 꼭 37년 전 너보다 3일 늦게 논산훈련소에 입소했었단다. 각 교장을 거쳐 가면서 행여 힘든 고비가 있으면 아버지가 지나간 자리의 기(氣)를 체온으로 느끼면 좀 위로가 될지 모르겠다. 오늘의 너의 그 자리는 어느 한 순간도 비워 있지 않았다. 땀 흘려 먼저 지켜 준 선배들의 노고를 새기며 더욱 힘을 내기 바란다."

지팡이

　세월 앞에는 장사가 없다. 걸어갈 때는 땅이 쾅쾅 울리고 힘이 펄펄 넘쳐 시집오자마자 장사(壯士)의 딸임이 탄로 나고 말았다는 어머니께서도 팔순을 넘기면서 요즘 눈에 띄게 허리가 굽어진 모습이다. 초파일에 불공드리고 오는 길에 직지사 경내에서 지팡이를 하나 사야겠다고 다짐하면서도 아쉬운 여운을 남긴다. 일찌감치 딸아이 둘을 키워 오던 당신의 막내딸이 당신의 성화에 못 이겨 10년 넘는 터울로 얻은 아들이 이제 막 어린이집을 드나든다. 이따금씩 집을 봐 주러 가는 것은 즐거움이나, 그 막내딸이 지팡이는 짚지 말라고 신신당부를 했단다. 꼬부랑 할머니의 딸임이 싫어서이다. 자식을 위한 부모의 희생의 끝은 어디인지. 하지만 그 지팡이, 어찌 허리 굽은 노인의 상징으로만 여겼던가.

　흰모시 적삼과 조끼, 황갈색의 안동포 바지, 이따금 햇빛에 번쩍이는 안경, 머리 위의 아이보리색 중절모, 옷섶 밑으로 7, 8월의 소불알처럼 삐죽이 처져 내린 검은 안경집…. 어린 시절 내 눈에 비친 귀품 있는 동네 할아버지의 자태이다. 왼손에 장죽의 담뱃대 들고, 바른손에 지팡이 짚고 걸어가는 모습에서는 위엄이 넘친다. 어느 틈엔지 모르게 조무래기들의 놀음판에 불시에 나타나 몰래 뒤통수에 꿀밤 한 대 먹이고는 시치미 뚝 떼고 먼 산만 바라보시던 근엄한 모습, 코끝에 위태롭게 걸려 있는 안경테 위로 응시하던 인자하신 모습, 소스라쳐 놀라 도망칠라 치면 두 발짝도 못 가 지팡이 손잡이에 걸려들던 아찔한 마력 같은 스릴…. 지금 은 어디에서도 찾아볼 수 없는 아련한 옛 정취가 요즘 문뜩문뜩 그리워 진다. 나는 어려서 동네 어른들의 귀여움을 많이 받았다. 사람들은 눈빛 이 유난히 반짝이고 야무지게도 생겼다며 머리를 쓰다듬어 주시며 지나 치곤 했다. 하루에도 몇 번씩 부딪치는 안경 끼고 지팡이 드신 그 할아버 지는 좋기도 하고 무섭기도 했다. 나는 안경이나 지팡이를 멋이나 위엄 을 부리기 위한 몸단장으로만 알았다. 남모르는 불편이 숨어 있으리라고 는 생각지도 못했다. 더욱이 허약한 몸을 받쳐 주는 버팀목이요, 시력을 돋워 주거나 마음을 달래 주는 '지팡이'임을 깨달은 것은 오랜 세월이 흐른 후이었다.

지팡이는 재질과 용도에 따라 종류가 많다. 우선 많이 쓰는 것은 나무 이나 관목의 줄기나 풀의 대도 있다. 나무로는 대나무, 백일홍나무, 벚나 무 등이 활용된다. 등나무 줄기나 다래나무 줄기는 마음대로 모양을 내 기가 쉬워서 인기가 있다. 한해살이풀의 줄기인 명아주대로 만든 청려장 (靑藜杖)은 단단하면서도 가벼워 특히 할머니들의 지팡이로는 안성맞춤 이다. 요즘에는 알루미늄, 구리합금, 합성수지 등의 특수 소재도 많이 이용된다. 지팡이의 종류만큼이나 그 상징적 의미도 다양하다. 곧은 것 은 절개가 넘치며, 반원형의 손잡이에는 너그러운 인심이 엿보인다. 제 멋대로 휘어지거나 울퉁불퉁한 몸통에서는 인생의 애환이 흐른다. 큰스 님의 주장자(拄杖子)나 교황의 지팡이에서는 초월적인 신비가 숨어 있 으며, 용트림한 도사(道士)나 대사(大師)의 지팡이는 신출귀몰하는 여의

봉(如意棒)이다. 촌로의 초라한 지팡이에서는 소박한 인정이 흐르고, 유유자적 논틀을 오가는 지주(地主)의 자루 긴 삽괭이는 지팡이 겸용이면서 농경 사회의 부와 위엄의 상징이다. 죽장망혜(竹杖芒鞋)는 같이하는 의관에 따라 이미지가 사뭇 다르다. 삿갓을 곁들이면 방랑시인이요, 찌그러진 갓이면 남산골샌님이고, 상복을 걸치면 단번에 열녀, 효자가 된다. 처칠의 담배 파이프에서 피어오르는 자연(紫煙)과 지팡이에서는 평화와 예술이 풍겨 나며, 장군의 지휘봉에서는 굳건한 안보 뒤편의 용(勇), 지(智), 덕(德), 복(福)이 어른거린다. 미스 코리아의 떨리는 손에 쥔 미녀봉은 바로 미의 사절의 신임장(信任狀)이다.

지팡이의 진가는 그 기능에 있다. 사람에 따라서는 지팡이는 지팡이 이상이다. 시력 장애인에게는 눈이요, 지체 부자유인에게는 팔이요 다리다. 몸과 마음의 균형을 잡아 주고 지지하며, 불편이나 부족을 채워 주며, 허전한 마음을 달랜다. 부티나 귀티가 나게 하고 위엄까지 덤으로 준다. 서양 문물이 들어오던 초기에 사용되던 개화경(開化鏡), 개화장(開化杖)이라는 용어에는 문화적 의미가 함축되어 있다. 안경이나 지팡이가 인물을 내기 위한 것으로 비쳤던 나의 어릴 적 순박한 생각도 크게 어긋나지는 않은 것 같다. 이처럼 좋은 지팡이이련만 때로는 인간의 마음을 우울하게도 한다. 50대 초, 왠지 모르게 시력의 불편을 느끼며 처음으로 돋보기를 맞출 때 사실 나의 기분은 별로 좋지 않았다. 개구쟁이 시절, 그렇게도 몰래 훔쳐 끼어 보고 싶던 '할아버지'의 안경에 대한 호기심이 산산조각 나고, 초롱초롱한 눈빛으로 귀염 받았던 어린 시절의 사랑에 대한 배신 같은 일말의 인생무상, 아니 허무가 스쳐 갔다. 나는 얼마 전 외신을 타고 들어온 "청춘은 미래가 있어 아름답고 늙어도 영생(永生)의 미래가 있다."는 교황 요한 바오로2세의 강론에서 깊은 감명을 받았다. 더욱이 자신이 왜 지팡이를 사용하는지 맞혀 보라고 한 뒤 몇 어린이가 "목자이기 때문"이라고 대답하자 "늙어서 그렇다는 답이 나올 줄로 생각했다."며 미처 갈무리할 틈도 없이 흘러버린 팔순을 바라보는 교황의 천진스럽듯 순진한 미소에는 성직자의 인간적인 참 모습이 담겨 있다.

내가 처음으로 지팡이의 고마움을 느낀 것은 1987년을 전후하여 1년 반 동안 미국에서 연구 활동을 할 때였다. 나의 무딘 나이테도 만학의 수학(修學)에 따르는 향수와 허전함을 극복하기에는 미흡했다. 나는 아버지께서 신병으로 지체가 불편하실 때 지팡이를 사 드리려다 거절당하면서 '지팡이는 자식(남)이 사 주는 것이 아니다.'라는 것을 진작 배웠다. 또한 지팡이는 부모님 영전에서 자식이 짚는 것이기 때문에 자식이 부모님께 지팡이를 드리는 것은 역리(逆理)라는 데서 비롯된 생활 인습이라는 것도 알았다. 자식을 위한 부모님의 일방적인 희생만 담긴 대목으로 자식이 부모님의 불편을 도와 드리지 못하는 안타까움이 있으나 이것이 오히려 부모님의 정신적 위로가 된다니 따를 수밖에 없다. 나는 지팡이를 찾아 상당한 기간을 방황했다. 어차피 지팡이는 자기 스스로 마련해야 된다던 선현들의 지혜를 떠올리면서.

내가 공부하던 럿거스 뉴저지주립대학에서는 예체능계 분야가 많아서인지, 아니면 여러 캠퍼스로 분산 배치된 탓인지 부지런하기만 하면 거의 매일 저녁 공연예술을 감상할 수 있다. 클래식, 재즈, 팝송에 이르는 콘서트며 발레, 현대무용, 스포츠 댄스 등의 무대 예술의 발표가 세계적인 유명 예술인의 초청 공연에서부터 교수들의 업적 발표, 학생들의 졸업 공연에 이르기까지 연중 이어졌다. 특히 지역사회 봉사를 강조하는 미국의 대학들인지라 대학의 시설들은 언제나 개방되어 있으며, 시민을 위한 무료 공연과 시민 한마당도 흔했다. 이것들은 어정쩡한 나이에 엄습해 온 향수를 달래 주고 고독을 채워 주는 나의 정신적 지팡이가 되어 주었고, 외국의 문화를 이해하는 데 큰 도움이 되었다. 나는 지금도 이따금 혼자서 볼룸 댄스 스텝을 밟으며 몸의 컨디션을 조율할 때가 있다. 잊혀 가는 스텝 속에서 어쭙잖은 나이에 용기를 내어 찾았던 하이랜드 파크 문화센터(Highland Park Cultural Center)의 모던 댄스 프로그램에서의 시절 인연이 주마등같이 흐른다. 1년간 자상하게 지도해 주신 정년퇴직 후 지역사회에 봉사 활동하시던 앨리스 선생님의 열성, 서툰 동양의 촌스런 이방인을 마다 않고 파트너 해 주던 미녀, 호남의 색깔 다양한 반원들의 너그러운 마음들, 눈이나 비 오는 날이면 서로 다투어 라이드(차편 제공)를 주던 친절한 얼굴들을 회상한다. 왈츠나 블루스 한두 곡은 쉽게 흘러가고, 어느덧 피로는 사라지고 나의 마음은 쉽게 안정을 찾는다. 정말 운 좋게 마련한 나의 귀중한 지팡이의 하나이다.

성공을 일구기도 어렵지만 평범한 삶을 이어가는 것 또한 쉽지 않다. 남을 도우며 산다는 것이 어렵기에 나는 적어도 남에게 피해는 주지 않으려는 마음 씀을 잃지 않으려 애쓴다. 그러나 오늘도 나로 인해 정신적 갈등을 갖거나 스트레스를 받는 사람은 없는지…. 나는 가난 속에 태어났으나 선영(先塋) 자락에 비탈 밭 일구고 천수답 가꾸며 뿌리신 부모님의 구슬땀이 옥 같은 쌀로 영글면서 우리 집의 가난은 곧 벗어났다. 덕분에 나는 산골 마을의 산과 들을 누비며 끝없는 푸른 꿈을 한껏 먹고 자랐다. 어느 누구를 시기하거나 탓할 겨를도 없었고, 그렇다고 남으로부터 마음에 파문이 일 만큼의 상처를 받은 일은 더더욱 없다. 자수성가하신 아버지의 체험으로 얻은 인생철학은 일찌감치 내게 인정의 고귀함과 사랑을 일깨워 주었다. '비굴하지도 말고, 오만하지도 말자.' '너무 강하면 부러진다.'는 아버지의 값진 교훈은 나도 모르는 사이 나의 생활의 상,

하한선이 되기도 한다. 정직, 근면, 책임은 나의 생활의 지주(支柱)이다. 이렇듯 육신을 의지하는 지팡이는 정신적 내면세계의 균형을 유지하고 지켜 주고 바로잡아 주는 역할도 한다.

　내가 삶에 대해 고뇌하고 본격적으로 지팡이를 찾아 헤맨 것은 그리 오래지 않다. 마음만 먹으면 다 이루어지는 듯하여 행운아라고 자부하면서 살아온 순탄한 내 삶에 시련이 찾아왔다. 정확하게 1992년 7월부터 1998년 6월까지는 내 인생의 일대 시련기요 전환기이다. 처음 2년은 전초전이며 교란기이고, 뒤의 4년은 생각만 하여도 소름끼치는 끔찍한 '유혈이 낭자한 피'의 보복기이다. 수단과 방법을 가리지 않고 오로지 목적만이 존재하던 세 번째 도전한 직선 총장 선거의 한 후보의 지지자가 아니라는 이유 같지 않은 이유로 나는 허울 좋은 '새 질서 확립'을 위한 희생양이 되었다. 진(眞)이 위(僞)로 날조되는 음해(陰害)에 통한을 삼켰고, 표적이 된 융단폭격의 집중포화를 맞으며 마침내는 파렴치한으로 몰아치는 속죄양으로 전락하였다. 절묘한 변신에서 오는 배신감, 시세에 영합하는 인정세태, 승자의 오만과 속절없는 패자의 좌절…. 50년 전 6·25 전쟁에서 치를 떨며 목격하고 체험한 '붉은 완장 찬 점령군과 어느 날 갑자기 앞잡이로 둔갑해 버린 서슬 퍼런 현지 하수인, 이실직고만을 강요하는 인민재판, 비 오는 날 오후 잿빛 안개 속에서 작렬하던 집단 총살' 바로 그것이었다. 삼킨 울분은 울화가 되고, 불면증은 급성 위궤양을 불러왔고, 혈압은 소나기 속에서 고양이, 개 춤추듯 뛰었다. 그렇게도 강건하다던 어린 시절의 칭송이 부끄러우리만큼 몸과 마음은 빠르게 허물어져 갔고 갈수록 시련과 갈등은 증폭되었다. 6개월을 넘기지 못하고 급기야 나는 병원 신세를 지게 되었고, 학창 시절 국가고시를 준비한답시고 심야의 하굣길에 캠퍼스를 걸어가면서도 꾸벅꾸벅 잠에 취하던 내게 안정제는 상비약이 되고 말았다.

현대 의술로 육체적인 회복은 가능했으나 신체적인 리듬과 마음의 진정을 찾는 것은 나의 몫으로 남았다. 나는 모든 것을 단념하고 미련 없이 언제나 내 마음속에 깊이 자리 잡고 있는 푸른 고향 언덕으로 달려가려고도 했다. 그러나 비록 진실의 규명을 시간의 검증으로밖에 맡길 수 없는 절박한 순간이기는 하지만 나는 언제나 진실에 대한 확고한 신념을 갖고 우회로를 걸어오지 않았는가. 지금이 나의 끝이 될 수는 없다. 적어도 진실이 규명될 때까지만이라도. 나는 너무도 외곬로만 걸어온 나의 길을 되돌아보며 짙은 회한의 눈물을 삼켰다. 인간은 자기합리화로 존재하는 것인가. '지금의 포기는 지나친 사치'라는 결론에 나는 참기 어려운 자존심을 버리면서까지도 그냥 주저앉고 말았다. 이것이 나의 삶을 재조명하고 실종된 나의 '참모습'을 되찾게 한 천재일우의 기회요, 우둔한 나에게 인생의 이면에 숨겨진 진면목(眞面目)을 발견토록 독려하는 가차 없는 채찍임을 깨닫게 된 것은 또 다른 많은 시간과 값을 치른 후였다. 이러는 사이 나는 많은 지팡이에 신세를 졌다. 산을 오르내리며 지나온 길을 반추하고 수영장을 찾기도 했다. 늘씬하고 한창 물오른 싱싱한 연인들의 진로를 방해하면서 나는 그들의 기(氣)를 빼앗고 사랑의 밀어를 훔쳤다. 그들은 산골 개울에서 물장구 치고 정담을 나누며 꿈을 키우던 어린 시절, 나의 때 묻지 않은 개구쟁이 친구들이 되어 주었다. 행여 몸과 마음을 달래는 빠른 효험이라도 있나 해서 문화적 가치관의 차이로 자제해 오던 스포츠 댄스를 국내에서는 처음으로 찾기도 했다. 종교, 철학, 문학이며 심지어는 풍수지리, 생활역학 등의 모든 인생학은 자기의 전공이나 생업이 아닌 사람에게는 정신적 지팡이가 되지 않을까.

연만하신 부모님께는 자식의 결혼이 마음을 포근하게 감싸 주고 무거운 짐 하나를 들어 주는 지팡이의 구실도 하는 것 같다. 1970년 1월 31일 11:00 명동 YWCA예식장에서는 불편하신 거동이나 짙은 회색 두루마기에 갓을 쓰신 단정한 모습의 지팡이 짚은 촌로 한 분이 그날의 신랑신부에 못지않은 후레쉬를 받았다. 그 후 아버지의 수족을 지지해 주던 지팡이와 의관(衣冠)은 탈상(脫喪) 후 아버지의 육신을 마지막으로 달래 주신 죽마고우 동네 어른께서 가져 가셨다. 그러나 당신의 정신을 끝까지 지탱해 주던 '마음의 지팡이'는 '부모는 자식이 귀여워도 뒤통수를 보고 웃어야 한다.'시던 아버지의 절제된 강인한 사랑을 타고 당신의 아들에게로 고스란히 물려주셨다. 오늘의 아들이 맞을 시련을 예감하신 아버지의 뜨거운 사랑 앞에서 불효자는 다시 한 번 옷깃을 여미며 아버지의 명복을 빈다. '아버님, 언제나처럼 허약하게만 비쳤던 그 아들이 오늘도 아버님의 따스한 팔베개에 안긴 채 이처럼 건강하게 살아가고 있습니다. 아버님! 감사합니다.'

나의 통학길

　나는 중·고등학교 6년간을 걸어서 통학하였다. 나의 통학길은 산길과 신작로 두 길이 있다. 산길을 택하여 등교를 하고 신작로 길로 하교하면 우리 집의 삽짝문은 출발점인 동시에 도착점이다. 우리 집 대문에서 집 뒷길로 마을을 지나 산길로 접어들게 되는가 하면, 신작로 길을 택하면 대문에서 바로 앞길로 마을 복판을 빠져나간다. 그래서 하루에 걸어온 길이 하나의 타원형이 된다. 거리로는 등굣길이 10킬로미터, 하굣길은 12킬로미터 정도이다. 산길로 왕복하면 20여 킬로미터이나 신작로로 왕복하면 24킬로미터가 족히 된다. 그래서 약 4킬로미터를 단축하기 위하여 해발 500여 미터의 고개를 넘는 산길이 절대적으로 선호되었다.

　중학교 입학 이전에 이미 왕복 10여 킬로미터가 넘는 초등학교 통학에서 예비 훈련을 쌓았다. 그런데도 중학교 입학 후 처음 한동안은 이 통학길이 내게는 너무 힘에 겨웠다. 물론 타고나면서부터 부모를 안심시키기에는 미흡한 허약한 체질이었다고 단정할 수도 있겠다. 하지만 13세의 나이에 하루에 24킬로미터 이상을 걷는다는 것은 지금 생각해도 너무 무리한 과부하인 성싶다. 그것도 평탄한 길이 아니고 돌과 개울을 지나가는가 하면 높은 산을 넘어야 한다. 몇 가지 뜻하지 않은 건강상의 이상증세가 나타났다. 우선 나는 격심한 갈증을 겪었다. 등하굣길에 걷는 시간은 각각 두 시간 이상이 소요되었으며 너무도 많은 땀을 흘렸다. 그래서 지천으로 널려 있는 산길 바위틈에서 솟아나는 옹달샘이나 길갓집 우물이나 펌프장을 그냥 지나친 곳이 없다. 닥치는 대로 물을 마셨다. 이런 나를 보고 나의 한 친구는 내가 큰 병을 얻은 것 같다며 자기의 부모에게 전하는 바람에 한바탕 동네에 소동이 일기도 했다.

내가 당시 얼마나 힘에 부치었는가 하는 것은 빛바랜 중학교 1학년 1학기 성적표가 말해 준다. 평균 66점, 석차 560명 중 끝에서 10% 이내에 겨우 끼어 있다. 나는 이 성적표를 영광스럽게 생각하며 좀 과장된 표현을 하면 '인간 승리의 증표'쯤으로 고이 간직하고 있다. 힘겹게 지친 다리를 끌며 늦은 밤 집에 도착하여 때늦은 저녁밥을 먹고 나면 피로와 식곤증이 한꺼번에 몰려오면서 숟가락을 놓기 바쁘게 잠에 취해 떨어진다. 다음 날 아침 5시 등교 독촉에 떨어지지 않는 작은 눈을 부라리며 아침밥을 먹는 둥 마는 둥하고 발걸음을 재촉한다. 당시를 회고하면 지금도 새로운 힘이 솟으며 나를 10년쯤은 회춘시킨다. 하여 이것은 훗날 평균점수의 앞 숫자가 9로 바뀌고 석차에 경쟁자가 없어진 어느 다른 성적표들보다도 내게는 더 값진 것으로 치부되고 있다. 본래의 '나'를 볼 수 있기 때문이다. 학습에 대한 나의 의지나 각오가 투영되거나 노력과 땀이 배어들기 전의 나의 본바탕이다. 아무런 꾸밈도 화장도 없다. 소박하고 순수한 모습이라 좋다. 공교롭게도 나의 대운(大運) 숫자인 6이 쌍을 이루며 미지의 세계를 향하여 힘찬 출발을 한 것으로 이해하면서부터 애정이 한층 더해 간다.

나의 통학길! 처음에는 그저 지각하지 않겠다는 생각만으로 달리던 길이 시간이 지나면서 내게는 많은 의문으로 다가오기 시작했다. 길이란 무엇인가. 점의 연속인가 아니면 시발점과 종착점의 분산인가. 이 산길은 누가 만들었을까. 어떤 사람이 지나갔을까. 대체 길이란 존재하는 것인가. 내가 이 길을 넘나드는 동안에 계절은 스물네 번 바뀌었다. 변하는 철 따라 우둔한 내게도 설익은 철이 들어갔다.

내가 당시 어린 가슴에 벅찬 숨을 헐떡이며 넘던 그 산길은 옛날 선비들이 장원급제의 꿈을 안고 한양으로 달리던 과거 길의 길목이다. 특히 멀리는 삼천포, 진주, 함양 등의 서부 영남에서부터 거창, 합천 등지의 내륙 깊숙이 자리 잡은 곳의 생원들이 영남의 관문인 추풍령을 넘기 직전에 길을 단축하고자 김천 시내를 경유하지 않는 지름길이다. 이름하여 '큰국재'라 한다. '이 고개를 넘으면 나라의 큰 인재가 된다.'는 뜻인지 국한문 혼용 같은 애매한 이름이다. 한양 천릿길에 넘어야 할 고개가 어디 한둘이겠는가. 직전에 있는 송죽고개와 과곡고개를 넘으면서 설설 준비 운동에 접어든 다음 마지막으로 숨을 몰아쉬어야 넘을 수 있는 고갯마루이다. 과거시험으로 치면 초시(初試) 정도는 됨직한 만만찮은 고개이다. 내가 6년간 닳아 없앤 운동화의 양도 적지 않지만 옛 선비들께서 정상에 당도하여 시원한 추풍령 바람을 폐부 깊숙이 들이마시고, 한담 나누며 짚신 꾸러미깨나 버린 곳이다. 나의 이 통학길은 6년 개근상 장 한 장으로 마감이 되었다. 그러나 나의 마음속에는 영원한 길로 각인되어 있다.

길만큼 의미가 다양한 말도 없을 것 같다. 분명 태초에는 지구상에 길이라는 게 없었다. 누군가가 아니면 무엇인가가 반복적으로 다녀 길이 된 것이다. 사람이나 짐승이 다니는 곳이 길인가 하면, 차 배 비행기 등 인간이 이용하는 모든 탈것들이 지나가며 거치는 시간이나 공간의 과정도 길이다. 그런가 하면 인간이 지켜야 할 도리나 일을 해결하는 방법이나 수단도 길이요, 인생의 여정도, 발전이나 활동의 방향도, 심지어는 방면이나 분야도 길로 표현된다. 이처럼 길은 구체적 추상적으로 다양한 개념으로 쓰이고, 함축하는 뜻이 넓고도 깊다. 하나, 길은 태생적으로 부재로(不在路)요 자유로(自由路)다. 또한 길에는 인공적인 것만이 있는 것이 아니다. 자연적인 길이 무수히 있다. 밤하늘에는 은하수(the Milky Way)가 반짝이고, 바다에는 콜럼버스의 신항로를 따라 무역로(trade route)가 잔가지를 뻗어 가고 있다. 사막에는 낙타의 땀과 대상(隊商)들의 탐욕이 스며 있는 비단길(the Silk Road)이 아직도 신비에 감싸여 있는가 하면 섬광을 내뿜으며 달나라, 별나라로 치닫는 우주선의 궤도(orbit)는 첨단 과학의 승리이다.

길, 길, 길…. 종류도 많고 뜻도 많다. 그러나 내가 좋아하는 길은 나의 산길 통학로요 오솔길이며 사색의 길이다. 인자요산(仁者樂山)이라던가. 나와는 너무도 격(格)이 먼 호사스런 명언이다. 어쨌거나 나는 산을 좋아하고, 언덕길, 비탈길, 고갯길, 고생길로 이어지는 산길이 내게는 제격이다. 여기에는 나의 스승이 있고, 나의 사색의 이삭들이 흩어져 있으며, 내 꿈이 아롱져 있다.

나의 체력과 인내심은 통학길에서 담금질되었다. 지겹게만 느껴지던 초기의 어려움도 봄눈 녹듯 사라지고 나의 약하디약한 '새 다리'에도 힘이 오르기 시작하였다. 겨울철 늦은 밤길을 혼자 걸으며 내 자신의 그림자에 무수히 놀라고, 제 발자국 소리에 소름끼치면서 나의 담력은 커 갔다. 더위와 추위를 이겨 내고, 주린 배를 움켜쥐면서 가난을 곱씹었고 철이 들면서 '나의 길(my way)'이 언뜻언뜻 보이기도 했다. 나의 통학로는 나를 발견케 하고, 신체뿐만 아니라 정신력과 심성을 길러 준 내 인생의 '도량(道場)'이다.

　나의 통학길은 계절의 변화와 자연을 관찰하는 자연 학습장이다. 봄이 채 돌아오기 전부터 뚫어지게 찾던 할미꽃을 정상에 당도하자마자 클 태(太)자로 지쳐 쓰러지는 순간 우연히 임자 없는 이름 모를 허물어져 가는 묘의 봉분 비탈을 양지라고 의지하며 피어나는 모습으로 마주칠 때면 의미 모르는 인생의 상념에 사로잡히고, 하잘 것 없는 제비꽃 하나에서도 희열을 느끼곤 했다. 산수유, 진달래, 개나리, 철쭉, 산벗꽃, 찔레꽃, 아카시아, 들국화… 철 따라 피고 지는 야생화에서는 외로움을 달래고 겸손과 기다림을 배웠다. 운 좋으면 멧새 알, 꿩알 줍고, 산비둘기와 부엉이 둥지에서 갓 깨어난 터질 듯 빠알간 엷디엷은 표피에 쌓인 채 새록새록 숨 쉬는 새끼를 발견하면 생명의 신비에 감탄한다. 추적추적 궂은 비 내리는 안개 자욱한 날 혼자서 앞만 보고 정신없이 가다가 갑자기 여우나 늑대가 앞을 가로지를 때면 간이 콩알만 해지고, 살무사, 독사 가릴 것 없이 뱀은 볼 때마다 놀란다. 나도 모르는 사이 나의 발에 꼬리 밟힌 긴 뱀이 머리를 사방으로 내흔들 때는 혼비백산이 된다.

　그래도 그때는 개구리 알이 무논에 둥둥 떠 있고, 개울의 돌을 뒤지면 가재가 두 손가락을 치켜들며 덤벼들던 꿈같은 시절이다. 오동꽃 만개하면 농촌은 못자리 준비가 끝나고, 아카시아 향기 짙어지면 농번기는 깊어 간다(비닐하우스 농법이 이용되지 않던 당시는 농사 절후의 진행이 지금보다 좀 더뎠다). 풀잎에 영롱한 이슬 맺히면 가을이 찾아들고, 백설이 산야를 뒤덮으면 노루, 토끼가 겨울 산책을 시작한다. 그러나 풀섶 이슬에 나의 바짓가랑이와 운동화는 수난을 겪고, 바람맞이 뒤편에 쌓인 깊숙한 눈 속에서는 나의 다리가 방향 감각을 잃고 허우적거린다. 나는 자연을 통하여 순리, 기다림, 너그러움, 정직, 끈기를 배웠다. 자연은 가난한 나의 마음을 언제나 포근히 감싸 주고, 무한한 평온과 위로를 주었다. 좁은 내 마음은 7, 8월의 뭉게구름 피어나듯 가없이 넓어지고 나의 정서는 순화되어 갔다. 자연은 나의 큰 스승이다.

내게는 수업 시간 외에는 책을 읽거나 공부할 시간이 없다. 통학 5시간, 수업 10시간, 학습 4시간, 수면 5시간, 하루 24시간 자체가 부족하다. 언제나 시간에 쪼들리게 마련이다. 조급한 마음에 한때 쉬는 시간에 가끔 책을 뒤졌다. 한창 놀기 좋아하는 친구들이 그냥 넘어갈 리 없다. 한 친구가 우연히 농담 삼아 불러본 것이 명예롭지 못한 나의 별명이 되고 말았다. '공부벌레!' 좀 지나치고 수모스럽다. 하나, 그 순진한 친구의 눈에 비친 실상인 데야 어찌하랴. 그 이후 쉬는 시간에 책을 보지 않기로 작정했다. 같이 뛰어놀기로 했다. 대신 시간 계획을 바꾸었다. 하루의 통학 5시간 중 사람도 인적도 없이 깊숙한 산길을 지나가는 하교 시간의 일부를 복습에 할애하면서 한결 마음의 여유가 생겼다.

나는 지금이라면 그렇게는 하지 않을 것이다. 그때의 아쉬움을 지금 자식들에게 농담으로 전한다. "나도 너희들같이 잘 먹고 잠만 푹푹 잤더라도 너희들만큼은 컸을 것이라고." 남들처럼 건강하고 10센티미터 정도 신장이 더 컸으면 하는 희망 사항에서 하는 말이다. 한때나마 나의 통학길은 나의 공부방 구실을 해 주었다. 잠에 취하여 꾸뻑대는 나의 앞 머리털을 지지직대며 태우는 고약한 노린 냄새나 석유 냄새 풍기는 어둠침침한 호롱불 밑에서보다는 개울물 졸졸 대고 산새소리 지저귀며, 소쩍새 음악 듣던 그때가 지금의 전파음보다는 훨씬 학습 효과가 높았던 것 같다. 더욱이 학교 수업 외에는 어느 곳, 누구에게서도 지도를 받을 여건이 못 되었다. 오로지 스스로 깨우치는 길밖에 없었다. 그래서인지 생래적으로 내게는 속전속결의 전법이 효험이 없다. 시험 때라고 해서 여분의 시간이 변통될 여지가 전혀 없다. 그저 조금씩 조금씩 지속적, 규칙적으로 하는 것이 유일한 방법이요, 이것이 나의 학습의 요체이다. 도대체가 나의 학습에서는 자연의 순리에 따르는 원시적 영농방법 같은 미련한 길밖에 통하지 않는다.

나의 전직 직장 동료 한 사람이 언젠가 내게 뼈 있는 한마디를 던진 것이 오래오래 나의 마음속에 여운을 남긴다. "전형(全兄)은 보기에는 무척 천성이 까다롭고 엄격한 것 같은데 겪어 보니 의외로 따뜻하고 너그러운 것이 어쩌면 성격 형성 과정에서 수양이 잘된 것 같아." "과찬(過讚)입니다."라며 그냥 일축해 버렸다. 만약 그의 관찰이 옳다면 그것은 전적으로 나의 통학길 덕분이다. 말을 할 기회는 적었으나 많은 것을 반추하며, 자신을 읽고 자기에 귀 기울이는 시간은 어느 누구 못지않게 많았으니까. 통학로는 나의 사색의 길이다. 감수성 예민한 어린 시절의 동심과 상상의 나래는 동쪽 하늘 여명과 서쪽 하늘 황혼의 아름다운 노을을 따라 한없이 퍼져 나갔다. 끝없이끝없이 아침저녁으로 태양만 향하여 걷고 또 걸었다. 나의 통학로는 언제나 나의 마음을 열어 주었다. 나는 진작부터 자연을 통하여 미물(微物)을 관찰하고, 풀리지 않는 많은 생각에 잠겼다. 빈부귀천, 앎과 무지, 인정과 눈물, 삶과 인생… 육체는 금전적으로 우리에 갇힌 짐승처럼 부자유스러웠으나 마음만은 아무런 시간과 공간의 제약 없이 언제나 광활한 대지를 뛰고 창공을 마음껏 날았다. 그런 탓인지 나는 지금도 대체로 말을 하기보다는 듣거나 생각하는 편을 즐긴다.

가난은 결코 죄도 수치(羞恥)도 아니다. 빈손으로 출발한다는 것은 실패 확률 영(零)을 의미한다. 앞길에는 크든 작든 성공만이 있을 뿐이다. 가난이 용기와 힘의 원천이라는 것을 나는 자수성가하신 아버지의 생활과 인생철학에서 배웠다. 예컨대, 나의 중학교 진학은 처음부터 예정에도 없던 것이다. 이것만으로도 이미 목표는 초과 달성이다. 나의 인생은 오로지 실패의 부담을 갖지 않는 가난의 위력과 아버지의 의지의 소산이다. "자기 일에 충실-여기 지금" 우리 집의 말없는 가훈이다.

각자가 지금의 상태에서 최선을 다하는 것이다. 한 치 앞을 내다볼 수 없는 극한 상황의 연속이기에 언제나 계획은 단기 계획뿐이다. 따라서 "여기 지금"이 당면 과제인 동시에 목표이다. 나는 아들이 초등학교 시절 가훈을 요청하여 '스스로 개척하자.'로 바꾸어 이 뜻을 전해 주었다. 내가 살아가면서 나의 몫에 충실하려고 애쓰는 것은 단순한 나의 의지만이 아니다. 부모에 대한 연민의 정, 부모 인생에 대한 동정심 내지는 대리 보상이 녹아 있다. 돈과 배경(back)만이 난무하던 당시 내게 주어진 실낱같은 한 가닥 희망은 '노력과 실력'이라는 것뿐이었다. 나는 이 지혜를 오래 통학길을 지나며 자연의 가르침으로부터 터득했다. 자연은 내 인생의 출발인 동시에 나의 전부이다.

나는 자연에 너무 많은 신세를 지고 있다. 나의 산길 통학길은 나의 몸과 마음의 도량이며 스승이요, 수행의 길이고 고행의 길이다. 나에게는 영원히 다 갚지 못할 크나큰 빚으로 남는다.

제2부

숭조효친(崇祖孝親)의
재음미

진이 안녕

"할아버지, 힘내세요."라며 목을 양팔로 힘껏 껴안으며, 할아버지의 볼에 뽀뽀를 하고는 손을 흔들며 출국장 안으로 들어갔다. 보드라운 촉감과 체온이 휑한 가슴팍을 비집고 밀려온다. 헤어진다는 것은 언제나 허전함과 아쉬움을 남기지만 귀여운 손녀 진이가 영주권자로 미국의 동남부로 떠나는 오늘은 유난히 마음이 시리다.

33개월 된 어린아이가 이겨 내기에는 아무래도 너무 벅찬 사건이요 아마도 일생일대에서 가장 큰 충격일 성싶다. 어른들의 일방적인 욕심으로 어린 영혼에 깊은 상처를 입힌 것 같아 마음이 아려 온다. 창조주가 주는 고난이나 시련은 각자의 능력에 맞게 내려지겠지 하면서 위안을 삼을 뿐이다. 그동안의 성장 기록은 유별나다. 청주에서 태어나 100일을 지나 진주의 외가로 가서 외할머니의 정성과 사랑을 먹고 자랐다. 그러는 2년 동안 주말이면 청주에서 직장 생활하는 제 어미가 진주로 가든가 진주에서 건강도 좋지 않으신 외할머니가 모는 차편으로 청주를 오갔으며 때로는 사랑의 사절로 서울 친가까지 출타하면서 전국에 사랑과 눈물을 뿌렸다. 팔불출 할아버지의 눈에는 어려운 환경에 잘 적응하는 어린 것이 마냥 대견스럽기만 했다.

　엄마 아빠를 알아보고 말을 배우면서부터 외할머니는 질문 공세에 시달려야 했다. '엄마, 아빠 어디 갔느냐? 왜 안 오느냐?'는 물음에 대답은 '엄마는 활 쏘러 갔고, 아빠는 돈 벌러 먼 나라에 갔다. 언제면 온다.'의 반복이다. 잠재워 놓고 떠나는 어미의 마음도 눈물에 젖지만 깨어나면 가 버리고 없는 엄마는 진이의 마음을 얼마나 허전하게 했을까. 더구나 해외 근무로 가뭄에 콩 나듯 나타나는 아빠의 사랑은 너무도 목 타게 했을 테지. 궁색한 달래기 1년여를 겪으면서 애태우던 어미와 애비의 마음의 상처가 극에 달했나 보다. 가족이 헤어져 눈물 흘리는 사랑의 갈증을 축이고 외할머니의 희생을 멈추게 해야겠다는 결심으로 진이는 청주로 돌아왔고, 아빠는 해외 근무를 그만두었다. 하나, 미국 이민국의 영주권이민자 승인으로 안락과 안정은 또 흔들리기 시작했다. 청주에서 서울 북한산 밑으로 이사하였고, 그곳에서 겨우 3개월 유아원에서 낯선 친구들을 사귀기 시작할 무렵 할아버지 집으로 옮겨 왔다. 옆에서 보는 할아버지도 현기증이 나리만큼 연속되는 급변에도 아랑곳없이 해맑은 미소와 천진스런 재롱으로 친가와 외가의 가족들을 매료시켰다.

　할아비의 과욕도 역마살에 주마가편이 된 것 같다. 이름을 지을 때이다. '삶의 이치를 온전히 이해하는 것'이 인생살이의 근본일터 이진(理鎭)이 좋겠다고 추천하였다. 한데 제 어미와 애비가 난처한 기색을 보였다. 인생은 접어 두고라도 적어도 스포츠계에서는 이진(二陣)은 곤란하다는 것이다. 20여 년간 양궁 선수 생활을 해 왔고, 몇 차례 국가 대표를 지낸 국제 대회 금메달리스트로 현재까지도 실업팀의 선수 및 코치로 있는 며느리의 피 말리는 체험적 경험에서 우러난 의견이기에 따르기로 했다. 해서 돌림자를 가운데 쓰는 것이 집안의 내력이고 저의 사촌들은 그에 따르고 있으나 진이로 하기로 결정했다. 하나, '전진이(全鎭理)'가 '전진(前進)'이로 채찍질할 줄은 미처 생각하지 못했다. 아무튼 성장 과정으로 미루어 보면 꽤나 활동적이고 바쁜 삶이 전개될 것으로 예감된다. 앞으로는 Jinie Chon으로 살아간다니 조금은 마음이 놓인다.

Jinie는 너무도 일찍 문화의 충격에 휩싸이고 있다. 부디 별명 같은 애칭 '아기 어른'의 기질을 십분 발휘해 지금까지처럼 새로운 서구문화에도 유연하게 연착륙하기를 빌 뿐이다. 진주에서 청주나 서울로 옮겨올 때마다 시골의 분위기에 길든 어린애가 대도시의 낯선 애들과 쉽게 어울릴 수 있을지 못내 염려스러웠다. 특유의 진주 사투리를 풍기며 '나 진이야. 반가워, 같이 놀자.'라며 먼저 또래나 언니들에게 다가가 포용하는 예사롭지 않은 모습에 나의 기우는 봄눈이 되었다. 집에서나 밖에서나 분위기 메이커이며 어른을 가르치기까지 한다. 전화통화 중 외할머니의 울음소리가 들리면 또 갈 텐데 왜 울어 한다. 안부로 너희 할베 잘 계시지 하면 할베가 아니고 할아버지란다. 진주 노인은 할베이고 서울 노인은 할아버지인 것이다. 엘리베이터 안에서 처음 검디검은 외국인과 마주쳤을 때는 움칫 놀라며 엄마의 치맛자락을 움켜쥐며 뒷걸음질 치더니, 외국인이 많이 사는 아파트에서 살면서 다양한 외국인 아이들과 자주 접하고 공원이나 놀이터에서 스스럼없이 어울리며 즐겨 왔다. 외국인에 대한 두려움이나 기피증이 조금은 가신 것 같아 큰 위안이 된다. 어린애는 말의 천재라 했으니 미국 현지에서는 제 어미나 아빠보다 더 쉽게 더 빨리 현지화하리라 믿는다. 농으로 영어로 말하라고 하면 아니야 나는 미국 가서 할 거야, 라며 굳이 사양하다가도 제 사촌들이 영어로 주고받으면 잽싸게 I am fine. Thank you. 하더니 이제는 우리 말이 위협받겠구나.

환경적인 어려움과 정신적인 아픔이나 장시간 여행에서 쌓인 육체적 피로에 지친 시린 가슴을 따뜻하게 보듬어 주지 못하는 것이 아쉽다. 자기의 의사와 전혀 상관없는 어른들의 틈바구니에서 상처 받은 심리적 혼돈과 정서적 불안일랑 엄마 아빠와 함께 다듬고 개척해 갈 새로운 이국 생활에서 아낌없이 보상되기를 기원한다. 훗날 힘든 이민 이삿짐을 꾸리면서도 진이의 장난감이며 이야기 동화 등 많은 책과 DVD 등을 최우선으로 챙긴 엄마 아빠의 지극한 정성과 애틋한 사랑을 확인하면서 엄마 아빠의 지난날의 갈등과 눈물도 함께 기억했으면 좋겠다.

떠나는 날이나 도착하는 날이 같을 터이니 2009년 8월 24일은 2006년 12월 6일에 보태지는 미국인으로 다시 태어나는 생일인 셈이다. American Dream이 이루어지는 인간 승리의 날로 결실될 것으로 확신하며 새로운 탄생을 축복하는 뜨거운 박수를 보낸다. 수만 리 밖에서 보내는 할아버지 할머니 큰아빠 큰엄마 삼촌 하진 여진 언니들의 사랑과 성원이 큰 언덕이 되었으면 한다. 보고플 땐 사진으로, 목소리 듣고 싶으면 인터넷 전화로 달래어 가자. 부디 건강하여라. 진이 사랑해! Good luck Jinie!

(2009. 8. 24. 08:00 막내아들 가족을 취업 이민 보내면서 인천공항 출국장에서)

성못길 소묘(素描)

　잠긴 대문을 열고 마당으로 들어섰다. 늦더위가 절정인 오후 집안은 적막공산이다. 순간적으로 외로움에 눈시울이 젖어 온다. 정원에는 어머니가 산에서 옮겨 심어 가꾸신 각종 취나물의 활짝 핀 흰 꽃들로 그득하다. 마침 불어오는 바람결에 아름다운 백조의 군무가 연출된다. 어머니의 따스한 사랑이 전해 온다. 고향집은 결코 빈집이 아니다.

　안채의 잠긴 문을 열려는 참에 난데없이 벌 한 마리가 얼굴로 날아들어 화들짝 놀랐다. 고개 들어 위를 쳐다보니 막 분가한 벌떼가 동편 추녀 끝에 주렁주렁 매달려 있다. 만개한 라일락 꽃송이가 바람에 일렁이듯 출렁이는데 순간 온몸에서는 소름이 끼친다. 이 웬일인가, 늘 비워 두는 집이니 자기들이 접수하여 새 삶의 터전으로 삼겠다는 심사인가. 아니면 이왕이면 깨끗한 한옥이라 탐을 낸 것인가. 아무튼 과거에도 분가하는 꿀벌들이 몇 번 거쳐 가기도 했으니까 길조이리라. 일벌의 무리가 겹겹이 몸으로 에워싼 채 쉴 새 없이 움직이면서 계속해서 윙윙 붕붕 소리 울리는 것은 신생 왕국의 새로운 군주를 외부의 침입으로부터 육탄방어하려는 힘의 과시요 위장전술인 듯하다. 아니면 개국의 경사를 만방에 선포하며 자축하는 축하연 같기도 하다. 아무튼 옛 궁궐을 떠난 여왕벌 경호와 새 터전 마련이라는 화급하고 중차대한 개국역사(役事) 앞에 혼연일체가 되어 살신성인하려는 벌떼의 헌신적인 충성심과 집단 응집력은 인간사회의 가족 해체 현상에 대한 일대 경종이요, 근면성은 풍요 속에 만연하는 인간의 나태를 질책하는 응징인 듯싶다.

　부엌, 안방, 대청, 건넌방, 모든 밀폐된 공간의 커튼과 닫혔던 문을 활짝 열어젖히니 바깥 공기가 한꺼번에 밀물처럼 밀려든다. 벽장 미닫이문을 열어 부모님의 영정에 재배 올리며 문안 인사를 드렸다. 부모님의 따스한 체온은 가슴팍을 파고들고 사랑의 메아리는 귓가를 울린다. 조상의 사랑과 기를 흠뻑 받은 허약한 종손은 어느덧 개선장군이다. 대청마루 끝에 서서 심호흡하며 울안을 호령하듯 휘둘러본다. 순간 나의 눈은 휘둥그레졌다. 어머니가 대문 안으로 성큼 들어서는 것이 아닌가. 정신 차려 다시 보니 어머님의 잔상은 온데간데없고 대문 밑에는 난데없이 큰 두꺼비 한 마리가 눈을 껌벅이며 앉아 있다. ‘이제 왔냐.’ 하는 환청에 나는 “어머니! 저 왔습니다.”라며 소리쳤다. 마지막 떠나시는 병상에서도 버려지는 고향집 생각에 그토록 안타까워하시더니 마침내 어머니는 두꺼비로 화신하여 집을 지키고 계신 것이다. 밤도 아니요 비가 오는 날도 아니다. 오랜 장마 끝 노염(老炎)이 한창 기승을 부리는 청명한 오후 세 시 대낮이다. 자식 찾는 모정 앞에서 불효자는 속절없이 목만 멘다. 생시에 밭에서 들일하시다가 지나가는 동네 사람이 큰아들 왔다는 기별 전하면 호밋자루 팽개치고 잰걸음에 달려오시던 어머니다. 오늘은 가실 때 그렇게도 고통스럽고 두려웠던 힘든 저승길을 되돌아왔단 말인가, 마른 땅, 자갈투성이 험한 길 위를 배는 할퀴고 팔다리 긁히면서. 황산벌 각개전투 포복훈련에서 흙투성이인지 피투성이인지 분간키 어렵던 꼭 50년 전의 아픔이 전신을 타고 흐른다.

2011년 여름은 유난히 길고 지루했다. 내가 기상예보에 금년처럼 민감하고 애를 태운 적은 없다. 농경지와 가옥 침수로 유례없는 막대한 경제적 피해를 낳고, 산사태로 큰 인명 피해를 가져왔다. 폭우로 유실된 조상의 유택 앞에서 망연자실 애절하게 통한의 눈물짓는 후손들의 오열은 처연하기만 했다. 이른 봄 사초(莎草)며, 묘비 건립 등으로 선영의 묘역을 정비하였다. 훼손된 약한 지반에 큰 수해를 입지 않을까 노심초사했다. 다행히 큰 피해 없이 장마는 지나갔다. 새삼 조상의 음덕과 부처님의 가피에 감읍한다.

성묘 차 들른 묘역에 봉분의 윗부분 반쪽이 유난히 멋스러운 한 기의 묘가 눈길을 끈다. 영락없이 인기 연예인의 깎다만 모히칸 스타일(mohican hair style)의 머리 모양이다. 이유야 극성스런 말벌의 공격을 받아 더 접근할 수 없었다지만, 나의 소회(素懷)는 다르다. 후손들의 예술적 재능이 세계를 압도하고, 한국의 대중가요 K-pop이 세계를 휘어잡는 문화 민족의 조상으로서 국운 융성과 후손의 안녕을 위한 시류의 영합이요, 철옹성 같던 선현들의 예의범절에 드디어 균열이 이는 조짐이 온 성싶다. 변화와 혁신을 외면한 채 전래의 전통만을 고집하기에는 너무도 원통했던 게다. 선조들의 사랑과 희생 위에서 이룩한 번영과 풍요를 구가하는 후손들이 당신들을 다시 춥고 배고픈 암울한 시절로 헌신짝처럼 버리는 배은망덕하는 배신감에 최첨단 패션으로 반기를 든 것은 아닐는지.

제례에 시간적 장소적 개념이 무너졌으니, '귀신같이 안다.'고는 하지만 시간적으로는 24시간 긴장, 대기하지 않고서는 자기 제삿날조차 찾기 힘들게 되었다. 장소 또한 원룸, 콘도, 호텔 하면서 5대양 6대주를 떠돌고 있는지라 묘역이나 재실을 떠난 지 오래지 않은가. 핵가족으로 가문이나 문중이 산산조각 나면서 책임질 제주마저 사라진 채 시제(時祭)와 4대 봉사(奉祀)는커녕 제 부모 당대 모시는 것조차 주관할 후손마저 희미해지는 세태이다. '죽은 자는 말이 없다.'고 했던가. 전 세계의 음식으로 뒤범벅이 된 외식업체에서 주문 조달한 제상 앞에서 무슨 더할 말이 있겠는가. 하나, 지금쯤 조상들께서도 속도와 시간이 지배하는 이승과의 교신을 위하여 최신 정보기술로 무장했을 터, 후손들이 걱정할 것은 없을 것 같다. 기(氣)와 동기동근(同氣同根) 감응(感應)이야 당초부터 풍수지리와 음택(陰宅)의 영역이었으니까. 새로운 시대에 걸맞은 숭조효친의 방안을 찾아 정신을 기리고 미풍양속만이라도 전승하는 것이 후손의 과제이요 조상에 대한 최소한의 예의일 뿐이다. 아무리 인정이 변한다 한들 선조의 영혼과 후손의 영혼을 갈라놓지는 못하거늘 시대 변천에 따른 물질적 형식적 변화를 수용하면서 천상과 지상을 이어 주는 '사랑의 가교'를 튼튼하게 유지 보존할 수만 있다면, 우리의 정신세계는 넓어지고 영성(spirituality)은 보다 값지고 풍요로워지련만….

어머니 무덤가에 피어난 흰빛 보랏빛 도라지꽃이 한데 어울려 얼싸안고 춤을 추며 하늘하늘 손짓을 한다. 이승의 연(緣)을 놓지 못하여 두꺼비로 환생하여 고향집을 지키고 있지만 이제 외롭지는 않으신가 보다. 아마도 쌍분으로 모셔 드린 옆에 계신 아버지의 사랑 때문일 게다. 이제 빨리 집에 가서 어머니께서 정성껏 가꾸어 놓은 텃밭의 도라지를 캐어야겠다. 추석 차례에 제수로 올려 드려야지.

성(姓), 그 뿌리와 가지들

양의 동서나 시의 고금을 가릴 것 없이 말을 배우는 어린아이의 입에서 제일 먼저 터져 나오는 것은 아마도 '엄마'와 '아빠'가 아닌가 싶다. 그렇다면 그 다음에 익히는 것은 무엇 일까가 궁금해진다. 부모의 의식이나 가문의 전통 또는 문화에 따라 정도의 차이는 있을 게다. 내게는 성과 본관, 이름이었던 것으로 기억된다. 대체로 엄마, 아빠를 배우는 시기는 기억이 없을 테니까, 각자가 기억하는 최초의 말[단어]은 성(姓)이라 봐도 큰 무리가 없을 것 같다.

우리의 선조들도 킨타 쿤테만큼은 절실하지 않았겠지만 성과 이름을 후손들에게 철이 채 들기도 전부터 주입시켜 왔다. 자기 생명의 연장선상의 기쁨에서이든 종족 보존이나 가문을 이어 가겠다는 본능적인 인간의 욕구 때문이든…. 하여 누구에게나 자기의 기억에서 스스로 더듬어질 수 있는 최초의 말속에는 성과 이름이 들어 있게 마련이다.

나는 어려서 노인이나 어른의 씨가 따로 있고 아이는 영원히 아이인 것으로 착각한 적이 있다. 이처럼 우둔했던 내가 '양반'과 '상놈'을 이해할 리가 없었다. 왜 부모들이나 어른들이 자기 아이가 어느 집 아이와 노는 것은 대견해하고, 다른 집 아이와 어울리는 것은 달갑게 생각하지 않는지에 대해서도 의문이 많았다. 더욱이 부모나 할아버지만큼이나 연만한 어른인데도 특정인에게는 '하게' 하라고 가르치니 혼란에 빠질 수밖에.

나는 종조부의 품에 안겨 "너의 성은 온전할 전(全)이고 본[本官]은 용궁(龍宮)이다."라는 말을 수없이 들으며 자랐다. 그때마다 "원래의 너의 성은 왕(王)이고 본은 송도이다."라는 말이 덤으로 붙어 다녔다. 어떠한 피치 못할 사정으로 왕(王)이 용궁으로 들어간[入] 후부터 전(全)으로 되었단다. 어쨌거나 나도 여느 집 아이들처럼 나의 성과 본관, 이름을 주문(呪文)처럼 외며 재롱을 부렸다. 지금의 초점 잃은 나의 눈빛으로는 어느 누구도 믿어지지 않을 테지만 한때는 초롱초롱한 눈망울이 번쩍한 적도 있었지. '똑똑하고 귀엽다'며 끌어 안겨 숱한 거친 수염의 세례를 받기도 했다. 결코 외모가 걸출해서가 아니다. 제비새끼 입마냥 조잘대는 후손의 소리에 조상의 염원이 녹아드는 기쁨에서일 게다.

나의 이 잠재의식은 《토끼전》을 접하면서 용궁을 넘나드는 용왕님의 왕자가 되는 꿈으로 피어나기도 했다. 바닷속의 용궁이 아니고 예천군 용궁면의 지명인 것을 안 것은 철이 든 훨씬 후였다. 혼자 씩 웃는 실망 어린 웃음 따라 파란 꿈은 깊은 추억 속으로 묻혀 버렸다.

자취방을 구하던 열아홉 살 더벅머리 촌놈이 늙은 복덕방 할아버지를 따라 교문 바로 밖 안 골목에 있는 제기동의 한 허름한 초가집으로 안내되었다. 40여 년이 지난 지금에도 가장 낙후된 지역으로 남아 있거늘 그때 상황은 더 물어볼 필요도 없다. 모든 것이 핑크빛으로만 비치던 간덩이 큰 대학 신입생의 눈에도 나의 산골 고향집보다도 못 한 초라한 '서울 촌집'으로 들어왔다. 그렇다고 '서울에는 깡패가 우글거리는 곳'이라는 공포에 질려 있는 터라 다른 곳을 더 찾아볼 엄두도 못 낸 채 사글세 계약을 하고 그날로 입주했다.

인연도 가지가지다. 선연(善緣)이 있는가 하면 악연(惡緣)이 있고, 기연(奇緣)이 있나 하면 때로는 우연(偶然)도 따른다. 나는 이곳에서 우연히도 성과 관련된 선연을 만나게 된다. '뚝배기보다는 장맛'이라 하던가, 처음에 보잘 것 없이 느낀 것은 나의 큰 실수였다. 따사로운 정과 푸짐한 사랑의 물꼬가 터지는 순간이 왔다. 2, 3일쯤 지나서이다. 그저 말없이 예의 주시만 해 오던 친정 조카 집에 동거하는 일흔의 백발이나 곱고 외모 다정하신 이 집의 고모할머니께서 슬슬 접근하면서 말을 걸어온다. "학생! 고향이 어디요?" "예, 경상북도 김천입니다." 그저 투박한 경상도 사투리에나 신기해했지 고향 그 자체에는 아랑곳하지 않는 눈치다. "성씨는 뭐요?" "예, 온전 전자, 전가입니더." 갑자기 할머니의 얼굴에는 생기가 돌았다. "얘, 어멈아! 그저께 든 건넛방 학생이 전가랜다. 우리 집에 종씨가 들어왔구나." "우리 성은 왕씨요. 그리고 보니 학생도 우리와 같은 개성 왕 씨의 후손이외다. 반갑구랴." 나는 어느덧 까맣게 잊고만 있던 어린 시절 종조부의 품에 안겨 있었다. 그렇구나 하는 생각을 하면서.

그날부터 그 집의 가족의 일원이 되었다. 어떤 형식 없이 얼떨결에 할머니, 누나, 형, 형수, 조카들이 된 것이다. 두려움에 찬 낯선 타향살이가 며칠 만에 고향집 안방만큼이나 아늑한 안식처로 변했다. 대학을 졸업할 때까지 그 집을 세 번이나 들고 나면서 6년의 교분을 쌓았으며 42년이 지난 지금에도 그분들의 사랑은 식지 않고 나의 가슴을 포근히 감싸 주고 있다.

성(姓)이 뭐길래 사람들을 이렇게 밀착시키는 것일까. 교과서대로라면 우리 한민족은 단군의 자손으로 뿌리를 같이한다. 5천 년을 지나오면서 많은 가지로 분기되었다. 각 가지마다 내린 잔뿌리에 붙여진 이름이 성이 아닌가. 왕조는 세월 따라 부침하나 성(姓)은 잔가지를 치며 영원히 뻗어 나간다.

지금 우리는 왕조의 시대를 살고 있는 것이 아니다. 반상(班常)의 구분이나 군신의 차등이 없는 만민평등의 시민사회를 구가하고 있다. 성이 신분이나 권위를 떠난 지 이미 오래이다. 이제 성은 수많은 뿌리와 가지를 구분하는 의미 그 이상도 이하도 아니다. 어쩌면 요즘 양반은 돈 양(兩)자와 밥 반(飯)자로 바꾸어 쓴다는 세태 풍자의 시사하는 바가 더 크다.

마침 고려왕조를 재조명하는 TV드라마가 안방에서의 인기를 높여 가면서 역사 속에 묻힌 송도성과 왕씨가 크게 부각되고 있다. 덕분에 어린 시절 전해 듣던 뿌리에 대한 선조들의 열정과 사랑, 호기심을 새롭게 음미하면서 조상들과 다시 한 번 호흡을 같이하는 절호의 기회를 얻었다.

나는 "3대만 가난하거나 무식하면 양반도 상놈 된다." 하시던 아버지의 체험적 교훈을 감명 깊게 간직하고 있다. 평등과 국제화로 대변되고 인터넷으로 하나 된 지구촌의 지금과 앞으로의 세대에는 혈통이 아닌 '능력'이나 '국제적 감각'과 같은 새로운 또 다른 '반상의 질서'를 형성하는 새로운 패러다임이 대두할 테지. 예나 지금이나 양반과 왕조의 품위를 유지하기 위해서는 많은 대가를 치러야 한다. 성과 뿌리의 진정한 영광은 땀만이 지켜 준다. 노력과 정성 없이 양반 가문이나 일등국가가 어디 저절로 될 법이나 한가. 나도 손자, 손녀들에게 성과 이름을 입력시키려 무던히 애쓸 테지. 품격을 갖추고 감각을 익히며 능력을 키워 부디 '상류 사회'의 일원이 되라는 애틋한 욕심에서.

서쪽으로 간 까닭은

노란 들국화가 경쟁을 하듯 만발하고 연보라 구절초가 미풍에 흔들리며 고개 숙여 환영하는 10월 초순 전세 얻어 이사 왔다. 자동 음성 안내 메시지에 놀란 친구가 "이사를 했다니 어찌된 일이냐?"며 늦은 밤 황급히 전화를 했다. 그래, 일전에 이사했지. 전후 이야기를 나눈 후 "경제적인 어려움으로 야반도주를 한 것으로 알았지."라는 농담을 하면서 친구는 안도의 숨을 고른다. "당신, gochon@korea.ac.kr의 이메일 주소를 오래 쓰더니 결국 고촌으로 갔군." 한다. 글쎄, '智맘솔'이 고촌이 될 줄은 몰랐네. 그래서 이름도 잘 지어야겠다며 응수했다. 하지만 원초적 촌놈이 촌으로 가는 것마저 자유롭지 못한 것이 세상인심이다. 또 한 번의 세계적 경제난 앞에서 IMF 직전 달동네로 이사하여 동정 받으며 심려 끼친 전력이 새삼스럽게 떠오른다.

김포(지금은 인천시 편입 지역) 출신인 친구는 우선 자기 고향을 찾아주어 환영한다면서 한참 동안 지역 오리엔테이션에 바쁘다. 누구네 집안이 명문이며 누구누구가 거부이고 출세한 인물은 누구라면서… 천등고개는 옛날에는 산적이 우글거리던 큰 고개라는 설명이 백미였다. 홍길동이나 일지매 무리와 같은 의적들도 있었겠지만 아무튼 우직한 민초들이 소를 판 돈을 갖고 무사히 넘어가려면 천운이 따라야 했단다.

기록에 의하면 한두 사람이 고개를 넘는다는 것은 어림도 없고 무사히 고개를 넘기 위해서는 적어도 천 명이 같이 가야 한다고 해서 원래의 이름은 '千登'고개란다. 언제부터인가 사람들이 天登으로 쓰기 시작하였고 오늘에는 天登고개로 불린다. 천 년 사직 없듯이 인류문화에 영구불변은 없다. 모든 것은 변한다. 세월 따라 이름은 바뀌기도 한다. 千登이 天登으로, 심지어는 智悟全(gochon)이 고촌으로까지. 산적과 의적이 할거하던 시대와 세계화 시대는 분명 달라야 한다. 2분에 한 대가 연속적으로 이착륙하기도 하는 김포국제공항이다. 하늘로 오르는 길인 천등고개 좌측 상공은 세계로 뻗어 가는 비행항로이다. 고촌은 외곽순환고속도로 김포IC가 위치한 곳으로 서울, 인천, 김포의 접점 경계 지역이다. 국내적으로는 3개 행정 구역을 넘나드는 관문이요, 국제적으로는 하늘을 날고 내리는 관문이다. 너무도 天登이란 이름에 걸맞다. 다시한 번 지명에 담긴 선현들의 예지에 감탄한다.

내 집 자랑이 아니니 팔불출은 면할 테지. 타워형 아파트 12층 거실 소파에 앉으니 손에 잡힐 듯 다가오는 좌우 산에는 짙어 가는 울창한 굴참나무 갈색 단풍의 시샘하는 손짓이 분주하다. 좌청룡 우백호가 얌전히 자리 잡았고 아쉽게도 건물에 가렸지만 아담한 주작봉(朱雀峰)은 공원으로 가꾸어져 주민의 쉼터가 되고 있다. 뒤로 현무정(玄武頂) 언덕너머에는 왕복 8차선 48번 국도가 통일을 재촉하듯 한달음에 천등고개를 내달리며 영원한 국태민안을 비는 정성을 담아 지현지형(之玄之形)으로 감돌며 멀리 서해로 휘돌아 드는 한강은 아침 햇살에 호수처럼 황금빛으로 빛난다. 좌청룡 언덕 위의 울창한 나무들의 우듬지가 바람에 일렁일 때면 멀리 백운대며 인수봉이 조산(朝山)되어 위용을 뽐낸다. 이름하여 천등골 오룡마을이다. 선비 아버지의 정성어린 훈육으로 다섯 아들이 장원을 비롯한 과거급제를 하면서 누린 남원 윤씨의 명승과 영화의 여기(餘氣)가 번져 올 것만 같다. 게다가 1248의 지번과 1202호라는 숫자의 절묘한 우연이 한층 기쁨을 주고 있다. 고향집 나의 본적이요 주소이기 때문이다. 거실에서 바라보는 좌우의 산을 오매간 잊지 못하는 정든 고향 모산(慕山) 마을인 양 흡족해하시는 어머니의 얼굴에는 생기가 돈다. 덩달아 나도 고향의 대리 만족에 푹 빠져든다.

몇 년째 바깥출입이 불편하여 집안에서만 계시는 구순 넘긴 노모의 아릿한 향수를 조금이나마 달래려는 심정에서 결정한 용단이었다. 정치 경제 문화며 나아가 국제 금융의 중심이요 세계의 젊음이 활보하는 거리의 풍경이나 최첨단을 자랑하는 마천루 같은 주거문화는 어머니에게는 빛 좋은 개살구요 허울뿐인 생지옥 같은 곳이었을 게다. 정년 후 고향에서 모셔 드린다던 공염불이 된 큰아들의 해묵은 약속만 없었더라도 어머니를 그처럼 허망하게는 하지 않았을 텐데 야속하기 그지없다. 생업에 찌들다 보면 언제나 생각뿐 실천은 쉽지 않은 것이 인생살이인 것을.

천등고개의 주봉인 옥녀봉에 올랐다. 동으로 63빌딩, 북동으로 화정 신시가지 너머 북한산, 북으로 일산 신도시, 서로 쭉 뻗은 김포대로, 남으로 김포평야 너머 김포국제공항…, 확 트인 사방의 시계(視界)가 한눈에 들어온다. 가슴이 시원하다. 정상에 태극기와 지방자치단체 깃발이 나부끼고 일출봉이라는 조그마한 돌을 세웠고 대리석 좌판이 마련되어 있어 유관기관에서 계절에 맞추어 제례행사가 치러지는 듯싶다.

한동안이나마 이곳에 머물면서 천등고개 오르내리고 김포평야 논길을 산책하며 아버지와 못다 한 사랑 이야기 나누고 고향의 향수를 달래야겠다. 한강의 철새 도래지인 대습지 둔치를 거닐며 하늘을 군무로 수놓는 철새 무리들과도 정담을 나누어야지. 천수를 누린 어머니께서 가실 천국으로의 길이 편안하기를 빌면서.

마침 김포공항을 이륙한 비행기가 좌측 상공 비행항로를 따라 서서히 기수를 서남향으로 돌리며 멀어진다. 언제쯤이면 서북이나 동북항로를 마음껏 날 수 있을지 가슴이 저민다. 사라지는 비행기의 은빛 날개 위로 4개월 전 미국으로 이민 간 막내아들과 며느리, 손녀 진이의 얼굴이 오버랩된다. 보고 싶다. 가까스로 참아 내고 있는 집사람에게 표정이 읽힐까 봐서 얼른 얼굴을 돌렸다.

풀고 가셔야지요

　<아리랑>은 한민족(韓民族) 한(恨)의 결정체이다. 하나, 우리의 기쁨, 꿈, 소망, 미래가 함께 녹아 있기에 민족의 노래, 해방의 노래, 통일의 노래로 승화될 수 있었고, 마침내는 우리를 대표하는 세계인의 노래로까지 발전하였다. 개인, 가문, 이해집단, 지역사회, 민족, 국가, 나아가 인류 누구에겐들, 언제 어딘들 한이 없으랴. 삶을 고(苦)라 했거늘 인간의 한은 시공(時空)을 초월하여 영속할 테지. 한은 영원히 생의 원천이요, 삶의 질을 향상시키는 밑거름이 되어야 한다.

　'일부함원(一婦含怨)이면 오월비상(五月飛霜)이라'는 글귀는 아마 중학교 한문 시간에 처음 배운 것이 아닌가 싶다. 반신반의, 별 관심 없이 지나친 이 말은 철이 들면서 나의 가슴 깊은 곳에 따리처럼 박힌 채 풀지 못한 숙제처럼 마음을 무겁게 했다. 외가의 2대에 걸친 여난(女難)과 가장(家長)의 비정하리만큼 무관심한 오랜 출향이 3대에 걸친 여인의 가슴에 비수(匕首)로 꽂혔다.

　나는 어려서 손님은 부잣집에나 오는 것으로 알았다. 느닷없이 어느 날(1946년 여름) 골리앗 같은 거구의 할아버지 한 분이 찾아와 마당에서 수인사를 한다. 아버지는 막무가내로 문전 박대하는 어머니를 가로막으며 노인을 방으로 안내한 후 정중히 절을 드린다. 등을 돌려 앉은 어머니의 눈에서는 뚝 터진 '낙동강' 물이 넘쳤다. 넋을 잃은 나는 손에 든 생전 처음 선물 받은 쌀 튀밥 과자도 잊은 채 호기심에 찬 눈은 연신 노인의 얼굴만 몰래몰래 훔쳐봤다. 일곱 살의 나이로 당시 상황의 진의는 알 리 없고 친구들에게로 달려가 우리 집에도 손님이 왔다며 자랑만 늘어지게 했다.

이 사건 이후 희비는 엇갈렸다. 어머니의 억눌렸던 한과 울분은 용수철 튀듯 증폭되었다. 치솟는 화산의 용암처럼 토해 낸 뜨거운 피눈물은 차디찬 북극의 빙하로 다시 얼어붙었다. 뜻밖에 장인을 맞은 아버지와 외가가 생긴 나는 사랑과 인정이 넘쳐나는 옹달샘 하나를 만났다. 나는 아버지 손잡고 외가를 오가는 길목에서 산골 마을에서 보지 못한 새로운 풍경들에 매료되었다. 겨울철에는 끝없이(?) 펼쳐진 넓은 벌판(선산군 고아면 ; 현재 구미시) 길을 가로지르며 몰아치는 강바람에 감겨드는 작은 눈을 부릅뜨며 떼 지어 나는 청둥오리에 넋을 잃었다. 여름이면 당시에는 흔치 않던 참외 수박을 즐기고, 낙동강에서 멱 감으며 넓은 모래밭을 뛰놀며 나의 가슴은 7월의 뭉게구름 피어나듯 부풀어 갔다. 10여 년 늦게 맞은 탓인지, 아니면 어머니의 몫까지 다하기 위해서인지 아버지의 장인에 대한 정의(情誼)는 각별했다. 넓은 방이 메어지듯 희미한 등잔 아래에 둘러앉은 대소 외가 집안의 사람들은 구전으로 엮어 내는 입담 좋은 아버지의 옛이야기를 들으며 겨울밤이 깊어 가는 것도 잊은 채 잠을 설치곤 했다. 야심한 밤중 간식으로 즐긴 낙동강 갯벌 밭에서 거두어들여 땅에 묻어 두었던 살짝 언 배추뿌리의 맛은 시원하고 달았다. 땅콩 맛 또한 별미이었다. 인정을 심어 주고 싶어서인지 아버지의 처가 나들이 길에는 나를 데리고 가는 경우가 많았다. 덕분에 나는 외가의 사랑을 받고, 덤으로 구비 문학의 진수를 일찍이 맛보는 횡재를 했다.

자식 이길 부모 장사 없다 했던가, 시대를 풍미한 장사(壯士)이신 외할아버지는 매몰찬 딸의 한 서린 눈물 앞에서 일순간에 허물어졌다. 씨름판의 황소를 휩쓸고 뭇 여성의 시샘을 사던 천부적인 힘과 정력은 어디로 갔는지. 단 한 번의 해후가 미처 철도 들기 전인 6세에 생이별한 딸의 한과 서러움의 응어리를 풀기에는 20여 년이란 세월이 너무 길었다. 눈물로 지새며 쌓은 단 하룻밤의 '만리장성'이 부녀(父女)의 '눈물의 강'을 건너도록 지탱하기에는 턱없이 허약했다. '헤어지면 마음도 멀어진다(out of sight, out of mind).'는 평범한 한마디가 동서고금의 진리임을 실감케 한다. 새로운 20년 생이별의 마음고생으로 새까맣게 탄 가슴을 안고 세상을 떠난 그 아버지가 어찌 눈인들 제대로 감았을까. 그로부터 60년이라는 세월을 보내고 서서히 삶의 마무리를 서두르는 듯한 딸의 가슴에 켜켜이 쌓인 한은 아직도 녹을 줄을 모른다.

'어머니, 풀고 가셔야지요.' '안 된다. 아니 내가 눈을 감기 전에는 할 수가 없구나. 그쪽으로는 도저히 발이 떨어지지 않는다.' 50여 년 족히 어머니를 졸랐으나 나는 아직도 뜻을 이루지 못하고 있다. 이산의 실향민도 아니오, 원한의 철책이 가로막고 있는 것도 아니다. 교통이 좋은 지금은 한 시간이면 갈 수 있는 지척의 거리에 친정이 있건만 기어이 어머니의 마음은 천 리나 만 리만큼 멀어진 채 영원한 가슴앓이를 안으로만 태우시며 살고 있다.

세상은 많이도 변했다. 결혼한 딸이 친정이라면 깜빡 죽고, 사위는 처가를 끔찍이 여긴다. 하나, 어머니의 이 부분은 철벽이요 계란으로 바위 치기이다. 어머니의 친정 길은 왜 그렇게도 멀단 말인가. 아니, 누가 어머니를 그렇게 슬프게 했단 말인가. 생각할수록 애석하다.

16세에 시집온 올해 84세인 어머니의 친정 나들이는 고작 세 번이다. 그나마 한 번도 가고 싶어서 스스로 간 것이 아니고 한결같이 처절한 숙명적 부름 때문이었다. 2남 1녀의 둘째인 어머니의 태생적 환경에는 혈통, 가문, 재력 등 어느 면으로나 남의 부러움을 사기에 손색이 없다. 하나, 몰락의 슬픔은 너무도 진하고, 운명의 장난이란 표현이 무색하리만큼 잔인하게 비극은 연속되었다.

타고난 장사요 정력가인 외할아버지의 염문은 어쩌면 운명적인지 모른다. 처자식을 밀어내고 남의 남편을 빼앗아 간 한 여인의 희생양이 되어 어린 아들을 데리고 시가에서 쫓겨나 개가한 외증조모의 한 서린 필사적 만류에도 마음을 잡지 못한 외할아버지는 무작정 일본으로 줄행랑을 쳤다(1925년). 당대를 줄음 잡던 역사(力士)의 성난 30대의 '이유 있는 반항'을 누가 막으랴. 대 이은 한은 남기지 않겠다는 각오로 지성껏 선택해 짝지어 준 어머니의 읍소(泣訴)도, 민며느리로 들어와 10년이 넘도록 쌓아 온 조강지처의 애정도, 심지어는 철부지 삼 남매(장남 9세, 장녀 6세, 차남 3세)의 울부짖음도 발목을 잡기에는 속수무책이었다. 남편이나 아내를 빼앗기는 것도 남의 탓이 아니고 자기의 타고난 운명이라는 명리학적 해석을 수용할 만큼 범인(凡人)의 마음이 넓지 못한 것이 안타깝다.

그렇게 쉽게 소식 주고 돌아설 길이라면 차라리 떠나지를 않았을 테지. 단 한 번의 도착 소식을 보낸 후 수년간 소식이 없자, 기다리다 지친 외조모는 생사나 확인하겠다고 8살의 막내아들 손잡고 무작정 부관연락선을 탔다. 폈다 접었다 하는 동안 제물에 헐어터진 편지 겉봉투 한 장을 손에 달랑 쥐고서 일본 열도를 샅샅이 뒤져 남편을 찾을 용기가 어디서 나왔을까. 읍내의 시장 한번 나다니지 않던 당시의 시골 아낙이 말이다. 지성이면 감천이라던가, 만 리 이국의 농경지를 개관하는 깊은 산중의 현장에서 생이별 5년 만에 만난 부부의 감회는 어떠했을까.

처자식에게로 돌아가자는 눈물겨운 호소는 공염불에 그쳤다. 비장한 각오로 왔기에 돈을 벌기 전에는 갈 수 없다고 완강히 거부하자, 애절한 상황을 목격한 그곳의 친구들은 오히려 고국의 아이들을 불러들여 함께 살기를 권했다. 남편의 생사를 확인한 아내는 두고 온 남매가 눈에 어른 거려 고작 2주 만에 귀국했다. 예나 지금이나 혼자 사는 여인네는 남의 입방아에 오르기 십상이다. 이미 고향 일대에는 바람나 살러 갔다는 터무니없는 소문이 쫙 퍼져 있었단다. 이 아픔, 억울함을 어디다 하소연하랴. 타국의 힘든 공사판에서나마 처자식 위하여 열심히 일하는 남편을 확인하였기에 외조모의 삶은 활기를 찾았다. 그동안의 그리움, 서러움, 외로움, 원망, 미움, 한의 결정체인 남편으로부터 받아 온 목숨보다 소중한 돈으로 문전옥답 세 마지기를 샀다. 생활의 기틀이 한결 굳건해졌다. 삶의 의욕을 되찾은 외조모는 낙동강 건너편에 있는 세전답(世傳畓)을 삼 남매 데리고 나룻배를 타고 오가며 일본 간 남편의 돌아올 날만 기다리며 시름을 달랬다.

운명의 여신이 어머니에게는 왜 이다지도 가혹했을까. 아버지 없는 생활이 안정을 찾을 무렵 외조모는 장질부사로 몸져 누웠다. 천애 고아가 될 불쌍한 삼 남매(16세, 13세, 10세)를 두고 떠난다는 것이 너무나 애석한 나머지 사선을 넘나드는 고열과 싸우면서 외조모는 비몽사몽간에 멀리 돈 벌러 간 남편을 되뇌는 헛소리까지 하였다. 혼자 사는 여인에게는 병이 나는 것마저도 허용되지 않는단 말인가. 치열로 다스려야 할병이건만 남편을 그리는 상사병이란 판단으로 치한으로 처방하였다니 남편 있는 아내에게 마지막 순간까지 누명을 씌우는 세상인심이 원망스러울 뿐이다. 죽어 가는 엄마 앞에서 겁에 질려 칭얼대는 딸에게 오빠나 동생은 사내이니까 어디 간들 못 살겠느냐시며 너만은 치마폭에 꼭 싸서 데려 가마 라며 달랬단다. 상여가 나가는 날 병을 물려받은 딸은 어머니가 앓아누워 있던 앞 담 밑에서 병든 병아리처럼 꾸벅꾸벅 졸고만 있었다.

외조모 별세의 급보(急報)를 받은 외조부는 2년 전 다녀간 아내가 죽는다는 것이 믿어지지 않은 탓인지 귀국을 종용하는 거짓이라 일축해 버렸다니 무심의 도가 지나치다. 얼마 후 고향을 다녀온 조카를 통하여 사실임을 확인하고서야 급거 귀국하여 술에 얼근히 취한 채 무덤을 파헤치며 통곡하였다니 아마도 무덤의 안팎에서 터져 나온 통한의 눈물이 낙동강의 수위를 움직였을 만도 하다. 졸지에 갈 곳 잃은 삼 남매를 자기를 품에 안고 개가한 어머니와 길러 준 의붓아버지에게 몇 년만 맡아 달라고 신신당부하고 다시 일본으로 출국했다. 이 기구한 운명 앞에 눈물 없이 현해탄을 건널 수 있는 아버지가 있을까. 다행히 인정 많고 인자한 의붓할아버지의 배려로 사랑의 갈증을 풀며, 꿋꿋하게 티 없이 자란 은혜를 어머니는 평생토록 고이 간직하고 있다.

경제적 기반을 마련한 외조부가 자식들을 찾는 서신의 회답은 청천벽력이었다. 큰아들은 19세의 작은 머슴으로 가뭄이 심한 어느 해 여름에 큰 머슴과 같이 뚜리(저수지의 물을 퍼 올리는 두레박과 같은 큰 물통)질하다 힘에 부처 제대로 하지 못 하자 화가 난 큰 머슴이 발길로 걷어찬 것이 불행히도 사타구니 급소에 차여 비명에 죽었다(당시에는 양수시설이 없었음). 24세에 결혼을 한 작은아들은 신부가 친정에서 묵고 있는 동안 1년 후 신접살림을 차릴 집을 마련할 돈을 벌고자 만주로 갔다가 전염병으로 비명 객사했다. 하늘이 무너지는 비보에 놀란 외조부는 재차 딸의 소식을 물어 왔다. 16세에 가난한 산골 노총각에게로 출가하였으나 이제는 안정된 생활을 하고 있다는 회신이 갈기갈기 찢어진 가슴에 얼마나 위안이 되었을지….

처자식과 함께 잘살아 보겠다며 몸이 부서지도록 일하며 저축해 온 외조부의 꿈은 산산조각이 났다. '열 명의 효자보다 악처가 낫다.' 했거늘 차디찬 객창에서 잠 못 이룬 수많은 밤이며, 혼자 흘린 눈물을 한에 찬 딸이 어찌 짐작이나 할 수 있을까. 중심을 잃고 방황하는 외조부의 생명의 끈을 부지시켜 준 것은 '모진 목숨 그래도 살아야 하네. 지금이라도 재혼하게.'라던 친구들의 간곡한 우정 어린 권유였다.

어머니는 매사에 경우가 밝고, 유독 자신에게만 엄격할 뿐 어느 누구에게도 마음 씀이나 인정이 결코 인색한 사람이 아니다. 심지어는 동류의식에서인지 외조부가 돌아가신 후 처음 뵙기는 했어도 3살 위 계모인 외조모에 대해서도 인연을 잘못 만나 고생하신다며 너그럽고 동정적이었다. 외조부가 돌아가신 후 외조모는 우리 집을 자주 왕래하셨다. 늦게나마 딸과 사위의 위로를 받았음은 그나마 다행한 일이다.

부전여전인지 어머니에게는 여걸다운 면모가 있다. 육체적인 노력 하나로 가난한 집안의 운세를 바꾸어 놓은 입지전적인 인물이기도 하다. 매사를 즉시로 해결해야 직성이 풀리지 미루어 놓고는 못 산다. 하지만 자기의 생명을 준 가장 소중한 은인이신 아버지에게만은 마음을 열어 주지 않는다. 아니 한이 너무 두꺼워서인지 도저히 열지를 못한다. 언제나 사후적으로만 방문한 두 번의 친정 나들이에서 비명에 죽은 오빠의 유품과 비명 객사한 새신랑 동생의 미처 손도 대지 않은 진솔 옷가지들을 불사르면서 어머니 가슴의 친정은 완전히 재가 되었다. 어머니가 외조부를 받아들이지 못하는 이유는 간단하고도 단호하다. 한평생 땅을 파면서 터득한 생활 철학에서 비롯된다. '자식은 농사나 마찬가지다. 뿌리기만 한다고 저절로 되는 곡식 없다. 낳기만 하면 다 부모냐?'라는 반문에는 말문이 절로 막힌다. 처자식을 허허 벌판에 내버려 생죽음하게 한 잘못을 도저히 용서할 수 없다는 것이다. 인류의 원죄가 사면되지 않는 한 부모가 태어나는 자식의 운명을 보증할 수는 없을 것만 같은데도 말이다.

1963년 여름 외손자가 휴전선 철책을 굳건히 지켜 주는 평온 속에 믿음직스럽고 인정 많던 사위의 떨리는 손 부축 받으며 외조부는 굽이쳐 흐르는 낙동강이 내려다보이는 선영(先塋)의 언덕에 고이 잠드셨다. 3개월 후 제대한 나의 간곡한 청으로 어머니는 어렵게 세 번째의 친정 나들이를 했다. 마지막 가시는 외조부를 그렇게 서운하게 보내 드릴 수는 없지 않느냐는 원망스런 자식의 요청에 응하기는 하였으나 막상 고향을 찾은 어머니는 외조부의 산소를 찾는 것은 끝내 거부하셨다. 어릴 적 뛰놀던 뒷동산에 올라 무심히 흐르는 낙동강 물에 한숨을 띄우고, 강변을 하염없이 거닐며 목메는 눈물만 흘렸다. 효도인지 불효인지 돌아오는 발걸음이 무겁기만 했다.

인생에 왕복 티켓만 발급된다 해도 어머니의 한을 풀고픈 나의 집념이 이처럼 절박하지는 않겠다. 되풀이 살아가면서 시행착오와 체험을 통하여 각자가 스스로의 허물을 이해하고 용서하게 될 터이니까. 오직 한 번뿐인 삶을 살고 사랑, 인정, 기쁨, 다 버리고 떠나는 공수거(空手去)이거늘 군이 부담스런 한을 왜 가지고 가야 하는지 안타깝기만 하다. 진정 우리의 삶은 일생 동안 누린 사랑, 은혜, 성원 등에 대한 모든 빚을 갚고, 쌓인 한 풀고 가볍게 마감할 수는 없는 것인지…. 충효가 밑에서 위로

향하는 후손의 몫이라면, 한의 해소는 후손의 마음을 가볍게 해 주려는 선조의 배려였으면 싶다. 세상사 아무리 싫게 보이더라도 자·비·희·사의 마음만 닦으면 행복으로 바뀐다 했거늘 자기에게로 당장 다가오는 행복이 아니면 먼 훗날 후손의 안녕으로라도 돌아올 테지. 어머니의 한은 고난의 삶을 지탱해 준 지주(支柱)요, 꿈과 희망의 원천이다. 80평생의 험난한 세파를 헤쳐 오며 의지한 생명을 지켜 준 '뗏목'이나 저승길까지 짊어지고 가는 것은 소용없는 굴레이다. 용도 폐기할 때가 되었으니 이제는 버려야 한다.

요즘 어머니께서는 부쩍 열심히 염주를 굴리신다. 부디 후손에 대한 염려는 접으시고, 뜨거운 부녀 상봉과 어머니, 오빠, 동생과 함께 생·사·병·노 없는 평화와 행복이 충만한 피안의 언덕에서 영생을 누리는 염원이 이루어지기를 빈다. 어려서는 낙동강을 넘나들며 일본 간 아버지의 귀국을 기다리다 지쳤고, 끝내는 먼저 간 어머니와 오빠, 동생을 그리며 목이 터져라 외치던 애창곡 <처녀 뱃사공>이 가난한 집으로 출가한 후에는 <처녀 농군>으로 바뀌면서 억척스런 피와 땀으로 가문을 일으키신 성공한 삶을 살다 가시는 어머니의 가슴에 한 줌의 여한이 남는 것도 나는 원치 않는다.

'어머니! 한 번만 더 저와 함께 친정 나들이를 하시지요.' 외조부의 무덤에 카네이션 한 다발을 바치고 싶습니다. 이번만은 다녀오는 길에 우울한 블루스 대신 경쾌한 왈츠가 배경 음악으로 흘렀으면 좋겠다.

홀로 가는 길섶에 맺는 이슬

어릴 적 허약한 것으로 부모의 애간장을 태웠으나, 중병을 치르지는 않았다. 더욱이 수술이나 4박 5일의 입원은 생후 처음이었다. 예약된 전신마취 수술 날이 다가오면서 태연하려고 애를 쓰면서도 내심 긴장이 된다. 현대 의술을 믿어야겠지만 우선 마취에서 깨어나지 않을 수도 있을 것 같아 불안감을 완전히 떨쳐 버릴 수가 없다. 해서 최소한 몇 가지는 조치가 되어야겠다고 생각했다.

예년 같으면 방학 동안에 고향에서 여름을 보낼 수 있지만 이번에는 저녁 늦게 도착하여 다음 날 오전에 오는 짧은 일정으로 고향을 다녀왔다. 영문 모르시는 어머니는 뜻밖에 큰아들 내외가 왔다고 동네방네 자랑이 늘어지며 축 처졌던 어깨에 힘이 오르고 기분에 날개가 돋친다. 권하는 술을 한잔하며 식사도 달게 하신다. 나도 오랜만에 찾은 고향집에서 의도적이나마 느긋함을 만끽했다. 하나, 동기감응(同氣感應)인가 드디어 가슴에 일침이 꽂힌다. "요사이 꿈자리가 사나워 네가 어디 아픈가 하고 걱정했더니 이제 만나 봐서 안심이구나." 하신다. 불현듯 85세 노모 앞에 행여 불효하는 짓은 벌어지지 않아야 할 텐데 하는 걱정이 스치며 눈가에 젖는 이슬을 슬쩍 피했다. 선영 찾아 성묘를 하는 것도 이번에는 생략했다.

기말고사 기간 첫날에 시험을 보고, 며칠간 집중적으로 채점하여 일찌 감치 150여 명의 성적표도 제출했다. 아내도 부지런히 성적표를 챙기기 는 마찬가지였다. 이것이 마지막 제출하는 성적표가 될 수도 있겠구나 하는 생각에 미치니 불현듯 눈시울이 뜨거워진다.

막상 떠나기 전에 챙길 것이 무엇인가 하고 생각해 보니 어디부터 손 을 댈지 망막하기만 했다. 아무리 궁리를 해 봐도 묘책이 없다. 어차피 그냥 두고 빈손으로 가는 길이기에 다 접어 두고 묘소와 비상 연락처 두 가지만 정리해서 입원 전에 아이들에게 전해 주기로 마음을 달랬다. 선산(先山)의 조상 묘와 예비 묘 터를 스케치할 때는 왠지 팔이 떨렸다. 연락처도 당초의 '비상'이라는 말이 아이들에게 자극이 될 것 같아 '주요' 라는 말로 바꾸었다. 유사시 연락의 차례를 일러 주면서 "마음 약한 너의 어머니와 연만하신 할머니에게는 마지막에 알리라."고 당부할 때는 목 이 메었다.

D-2일이다. 가급적 분위기를 안심시키기 위해서 신접살림 난 큰아들 내외는 집에 오지 말라고 했다. 마음 여린 아내는 젖혀 두고 둘째와 막내 에게만 주요 서류와 각종 열쇠의 보관 장소를 알려 주었다. 주요 연락처 1부씩을 주고 큰아들 것은 병원에서 주려고 한 부를 따로 챙겼다. 방학 을 맞아 여유 있게 잡은 계획에 차질이 생겼다. 느닷없이 여름 학기가 개설되었다는 연락이 아내에게 온 것이다. 공교롭게도 수술하는 날 개강 이란다. 처음에는 어리둥절하면서 취소를 요청하려고도 해 봤으나 이미 늦었다. 해서 머리를 맞대고 치밀한 계획을 짰다. D-1일에 입원 수속만 하고 아내는 학교로 내려가고, 밤에는 나 혼자 있기로 했다. D day 09:00

부터 막내아들, D+1일 낮은 휴가를 낸 둘째 아들, D+2일 낮 아내, 회복기를 맞을 D+3일 낮에는 시험 삼아 혼자 있기로 하고, 매일 밤과 D+4일의 퇴원 수속은 큰아들 몫으로 잡았다. 다들 직장에 매인 몸이라 시간을 내는 것이 쉽지 않았다.

입원 수속 후 열차 시간에 맞추어 무거운 발걸음으로 떠나는 아내의 뒷모습이 그렇게 측은할 수가 없었다. '7대 종부의 고된 한 삶이 이렇게 허망하게 끝나는구나.' 하는 인생무상의 상념이 뇌리를 스치며 눈물이 핑 돈다. 복도가 길기도 했지만 아내도 몇 번을 뒤돌아보았다. 환의(患衣) 차림의 홀로 남은 병실에는 적막감마저 감돌았다. 순간 평상시 고맙게만 느껴 오던 병원과 의사의 이미지가 확 바뀌어 온다. 이승의 끝자락을 지키는 최전방 접경 초소요, 생사를 판가름하는 심판관이다. 우연히 눈에 들어온 침대의 커버와 환자복의 디자인이 모든 것을 함축하고 있지를 않은가. 오싹 소름이 끼쳐 온다.

'○○대학교 의료원'이라는 시트커버의 좌우에 세로로 서로 반대 방향으로 인쇄되어 있는 글씨는 '바로 이 자리'가 이승으로도 갈 수 있고 저승으로도 갈 수 있는 생사의 갈림길임을 말해 주고 있다. 환자복은 어떠한가. '○○대학부속병원'이라는 청색 글씨는 직사각형 안에, 청색의 십자 마크는 원(圓) 안에 한 줄로 교대로 이어지고, 약간의 여백을 두고 '○○대학부속병원'이라는 같은 색깔의 글씨가 반대 방향으로 두 평행선 내에 연속으로 이어진다. 사경을 헤매는 사람의 눈에는 모든 것이 죽음으로만 연상될 테지. 마디와 십자의 병원 마크로 연결되는 폭 1.5센티미터 가량의 줄은 삶의 세계요, 폭 0.7센티미터의 여백을 두고 평행선으로 이어지는 0.8센티미터 폭의 줄은 죽음의 세계로 다가온다. 이 두 줄은 생사를 구별이라도 하듯 반복하여 반대 방향으로 이어진다. 하필 한글

예서체(隸書體)를 택한 것에서 우리의 삶이 창조주에 예속되어 있고 피조물의 한시적인 삶은 영원한 죽음에 묶여 있는 일부임을 뜻하며, 인명이 의사의 손아귀에 달렸다는 것으로 보는 것은 지나친 나의 억측일는지.

침대보와 환자복의 디자인이 이 병원만의 고유한 것인지, 모든 병원의 공통인지 나는 아는 바가 없다. 또한 어느 디자이너의 우연한 생각에서 비롯된 것인지, 오랜 세월 이어져 내려오는 의료계의 관행인지는 나와 아무런 상관이 없다. 상하좌우 구분 없는 디자인으로 찰나를 다투는 생사의 기로에서 시간을 절약하고 일을 신속하게 처리하기 위한 착안이라면 이것은 순전히 능률 위주의 몰인정한 경영학적 사고에 기인하는 것이다. 하나, 적어도 지금의 나의 눈에는 그렇게는 비쳐 오지 않는다. 오로지 생과 사에 대한 암시요 시사일 뿐이다.

생과 사는 언제나 공존한다. 마디와 고비의 연속인 생(生)은 여백인 휴식과 병원의 진료 서비스에 의하여 커 가고 길어지는 육체의 세계요, 사(死)는 불멸의 영속하는 영혼의 세계이리라. 물[水]에서 싹튼 생명은 대지[土壤]에서 태양(太陽)을 받아 자라고, 비바람[風雨]을 맞으며 철이 들고 고비를 넘기며 마디를 보태어 간다. 마디가 있기에 대나무가 하늘 높이 자랄 수 있듯 우리의 삶 또한 마디 속에 있는 성장 순(筍)에 의하여 육체는 자라고 마디 따라 수명이 연장되어 가는 것이다. 현대 의술의 축복 속에 마디가 늘어나면서 삶의 양은 점점 커 가고, 고도의 물질문명 덕분으로 삶의 질은 풍요로움을 더해 간다. 해서 너나없이 이승을 떠나기를 싫어하고 저마다 보신과 영약 찾기에 여념이 없다. 나 또한 영원한 영혼보다는 유한한 육신을 탐하며 죽음 앞에 파르르 떨고 있다.

병원에서 완치되는 사람이 죽는 사람보다 많기에 생의 폭이 죽음의 폭보다 넓기는 하지만 인생에는 영안실이라는 터미널이 기다리고 있다. 수(壽)가 다할 때는 백약이 무효이다. 천하의 명의(名醫)도 초현대적 의료 장비도 속수무책이다. 어차피 병원은 이승과 저승의 갈림길이요, 죽음만이 유일한 만인 평등의 길이다. 연(緣)에 따라 주치의는 삶의 마디를 추가시켜 주는 생명의 은인이 되기도 하고, 저승사자가 되기도 한다. 퇴원 확인서는 이승으로 되돌아가는 승차권이요, 사망 진단서는 저승으로 환승하는 패스포트이다.

건장한 조무사가 병실로 들어서자마자 말도 없이 우악스레 침대를 낚아챈다. "왜 그러세요." "수술실로 내려갑니다." "잠시만 기다려 주세요. 전화 한 통화를 해야 합니다." 하면서 팔을 내어 저으며 황급히 미리 입력된 휴대전화 5번을 눌렀다. 신호만 간다. 연거푸 몇 번을 시도했으나 끝내 통화가 연결되지 않는다. "지금 몇 시입니까?" "8시 20분입니다. 8시 30분에 수술입니다." "아니에요. 11시로 알고 있는데. 막내아들이 9시까지 오기로 되어 있고요." 이미 침대는 병실 밖 복도로 끌려가고 있었다. 잠깐만 기다려 달라는 마지막 절규는 이 비정한 저승사자와는 교신이 되지 않는 시효 끝난 메아리일 뿐이다. 마침 수간호사가 눈에 들어왔다. 얼떨결에 손에 움켜만 쥐고 애태우던 이승에서의 나의 '마지막 소지품'인 병실 열쇠와 휴대전화를 건네주었다. 전화가 걸려오는 사람에게 전해 달라는 부탁을 하면서. 아! 진정 홀로 가는 길이구나. 막내아들의 손을 잡고 가는 호사를 즐길 줄 알았었는데…. 눈시울에 이슬이 맺는다. "수술 잘 받고 오세요."라는 말에 눈을 뜨니 수술실까지 배웅(?)한 담당간호사가 눈인사를 하며 돌아간다. 인계 받은 마취과의 간호사들이 호명을 하며 환자의 신원을 확인한다. 편안한 마음 가지라 위로하며 마스크를 씌운다. 순간 긴장과 불안이 엄습한다. 도열한 초록 가운

입은 수련의들의 모습이 희미해지면서 주치의의 얼굴도 못 본 채 사르르 잠들었다.

"○○ 환자 병실로 옮기세요."라는 가냘픈 울림에 희미한 의식이 돋아났다. 침대는 회복실 밖으로 미끄러져 나갔다. 손목을 타고 오는 따스한 압박감에 뜬 실눈 사이로 막내아들의 얼굴이 얼비쳐 온다. "아버지! 고생하셨습니다."라는 말은 제대로 이어지지 않은 채 안도의 거친 숨결이 귓전을 스친다. '그래, 마음을 많이 졸였지!' 하는 대답을 눈빛으로 전하며 잡힌 손에 힘을 준다. 눈물이 핑 돈다. 눈물에서 눈물로 끝난 2시간 동안의 공포의 수술실 통과 체험은 공백뿐이다. 조용히 눈을 감는다. 삶을 지탱하는 진정한 원천은 위험 영(∞)의 의사 결정을 보장하기 위하여 경영 학도들이 그렇게도 갈구하는 '확실성'이 아니고 '미지와 불확실성'임을 둔한 내게 깨우쳐 주고, 나의 삶에 마디 하나를 덤으로 내려 주신 창조주의 사랑에 감사드린다.

불효(不孝)의 변(辯)(1)
-죽음 학습

정보의 시대에 살고, 검증되지 않은 것은 신뢰성을 갖지 못하기 때문인지 요즘은 모든 학문 분야의 연구에서 실험을 통한 검증이 절대적인 비중을 갖는다. 전공 분야의 덕분에 개인의 행동은 물론 욕구나 심리, 정신 상태까지도 최첨단 연구 방법으로 실험이 되고 결과를 객관적인 수치나 통계 분석으로 나타내어 제시되는 이론이나 학설을 많이 읽어 왔다. 한데 과문의 탓인지 무심해서인지 아직도 효도에 대한 연구 결과는 접하지 못했다. 해서 나의 효심은 어느 정도인지, 나는 아버지께 과연 효도를 했으며, 어머니를 제대로 모시고 있는 것인지가 늘 궁금하다. 효도에 대한 나의 잠정적인 결론은 '효도란 실행이 무척 어렵다.' '효자는 태어나는 것이 아니고, 부모가 만드는 것이다.'라는 정도로만 생각하면서 스스로 면책한 채 그저 숨죽여 가며 죄스럽게 살아온 것이 효에 대한 나의 전부이다.

적어도 부모와 자식 간에서는 사랑과 효는 그 궤를 같이할 성싶다. 다만 선후의 시차가 있을 뿐이다. 출생과 동시에 부모의 자식에 대한 사랑도 태어나는 것이나, 효도는 출생한 훨씬 뒤에 자라나면서 자식에게서 싹트는 것이다. 사랑과 효는 서로 주고받는 사람이 같으면서도 주체와 객체로서의 차이가 있다. 사랑은 부모가 자식에게 주는 내리사랑이 우선이나 자식도 자라면서 부모에 대한 사랑을 싹틔우고 상호 교류를 통하여 더욱 큰 사랑을 일궈 낸다. 자식이 부모에게 하는 치사랑이 효의 표현이다. 사랑은 쌍방 교류이며, 서로가 주체가 되기도 하고 객체가 되기도 하나, 효는 일방통행이며 부모는 객체이고 자식은 주체이다.

부모가 낳은 자식과 사랑을 정성껏 키워 가듯이 효자는 부모가 만들어 가는 것이다. 효를 하는 것은 자식이나 자식이 효자가 되고 안 되는 것은 전적으로 부모에게 달렸다. 물론 제 삼자의 눈을 통해 어느 집 자식이 효를 하는지 안 하는지를 알 수도 있지만 효의 궁극적 평가는 효의 객체인 부모의 평가에서 판가름 난다. 해서 자식의 효도는 본인의 행위보다는 부모의 기대치에 크게 좌우된다.

사랑이나 효는 시간의 함수이다. 함께하는 시간이 짧으면 농도나 향이 짙은 반면 시간이 길면 희석이 되기 마련이다. 또한 사랑이나 효는 자식의 수와도 무관하지 않겠다. 열 손가락 깨물어 아프지 않은 것 없다고는 하지만, 자식이 많을수록 부모의 내리사랑이 한계점에 이를 수 있으며, 자식이 많다고 부모에 대한 효심이 담보되는 것도 아니다. 무자식 상팔자라느니 주인 많은 손님 밥 굶는다는 말이 괜히 있겠는가. 해서 우둔한 나도 어머니가 건강하고 젊으실 때부터 이 자식 저 자식 집 너무 기웃거리지 말고 부족하더라도 내게 꼭 붙어 계시라고 당부했었다. 특히 효도와 시간의 관계에서는 '효도 체감의 법칙'이 여실하다. 자라면서 누구에게나 싹트고 부모에 대한 소중함을 깨치면서 커 가는 효심이지만 시간에 비례하지 않음은 물론 어느 시점에서는 급격히 하강한다. 남들이 꽤나 효자라고 입방아 찧던 나의 효도는 결혼과 동시에 하한가로 곤두박질

첫다. 자상하거나 사랑 넘치는 애처가도 못 되면서 도매금으로 넘어간 것이 좀 억울하기는 하다. 물론 나 자신에게서 달라진 것보다는 효도의 평점표가 그렇다는 것이다. 결혼 이후까지도 효도 곡선이 상승하거나 맏아들 맏며느리의 효도 평점이 높은 것을 쉽사리 보지 못한 것에서 위안을 찾을 따름이다. 아들은 결혼할 때까지만 아들이고, 딸은 어머니에게 있어서 평생 딸이라 한 풀러의 말이 석양 길로 접어든 딸 없는 아들의 가슴에 찬바람을 일으키며 지나간다.

저승의 문턱까지 갔다가 기적적으로 생환하신 어머니께서는 요즘 가는 길을 막았다며 원망이 대단하시다. 그만 내버려 두었으면 편히 갔을 것을 힘들게 살려 내 거동 불편한 당신은 물론 뒤치다꺼리하는 자식도 어렵게 됐단다. 코미디 같은 저승 이야기를 곁들이며 저승사자의 대장에서 지워진 차례가 언제 다시 돌아오겠냐면서 한탄하신다. 산소 호흡기에 심장의 박동을 맡긴 채 오랜 기간 금식하고 유동식 대용 음식을 호스를 통하여 공급받는 동안 입은 먹는 기능을 상실하고 위는 축소될 대로 축소되고 너무 쇠약해진 탓인지 미음조차 받아들이지 못하고 구역질만 계속한다. 기이한 것은 노인전문병원과 응급실 경유 중환자실까지의 한 달과 두 차례의 위기를 넘기며 중환자 입원실로 옮겨 간 이후까지 54일의 병상 생활 중 마지막 10여 일밖에 기억을 못 하신다.

기억을 못 한다는 기간에는 엄청난 일들이 벌어졌다. 아무런 여한 없이 뒤도 돌아보지 않고 미련 없이 훨훨 춤추며 아버지 곁으로 가시겠다던 평소의 염원은 공인된 노인네의 거짓말이었던가. 짚불 삭듯 잦아드는 생명 앞에 애처롭게 매달리는 생의 집착은 눈물의 농도를 짙게 했고 무심한 효심에 불을 지폈다. 코, 입, 옆구리, 팔, 다리며 하체까지 빼곡히 달라붙은 각종 치료, 측정, 배설용 기구에 육신은 지치고 정신은 가물가

물하면서도 바쁜 길 재촉하며 알아들을 수 없는 당부와 고통에 몸부림치는 90세 노구에서는 괴력이 넘쳐났다. 평소의 자식 사랑은 흔적 없이 사라지고, 쏟아지는 한과 원은 둑 터진 봇물이다. 삶의 애착에서인지 살아온 생에 대한 허무나 이별의 슬픔 때문인지 원인 모를 분노가 끓어올랐다. 당신을 위로해 드린 후 옆에 있던 시어머니에게 애쓰셨다는 말 한마디 무심코 던진 손부는 "그래, 네 시어미만 생각하고 내게 잘못해 봐라. 죽어서도 복수하겠다."라는 불호령 날벼락에 아연실색했다. 자손들에 대한 편파적인 애증 표현과 효에 대한 차별적 평가의 표출로까지 번질 때는 정말 난감하고 곤혹스러웠다. 더욱이 참기 힘들고 서운한 것은 마지막으로 정신과의 처방으로 병세가 잡혔건만 무의식중에 한 이방인의 독백처럼 내뱉은 허튼 소리들을 진실인 양 인정하려 드는 혈육들의 생각과 태도이다. 형제자매보다 부모 자식 간의 사랑이 우선인 것을 어쩌랴.

같은 것을 놓고도 여와 야의 시각의 차가 있고 각자의 느낌이나 의견의 차이를 보장하는 것은 우리의 삶을 풍요롭게 하는 다원 가치사회의 자랑이며 권장 사항기도 하다. 하나 생과 사를 오가는 임계 상황에서 부모의 목숨을 담보하면서 효 앞에 굴복시키려 드는 언행은 적반하장이다. 거동이 불편한 노환으로 1년여 칩거하는 동안 한두 번 찾아뵈었던 딸들이나 길어야 보름 남짓, 그것도 어머니의 건강이 그만할 때 고작 두어 번 같이 생활했던 사람이 모시고 있는 형이나 형수에게 불효의 사죄를 강요하고 혈연을 끊겠다며 질타할 때는 억장이 무너져 내렸다. 효는 맏이의 전유물인가. 고향 떠난 삶이라 비록 늘 함께 살지는 못했지만 38년간 큰아들 내외에 쌓인 어머니의 불만과 서운함이야 많았겠지. 하지만 당신께서 직접 말씀하시는 것도 아니고 당신의 죽음 앞에서 한 맺힌 작은아들을 통하여 대변하는 상황이 되고 보니 불효라는 자책보다는 서운함과 서글픔이 앞선다. 일생 동안 그렇게도 당당하게 살아오신 분이 어찌하여 그토록 나약해지셨는지 목이 멘다. 아들을 양자 보낸 어미의 죄 값은 평생의 눈물로도 속죄가 안 되는 것인지 유탄에 멍든 큰아들의 심정은 아려 온다.

어느 누구도 죽음을 직접 체험할 수 없지만 경계 지대를 오간 어머니의 고통과 아픔은 값진 죽음 학습과 효도 검증의 기회를 주었다. 고백컨대 유감스럽게도 내게는 부모에 대한 애정관이 판이하다. 35년 전 63세에 돌아가신 아버지에게는 못다 한 사랑과 효의 빚을 짊어지고 살아가며 경제적 시간적 여유가 없었다는 궁색한 변명으로 아쉬움을 달래고 있다. 하나, 상대적으로 생활의 여유나 시간이 충분했다고 생각하는 어머니에게는 사랑이나 효에 대한 큰 죄책감 없이 그저 성의껏 모시려는 노력으로 일관해 왔다. 효의 대열에서 이탈된 지 오래지만 막상 사상누각 되어 모래톱으로 스미는 효심 앞에 서니 왠지 마음은 허전하고 눈가에 이슬이 맺힌다.

오랫동안 여러 병원의 시설을 비교해 보았고 의사와 간호사들의 면담과 친구들의 조언을 빌려 내린 용단이나 막상 어머니를 노인요양병원에 맡기고 돌아설 때의 발걸음은 도살장에 끌려가는 소만큼이나 무거웠다. 설 연휴의 가족회의에서 의견을 들어 최종 결정하기로 마음먹은 것이 갑작스런 병세 악화로 며칠을 기다리지 못하고 혼자 결정하게 되어 못내 마음에 걸렸다. 의사와 간호사, 간병인이 있는 전문병원이니 거동이 불편한 환자를 집에서보다 좀 더 편히 돌볼 수 있겠다는 판단에서 한 응급조치이련만 그간의 사정을 모르는, 아니 알려고도 하지 않는 늦게 찾아왔거나 귀국한 자식들이 어머니를 버렸다며 불효라 꾸짖으니 땅을 칠

노릇이다. 더구나 최근 몇 달간 당신께서 병원 가기를 소원해 왔고, 허구한 날 자기의 옷이며 소지품이 없어졌다며 집안 식구들이 도둑으로 몰리는 수모는 견뎌 왔으나 힘에 부쳐 도저히 더 이상 수발을 들 수가 없었는데도 말이다.

2주 만에 요양병원에서의 치료 한계로 대학병원 응급실을 거쳐 중환자실에 입원했다. 노인성 심부전증으로 위독한 상태란다. 보호자를 불러 2, 3일을 지탱키 어렵다며 마음의 준비를 하라는 의사의 말에 놀라 황급히 지관(地官)에게 연락 후 밤중에 고향 선영으로 달렸다. 다음 날 일찍 혈지(穴地)를 잡아 고향 후배에게 잡목 등을 제거하고 묘소 자리를 준비토록 당부하고 병원으로 달려오니, 어머니는 중환자실에서 의식을 잃은 채 사경을 해매고 있다. 2주 후 약간의 차도가 있어 중환자 입원실로 옮긴 후에도 응급처치는 계속되었다. 산소 호흡기는 필수이고 몇 차례의 수혈과 극약 처방이 이어졌다.

현대 의술의 덕분인지 어머니의 말씀대로 따라가던 저승사자를 놓쳐 길을 잃은 탓인지 이제 병세는 입원 전의 상태로 호전되었다. 인간지사 모든 것은 때가 있거늘 죽음인들 예외일 손가. 떠나는 사람을 위해서도 남아 있는 사람을 위해서도 어머니는 건강하게 더 사셔야 한다. 해서 혈육 간의 사랑은 물론 오해까지도 몸소 재확인하고 한을 푸셔야 한다. 아직은 환자나 가족 누구에게도 성숙된 죽음을 맞을 준비가 미흡하다. 죽음은 삶의 과정의 일부요, 성공적인 죽음 없이는 참된 삶의 완성이라 할 수 없다. 천수를 누리시고 두려움, 분노, 원망 다 떨치고 용서한 후 흔쾌히 죽음을 수용하면서 당신께서 너울너울 춤을 추며 떠날 수 있고, 남은 자들이 슬픔과 눈물을 값진 삶의 자양으로 승화시킬 수 있는 날을 맞을 때까지 죽음을 준비하고 학습해야 한다.

오늘따라 거실에서 재롱떠는 세 살과 네 살짜리 손녀의 노는 모습이 눈물겹도록 정겹고 예쁘다. 세상의 부모들에게 간청하고 싶다. 자식들은 자라면서 기쁨을 준 것으로 부모에 대한 빚을 다 갚은 것으로 치부해 달라고. 저 가냘픈 어깨 위에 어찌 효도의 굴레를 씌울 수 있단 말인가.

불효(不孝)의 변(辯)(2)
-홀로 가는 길

　그리고 2년이 지났다.[1] 119구급대의 긴급 출동으로 종합병원에 실려 가 응급실과 중환자실을 오가면서 피안으로 가는 경계 지대에서 26일 동안 현대판 고려장에서의 눈물겨운 사투도 보람 없이 어머니는 92세를 일기로 강을 건너셨다. 끝내 그토록 가고 싶어 하시던 길을 쓸쓸히 홀로.

　노인네 죽고 싶다는 말이 공인된 인간사 3대 거짓말의 하나라는 사회 통념도 참이 아닌 것 같다. 어머니는 최근 몇 년간을 매일처럼 죽음 타령만 하셨으니까 말이다. 그리고 당신께서는 지난 2년 동안 알게 모르게 여한 없이 이승을 떠나는 준비를 하셨다. 수시로 유언 같은 말씀을 던지고, 기회가 있을 때마다 사후 고향집의 관리며 장례 준비 등을 채근하셨다. 하나, 자식들은 심신이 쇠하여 가는 노모의 절절한 하소연을 허투루 흘려보내기 일쑤였다.

　생활수준의 향상이나 의료 기술의 발전 등 실질적인 장수의 원인은 따로 있건만 어머니의 장수관(長壽觀)은 유별나다. 단명이신 친정어머니, 비명에 간 오빠, 남동생의 못다 한 수명이 전부 자기에게 짐이 되어

---

1) <불효(不孝)의 변(辯)>, 2008. 10. 창작수필문인회, ≪아름다운 동행≫, pp. 309~316.

넘어왔단다. 또한 진작 떠나신 아버지가 저승에서 다른 여인과 사랑에 푹 빠져 자기를 망각하고 있으며, 욕심 많게도 가문을 지키고 자식들 뒷바라지하라고 되려가 주지 않는다며 질투와 원망이 대단하시다. 심지어는 요사이 자주 주택가까지 출몰하는 멧돼지가 아버지의 산소를 파헤치는 소동이 일자 자기만 데려다 놓아도 막을 수 있을 것을 바보 같은 영감이 그것도 못 막는다고 욕설까지 하신다. 아무튼 부창부수(夫唱婦隨) 맨 주먹으로 대물림한 가난을 끊고 배움의 갈증을 자식들을 통한 대리 만족으로 푼 어머니의 삶은 분골쇄신, 육체적 고통의 총화이다. 자수성가로 한 가문을 일으켰고 아버지를 먼저 쉬시게 한 후 홀로 장장 40여 년 가문의 대들보로 가파른 삶을 용케도 건강하게 지켜 오신 것은 자식들에게는 큰 축복이요 은총이었다. 남들은 장수라 호상이라 위로하지만 아쉬움과 죄책감만 쌓인다.

나의 생각은 좀 다르다. 아마도 적수공권(赤手空拳)으로 일으킨 가문을 고스란히 지켜 내려는 힘겨운 집념과 자식에 대한 가없는 사랑, 특히 허약한 맏아들에 대한 염려가 일생 동안 중노동으로 혹사한 육신을 지탱하게 한 비장의 무기요 끈이리라. 누구나 강한 의지와 의욕을 갖고 끈만 놓지 않으면 생명은 지속될 수 있을 성싶고, 역학(易學)에서 말하는 인간의 천수(天壽) 120세의 현실화도 드디어 임계 지점에 다다른 것 같다. 게다가 못난 자식에 대한 어머니의 근심 걱정은 유별했다. 어찌 저승사자인들 감히 범접하랴. 내가 태어났을 때 한 마을에 사는 아버지의 죽마교우 한 분께서 무척 부러워하면서 자기도 곧 아들을 얻게 된다며 두고 보라는 듯이 큰 소리를 쳤단다. 그분은 환갑이 지나서야 칠 공주를 끝으로 근근이 아들을 붙잡았다. 하나, 아들이 장성할 때까지 살아내야 한다는 또 다른 짐을 껴안아야 했다. 부럽던 친구보다 30년을 더 사신 어른께서 손자를 안고 너울너울 춤추는 돌잔치는 사랑과 집념의 승리인가, 창조주의 특별 배려인가. 인간의 의지와 스트레스가 주는 순기능은 생명의 근원이다. 효도는 턱없이 부족하였으나 적절한 걱정을 안겨 드려 어머님의 장수에 일조했다고 강변함은 팔불출의 뻔뻔스럽고 염치없는 넋두리인가.

언제까지나 곁에서 보살펴 주기를 바라는 미련한 자식들이야 받아들이든 말든 당신께서는 죽음의 최적기로 작심하시고 마지막 병상에서 산소마스크 벗어 던지며 기어들어 가는 희미한 목소리로 당부에 여념이 없다. 짚불 삭듯 가물가물 꺼져 가는 생명 앞에서 한마디로 화목하게 건강하게 잘살라는 혈육에 던지는 애원(哀願)은 안타깝다 못해 처절하기까지 했다. 가문의 중심이 휘청거릴 때 행여 구심점을 잃고 방황하며 사분오열 화합에 금이 갈세라 염려하는 기색이 역력하다. 대가족의 가치와 질서가 붕괴된 지 오래고 혈연간의 응집력이 모래알처럼 허물어지는 세태 앞에서야 오죽 절박했으랴. 내게는 문상객의 접대, 장례와 묘소 처리 같은 의례적인 것이었으나 다른 형제자매에게는 살뜰한 말씀을 전하신 것으로 안다. 차마 직접 말씀하시기 힘드셨던지 유독 큰아들에게는 '불쌍하다'고 하셨다는 말을 사후에 간접적으로 전해 들었을 때는 자책감에 가슴이 메었다. 남겨 두고 눈을 감기에는 너무도 측은하셨나 보다. 마지막까지 안쓰러움을 안고 가시게 했다니 애통하기 그지없다.

나는 어머니에게 약속을 깬 불효자이다. 무엇보다도 정년 후 고향에서 모시며 함께 살겠다던 약속을 어겼다. 너무나 큰 절망과 허탈감에 빠지게 한 것이다. 시간적으로 좀 늦어지기는 하지만 꼭 실천하고 싶었는데, 몇 달을 견뎌 주지 못한 것이 한스럽다. 지난겨울은 왜 그리도 추웠던지. 한 번만 더 고향 언덕을 함께 거닐고 당신의 손때 묻은 고향집 문고리 잡고 회억(回憶)에 잠기며 고향의 향취에 흠뻑 젖게 했던들 여한은 없으련만…. 평상시 직접 들은 바 없지만 큰아들에 거는 기대는 무척 컸던 것으로 안다. 해서 실망은 더욱 컸으리라. 완벽이 아니면 어머니 눈에 들지 않았으니 성에 차게 해 드린다는 것은 애초부터 역부족이기는 했다. 이제 와서 수욕정이(樹欲靜而)나 풍부지(風不止)요, 자욕양이(子欲養而)나 친부대(親不待)를 절규한들 무엇 하랴.

어머니에게 걱정시켜 드린 것은 또 있다. 어머니 앞에서 노심초사 늘 송구스러웠던 것은 눈치 없이 세월 앞에 일그러지는 나의 외모와 건강이었다. 90의 부모 앞에 70의 자식은 언제나 애인 것을 진정 이것만은 죄스러워 살얼음 위를 걸었다. 전공과는 걸맞지 않게 태생적으로 물욕을 싫어하기도 하거니와 늘 빠듯하게 살아온 물질적 생활은 또 얼마나 애타게 했던가. 약속을 어겨 가면서 늦게까지 연장 활동을 한 현역 생활이 후회스럽다. 대학원 야간 강의를 마치고 밤늦게 귀가하여 문안드리고 돌아설 때는 어머니의 긴 한숨 소리가 발목을 잡곤 했다. 견디기 힘든 무료한 마음을 따뜻하게 보듬어 드리기는커녕 흰 머리카락 날리며 강의준비 한답시고 돋보기 코끝에 걸고 수도승마냥 빠져들 때면 주위를 서성이면서 되[升]로 배워 말[斗]로 풀어먹는 사람도 있거늘 '말로 배워 되로도 못 팔아먹는 정녕 불쌍한 놈'이라며 혀를 찼지. 잘못한 것이 어찌 이쁘랴. 어느덧 어머니께서 입버릇처럼 되뇌시던 '산 효자는 없어도 죽은 효자는 있다.'는 말씀의 한가운데 서고 보니 어머님의 묘소 찾기조차 면구스럽다. 나는 염치불구하고 어머니의 왕생극락만을 빈다. 끝없이 속죄하는 마음으로.

거실 창 정면으로 비집고 파고드는 병풍처럼 둘러친 안산(案山) 위의 무성한 녹음 짙은 숲 뒤에서 삐죽이 얼굴을 내미는 고사목(枯死木)이 마치 어머니인 양 다가온다. 그리고 마냥 미루기만 한 불효를 질책하듯 오늘따라 굴참나무 잎은 잠시도 쉬지 않고 나부낀다.

불효(不孝)의 변(辯)(3)

―속죄

　시리도록 눈부신 신록의 유혹에 겨워 5월의 산하를 걷는다. 오랜만에 동호인 모임에 동행한 것이다. 내가 이 모임에 관심을 갖게 된 것에는 각별한 사연이 있다. 선대 2대의 단명으로 빚더미를 물려받은 소년가장이 적수공권 빈주먹으로 누대의 가난을 물리치고 자식들을 통한 대리 만족으로 배움의 갈증을 해소하신 아버지의 입지전적인 삶에서 연유한다.

　천품이 따뜻하고 인자하시면서도 자식들에게는 엄하고, 바르게 키우고자 노심초사했다. 버릇이 없어진다며 평소 '자식은 뒤통수를 보고 웃어야 한다.'는 것이 아버지의 자식 사랑법 지론(持論)이다. 일이나 공부를 채근하시는 일은 없었지만 어려서부터 고사리 손잡고 먼 산의 선영을 찾곤 하였다. 말없이 예의와 범절을 일깨우고 숭조효친의 길을 안내했다.

　세월 이기는 장사 없거늘 자신의 단명까지 예감한 당신께서는 매사를 용의주도하게 대처하면서도 계획한 일을 마무리하기에는 여생이 짧은 것을 못내 아쉬워했다. 어느 날 잠자리에서 아들을 껴안고 등을 쓰다듬으며 "10년만 젊었으면 좋겠다."라 하시는 애틋한 소원을 토로하였을 때는 너무도 충격적이었다. 얼떨결에 "그럼, 저는 10년 어려지는 것이지요." 했더니 그것은 싫다 하신다. 가난한 집 자식으로 비굴하거나 좌절할세라 평소

자식 앞에 힘든 내색 않던 아버지의 삶의 무게는 가늠조차 못 했다. 지나온 신산한 삶은 생각마저 반복을 거부하는 험난한 길이었다.

아버지의 고단한 삶은 전적으로 내게서 비롯된다. 가난 탈출과 배움의 한을 푸는 것이 삶의 목표이지만 무리하게 높거나 물욕이 과한 것은 아니다. '삼대만 무식하면 양반도 상놈 된다.' 하시는 아버지의 애초 뜻은 어렵사리 중학교까지만 눈을 틔워 주고, 일꾼 두어 농사 관리를 하게 하여 자식에게 고된 육체노동을 물려주지 않겠다는 것이었다. 중학교 진학할 때 과욕 부린다던 주변의 우려는 막상 대학교의 문을 두드리자 효자 없는 세상에 자식에게 목을 매는 무모한 짓이라는 비난과 냉소로 아버지를 허탈감에 빠져들게 했다. 작은 것 이루어지면 목표는 자동 상향 조정되니 아버지의 낮은 목표는 결코 낮은 것이 아니었다. 빈주먹으로 시작했으니 밑질 것 없다는 각오와 굳은 의지며 '거부재천(巨富在天) 소부재근(小富在勤)'이라는 체험적 생활신조에서 비롯되는 성실, 근면 앞에 가난은 설 땅을 잃는다.

오늘의 산행은 건강관리나 싱그러운 자연의 품에 안기는 호사가 아니다. 익힌 이론을 실제 상황에 적용하는 현장 학습 활동이다. 아버지께서는 과로로 쓰러진 병환 중에서도 미진한 선영 관리 문제로 애를 태우셨다. 이에 미완의 문제 해결에 대한 굳은 언약을 하며 위로해 드렸다. 하나, 이 약속의 실행은 쉬운 문제가 아니었고 정신적인 부담이 된 지 오래이다. 유례없는 산업화 과정과 압축 성장을 겪으며, 농경 사회에서 탈산업화, 정보화 사회로 줄달음치면서 상황은 급변하였고 세계화 환경에서 생활 방식과 의식마저 바뀌었다. 장묘 문화 또한 화장이 대세이다. 진정 지금은 새로운 문화의 이행기이다.

과연 현명한 방안은 없는 것인가. 궁리 끝에 좀 배운 후 대처하고자 명리학이나 풍수지리와 같은 생활 철학에 의지하게 되었고, 동호인 모임은 어언 15여 년 이어 오고 있다. 풍수지리학에서 현장을 답사하는 것을 간산(看山) 또는 관산(觀山)이라 한다. 연마한 이론을 현장에서 점검하거나 개안(開眼)을 원하는 예비 지관들이 전국의 이름 있는 양택(陽宅, 주택)이나 음택(陰宅, 묘소) 찾기에 여념이 없다. 명당길지를 찾아 선현들의 지혜를 습득하고 기를 받아 활기찬 생활의 힘을 돋우는 것은 권장할 만하다. 하나, 고매한 이론의 터득과 체험인들 개인의 문제를 해결해 주는 것은 아니다. 자기 조상은 소홀히 한 채 남의 묘소를 참배하는 심정은 착잡하고 정신적 갈등을 증폭시키기까지 한다. 현 상황에서 묘지 연구가 타당하며 시의적절한지조차 의구심이 일기도 한다. 가족 공동체가 해체되고 자손의 장차(長次) 서열이며 성별 차이가 사라지는가 하면 상례 제례 등 가정의례가 하루가 다르게 허물어지는 게 작금의 현실이다. 세계화에 따라 삶의 터전에는 공간적 제한이 없어지고 심지어 종교적 이유로 장묘 문화를 외면하기도 한다.

아쉬움을 달래며 결단을 내리기로 한다. 최선의 해답을 찾기에는 역부족이요 40여 년 짊어지고 온 짐을 이제는 부릴 수밖에 없다. 문화는 시대와 연관될 때 의미를 갖는다. 변화의 속성은 미래 지향적이다. 지금부터이지 과거까지 소급하여 힘을 발휘하는 것은 아니다. 효와 사랑 또한 시대 변천을 외면할 수는 없을 터, 새로운 패러다임(paradigm)이 재정립되어야겠다. 백 년, 이백 년 편히 계신 조상의 안식처를 개장(開葬)하는 것 또한 죄스럽다. 궁핍한 농경 사회를 살아오면서도 오로지 가문의 융성과 후손의 번영만을 바라며 명당 찾아 고산준령에 안치하신 조상의 희원(希願)과 얼을 망각할 수야 있겠는가. 하지만 급박하게 펼쳐지는 정보화, 세계화 사회를 살아갈 후손들이 계절 따라 조상을 찾아 참배한다는 것 또한 시공(時空)의 어려움이 있다. 더구나 후손들이 국내에서만 산다는 보장도 없다.

　해서 해발 오, 육백 미터가 되는 산을 두세 개 넘어야 찾을 수 있는 멀고 험준한 곳에 있는 원래의 묘소에 표지석을 설치하여 그대로 모셔 두고 가까운 선영에 묘단을 안치하고 합동재단을 설치했다. 오랜만에 후손 모두가 모여 술잔을 올리고 참배를 한다. 조부님들의 휘(諱, 돌아가신 어른의 이름)와 조모님들의 본관(本貫)과 성씨(姓氏)만이라도 후손에게 전하면서 뿌리를 지키고 조상의 음덕을 기리기를 바라는 몸부림이 삭풍에 떨고 있는 마지막 잎새만큼 차갑고 애처롭다. 효도의 길에서 멀어지는 허망함에 시름만 깊다. 불효를 무릅쓰고, 조상에 반기를 드는 것이 마치 역성혁명이라도 도모하고 대역죄를 짓는 듯 마음은 무겁지만 변화의 악역을 자식에게 물려주지 않고 스스로 책임을 지겠다는 결단이 현대판 자식 사랑으로 치부(置簿)되는 날이라도 왔으면 하는 헛된 과욕을 부려 본다. 훗날 조상님들 뵐 면목이 없다. 속죄될 수 없는 사죄를 빌 뿐이다. 아버님 탄신 백주년, 어머님의 일주기 기일(忌日)을 맞아 부모님의 묘비에 아래와 같이 적는다. 눈가에는 이슬이 맺힌다.

　오로지 육신만으로 부창부수 합심하시어 누대의 가난을 극복하시고 자식들을 통하여 배움의 갈증을 해소하시면서 가문을 중흥시키시고 후손에게 희망의 씨앗을 뿌려 주신 부모님의 영원한 안식처로 삼가 봉헌합니다. 부디 평온한 안식을 누리소서.

　멀리 안산(案山)을 바라보니 우백호(右白虎) 작국(作局) 이루고 좌청룡(左靑龍) 겹겹이 호위하듯 조응(照應)한데, 만산신록은 어느새 짙푸른 녹음물결 이루며 끝없이 일렁인다. 자연을 배운 후손들의 효심과 사랑도 함께 사해(四海)로 넘쳐흘렀으면 하는 바람이다.

숭조효친(崇祖孝親)의 재음미

이제는 마음을 단단히 먹고 단안을 내릴 때가 점점 가까워짐을 느낀다. 내게는 아버지 생존 시 한 약속이 한 가지 있다. 불편한 몸으로 다하지 못한 효심을 불태우실 때, 내가 깊은 생각 없이 아버지께 드린 언약이다. "아버님, 너무 안타까워하지 마십시오. 훗날 제가 해 드리겠습니다." 그러면서 농담 삼아 한마디를 덧붙였다. "아버님, 제가 오랜 객지생활로 제대로 배우지 못하여 예의범절을 완벽하게는 지키지 못하지만 정성껏은 모시겠습니다. 그러나 이것도 저까지만입니다. 밑으로 온전히 전하는 것은 장담하지 못합니다." 아버지께서는 말씀 대신 '너를 믿으마.' 하시는 듯 미소를 지으셨다.

나는 어려서 아버지의 손을 잡고 고향의 선영(先塋)을 헐떡이며 따라다녔다. 앞에서 신기한 것들에 한눈만 팔고 얼쩡거리며 걸음을 지체시키는 어린 나를 왜 그렇게 힘든 험한 산길로 데리고 다니는지를 몰랐다. 그저 봄이면 할미꽃, 진달래에 홀리고, 가을이면 빨갛게 익은 망개 넝쿨에 정신이 빠질 뿐이다. 이것은 할아버지 묘요, 저것은 할머니 묘, 할아버지의 아버지 묘, 할아버지의 할아버지 묘…. 이곳저곳 산재해 있는 7대에 이르는 선조들의 묘소에 대한 설명에는 애당초 관심이 없었다. 그저 시키는 대로 명당(明堂)에 서서 읍(揖)한 후 두 번 꾸뻑 절하고 나면 달아나는 다람쥐 쫓기에 바빴다.

한때 세계적 베스트셀러였던 알렉스 헤일리의 ≪뿌리≫라는 소설을 감명 깊게 읽었다. 특히 갓난아기를 두 손으로 정성껏 치켜든 채 별빛 찬란한 밤하늘을 우러러 잊혀 가는 조국 잠비아며 그들의 말[言語], 고향 마을의 이름, 산과 강, 선조며 가족들의 이름이 주문(呪文)처럼 흘러가는 장면에서였다. 주인공은 영락없이 철없는 나의 손을 잡고 조상의 묘를 찾으시던 아버지의 모습이다. 겉으로는 절규와 침묵이라는 큰 차이가 있으나 알맹이는 같다. 나의 눈시울은 마냥 뜨거워졌다. 가물가물 기억에서 멀어져 가는 조국과 혈육에 대한 그리움이 어찌 피부의 색깔이나 신분의 귀천으로 다를 것이며, 시공(時空)이 막을 수 있겠는가.

이제 막 삼 년차에 접어드는 사회 초년병인 큰아이는 자정이 넘어 집에 들어왔다 아침 일곱 시면 출근하기가 바쁘다. 어느 날 아침 제 어미는 출근에 허둥대는 아이에게 오늘은 일찍 퇴근하라는 특별 주문이다. 왜냐는 아들에게 할아버지 제삿날이란다. 아이는 또 제사야 하며 쫓기듯 출근한다.

우리의 선조께서 지금의 고향에 자리 잡은 것은 7대조부터이다. 8대조가 자리 잡은 마을은 종친의 집성촌으로 재실(齋室)을 비롯하여 종친회가 있는 곳이다. 7대조 3형제 중 3남이 윗마을로 옮겨 잡은 곳이 나의 고향 마을이다. 우리 마을에서만도 나의 아들을 기준으로 하니 8대가 이어 왔다. 격동과 역경을 거쳐 오면서 우리 집안은 큰 재난을 많이 겪었다. 내가 어릴 적에는 종가가 있는 아랫마을은 대부분이 일가로 이루어져 있으며, 우리 마을의 일가도 15가구가 족히 되었다. 그러나 태평양전쟁과 6·25는 우리 집안에 너무도 큰 비극을 안겨 주었다. 많은 전사자를 가져왔다. 슬픔을 안은 미망인으로, 또는 고국을 등지고 일본으로, 아니면 타향으로 뿔뿔이 떠나고 지금은 우리 집만이 고향을 지키고 있다. 그것마저 농절에만 고향집을 한시적으로 이용하니 전업(專業) 고향지기도 아니다.

우리 집에는 연중 가정의례가 많다. 4대 봉제사(奉祭祀) 7위(位), 10월의 시제(時祭) 4위, 추석과 설날의 차례, 동생을 양자로 들인 숙부모님 2위, 게다가 아버지의 성품을 믿고 맡기셨다는 절손(絶孫) 일가의 제사⋯. 한 달에 두 번 겹치는 때가 몇 번이다. 엄격히 따지면 선대 2대는 우리 집이 종가가 아니다. 그러나 깊은 상처를 안고 떠난 후손들이 고향과 조상을 찾지 않아 숭조효친 사상이 철저하시고 어지신 아버지께서 다 맡아 모셔 오셨다. 요즘은 종교적인 핑계로 관심이 없어지는 종친을 보기도 한다. 어느 종교가 조상의 묘를 가꾸고 벌초하는 것을 막으며, 조상의 은혜를 새기는 것을 막으랴만.

어느 날 느닷없이 어미가 큰놈을 보고 다그친다. "너, 장가는 안 가? 네가 못 구하면 내가 나서 볼까?" 아이는 별 관심 있게 들으려 하지도 않는다. 단 둘이 있을 때 아내에게 부탁을 했다. "뭐, 빚 독촉하듯 그렇게 야단하지 말라고, 늦어 봐야 일이 년 아니겠냐고." "우리가 더 늙기 전에 며느리를 봐야지요."란다. 늙어 가는 것에 부쩍 마음이 쓰이는 모양이나 내게는 많은 것을 회상시키는 대목이다.

아마도 만혼(晩婚) 삼대(三代)가 이어지려나 보다. 친구가 열세 살에 결혼했으나 소년가장으로 가난을 극복하며, 형제자매를 뒷바라지하느라 당신께서는 스물네 살에 결혼하셨다니 아버지는 대단한 만혼이다. 가난 때문은 아니었으나 나의 만혼으로 어머님은 꽤 많은 눈물을 흘리셨다. 동생들을 공부시키고 좀 생활의 기틀을 잡은 후 마음의 여유를 가지며 부모님께 부담을 드리지 않기 위함이었으나 굳이 이유랄 것도 없었다. 천리 길을 마다 않고 결혼 독촉 차 상경하였다가 수없이 헛걸음만 치고 시원한 대답을 듣지 못한 채 서울역을 떠나시며 흘리던 어머니의 눈물의 의미가 이제야 어렴풋이나마 가슴에 와 닿는다. 자식의 혼례가 부모 마음의 큰 빚이라는 것까지도. 언젠가 한번은 단단히 각오를 하고 오셨나 보다. 만나자마자 언제나처럼 성화가 대단하셨다. 잠자리에서 이야기하시다 말고 갑자기 어머니의 손은 나의 사타구니에서 나의 '물건'을 움켜쥐며 빙그레 웃으신다. 그때도 시원치는 않았으나 그래도 안도감을 가지고 서울역을 떠났음을 뒤늦게 알았다. 많은 혼담이 오가고 혼기가 깊어 가는데도 도대체 장가갈 기미를 보이지 않는 것이 큰 의혹의 대상이 되었단다. 병은 자랑을 해야 한다는 말이 있다. 어머니의 걱정은 동네 친구 어른들 간의 염려로까지 번졌다. 이웃에서 동갑네기 아들을 쌍둥이처럼 키우며 내게도 자기 아들만큼이나 극진한 사랑을 베풀어 주신 이미 손자까지 두고 있던 친구의 어머니께서 제안을 했단다. 혹시 신체적인 이상이 없는지 알아보라고.

지금은 대부분이 장남이요 외동아들이다. 우리 때는 남녀 교제에서 장남이라는 것이 큰 결격 사유가 되기도 했다. 더구나 "고생한 시어머니가 며느리 고생시킨다."며 이를 기피하는 현상도 만만치 않았다. 시골 출신이라는 것도 충분한 감점 요인이 된다. 어쩌면 나는 그 표본의 일순위인지 모른다.

불과 4반세기 전만 해도 직장에 얽매인 생활을 하면서 명절이나 가정의례 등으로 고향의 부모님을 찾아뵙기가 지금보다 훨씬 힘들었다. 무엇보다도 교통 문제가 심각했다. 열차표 사기도 힘들었지만 지방의 대중 교통망이 정비되지 못하여 택시를 이용하면 십여 분 거리가 서울에서 네댓 시간 타고 간 기차 요금의 열 배가 넘곤 했다. 우리 집에서는 보통 아내와 아이들을 며칠 앞서 보내고 나는 당일에 가는 경우가 많았다. 언젠가 아내는 네 살과 세 살짜리 두 아들을 양손에 잡고 돌 지난 한 아이를 업고서 선물 꾸러미를 챙겨 고향을 다녀온 적이 있다. 힘들게 택시를 잡아 비포장의 산골 마을 중턱을 황토 먼지 뿌옇게 흩날리며 오르던 중 운전기사로부터 뜻밖의 위로를 받았단다. "아주머니, 연애 한번 잘못하여 이 산골로 시집오셨군요. 고생이 많습니다."고향을 다녀온 아내의 푸념 섞인 넋두리를 들으며 나는 둘이서 처음 본 영화 ≪The Sound of Music≫을 떠올렸다. 그리고는 지친 아내를 위로했다. "비록 중매로 만나기는 했으나 지금 당신은 아이들 손에 손잡고, 등에 업고 잘츠부르크 언덕에서 <에델바이스>를 노래하는 마리아"라고.

그때 네 살의 아이가 지금 결혼 독촉을 받고 있다. 친구들이 며느리나 사위 보는 결혼식에만 다녀오는 날이면 아내는 어김없이 중매가 들어왔다며 아이 대신 내게 수다를 떤다. 이 아이는 며칠 전 대학원 입학 합격증을 받아왔다. 2년간의 직장 생활을 하며 얼굴 보기 힘들 만큼 뛰어다니더니 제 딴은 챙기는 게 또 있었나 보다. 입학 축하가 바쁘게 오늘도 제 어미는 "너, 결혼도 생각해야 해."하며 또 한 차례 채근이다. 옆에 계신 팔순 노모는 지난날의 읍소(泣訴)가 회상되시는지 "그 아비에 그 아들이구나."하며 내게 의미 있는 시선을 보낸다. "네가 이제 이 어미의 애타던 심정을 알 테지."하는 눈빛으로.

이제 마음의 냉정을 찾고 결단을 내릴 때가 된 것 같다. '숭조효친! 고(go)냐 스톱(stop)이냐'를. 조상 앞에 불효 불충의 소리를 듣고 싶지 않지만 누대(累代) 종가의 부담을 자식들에게 물려주고 싶은 생각이 없다. 배운 것이 죄인지 마음은 한없이 무거워진다. 하지만 씨족 사회도 농경 사회도 아니요, 더욱이 봉건 사회나 대가족제도가 무너진 지 오래지 않은가. 산업화와 세계화 속의 극도로 핵가족화된 시대에서 가문만 지키고, 옛것을 고스란히 숭상하자고 강요하기에는 나는 너무도 무력한 쇠락(衰落)한 종손의 후예(後裔)다. 가정의례의 근본을 파기하는 패륜아(悖倫兒)로서의 자책감은 차치하고라도 쏟아지는 서릿발 같은 비난과 눈총을 여린 내 가슴이 과연 감내할 수 있을지.

숭조효친! 아직도 내게는 듣기만 하여도 선조의 기(氣)를 몸으로 느끼고 조상의 사랑이 가슴을 파고든다. 그러나 내 아들, 아들의 아들, 그 아들의 아들에게 과연 정서적으로 자연스레 다가오고, 실행이 가능할 것인가. 충효(忠孝)의 실천이 어려움은 동서고금 성현군자들의 가르침이 말해 준다. 그것도 부족하여 천륜(天倫), 인륜(人倫)이란 멍에까지 있다. 솔직히 말해 나는 숭조효친에 관한한 3대에 걸친 세대 차이(世代差異)에 갇혀 과도기적인 깊은 가슴앓이를 하고 있다. 부모가 자식을 위해 사는 것인가, 자식이 부모를 위해 사는 것인가. 나는 어려서 모내기하는 무논에 둥둥 떠다니는 골뱅이(우렁이) 껍질을 주워 모아 큰 것은 솥, 작은 것은 밥그릇 삼아 소꿉놀이를 했다. 아버지는 빙그레 웃으시며 "새끼들이 어미의 속을 다 파먹고 자라서 이제 빈껍데기로 세상을 하직하는 것"이란다. "응, 그래 건데, 아빠! 새끼가 왜 엄마를 먹어?"하며 의미는 모른 채 이상하다는 듯 머리를 도리질하며 빈 껍질에 흙과 물만 채웠다. 내 살림의 뒤주요, 물두멍이었으니까. 나는 아직도 "어머니는 한번 떠나면 영영 못 오나, 계집은 지천(至賤)이다."라며 불출(不出) 자식을 길들이던 '정통적 효도관(孝道觀)'에 분명한 찬반 표시를 유보한 채 팔순 노모와 20대의 자식들 사이에서 효도의 이중인격자가 되고 있다.

대자연 속에서 조상으로부터 생명을 받아 살아가는 인간, 아니 모든 생명체의 생존과 영원한 발전은 내일과 후손을 위하여 산다는 '삶의 목표나 생존 본능'에서 비롯되리라. 충효! 한마디로 자연과 부모의 은혜에 대한 보답이요, 강요 이전에 스스로 갚아야 할 빚이다. 어찌 자연의 순리를 거역하며, 은혜에 소홀히 할 수 있을 것인가. 그러나 충효 실행의 패러다임(paradigm)은 시대와 환경에 조화롭게 개선되어야겠다. 구각(舊殼)을 허물어뜨리는 데 감당하기 벅찬 문화적, 정신적 충격이나 아픔이 따를지라도.

1950년 추석날 아침 최후 전선에서 후퇴하던 인민군 패잔병들이 우리 마을에서 허기진 배를 채우고 뒷산을 넘어 추풍령 쪽으로 무거운 발걸음을 끌며 지나갔다. 그 며칠 후 우리 집안에는 긴급 종친회가 열렸다. 사안(事案)이 중대한 탓이었는지 남녀노소 할 것 없이 종인(宗人)들이 재실과 마당에 그득히 모였다. 종친회장께서 엄숙하게 회의의 시작을 선언하며 냉정을 호소했다. 모두들 숨을 죽이는 순간이 잠깐 흘렀다. 드디어 의제가 정식으로 상정되었다. "…이제 세상도 많이 바뀌었습니다. 그래서 우리의 고지기(문중의 노비)인 '순돌이네'를 자유롭게 내어 보내자는 제안에 대하여 그동안 원로들께서 숙의(熟議)한 결과 오늘 종친회의 전체적인 뜻에 따라 결정짓기로 했습니다." 갑자기 회의장에는 격랑이 일기 시작했다. 된다, 안 된다, 좋다, 싫다, 당연하다, 있을 수 없는 일이다, …. 거친 파도가 한 차례 지나갔다. 어렵게 얻어진 결론은 순돌이네를 이곳에 계속 데리고 있으면 사람대접을 받기 어려우니 서운하고 매정스러운 처사(處事)이나 정처 없이 멀리멀리 떠나보내는 것이 문중(門中)에서 할 수 있는 최상의 선처(善處)라는 것이다. 철없는 나는 마음속으로 쌍수를 들며 환영했다.

순돌이! 그동안 얼마나 나의 마음의 짐이 되었던가. 나는 어려서 순돌이에게 심부름 가는 것이 가장 싫었다. 집에서 당부하는 대로라면 재실 구내에 있는 토담집에 찾아가서 대문에 들어서면서 큰기침을 한 번 하고 "순돌이! 집에 있는가. 아버님께서 잠깐 집에 건너오라시네." 그러면 순돌이는 잽싸게 뛰쳐나오며 "도련님, 어인 일이십니까?" "글쎄, 집에 와 보면 알 걸세."라고 전해야 하나 아버지만큼이나 나이든 어른인 데다가 숫기 없는 나로서는 도무지 그렇게 잘 되지가 않았다. '예'도 아니요, '하게도' 아닌 채 얼버무리는 게 고작이었다. 그 부지런하고, 상냥하고, 언제나 몸이 날아다니듯 충직스런 우리 문중 충효실천의 '첨병(尖兵)'이요, '전령사(傳令使)'이던 순돌이! 그는 다음 날 종친회에서 마련해 준 노자(路資)와 많지 않은 지참금을 받아든 채, 간단한 가재도구를 이고 지고, 떨리는 손으로 어린 아들딸 손을 잡고 우리의 곁을 영원히 떠났다. 보내는 이는 누대의 쌓인 정에 울고, 가는 이는 주인에게 못다 하는 정성에 대한 아쉬움에 울었다. 순돌이 내외는 문중의 집과 종토(宗土)나마 대대로 이어 오던 생활의 터전을 잃고 의지할 곳 없이 떠나는 서러움에 뜨거운 눈물이 그칠 줄 몰랐다. 멋모르는 아이들은 곁에서 덩달아 울었다. 한 발짝 가다 뒤돌아보고 또 돌아보며 주먹으로 눈물을 훔치던 아련히 멀어져 간 순돌이의 모습이 요즘 내 앞으로 성큼성큼 다가온다. 충효전선(忠孝戰線)의 최전방 보루(堡壘)가 무너지던 반세기 전의 이별 장면이 너무도 역력하다.

요즘 나 혼자만의 외로운 종친회를 열고 또 연다. 훗날 조상 앞에 불효의 책임을 혼자 짊어지는 한이 있더라도 나의 아이들을 '제2의 순돌이'로 떠나보내야 한다며 아쉬운 눈물을 삼킨다. 낡은 숭조효친의 핵이 산산조각 나는 슬픔, 새로운 충효가 발아(發芽)하는 껍질을 깨는 아픔, 그리고 재탄생의 진통(陣痛)으로 뒤범벅된 짙은 눈물을. 보다 자유롭게, 건강하게, 자기의 일과 삶에 충실하는 것으로, 일과 삶의 균형[work and life balance]을 이루는 조화로운 효의 새로운 개념이 수용되기를 바라면서. 그리고 조상에게 다 갚지 못한 은혜를 그들의 자식들에게 사랑으로 물려주는 것으로 용서되기를 빌면서.

제3부

Changing Partners

자귀꽃 피는 언덕

내 고향 7월엔 자귀꽃이 만발한다. 덕유산 문학 세미나의 캠프파이어에서 타오르던 열기와 휴가로 즐긴 지리산 뱀사골의 차디찬 물이 내 가슴과 머리를 자극했나 보다. 기어이 자귀나무에 실린 발가벗은 나의 영혼은 50여 년 전 고향의 언덕을 날고 있다. 하기야 명산대천의 기(氣)가 열과 물을 만났으니 작열하는 태양과 어우러지면 변화와 탄생의 최적 요건이 아닌가.

나는 언제쯤 철이 들려는지. '사람은 힘[權力]과 돈[財力]이 있는 곳으로 모여든다.'고 그렇게도 경세가(經世家)들의 목청이 높건만 내게는 쇠귀의 경이다. 지리산의 천년 송, 덕유산의 주목 다 뿌리치고 자귀나무를 움켜쥐는 나의 미련이 애처롭다. 함수초과에 속하는 낙엽교목인 자귀나무는 우선 보기에도 너무 허약하다. 적송처럼 풍채가 출중하지도 못하고, 그렇다고 참나무처럼 질기지도 않다. 재목감도 못 되고 화목으로도 별 쓸모가 없다. 한마디로 크게 시선을 끌지 못하는 매력 없는 나무인지도 모른다. 하나, 내게는 꿈을 가꾸고 사랑을 나눈 어린 시절의 동무요, 첫사랑이며 부모 같은 나무이다.

소 먹이는 조무래기들의 집합지인 넓은 바위 옆에는 큰 자귀나무 한 그루가 외롭게 서 있다. 초목이 난방과 취사의 주 연료였던 때인지라 산에 나무가 온전할 날이 없었다. 더욱이 6·25의 3년간 민족상잔의 비극은 산야를 초토화시켰다. 그나마 깊은 산의 산림과 산주들의 관리로 보존되어 온 야산의 큰 나무들은 휴전 후 전후 복구 명분의 '후생사업'으로 무차별 벌목되고 급기야 많은 산은 민둥산으로 변했다. 그 시절 자귀나무는 특히 농번기를 지난 7, 8월에 소 먹이는 목동(?)들에게 큰 위안이 되었다.

하체에 기가 왕성한 10살 내외에서부터 10대 초반의 아이들이 오후 한나절을 산에서 보내기란 쉽지 않다. 무엇인가 '놀거리'를 만들고 찾아야 한다. 달리기를 해야 하고, 씨름을 하든지 하다못해 싸움이라도 해야 한다. 산딸기, 머루, 개암을 씹고 가재를 잡는다. '곤'을 두고 '풀잎내기'도 한다. 밀서리, 콩서리도 별미요, 때로는 감자서리, 옥수수서리도 양념으로 끼어든다. 농촌, 특히 산골 마을 아이들은 한 해 두세 달이 넘게 10여 년 족히 이런 풍요로운(?) 생활 체험을 하면서 잔뼈가 굵어지고 마음이 넓어 간다.

일이나 놀음에는 하고 싶은 것도 있고 싫은 것도 있게 마련이다. 따라서 그때그때마다 역할 분담을 해야 될 때가 있다. 아이들의 세계에서도 어른과 별 차이가 없다. 힘이나 규칙에 따르기 마련이다. 예컨대, 감자를 서리해 와서 감자묻이를 할라치면 10, 20명이 동원되기 일쑤다. 이때 문제가 되는 것은 3D 업무를 누가 맡느냐 하는 것이다. 물론 키나 주력 등 신체적인 조건에 의한 적임자나 지원자가 있을 수 있다. 난처할 때 공정하게 해결하는 방법의 하나로 그때 우리는 자귀나무 잎에 의존하곤 했다.

자귀나무 잎은 마디마다 잎가지가 좌우 대칭으로 뻗는다. 보통 11마디이며 간혹 12마디도 있다. 각 마디에서는 잎사귀가 쌍으로 피어난다. 대체로 28쌍이며 29쌍도 가끔 있다. 언뜻 보면 지네 같기도 하고 공작의 깃털 같은 이 잎사귀가 공정한 업무 분담의 해결사가 된다. 게임은 주로 개인전이나 때로는 단체전도 가능하다. 가위 바위 보 하여 이기면 한 잎씩 따 낸다. 잎을 먼저 다 따는 자는 승자이며 자기가 좋아하는 역할을 먼저 선택한다. 마지막 패자들은 '어렵고, 위험한, 더러운' 일을 맡아야 한다. 이 결정에 어느 누구도 불평이 없다. 간혹 힘센 무법자를 제외하고는. 자귀나무는 우리의 매니저요 명쾌한 의사 결정자이다. 나의 경영학적 사고는 자귀나무 밑에서 일찌감치 싹이 튼 성싶다.

지금은 시계가 귀찮을 정도로 많다. 그러나 반세기 전만 하여도 80여 호 되는 우리 마을에는 시계 있는 집이 고작 두어 집뿐이었다. 지금 생각해도 신기하다. 나는 중·고등학교 6년간 왕복 20킬로미터의 거리를 걸어서 통학했다. 아침 6시경에 등교하고, 저녁 늦게 돌아온다. 만약 당시 시계가 있었으면 오히려 역효과가 났을 것 같다. 지각도 한두 번은 했을 법하고, 새벽 2, 3시까지 호롱불 밑에서 앞머리를 태우지는 않았을 것 같다. 사실 나는 시계를 가지면서부터 건강을 의식했고 학습에 꾀를 부렸다.

오랜 세월 계절의 변화를 터득한 선인들은 마음속에 저마다의 시계를 품고 산다. 철 따라 뜨고 지는 해의 위치, 자기 그림자의 방향과 길이, 마당으로 사뿐히 내려앉는 지붕 그림자…, 시각을 파악하는 지혜로 아롱진 만고불변의 조후침(調候針)이다. 아침이면 나팔꽃 피고, 해 떨어지면 박꽃이 웃음 짓고 달맞이꽃은 담 위를 기웃거린다. 산과 들에서는 자귀나무가 잠자리를 들고 난다. 맑든 흐리든 밤낮을 가릴 것 없이 시각의 흐름을 파악하는 데 큰 착오는 없다. 자연의 리듬에 따라 한가롭게 삶을 누리면 된다. 시계는 사람의 마음을 각박하게 하고 쪼들리게 할 뿐이다.

무심코 놀이에 몰두하거나, 비 오는 날이면 갑자기 몰려오는 어둠에 아이들이 산에서 당황할 때가 있다. 조물주는 공평하다. 시계나 나침반이라는 문명의 이기(利器) 없이도 사람은 다 살게 되어 있다. 깊은 산속에서 방향을 잃었을 때 나무는 좋은 길잡이가 된다. 남쪽으로 향한 나무의 가지가 북향 가지보다 훨씬 길게 뻗는다. 또한 나무 벤 그루터기의 나이테 폭은 남쪽 부분이 북쪽 것보다 배 이상 넓다. 자귀나무는 소리 없는 자명종이다. 마주 본 두 잎사귀는 저녁이면 고이 접고, 아침이면 다시 벌어진다. 숨 막히는 태양 아래서도 굴하지 않던 자귀나무는 소 먹이는 아이들의 귀가를 재촉하며, 조용히 사랑의 밀어를 나누는 밤의 환희로 빠져든다. 합환주를 나눈 신혼부부마냥 새벽의 영롱한 이슬을 머금고 두 잎사귀는 다시 수줍게 입을 연다. 합환수(合歡樹)라는 별명이 너무도 정겹다.

자귀꽃 피는 언덕은 한 폭의 그림이다. 소낙비에 흠뻑 젖은 삼베 잠방이는 맥반석보다 더 따스한 7월의 '넙적 바위' 위에서 가랑이 사이로 모락모락 김을 피운다. 하늘에는 뭉게구름 한가로이 흐르고, 동쪽 하늘에 걸린 무지개 쫓아 오색 꿈에 몽롱해진 아이는 번쩍 정신을 차린다. 초원에는 사랑의 라이브 쇼가 한창이다. 식음을 전폐한 채 한나절 내내 암소의 꽁무니만 쫓던 정력 오른 수소가 운 좋게 발정한 암소를 만나 신나게 사랑을 속삭인다. 초례상의 차일인 양 자귀나무 가지가 바람에 너울대는 7월의 고향 언덕은 꿈이 자라고 사랑이 눈뜨는 자연 학습장이다.

자귀나무는 양지바른 곳을 좋아하면서도 평지나 개활지보다는 바위

틈이나 비탈진 언덕을 택한다. 소탈하고 겸손하며 겸양지덕을 갖춘 선비와 같은 정갈한 나무이다. 부드러운 듯 엄한 성품에 지레 질렸는지 자귀나무 잎에는 여름철 그 흔한 풀쐐기마저 접근조차 않는다. 피어나는 잎사귀가 향기롭고 부드러워 식욕 잃은 소의 별미였지. 하면서도 품은 뜻은 크고도 높다. 날고 드는 때를 알고, 자기가 서야 할 장소를 안다. 하면 자귀나무가 우리에게 주는 진정한 교훈은 무엇일까. 감당하기 어려운 염천 아래 수술 16개와 암술 1개의 여린 연분홍 꽃을 피워 토해 내는 절규는 각박한 사랑과 무절제한 분수를 일깨우려는 몸부림으로 다가온다. 때와 장소를 아는 자귀나무는 사람보다 더 영특하다. 합환수 아래 '모여 기쁨을 함께하는' 아이들에게 일찍부터 화합과 사랑의 의미를 암시해 주고, 자란 후에는 '한 이불 속에서 남녀의 즐김'에 지나침이 없도록 분수와 절제를 깨우쳐 준다. 약한 것이 강한 것이라 했던가, 자귀나무가 시공(時空)을 움직일 줄이야. '너무 강하면 부러진다.'며 당부하듯 일깨우시던 아버지의 깊은 사랑이 자귀나무를 통하여 새삼 뜨겁게 전해 온다.

고속도로 휴게소의 자귀나무 아래 피서객인 듯한 한 가족이 휴식을 취하고 있다. 환경보존의 차원에서인지 자연 친화적 발상에서인지 언제부터인가 야생화나 야생식물이 조경수로 보급되고 있다. 휴대전화로 밤을 지세고, PC방이나 컴퓨터 게임에 심취하는 요즘 아이들의 마음에도 과연 자귀나무가 자리할 사이트가 있을까. 그들에게 자귀나무의 교훈이나 사랑을 기대하는 것은 과욕일 테지.

이제 민둥산은 없다. 농촌에서도 산에 가는 일이 거의 없다. 뜻이 있어도 풀과 나무가 우거져 쉽게 들어가지 못한다. 소 먹이는 풍경은 전설 속으로 사라졌다. 한가롭게 초원을 노닐며 풀을 뜯던 우공(牛公)의 후예

들은 콘크리트 바닥의 우리에 갇힌 채 인스턴트 사료를 씹으며 조상 전래의 향수를 달랜다. 지금도 눈감으면 자귀꽃 부드러운 꽃술의 깃털이 코끝을 간질이며 기어가고, 자귀나무 가지에 매어 그늘 집 만든 책보가 파란 하늘에 깃발처럼 나부낀다.

심야에 흐르는 눈물

"할아버지! 삼촌 결혼 때 서울 가고 싶어요. 비행기 표 사 주세요. 아빠한테는 비밀이고요, 엄마만 알아요." 꼭두새벽에 날아든 진이의 눈물 어린 애원에 한참 동안 가슴이 찡하며 정신이 멍하여 잠자리에서 일어날 기운이 싹 가셨다. 저 어린 가슴에 켜켜이 쌓이는 고국에 대한 향수를 무엇으로 달래랴.

여섯 살의 손녀 진이는 부모 따라 세 살에 미국으로 이민 갔다. 지금은 샌디에이고에서 유치원에 다니고 있다. 지난해 유아원 송년 연극 공연 때 많은 원어민 아이들을 제치고 내레이터를 맡아 재롱부리며 연기하는 발랄한 모습을 동영상을 통하여 보면서 나는 한시름을 놓았었는데…. 진이의 시린 가슴을 까맣게 잊었다니 얼마나 몰인정한 할아비인가. 때늦은 가슴만 아리다.

막내 가족들이 이민을 결정할 때 가장 염려한 것이 겨우 돌 지난 진이가 겪을 문화적 충격 문제였다. 애아범과 애어멈의 직장 관계로 국내에서조차 생후 부모와 떨어져 외할머니에게서 자라기는 했다. 지난 3년간은 아이의 현지 적응 문제에 무던히도 마음이 쓰였다. 테네시 주 멤피스에서 6개월여 만에 어미는 아이를 태워 승용차 몰고, 애비는 빌린 트럭에 이삿짐 싣고 3일간 대륙을 횡단하며 샌디에이고로 이사했다. 그 사이 거처를 옮겨 다니면서 진이는 유아원과 프리스쿨을 네 번이나 옮겼다.

낯선 이국 생활을 하면서 그동안 진이를 울린 것이 어디 한두 가지 이겠는가. 이민 초기에는 한국이 그리워 아니 이곳의 식구들을 못 잊어 엄마 아빠가 잠든 밤에는 몰래 발코니에 나가 친가와 외가로 전화를 걸어 울부짖기가 다반사였다. "할아버지, 잠이 않아요. 한국에 가고 싶어요." 얼마나 당부를 하였으면, 몰래 밖에 나와 전화를 할까. 묘책은 없고 그저 저도 울고 나도 운다. 진이에게는 미국이 좋을 턱이 없다. 이곳의 할아버지, 할머니, 큰아빠, 큰엄마, 하진이 여진이 언니며 삼촌이 그리운 것이다. 자라던 외가의 외할머니, 외삼촌, 이모들이 그리운 것이다. 귀엽다고 어르며 아이스크림 사 주던 마을 할배가 몹시 보고 싶을 뿐이다.

"할아버지! 진인데요. 하 걱정이 났어요." 화급한 전화 목소리에 또 가슴이 철렁 내려앉는다. "왜, 무슨 일이지?" "할아버지! 그런데요, 엄마 가 아기를 가졌대요. 한국 가서 낳아야지 여기서 낳으면 어떡해요." 훌 쩍 훌쩍 눈물을 글썽인다. 혼자 외로이 지내다가 동생이 태어난다니 너 무도 신나는 일이다. 하나 걱정이 앞선다. 검은 피부나 파란 눈의 미국 아이가 태어날까 봐서. 미국 간 지도 어언 2년이 지났건만 외가의 진주 사투리는 아직도 생생하다. 진이가 못 잊는 것은 바로 이것이다. 진주 외가와 친가 김천의 사투리며 한국의 사람과 땅의 내음. 해서 사무치게 그리울 젠 끝내 지구의 반대편 전화기에 매달려 제 삼촌에게 하소연한 다. "삼촌! 아빠 겨드랑이에서 삼촌 냄새가 나."라고.

지금 막내 가족들은 또 한 번의 고민에 빠졌다. 새삼 이민 생활의 어려 움을 실감한다. 진이 엄마는 국내에서 양궁 실업팀의 선수 및 코치로 활동하다가 특수기능 보유자의 자격으로 이민을 갔다. 지금은 미국의 서부 지역 올림픽선수촌이 있는 샌디에이고에서 지도자의 길을 걷고 있다. 한데 이번에는 샌프란시스코 쪽에서 양궁 클럽의 코치로 초빙 요청을 한 것이다. "구르는 돌은 이끼가 끼지 않는다(A rolling stone gathers no moss.)."고 했던가. 부디 자주 옮기는 것은 좋지 않다는 부정적인 측면이 아니고, 활동하는 자는 늘 신선하다는 긍정적인 의미의 꽃을 활짝 피었으면 싶다.

나의 마음을 무겁게 하는 것은 아직도 진이의 눈물이다. 초등학교를 입학하는 금년 9월부터라도 안정된 학교생활을 할 수 있는 분위기가 마련되었으면 하는 바람이다. 한글학교와 영어학교 두 곳을 다니며 공부 잘하고 있다는 진이의 천진스런 자랑에 이중 언어 학습에 따르는 고충이 지레 감정 이입된 탓인지 나의 입가에는 미소가 흐르면서도 눈시울이 젖는다. 할아버지의 사랑인지 욕심인지 모를 눈물이 하염없이 흘러내린다.

3년 지난 아파트 단지의 시름시름 앓던 조경 솔이 이제는 제법 푸르름을 뽐내며 솔 향내를 뿜기 시작한다. 이제야 활착이 되었나 보다. 하늘을 찌를 듯 훤칠한 키의 적송들의 외관으로 보아 백두대간이나 여느 국립공원의 산림 지대를 지켜야 마땅할 귀품이다. 정서적인 욕구를 충족시키려는 이기적인 인간 탐욕의 제물이 되어 지하 주차장 위에 조성된 인공 정원의 척박한 토양에 새로운 뿌리를 내리며 흘린 눈물이 그 얼마이던가. 인고의 세월을 이기고 살아남은 조경 소나무의 끈질긴 생명력 앞에 절로 경외를 표하며 경건함을 금할 수 없다. 타의든 자의든 어디 당초 뿌리내린 땅이나 탯줄 푼 자리보다 더 나은 환경을 만나는 것이 그리 쉽기야 하겠는가. 인내와 의연함으로 이민 초기의 고난을 극복하고 처음 품은 꿈이 유감없이 이루어지기를 고대한다. 진이의 때 묻지 않은 순수한 원초적 눈물이 축복과 환희의 노래로 승화되는 기쁨과 함께.

바캉스 산조(散調)

1.

휴가는 기다리는 마음으로 영근다. 일 년, 아니 때로는 수년의 기다림 끝에 가까스로 맛볼 수 있는 입맛 돋우는 별미요 특식이다. 많은 휴가가 기다림만으로 끝나기도 하며, 맺혀진 휴가가 다 삶의 생기를 가져다주는 것도 아니다. 성공적인 휴가를 갖는다는 것은 행운 중의 행운이다. 계획에서부터 휴가를 마치고 무사히 집으로 되돌아와서 일상으로 접어들기까지 너무도 많은 변수와 어려움이 뒤따르기 때문이다. 휴가는 분위기를 많이 타기 때문에 더욱 그렇다. 어쨌든 휴가는 생각만으로도 가슴 설레며 즐거움을 준다. 특히 여름철 가족들과 같이 하는 바캉스는 휴가 중 백미(白眉)다.

휴가 계획에서는 장소와 일정의 결정이 핵심이다. 아버님 생존 시에는 우리 집의 가족 휴가는 8월 20일을 전후한 4박 5일간의 고향 방문으로 짜이곤 했다. 아버님의 생신이 음력 7월 17일이고, 어머님의 생신이 3일 뒤인 7월 20일인 것이 주 이유였으며 또 한 가지는 그때 내가 근무하던 직장에서는 연중 휴가가 연 1회뿐이었던 것에도 영향이 있었다. 아버님 생신일에는 마을 어른들을 모신 동네잔치가 벌어지고, 어머님 생신일은 오붓한 가족 잔치로 보낸다. "동민 여러분! 오늘은 ○○어른의 생일날입니다. 서울에서 내려온 자제 분이 좋은 음식을 많이 장만해 노코(놓고) 여러분을 초대한다 카니(하니) 마니(많이) 참석해서 절(즐)거운 시간을 함께 나누도록 하십시다. 그라고 농약 대금을 아직 내지 않은 댁에서는 그리로(그 집으로) 가지고 오이소."라는 이른 아침의 고요를 깨는 동장의 투박한 안내 방송에 선잠을 깬 아이들이 처음에는 어리둥절 놀랐다. 한창 개구쟁이이던 삼 형제는 시골을 다녀온 후 얼마 동안은 아침이면 먼저 눈을 뜬 놈이 동장이 된다. 서투른 사투리 흉내의 이 '생방송'으로 다른 놈의 단잠을 뒤흔들곤 했다.

고향 휴가 덕분에 우리 아이들은 어려서 조부모님과 종조부님의 사랑에 흠뻑 젖었다. 일찍부터 매미, 잠자리, 방아깨비, 여치, 메뚜기며 개구리와 자연스레 어울리고, 뻐꾸기 소리에 익숙해지며, 개, 돼지, 소를 가까이서 보았다. 철이 들면서는 봄꽃에 묻히고 초여름이면 자두 따고, 가을엔 서리 맞아 붉게 익은 홍시(紅柿) 터트리며 익을 대로 익어 터진 석류 알 씹는 싱그러움 속에서 고향을 배웠다. 감자, 고구마 캐고 고추 따고 무, 배추 뽑으며 흙의 고마움과 수확의 기쁨을 맛보았다. 타향 생활 40년이 지나도록 고향과 고향의 정취를 힘겹게나마 간직해 오면서 지금도 아버님의 발자국과 손길이 스쳐 간 전답의 논두렁을 거닐며 속삭이고, 겨울이면(주로 방학 때이지만) 따뜻한 온돌방에 누워 내 자식들과 고향 얘기 나눌 때 나는 고향집 문풍지 소리 타고 전해 오는 아버님의 따뜻한 사랑을 되뇐다. 아버님의 거친 손은 어느새 나의 사타구니를 스치며 명치 밑을 지나고 등을 쓰다듬으신다. 나는 나의 큰놈이나 둘째 놈이나, 막내 놈을 지그시 품안으로 끌어당긴다. 너무도 행복한 순간이다. 나는 이때 조용히 아버님께 말씀드린다. '아버님, 그렇게도 마음 쓰시던 허약한 아들이 건강한 모습으로 당신의 그 소리 없는 사랑을 당신의 손자들에게 물려줍니다.'라고.

2.

어머님을 노후에까지 땅 고랑에 묻혀 골머리 빠지게 하는 불효(?)를 저지르면서 내가 고향집을 이렇게 힘들게 지켜 나가는 것은 그 하찮은 돈 때문이 아니다. 생각하면 지금의 고향을 가꾸기 위하여 그동안에 바친 대가도 희생도 엄청나게 크다. 멀게는 줄줄이 이어 내려오는 선조들의 땀이 젖어 있는 흙이요 숨결과 기(氣)를 고이 간직한 산언덕, 골짜기이다. 암울했던 1920년대 중반에 졸지에 부양가족 6명의 15세 소년가장으로 가문을 물려받아 그렇게도 주린 배를 언 손으로 움켜쥐시면서 그 오랫동안 그렇게도 육신이 다 닳도록 자수성가로 일구신 부모님의 피와 땀의 결정체이다. 그러기에 내 생전에는 한 치도 줄이지 않겠다고 굳게 다짐해 왔으나 안타깝게도 전답은 반이 넘게 줄어들었다. 산업화, 이농 현상, 그 어느 이유로도 아버님의 아린 마음을 달래기에는 부족한 슬픈 눈물의 사연이 농촌을 지키기에는 너무도 무력한 아들의 마음에 골 깊은 상처만 남긴 채 비록 이제는 농절에만 한시적으로 지키는 고향이 되었지만 노모의 깊은 주름살에서 불효의 시름은 깊어만 간다. 이 모든 정신적, 육체적, 재정적 부담을 내 마음속에는 전문 회계인답게 '고향 유지비'라고 새겨 두고 있다.

누대의 종가인 나의 가정에서는 핵가족이란 먼 훗날의 이야기이다. 내 아내 내 새끼만의 오붓한(?) 여름휴가란 생각해 본 적도 없고 이것은 나뿐만 아니라 아이들마저도 어느새 체질적으로 멀어졌다. 누나와 세 여동생이 출가하고 남동생이 결혼하여 분가하였으며, 아버님께서 돌아가신 지금에는 우리 집의 분위기도 많이 바래었다. 지금의 서울 생활에서도 연만하신 어머님께서 명절이나 가정 행사 때 사위나 딸이 하룻밤 묵어 쉬어 가지 않으면 처가나 친정을 다녀간 것으로 여기시지 않으며 성에 차지 않아 못내 서운해하시는 것을 빼면 핵가족이나 진배없다. 더욱이 금년 휴가에는 남동생 댁에서 어머님을 제주도로 모시겠다고 진작 언약이 되어 있는 터이라 우리에게도 핵가족 휴가가 예정되었다.

따르릉 아침 일찍 전화벨이 울렸다. 이맘때의 전화는 받기 전에도 발신자는 분명하다. 농사철이라 고향에 내려가 계시는 어머님한테서 걸려오는 전화이다. 어머님과의 전화는 새벽 잠자리에서 받거나 걸기 일쑤다. 너나없이 대체로 농번기의 농촌과 통화는 이른 새벽이나 저녁 늦은 시간이 좋을 테지만 체질적으로 일찍 자고 일찍 일어나는 우리 집의 경우는 아침 통화를 선호한다. 어머님과의 전화 통화에는 언제나 긴장이 따른다. 오늘도 안녕하신지 하는 걱정을 앞세워 전화를 걸었으나 행여 부재중으로 통화가 되지 못할 때는 다음 통화가 될 때까지 조바심이 타고 걸려오는 전화에도 몇 마디를 주고받은 후에나 평상을 되찾게 된다. "야야! 한창 익은 고치(추)를 따는 중인데 자들이(동생을 지칭) 제주도 가자카니 어짜면 조켓노?" 오늘은 유난히 목소리가 밝으시니 우선 안심이 된다. "뭐, 일주일 정도 집을 비는 게 어떠시려고요? 다녀오시면 되지요." "안 된다, 고치가 한창 익고 있다. 지금 마루에는 초벌 건조 중인 것이 있고, 건너방에는 불을 피워 말루(리)는 중이다. 밭에(의) 거는(것은) 이틀 거리로 따야 하는데?" "요즘은, 다른 일거리는 없으니 니 좀 내려와 있으면 안 데나?" "제가 하는 일이 있어서 좀 어렵겠는데요. 아직 며칠 남아 있으니 좀 두고 생각해 보시지요." 이날의 전화 통화는 찜찜하게 끝났다.

늘 정에 아쉬워하고 어릴 적 한때나마 사랑의 갈등으로 서로의 마음에 큰 상흔을 남겼던 작은아들이 수년간의 직장 생활을 끝내고 시작한 자영업이 자리를 잡으면서 일익 번창하는 것이 눈에 띄고 한결 마음 씀이 부드러워지면서 요즘 어머님의 기분은 좋아지셨다. 그리고 작은아들의 비위는 가급적 건드리지 않으려는 배려가 늘 깔려 있는데 고향집을 쓰는 농절인 데다 두 집의 휴가 일정이 연속으로 잡혀 좀 어렵게 되어 버렸다.

주말 아침 잠자리에서 어머님께 전화를 드렸다. 계속 신호만 울린다. 벌써 밭에 나가셨나 보다. 나의 시간을 어머님과 맞추려면 두 시간 정도는 앞당겨야 한다. 일곱 시가 되었으니 아침 일을 두어 시간은 했음직하다. 더위에 뒤척이다 늦잠에 빠져 아침 전화 드리는 시간을 놓친 것이다. 점심때에 가까스로 통화가 되었다. "제가 어머님 휴가 동안 시골에 계속 있기는 어렵고요, 중간에 한 이틀 다녀올 테니, 어머님은 계획대로 동생과 휴가를 다녀오시지요." "그래, 내려올 수 있다 카나? 그라마 댔다. 그라자(그렇게 하자)." 어머님의 기분은 좋으신 것 같다. 우선 어머님께서는 내가 집을 보는 것을 제일 든든해하시니까 그러실 테지. 그리고 보니 우리 집에도 순수 시골 출신은 나뿐이다. 나는 대가족 속에서 살아오면서 가끔 혼자서 자조적인 미소를 질 때가 있다. 아버지의 사랑과 어머니의 사랑에는 색깔이 다르고, 같은 부모 밑에서 태어나고 자란 형제자매사이에도 생각이나 마음 씀이 같지 않다. 아버지께서는 자기 일에 충실하도록 가르치셨으나 어머니께서는 모든 일을 잘해야 성에 차신다. 고등학교를 마칠 때까지 나름대로 부모님을 도와 왔기 때문에 농사일에 대한 기초적인 안목은 있지만 이 수준은 근면, 노력을 중시하는 아버지에게는 노력이 돋보여서라도 합격(?)이나 실적 위주의 어머니에게는 낙제다. 지금도 시골을 며칠 다녀오면 몸살을 앓는 나의 농사 솜씨는 어머님 눈에는 언제나 유치원생이다.

금년 휴가는 이상하리만큼 일정이 꼬여 들었다. 생각해 보면 방학 중 무엇을 좀 배워 보고 가다듬어 보겠다는 과욕을 부린 것 외에는 누구에게도 악의는 없다. 나의 계획에만 충실하겠다는 고집이면 아예 이번에는 고향을 갈 수 없는 형편이다. 그러나 일박 이일이나마 다녀오기로 했다. 다음으로 이어지는 우리의 휴가 계획 때문에 더 늘릴 수가 없다. 오랜만에 작은아들과 함께하는 어머님의 휴가를 부담 없이 다녀오시게 하기 위해서 나의 토요일 고정 계획을 포기하고 짬을 낸 것이다. 행여 주말이나 방학 중 집에 있는 것이 놀고만 있는 것으로 비칠 수도 있는 어머니에게 시간이 없어서 못 간다고 하는 것은 공연한 핑계로 오해될 소지가 있다. 또한 외국 근무에서 잠시 돌아와 어머님을 모시겠다는 동생의 일정에도 시간적인 여유가 없고 잘못하면 오히려 서운해할지도 모른다. 단 한 가지 이번만은 어머니께서도 내가 고향 다녀오는 것이 처삼촌 묘벌초 하듯 한 눈가림이라고 여기시지 말고 나의 진의를 읽어 주셨으면 하는 바람이다.

3.

아무리 '농학박사'라지만 여든의 노친네가 혼자 꾸려 가는 농장이라고는 믿기지가 않는다. 너무도 전답이 풍성하게 무르익어 가고 있다. 또 함께 계셨으면 허약하고 굼뜬 내 손놀림이 눈에 거슬려 '굶어 죽기 딱 알맞다.'고 핀잔이실 테지만 이번에는 고향집을 나 혼자 독차지했으니 한결 마음이 가볍다. 건조장에 맡기신 마른 고추 찾아오고, 밭에 나가 익은 고추 따다 방바닥에 가지런히 깔아 열어 새들새들 잘 시들게만 조치하면 나의 주어진 기본 임무는 완성이다. 아니, 김장 배추 씨앗을 뿌려 달라는 추가 주문이 늘었다. 뿌리는 손 서툴러도 가꾸는 이의 정성 실린 손결에 알이 꽉 찬 배추가 어머니의 사랑을 담뿍 머금은 채 초가을 서릿발에 시집가는 새색시마냥 사르르 떨며 아들네로 딸네로 떠나갈 테지.

돌아갈 때 풋고추며, 부추, 호박잎, 고구마, 옥수수, 끝물 피자두… 잔잔한 챙길 거리가 꽤나 많다. 그러나 이것들은 건성으로 챙기고 설사 좀 빠트려도 어머님께 전혀 미안할 게 없다. 그저 자식이나 손자에게 못 주고 못 먹이는 것이 서운하시어 '에이구 칠칠맞은 거(놈) 하구는 또 다 빠뜨렷군. 내가 어찌 눈을 감노.' 하실 테지만 적어도 받는 쪽에서 스스로 사양한 것이니 크게 탈이 될 게 없다. 배나무 과수원 좀 정성껏 살피고 전답의 방축에 우거진 잡초만 좀 깎아 주고 가도 좋으련만 어쩐지 이번만은 마음의 여유가 없다. 무딘 내 마음도 휴가 기분에 들뜨나 보다. 이번에도 나는 '일꾼 사서 하세요.' 하는 입치사로 끝날 판이다. '야이! 동촌댁 큰아들, 박사 이짜나 … 하하.' 어줍은 나의 거동이 또 한 차례 심심풀이로 이웃 아줌마들의 입방아에 오를 테지만 개의치 않는다. 어차피 나는 고향에 오면 열등생이니까. 나는 고향의 숨결만 맡으면 하늘을 난다. 이것만으로 나는 족하다.

인간사란 모든 것이 생각하기 나름이다. '큰아들은 고향에 불러다가 집 지키게 하고 고추 따게 시키고 작은아들과는 제주도 휴가라?' 아니, 그보다는 '형은 고향에 묶어 놓고 동생은 제 마누라 제 새끼 데리고 바캉스라?' 듣기에 따라서는 분명 어딘지 이상한 데가 있는 성싶다. 아버님께서는 큰아들이 중간 간부에서 전직한 것도 모르신 채 지금쯤 은행 임원 정도로 크게 성공하고 있을 것으로 알고 계실지도 모르겠다. 누가 뭐래도 아들에 대한 확신을 가지신 분이니까. 또 근무에 소홀하거나 직장에 누가 된다 시며 임종 시에도 굳이 알리지 못하게 하시며 마지막 순간까지도 아들에 대한 사랑과 염려로 일관하셨으니까. 어머니의 아들 사랑도 이에 못지않은 줄 알면서도 나는 가끔 농담 반 진담 반의 진한 사랑에 어설픈 서운함을 보낼 때가 있다. "교수가 그만큼 배웠으면 됐지, 무슨 공부를 할 게 그리도 많노? 배운 것을 잘 풀어만 먹으면 되지.' '얘, 예부터 말이 있다. 말(斗)로 배워 되로도 못 풀어먹는 사람이 있는가 하면, 되로 배워 말로 쓰는 사람이 있다고." 늘 책에 묻혀 사는 아들이 안쓰러워하시는 말씀인지, 아들의 무능을 채찍하시는 것인지, 맏아들로 형제자매들에게 마음 씀이 인색함을 책하시는 것인지…. 아무튼 어머니 만큼은 아니겠지만 나도 서운할 때가 있다.

4.
　이번의 어려운 일정 속에서도 고향 길을 택한 데는 내 나름대로는 특별한 의미가 있다. 나는 지금까지 나 자신을 '호의호식은 못 했으나 사랑 받은 행운아'라고 생각하며 살아왔다. 나와의 동시대 사람들과 비교하여 둘째가라면 서러워하는 어려운 환경에서 태어나고 자랐지만 언제나 내일이 어제보다 좋았다는 한 가지 이유만으로. 형제자매 그만하면 다 부모님의 근심거리는 면했고 내가 보기에는 부모님의 인생도 우수작이다. 인생살이에서 때로는 부모형제 간에도 오해가 있는 경우가 있다. 또한 세상의 모든 부모는 자기의 아들딸이 다 똑같이 잘살기를 바란다. 근친자 간의 오해는 많은 것이 이해나 인식의 차이에서 비롯된다. 살아 가면서 직접 체험을 통하여 자동적으로 해소되는 것이 대부분이다. 그래서 칼로 물 베기라 했나 보다. 살아 봐야, 결혼을 해 봐야, 자식을 키워 봐야, 며느리가 되어 봐야, 시어머니가 되어 봐야, 하는 것들이 수없이 많다. '다 똑같이 잘산다'는 부모의 욕심에 찬 자식 사랑도 마찬 가지이다. 형제간의 나이 차이가 부모자식 간의 나이 차만큼이나 큰 경우에도 부모의 눈에는 그것이 도무지 보이지 않는다.

어머님께서는 큰아들에게는 어려움 없이 궂은 일 싫은 일 거리낌 없이 마음대로 표현하시면서 작은아들에게는 어쩐지 신중하시다. 머뭇거릴 때가 많다. 솔직히 표현하면 겁에 질려 있으신 것 같다. 그토록 근엄하시고 당차신 아버님께서도 끝내는 가슴에 한 가닥 풀지 못한 한을 안고 가셨다. 각자는 다 어지시고 착하다. 서로 사랑하고 아끼며 돌아서 홀로 눈물 흘린다. 이번 동생의 바캉스는 즐거울 것이다. 아이들은 처음 찾는 제주도에서 이국정취를 맛보겠지. 팔순에 접어드는 어머님은 작은아들의 굳건해 가는 생활 기틀에 보람을 느끼시며 속으로 흐뭇해하시고 자식에 대한 시름 하나를 지우실지도 모른다. 동생 내외는 새로운 삶의 활력소를 찾을 테고….

내게도 한 가지 소박한 바람이 있다. 짙푸른 파도 물결 속에 뒹굴다 노니는 어느 한순간 우연히 마주친 어머니와 아들의 두 눈에 흘러내리는 뒤엉킨 바닷물과 땀방울이 지난날 억제된 정과 굶주린 사랑이 응어리져 가슴에 맺힌 한을 녹여 주는 뜨거운 눈물이기를. 얼룩 없는 순수한 사랑이 얼굴에 묻은 흰 모래알처럼 영글기를. 한마디의 말도 필요 없다. '얘야, 너를 버렸다니? 3살에 너를 떼어 보내면서 잃는 반쪽 사랑이 살을 에어 가슴 치며 통곡했고 한 세월 눈물로 지샜다.' '어머니! 왜 하필이면 "너의 집 엄마는 너의 엄마가 아니야! 니네 큰집 엄마가 너의 엄마래!" 라는 그 청천벽력의 시한폭탄이 초등학교 3학년 어느 날 오후 하굣길에서 티 없이 장난치며 뒹굴던 철부지 단짝의 입을 통해서 터져야 했나요. 그 시한이 10년만 늦었더라도….' 하는 단 한 번의 교감이면 족하다. 어머니와 아들의 뜨거운 포옹이 석양 먹은 해변의 긴 사장에 실루엣 되어 붉은 노을 속에 피어오른 '자식이 귀여울 때면 뒤꼭지를 보고 웃어라.'

하시던 쓰디쓴 교훈을 주고 떠나신 아버님의 돌아서서 미소 짓는 그 근 엄한 모습과 어우러져 푸른 파도 위에 넘실댄다. 낳은 정에 애태우시는 아버지와 기른 정에 몸부림치는 숙부모님의 상실된 반쪽 사랑이 고향의 선영에서 훨훨 타오른다. 영원히 온건한 사랑 되어.

지난겨울 휴가 때는 직장 일로 일정의 중간에서야 동참할 수 있던 큰 아들이 이번에는 계획 단계에서부터 기권이다. 철길 따라 펼쳐지는 백 사장을 쬐는 달빛과 부서지는 파도 소리를 즐기며 선인들이 찬미하던 '명승의 이 강산'의 한 모퉁이를 조용히 음미하는 동안 어느덧 외로운 혼자만의 여정(旅程)이 전날 떠난 아내와 두 아들의 뒤를 따라 잡았다. 절정을 지난 피서지에서 한결 여유롭게 불야성의 해변을 거닐며 별을 쳐다보며 밤공기를 크게 들이마신다. 심장에 쌓인 찌꺼기가 녹아내린 다. 새로운 삶의 활력이 넘친다. 휴가는 즐겁다. 시간이 지날수록 떨어 져 나가는 잎사귀 한 잎 두 잎 늘어도 가족 여행은 마냥 흐뭇하다.

모처럼 예정되었던 우리의 핵가족 '97 바캉스는 결국은 반쪽 가족 여 행의 아쉬움으로 막을 내렸다. 긴긴 대가족 생활의 습성에 젖어 융합의 시간이 농익어서인지, 아니면 서투른 환경 변화에 적응을 못한 채 핵분 열이 너무 빨리 온 탓인지, 그것도 아니면 팔자에 없어서인지…. 정말 아이러니하다. 그래도 나는 다음의 가족 휴가를 오늘부터 다시 또 기다 리련다. 그리고 내일도 바보스럽게 지키리라, 고향의 냄새를. 내 자식들 분가시킨 후 영롱한 새벽이슬 깨뜨리던 6년이란 오랜 시간의 풀밭 산길 30여 리 등굣길에 후줄근한 바짓가랑이 황토 묻혀 끌고 찾아들 때 휘영 청 비치는 달빛을 무지갯빛으로 내어 뿜으며 지친 몸 감싸 주고 희망 주던 그 길목, 동네 어귀 세전(世傳)에 새 보금자리 펴 아버님의 품에 안길 때까지….

친구야, 철쭉 핀 태백에서 호연지기를

태백산(太白山)은 말 그대로 '크고 밝은 산'이었다. 이름 있는 큰 산을 한두 번의 등정으로 그 전모를 보려 한다는 것은 처음부터 과욕인지 모른다. 산의 겸양인지 아니면 교태인지는 알 수 없으나 대개가 국부나 요소요소를 운무(雲霧)로 살짝살짝 가린 채 수줍음으로 다가오는 것이 일반적인 자태가 아니던가.

그러나 새 천 년을 맞아 '고대 상대 58회'가 찾은 태백의 모습은 너무도 다정하고 너그러웠다. 아마 2000년 6월 4일 12시경에 정상에 오른 우리 학형들 중에는 평소 나라의 발전과 민족의 안위를 염려하며 축원하고, 적선을 해 온 친구도 있는 모양이지. 대체로 하향 곡선을 타고 있다지만 '58 동기생' 중에는 아직도 객기 부리는 정력파가 더러는 있는 터, 그렇지 않고서야 태백인들 그처럼 자신 있게 마음 놓고 전라(全裸)의 모습을 보일 수 있으려고. 아무튼 행운의 등정이다.

서북쪽으로 허리와 등을 타고 태조산(太祖山) 백두에 이르는 주맥(主脈)은 아련히 지평선 너머로 달리고, 동과 서남으로 뻗어 가는 줄기는 소백으로 갈리며 반도의 지주(支柱)를 이룬 웅장한 모습! 용출되는 이기(氣)를 어느 누가 감히 막으랴. 잠룡(潛龍)되어 솟은 봉우리 탐라에서는 한라런가. 백두대간의 중추이자 국토의 모산(母山)인 태백은 정말 광활하고 웅대하다. 그러면서도 어머니의 품안처럼 포근하다.

지나치기 아쉬웠던 조물주의 혼(魂)인가, 아니면 이 강토를 지켜 온 한민족의 넋인지 백두대간의 마디마디에는 영락없이 철쭉을 피운다. 백두산, 태백산, 소백산, 지리산, 한라산…. 특히 짙어 가는 초록의 바탕 위에 붉게 물들어 가는 6월 초순에 만개하는 태백산의 철쭉은 걸작이다.

학우들이여! 태백산의 철쭉이 정말 곱고 아름답지. 그러나 오늘만은 우리 좀 더 진솔해 보자. 돌이킬 수 없는 후회로 가슴 칠지 모르지만 부질없다 말고 반성을 한 번 해 보자고. 태백산의 철쭉이 유독 탐스럽고 빛깔이 고운 데는 그만한 이유가 있다. 지난겨울을 이겨 낸 혹독한 시련, 인고의 결실이야. 결코 태고로부터 면면히 이어 오는 천재단에서 비는 한민족의 축원 때문만은 아니야. 1,500미터 이상의 고산에서 불어대는 혹독한 설한풍에 꽃가지와 꽃눈[花芽]이 얼마나 떨며 울어 댔을까는 생각해 보지 않았지. 알알이 맺혀 있는 저 철쭉들의 꽃망울, 망울은 조국의 영산 태백산이 우리의 겨레에게 '잔인하고 혹독한 참사랑'을 심어 주기 위하여 애간장을 녹이는 뼈에 사무치는 아픔을 이겨 내면서 겨우내 흘린 눈물의 결정체야. 이것이 바로 부모의 진정한 참된 자식 사랑이란다.

그런데 우리는 어떻게 살아왔는가. 혹시 있을 예외적인 친구에게는 미안하고, 내 스스로에게도 감히 물어보기 부끄럽다만 안면 몰수하고 내 질문 하나 하마. "자네들 도대체 자식을 어떻게 키웠니?" 얼치기 훈장이 내뿜는 침 튀기는 거친 무례한 큰소리는 용서해라.

조금만 바람 불고 기온이 내려가도 방 안으로 불러들이지 않았는지, 눈발이 흩날리면 양말 찾고 장갑 끼워 주기에 바쁘고, 아랫목 짚느라 허둥대지 않았으면 좋겠다. 사랑에 눈먼 과잉보호로 탐스럽게 피어나야 할 철쭉을 꽃망울 하나 제대로 피우지 못하는 나약한 불임의 수나무로 만들지는 않았는지 공연한 걱정을 해 본다. 이론과 실제의 틈바구니를 헤매는 명색이 교단에서 세월을 보내며 체험한 놈의 넋두리라 생각해도 좋다. 하나, 우리 앞에서 즐비하게 피어오르는 태백산 철쭉은 '시련이 사랑'이라는 큰 교훈을 다시 한 번 일깨워 주면서 제대로 살지 못한 우둔한 우리를 꾸짖고 있는지도 모른다.

나는 지금 어려서 그토록 서운하게만 들리던 "자식이 귀엽거든 얼굴을 보고 웃지 말고 뒤통수를 보고 웃어라." 하시던 아버지의 쓰디쓴 사랑의 참뜻을 실천하지 못한 나의 여린 심지(心志)와 지난날의 서툰 육아법을 뉘우치며 죄책감에 빠져 있단다. 아마도 먼저 빠져든 부부 사랑에 중독되어 자식 사랑에 대한 분별력을 잃었던 것 같다. 자식 사랑이야 얼어 죽거나 데어 죽지 않을 만큼의 '고슴도치 사랑'이면 족한 것을.

그런데도 왜 억울한 누명을 쓰고 살아가는지 아이러니하구나. 우리 경영학과에서 전병훈 선생님(?)의 개설 과목을 수강 신청하는 것은 "화약을 지고 불길 속으로 뛰어드는 무모한 짓"이라고 매 학기 초 수강 신청할 때면 선배로부터 후배에게 전해 내려가는 제자들의 나에 대한 '경고'가 있다는 것을 자네들은 몰랐을 거야. 이러다가 나 곧 '수강자 0(零)'이라는 치욕스런 사유로 불명예 퇴직될지 모른다. 그때는 우리 좀 더 한가롭게 노닐자꾸나. 재미없고 딱딱한 전공의 선택이 나의 원초적 실수였다고 자위하면서도 오늘도 신기루 같은 환상 속에서 살얼음 위를 걸어가고 있다. 따뜻한 사랑을 주지 못하는 나의 천성이 행여 나의 사랑하는 제자들을 이 태백산의 철쭉처럼 탐스럽고 정열적인 삶으로 이끌어 주지나 않을까 하는 당치도 않은 욕심을 부리며. 난들 어찌 '인자하고 너그럽고 자상한 선생'으로 기억되었으면 하는 바람이 없겠니. 그러나 교단에만 서면 표변하는 데 바로 나의 한계가 있단다. 모든 것은 제 날 탓이지 이제 와서 누구를 원망하겠나.

고대 상대 58 학우들이여! 1958년 봄의 안암 언덕의 철쭉도 아름다웠었지. 4·19로 휴교되어 교문은 굳게 닫히고 도서관 앞 언덕의 철쭉만이 쓸쓸히 목이 터져라 민주를 절규하며 피를 토해 낼 때 우리는 무력하게도 먼발치만 맴돌며 울분을 삭이기도 했다. 그러나 우리 이제 그때의 열정 고이 접어 두고 진정하자. 아들딸에게 하지 못한 것을 이제 와서 손자, 손녀에게야 어찌 실행할 수 있겠는가. 더구나 그것은 우리의 몫도 아니잖아. 돌팔이 의사만도 못 한 얼치기 친구가 내뱉는 허튼 인생 진단에 너무 개의치 말게나.

괜한 욕심 다 떨쳐 버리고 내년 봄에는 당골에서 올라 천재단, 장군봉을 거쳐 유일사 입구로 하산하는 역코스로 태백산 철쭉이나 다시 한 번 감상했음 싶다. 시기는 일주일쯤 늦은 6월 10일경이면 좋을 것 같은데. 늘 보던 하늘이나 풍경이라 할지라도 '앞으로 엎드려 다리 가랑이 사이를 통하여 거꾸로 보면' 놀랄 만큼 경이로운 새로운 광경으로 전개된다. 하니 지나치게 실망할 것은 없다. 거꾸로 사는 인생에도 여유로움이 있고 또 다른 별미가 있다.

끝없이 군락으로 무리 지어 만개된 철쭉이 작열하게 내뿜는 불길 속에 우리의 몸과 마음을 던져 버린 채 모교의 빛깔, '크림슨'의 축복 속에서 자자손손 물려 내려오는 한민족의 영원한 소리에 귀 기울이며 선인들의 숨결에 젖어 보고 싶구나. 장군봉 철쭉의 열정에서는 만주벌판을 말 달리던 선조들의 호쾌한 기상에 심취하고, 문수봉에서 들려오는 신라의 함성에 환호를 보내며, 천재단에 올라 민주화와 통일의 염원을 빌면서.

이제 우리에게 남은 일은 태백산의 철쭉에 묻혀 헤쳐 온 모진 세파에 쭈그러든 가슴을 마음껏 펴 지난날의 호연지기를 재연하는 것뿐이야. 후손들에게 짐이 되지 않는 건강, 장수를 누리자. 건승, 건투를 빌면서.

무박 3일, 여행은 즐거워

신혼부부의 화장대 위에는 한두 개의 신혼 사진 액자가 놓여 있어야한다. 그렇지 않으면 수상한 사람으로 수사 기관에 신고될 수도 있으니까.

천호동 쪽 넓은 백사장, 굽이치는 푸른 한강물 위에 둥실 떠내려가는 흰 구름을 배경으로 하는 엄마, 아빠의 사진이 화근이었다. 저만 데리고 가지 않았다고 투정 부리며 글썽이던 아이에게 "갈 때는 아빠가 데려가고, 올 때는 엄마가 데려왔다."며 달래느라 진땀을 흘렸던 큰아이가 공항까지 데려다 주고 이번에는 자기 스스로 빠져 버렸다.

기껏 1년에 한두 번인 여행이지만 우리는 지금까지 주로 가족 휴가를 즐겨왔다. 할머니, 할아버지와 손자에 이르는 3대는 기본이고, 전성기에는 삼촌, 고모들 합하여 식구가 12, 3명이 되는 속에서 자란 '복합 대가족' 체질이라 어느 누구도 불편 없이 당연한 것으로 익숙해 왔다. 한수 더 두어 아이들 얘기를 빌리면 우리 집은 극히 예외적이며 부모를봐 주기 위한 효심(?)이 담겨 있다는 것이다. 대학을 졸업할 때까지 자식들이 가족 여행에 즐거이 합류해 주는 집은 없다는 것이다. 이렇게까지 아량(?)을 베푸는 것은 결코 '마마보이'들이라 서도 아니고, 딸도 두지 못한 부모님이 측은해서 크게 한 번 봐 준 것이란다. 그러나 이번만은 좀 다르다.

어느 날 오후 큰아이 직장으로 전화를 걸었다. 좀처럼 집으로나 업무 중 전화를 하지 않는지라 의아해하는 아이가 반갑게 전화를 받는다. "오늘, 퇴근 시 꽃 한 다발만 사서 네 어머니께 갖다 주어라." 했다. 아이는 왠지는 모르는 것 같다. 혹시 작은 놈이 서운해하려나 하는 생각에서 오후 늦게 또 전화를 했다. "나, 아버지인데, 퇴근할 때 장미 한 송이만 사서 네 어머니에게 갖다 주어라." "왜요?" "글쎄, 그냥 주면서 '길 가던 어떤 아저씨가 전해 달랬다.'고만 해라." 했다. 처음으로 녀석들한테 한 부탁이지만 마음 씀이 섬세한 딸아이가 하나쯤 있었더라면 굳이 내게까지 기회가 오지도 않았을 텐데 하는 아쉬움을 느꼈다.

다음 날 집에 도착해 보니 큰놈은 눈치를 챘는지 분홍 장미 30송이 꽃다발, 둘째 놈은 '정직'하게 크림슨 장미 한 송이였다. 엎드려 절 받은 기분이 전혀 없지도 않지만 마음이 퍽 흐뭇했다.

오늘은 그날로부터 꼭 15일째 되는 날이다. 휴가지에서 분에 넘치는 '특식 한정식'을 주문하여 정말 오랜만에 생애 처음인 듯한 단출한 기분으로 우리 내외가 막 식사를 하려는 찰나에 휴대폰 소리가 울린다. "아버지! 회갑을 축하드립니다. 즐거운 시간 가지세요." 한다. 군복무 중인 막내가 영내에서 하는 전화였다. 정말 반가웠다. 어쩌면 수저를 막 들려는 순간에 절묘하게 통화가 이어졌는지. 밀려오는 감정을 억제하며, 제 어머니에게 전화를 건네주었다. 그놈도 기억하고 있었구나. 이것이 풍수지리에서 말하는 동근감응(同根感應)인가. 아니면 현대 과학의 수수께끼인 텔레파시일까. 눈물이 뜨거워진다. 아, 이제 나도 늙어 가나 보다.

우리 부부에게 이번 여행은 결혼 30주년의 자축 행사이다. 여행지의 선택에도 특별한 배려가 있었다. 아내의 동의가 있었지만 전적으로 내가 정했다. 아내는 막내가 대학에 입학한 뒤 자기의 시간을 갖고 싶다며 때늦게 국문학 공부를 시작했다. 녹슨 머리를 닦아 내면서 꽤나 고생하더니 석사 학위 논문 제목을 정할 때는 굳이 대구여고에서 교장선생님으로 가슴 깊이 존경해 왔다며 청마(靑馬) 선생의 시를 고집했다. 그리고 나는 논문 초록에서 "지금은 통영 바닷가의 남망산 중턱에 자리한 시비만이 바람에 씻기고, 순정만이 나부낌과 매닮이라는 양상으로 드러내고 있다."는 것을 읽었다. 하여 통영을 제안했더니 여고 시절 수학여행을 다녀온 곳이라며 한층 좋아한다.

충무라고 찾아왔더니 통합시가 되면서 통영으로 환원되어 있었다. 공교롭게도 마침 청마문학관이 준공되고, 온 시가지에는 청마상 시상을 비롯한 청마문학 세미나를 알리는 현수막이 즐비하게 걸려 있다. 어쩌면 아내와 청마는 깊은 연(緣)을 타고난 듯하다. 논문을 받아 본 8순의 큰동서께서 청마 선생을 자기가 운영하는 학교법인 수봉학원의 경주중·고등학교 교장선생으로 다년간 모셨다며, 청마에 대한 연구를 하는 것을 진작 알았더라면 자기도 일조할 수 있었을 텐데 하고 아쉬워하더니, 점점 예사 인연이 아닌 것 같다.

남망산 조각공원에서 내려다보는 통영의 앞바다며 산수의 경관이 수려했다. 그러나 우리는 청마의 시비를 찾기에 바빴다. 시비 앞에서 아내는 10대 소녀가 되었다. 끌어안고 어루만지며 완전히 심취했다. 내가 그 심오한 뜻을 이해하지 못하는 것이 오히려 민망했다. 저 맛에 문인이 되고 스승이 되는 것일까. 이런 제자나 후학을 둔 청마 선생이 한없이 부럽기만 하다. 어느새 비문에 새겨진 시구가 절로 터져 나온다. "이것은 소리 없는 아우성/ … / 영원한 노스탤지어의 손수건/ … / 맨 처음 공중에 달 줄을 안 그는"

지금처럼 여행이 보편화되지 않고, 경제적으로 좀 어려웠을 때 제주도 신혼여행은 선망이 되기도 했다. 그러나 당시 신혼부부들은 적어도 세 번은 놀란다는 말이 있었다. 이국정취에 놀라고, 신혼의 황홀감에 놀라고, 마지막으로 무박 3일의 계산서를 받아들고 체크아웃하는 카운터에서 놀란다나.

30년 지각 여행이지만 우리는 오랜만에 여유 있는 시간을 즐겼다. 우리 부부는 신혼여행을 제대로 가지 못했다. 서울에서 결혼식을 하고 3일 만에 고향집으로 신행하는 일정 때문이기도 했지만, 솔직히 말하면 '신구 혼합결혼' 절차에 부모님의 뜻에 따른 것이다. 워커힐 다그라스홀에서 초야를 보내고, 처가에서 1박을 한 후 고향집에서 신방에 든 것이 전부이다. 그래서 젊어서 아내는 이따금 신혼여행도 못 갔다는 투정도 있었지만, 그럴 때면 우리에게는 그보다 더 소중한 낭만과 추억이 있었다는 것이 나의 변이다. 대전까지는 경부고속도로가 임시 개통된 덕분에 자가용 타고 시집가는 신부나 신행길에 오른 신랑의 기분이 좋았다. 그러나 대전에서 김천까지의 비포장 국도의 자갈길과 약 8킬로미터의 고향집으로 들어가는 황톳길은 지금의 기준에서 보면 황량한 사막의 길을 방불케 했다.

마당에는 차일이 너울대면서 분위기를 돋워 주고, 병풍 둘러친 방에 촛불이 바람에 일렁이며 운치를 더해 주는 축복 속에 신방에 든 것은 지금 생각해도 내게는 '문화재'급 행복이다. 경향 아니 도농(都農)을 오가며 지친 신랑신부가 어떤 짓(?)을 했던지 기억이 희미하다. 그러나 다음 날 아침, 잠에서 깨어난 신랑신부는 황당하고 당황했다. 앞과 대청마루 쪽 할 것 없이 모든 문의 창호지는 벌집으로 변해 있었다. 어려서 유난히 호기심 많던 나는 초례상의 맨 앞줄로 비집고 들어가서 신랑, 신부의 거동을 보면서 침 흘리며 부러워했고, 밤이면 손가락에 침 묻혀 소리 없이 남의 신방 창호지를 뚫기를 퍽 즐겼다. 하나, 이렇게 허를 찔릴 줄은 정말 생각지도 못했다. 신랑신부의 잠자리를 훔쳐보기 위한 숙모님과 당숙모님의 짓궂은 장난이었다. 신부는 얼굴이 뜨거워 고개를 들지 못했으나, 나는 기분이 좋았다. 일찍이 지은 죄(?)가 있어서랄까 입도선매한 묵은 빚을 갚은 기분으로 마음이 홀가분하면서 꼭 밑진 것 같지도 않았다.

바쁜 일과 속에서 어렵게 짬을 낸 짧은 틈새 여행이지만 어느 때보다도 즐겁고 수확이 풍부하다. 단 3시간의 해금강 뱃놀이와 3일간의 여행이면 30년간 '몸' 바쳐 온 헌신적인 희생의 찌꺼기도 봄눈 삭아들 듯 녹는 것이 여심(女心)인 것을 내 어이 여태 몰랐던가. 고도가 낮아지면서 어둠 속에서 보석처럼 빛나는 흩뿌려진 모자이크 불빛이 시야로 넘쳐온다. 착륙이 가까워 왔음을 알려준다. 나는 아내의 손을 꼭 잡으면서 웃음이 났다. "엄마, 아빠는 손 한 번 잡아 보지 않고 결혼했다."는데 그럴 수도 있느냐는 의문과 호기심에 찬 눈빛으로 언젠가 제 엄마에게 대답을 재촉하며 매달리던 아이의 모습이 불현듯 뇌리를 스친 것이다.

갑자기 나의 장난기가 발동했다. '충무'로 할까, 아니면 '한려'로 할까고 느닷없이 물었다. 영문도 모르는 아내는 한려로 하잔다. 꿈도 야무지다. 삐걱, 비틀거리며 걸어온 30년 '바보들의 행진'에서 우리의 기술은 이미 오래 전에 판명 났는데도 말이다. 이번의 '무박 3일'이라고 무슨 이변이 생기려고…. 나는 차라리 충무로 하자고 했다. 아내의 주저 없는 선택의 속에는 귀여운 딸에 대한 소망이 숨어 있음을 나는 안다.

나에게도 자그마한 소박한 꿈은 있다. '화목한 가정에서 자란, 착(善)한, 딸 같은 며느리' 셋을 기다린다. 욕심 같아서는 4년 후 아내의 회갑에는 3남 3며느리의 축복을 받으며 그동안 우리 부부에게 아낌없는 성원을 보내 준 모든 은인들에게 근배를 올리고 싶다. 또 한 번의 무박 3일 여행은 덤으로 올 테지.

인생은 한판의 경기이런가

FIFA월드컵 경기가 지축을 뒤흔들며 세계를 하나로 만들었다. 과히 축구의 위력에 필적할 만한 스포츠가 없을 것 같다. 열광과 함성에는 귀천이 없다. 스포츠의 진수는 바로 이 무한한 포용력에 있다. 녹색의 잔디구장에서 조국의 명예를 걸고 사력을 다하며 뛰는 선수들과 관람석이 터질 듯 용출하는 붉은 색의 물결에 휩쓸려가면서 경기장에서 관전(觀戰)을 하노라면 인생은 한바탕 봄날의 꿈이 아니라 한판 경기인 듯싶다. 90분의 경기가 그대로 인생 90세의 축소판이다. 주심의 경기 시작 휘슬 소리에 맞추어 터지는 환성은 전 인류가 함께 외치는 평화와 화합의 탄생을 알리는 고고(呱呱)의 성(聲)이요, 종료의 아쉬운 탄성은 패자를 위로하는 조종(弔鐘)의 소리되어 멀리멀리 긴 여운으로 잦아든다.

204개 회원국이 지역 예선을 거쳐 본선 티켓을 따는 데도 대충 우승 확률 15.68%(수치의 일관성을 위하여 전년도 우승국과 개최국의 자동 출전은 고려하지 않음)의 좁은 문을 통과했다. 치열한 격전에서 살아남은 32개국이니 어느 팀인들 만만하겠는가. 이들 강호들이 우승을 하려면 7.84%의 본선 예선전, 3.92%의 16강전, 1.96%의 8강전, 0.98%의 4강전, 0.49%

의 결승전을 통과해야 한다. 이 어찌 실력만으로 될 법이나 한 일인가. 신의 가호나 국운이 뒷받침되어야 한다. 우승팀 23명의 선수가 60억 인구를 대표한 것이니 FIFA월드컵 우승 확률은 어쩌면 한 생명의 출생보다도 더 어려운 것 같다.

인생의 성패가 성적순이 아닌데 삶의 오묘한 맛이 숨어 있듯이 경기의 승패가 실력에 비례하지 않는 데 스포츠의 진미가 있다. 2002 Korea –Japan World Cup 본선 진출 32국은 FIFA 순위와 큰 차이가 있다. 4위의 콜롬비아를 비롯하여 기라성 같은 순위 내의 7개국이 탈락되고, 50위의 중국을 위시하여 순위 밖의 10개국이 포함되었다. 더욱이 본선 예선전에서의 이변은 잡기에서 즐겨 쓰는 운칠기삼(運七技三)이라는 속어의 위력을 실감게 한다. '무득점, 1무 2패, 16강 탈락.' 우승 후보 1순위로 '아트 사커'라며 격찬 받던 프랑스는 전 대회 우승팀 36년만의 탈락이라는 오명을 안고 눈물을 삼키며 조용히 '집으로' 갔다. 개최국의 자격으로 자동 출전한 우리의 석차는 40위이다. 하나, 우리는 해냈다. 38위의 폴란드를 꺾고 출전 48년 만에 본선 1승이라는 기록을 세웠다. 얼마나 많은 좌절과 도전의 시련을 참아 왔던가. 13위의 미국을 1대 1의 무승부로 마친 태극 전사들은 5위의 포르투갈과 싸워 드디어 꿈의 16강전 진출의 위업을 달성했다. 그렇다. 위기는 기회의 어머니요, 성공의 씨앗은 눈물로 싹이 트고, 땀과 피를 먹고 자란다. 이 염원을 이루기 위하여 흘린 눈물과 땀이 그 얼마이던가. 경기장의 관람석을 비롯하여 전국에서 활화산처럼 타오른 전 국민의 하나 된 성원과 응원의 열기로 대표팀의 전력은 하루하루 기록을 갱신하며 무섭게 성장하였다.

본선 예선의 결과가 실력과 승부는 비례하지 않음을 다시 한 번 실감케 한다. 16위권 이내에서 1위 프랑스, 공동 2위 아르헨티나, 5위 포르투

갈 3국이 탈락했다. 대신 42위의 세네갈을 비롯하여 16위권 밖의 8개국이 승전보를 울렸다. 리그 방식으로 지역 예선과 본선 예선을 거친 종합 결과를 놓고 보면 승리에는 실력과 운이 공교롭게도 정확하게 반반이다. 인간이 아무리 노력해도 신의 조화를 따를 수는 없나 보다. 절묘한 결과 앞에 경건하다 못 해 오싹 소름이 끼친다. 순진하게 생각하면 50위의 실력만 갖춘 후 천우신조의 행운만 뒤따르면 우승도 할 수 있다는 계산이다. 삶에서 강자가 끝없이 오만할 수 없고, 약자라고 해서 포기해서는 안 되는 소이가 바로 여기에 있다. 우리의 목표는 8강으로 다시 상향 조정되었다. 꿈이 아니고 현실이다. 5위를 꺾고 16강에 올랐으나 40위 앞에 버티고 선 상대인 6위의 이탈리아가 몽블랑처럼 높고 가파르기만 하다.

승부의 세계는 비정하다. 공존이 없다. 기어이 결판을 내야 하는 승부 앞에서 승자는 천당으로 날고, 패자는 지옥으로 떨어진다. 승자를 결정하는 방법도 다양하다. 본선 예선전에서는 승점(승리 3점, 무승부 1점), 골 득실차, 다득점, 승자승, 추첨 순에 의하여 결정하고 있다. 16강전부터는 연장전(30분), 승부차기에 의한다. 이처럼 많은 방법이 개발된 것만 봐도 승부가 실력에만 좌우되지 않는다는 것을 알 수 있다. '속도의 시대'에 살고 있는 탓인지 연장전은 기피하는 경향이고, 채택하는 경우도 시간 기준보다는 누구든 먼저 골을 얻으면 끝내는 골든 골(golden goal)에 의한 '급사(急死 ; sudden death)'를 즐긴다. 매 게임에도 운이 따르기에 패자의 실망은 크지만 방법에 따라서는 너무도 큰 충격적인 좌절감을 안겨 준다. 120분 경기를 기피하거나 급사를 택하는 데는 경기 진행상의 일정, 선수의 보호, 관중의 배려 등 많은 긍정적인 면과 피치 못할 사정도 있겠다. 어쨌거나 결판은 내야 한다. 경기든 인간사든 절대 공정이란 한낱 이상일 뿐이다. 어떤 방법에 의하든 판정에 승복하는 것이 스포츠의 정신이기는 하지만 인간은 운명의 여신 앞에서 울고 웃는다.

경기의 운영 방식에도 삶의 표현이 배어 있다. 지역 예선전 3, 4게임과 본선 예선전 3게임은 리그 방식으로 운영하니 위기를 기회로 전환시킬 여유가 조금은 있다. 16강전부터 적용하는 토너먼트 방식은 더욱 비정하게 느껴진다. 결승전까지 가려면 전자의 방식으로 8번, 후자의 방식으로 4번, 12번 정도의 경기를 하게 된다. 한 경기를 10년으로 환산하면 우연히도 명리학에서 보고 있는 인간의 최장 수명인 120년과 일치한다. 갈수록 죽음의 그림자는 짙어만 간다. 연륜이 쌓일수록 저승사자의 손길이 가까이 오기 때문인가. 인간이 80세를 넘기는 것이 쉽지 않듯이 8강으로 가는 고비는 험준하기만 하다.

삶에 영향을 미치는 변수는 헤아릴 수 없이 많다. 그중에서 모든 사람에게 공통적이며 가장 영향력이 큰 것은 아마도 기회와 위기인 성싶다. 인간의 원초적 기회는 탄생이고, 최후는 죽음이다. 기회로 시작해서 기회로 끝나는 하나의 연속체가 일생 동안 누리는 기회의 합이 인생이다. 우리는 살아가면서 많은 위기를 겪는다. 위기가 곧 기회라면 인생이란 기회로 압축된다. 인생의 정수(精髓)는 기회와 위기라 하겠다. 기회를 날줄로, 위기를 씨줄로 엮어 내는 한 필의 피륙이 삶이요 인생이다. 삶의 길이나 양은 기회의 함수이고, 위기는 그 질의 함수인 듯하다. 출전 선수들은 누구나 나라의 명예를 걸고 뛰는 전사요 영웅들이다. 승부욕이 강한 만큼 경기 중에는 많은 충돌이 생긴다. 오프사이드(offside), 페널티(penalty), 푸싱(pushing) 등 많은 파울(foul)이 난다. 또한 심판의 판정 시비도 흔히 따른다. 우리의 삶에서 부정, 부패, 도덕성, 진위(眞僞) 등의 시비가 일 듯이 말이다. 모든 것은 결국 기회와 위기로 집약되며, 경기나 삶의 양과 질로 스며든다.

경기장에서는 아슬아슬한 위기와 기회가 연출되고 관중은 열광한다. 인간은 보이지 않는 그러면서도 너무나 큰 영향을 주는 기회와 위기라는 삶의 변수를 경기를 통하여 생생하게 본다. 우리는 내관(內觀)으로만 인식해 온 '삶과 인생'이라는 형체가 없는 원체(元體: principal)를 스포츠가 가시화시켜 생생하게 재현하는 사체(寫體: surrogate)를 통하여 자신을 보고 있는 것이다. 지나온 여정의 굽이굽이에서 맛본 기적 같던 행운의 순간과 암울했던 좌절의 여울을 응시하면서 지금은 모두가 하나 된 핑크색 추억을 반추하는 것이다. 경기는 삶을 조명해 주는 거울이다. 해서 삶이 있는 곳에는 언제나 경기가 함께한다. 네로 황제가 콜로세움에서 만끽하던 삶을 오늘의 우리는 축구장에서, 대형 전광판 앞에서, TV 앞에서 환호하며 즐기고 있다.

삶의 성패는 개개인의 의사 결정이나 선택의 잘잘못의 결과이기보다는 기회의 포착이나 위기의 극복 여하에서 비롯됨직하다. 어찌 축구 경기라고 예외일 수 있겠는가. 문제는 선택이나 기회의 포착이 자신의 뜻이나 실력에 의해서만 결정되지 않는다는 데 있다. 운이 따라야 한다. 출생의 환경적인 운만큼 조 편성의 운은 위력적이다. 부모의 능력만큼이나 감독이나 코치의 역량이 중요하다. 스포츠에도 인간의 원천적인 약점은 잠재되어 있다. 과욕이 있고, 권력이나 금력 등 힘의 논리가 완전 배제될 수는 없다. 인간이 할 수 있는 통제의 상한선은 자신을 벗어나지 못한다. 최선의 노력으로 기량을 닦는 것은 각자의 몫이나, 승패는 우리의 한계 밖이다. 경기든 삶이든 결과보다는 과정 자체가 더 중요한 것이다. 과정에 충실하면서 운이나 신의 미소를 기다리는 여유로운 삶을 즐기는 지혜를 깨우치고 싶다. 해서 오늘도 당치않게 허기진 '지오(智悟)'를 채우려는 객기를 부려 본다.

경기가 지나치게 과열하면 스포츠 본래의 의미를 상실한다. 삶 또한 마찬가지이다. 삶에 대한 각자의 인식과 추구하는 목표가 다양하겠기에 삶의 의미 부여나 성패의 척도가 하나일 수는 없다. 하나, 질 높은 삶을 오랫동안 누리고 싶은 욕망이 인간의 공통된 바람일 수 있겠다. 생과 사가 동시에 존재하듯 경기의 승패는 공존한다. 패배가 승리를 낳고, 승리는 패배를 잉태한다. 깊은 철학적 사유나 높은 이상이나 넓은 세계관으로는 수용되지 않겠으나 '인생은 죽어 가는 과정'이요, 사는 이유는 '죽기 위한 것'으로 삶을 보는 시각을 바꾸는 것도 좋을 것 같은 엉뚱한 생각에 잠길 때가 있다. 겸손과 절제가 지나친 과욕과 집착에서 비롯되는 인간의 끝없는 타락에 제동만 걸 수 있다면 삶에 대한 소극적인 사고가 구원의 길이 될 수 있을 터이니까. 인간의 탄생 자체는 은총이다. 해서 전통적으로 인간은 탄생을 축복하고, 죽음을 애도해 왔다. 하나, 죽음이 있기에 삶의 의미가 있고, 죽음에서 영생을 찾듯 승패는 반복하며, 흘린 땀의 값은 승자와 패자 구분 없이 다 같이 고귀한 것이다. 승자의 기쁨의 눈물도 패자의 통한의 눈물도 승리의 싹을 틔우기는 마찬가지다. 단지 약간의 시간적인 차이가 있을 따름이다. 인류사에 큰 족적을 남긴 위인들의 생애만을 칭송하거나, 불가촉천민의 삶이라 외면하는 인간의 편협한 안목은 옹졸하기 그지없다. 무릇 창생(蒼生)의 하나하나의 삶은 다 값지고 소중한 것이다.

우리의 축구 선진국은 전 세계인 앞에 입증되었다. '마술사' 거스 히딩크를 귀화시켜야 한다는 외침이 응원의 함성 속에서 묻어나고 있다. 본인은 일찍부터 인기에는 관심이 없고 오직 '나의 길(my way)'을 갈 뿐이라고 했다. 본인의 뜻에 상관없이 지금의 국민정서는 '상암 히 씨' 시조가 되기에 충분하다. 대한민국의 훈장 하나로 만족하든 한국 국적을 취득하든 그것은 대수가 아니다. 이제 그는 '오대영'[五對零] 씨가 아니라 '히영웅'[Guus Hiddink ; the Great Hero Distinguished in Korea]으로 한국인의 가슴에 영원히 기억될 것이다. 그는 우리의 축구 100년사에 쾌거를 이룩함으로써 열광하는 세계인의 가슴에 한국을 새겨 준 제2의 하멜(Hamel, Hendrik)로 기록됨직하다. 20여 년 앞서 우리의 땅에 발을 딛고(1627년) 서구인 귀화 1호가 된 박연[J. J. Weltevree]과 문헌을 통하여 최초로 유럽에 한국(Corea)을 소개한 하멜(1653년 표착 ; 1668년 간행)을 낳은 나라, 네덜란드와의 국가적인 인연이 예사롭지 않다.

이제 2002 Korea-Japan World Cup 대회는 끝났다. 한때의 열광이나 흥분으로 접기에는 너무나 벅찬 감격이다. 짧은 기간에 지축을 흔들고 세계인을 놀라게 한 거스 히딩크의 용병술과 리더십에서 우리는 보다 많은 것을 배워야 한다. 오늘을 사는 이 땅의 많은 정치 지도자와 기업인이 국민의 실망과 좌절을 신바람과 희망으로 승화시키는 지혜를 얻는 계기가 되었으면 좋겠다. 거창한 세계화도 좋지만 국민과 민족의 화합을 위한 내실의 추구가 더 아쉬운 때이다. 보통 사람의 삶에 의욕을 심어 주고, 통일의 견인차가 될 '경평축구경기'의 정례화 실현이 기다려진다. 다음은 통일 한국의 하나 된 국민의 함성이 세계의 곳곳으로 다시 울려 퍼지는 단독 개최되는 'FIFA Korea World Cup' 경기로 목표를 상향 조정해야 할 테지.

남국에 피어나는 연꽃 향

내가 연꽃을 처음 접한 것은 초등학교 5학년 여름이다. 피란길은 낙동 강 최후 전선에서 일주일 정도 발이 묶인다. 강변 모래톱은 인산인해를 이루고, 포성이 하늘을 찌르고 총탄이 빗발치는 격전지이다. 하체에 기 가 오른 철없는 아이들은 어른들의 당부는 아랑곳없이 무서움도 잊은 채 전투기를 피해 가며 강물에서 멱 감고, 고삐 풀린 송아지마냥 주변의 산야로 달린다. 주인 잃은 과수원을 만나면 떫은 풋사과로 주린 배를 불린다. 정원이 잘 가꾸어진 집을 만난다. 이곳 지역 국회의원의 사저란 다. 전쟁의 아픔 속에서도 아름다운 꽃은 핀다. 물속에서 피어난 이름 모를 하얀 꽃을 보고 첫눈에 이끌린다. 잎은 토란 같은데 보지도 못한 꽃을 피우고 있다. 신기하다. 생이유상(生已有想)이라 했던가. 어딘지 모 르게 풍기는 기품이 나의 마음을 사로잡는다. 이것이 연꽃과에 속하는 다년생 수초라는 것을 안 것은 중학교 1학년 노천 수업에서다. 교사는 폭격으로 폐허가 되고 교정 뒤편에 자리 잡은 학교 설립자의 재실은 전 소되어 주춧돌만 휑뎅그렁한데 연못에서는 연꽃 향이 모락모락 피어오 른다.

가는 곳마다 연꽃이 피어나고 있다. 1월에 보는 연꽃이라 이채롭기만
하다. 더욱이 성탄일 지나 10일도 채 되지 않은 탓에 크리스마스트리와
연꽃이 함께하는 사랑과 자비의 축복과 기쁨에 마음은 더욱 흐뭇하다.
야간 조명에 휘황찬란한 도심지 번화가의 각양각색의 연꽃무늬 장식이
며 만개한 연꽃을 완상하면서 나는 그저 불교 문화권이려니 생각했다.
알고 보니 연꽃이 국화란다. 나의 뇌리에는 연꽃 축제가 열리는 7, 8월의
연꽃만 각인되어 있었다. 연중 피어나는 연꽃은 미처 생각지도 못했다.
내 무지의 소치다.

연꽃은 시공을 넘어 인류와 깊은 인연을 맺고 오랜 사랑을 받아 왔다.
세계 각처에 자생하는 식물이기도 하지만 특히 원산지인 열대아시아를
중심으로 중국, 인도, 이집트 등의 건축물과 미술품의 장식으로 번져 나
간다. 우리나라에서는 고구려를 비롯하여, 신라, 백제, 고려의 연꽃문수
막새와 발해의 봉황연꽃무늬수막새로 사랑받는다. 연꽃의 상징과 의미
또한 다채롭다. 불교에서는 부처와 자비의 상징이다. 특히 연꽃은 피면
서 동시에 연실이 생기는 것이 마치 불교의 교리인 인과(因果)를 의미하
는 것으로 이해되면서 불교를 상징하기도 한다. 유교에서는 군자의 청
빈과 고고함에 비유된다.

우리와 베트남은 공통점이 많으면서도 근대사에 들어 유독 악연과 선
연으로 얽힌다. 동북아와 동남아라는 공간적인 차이가 있을 뿐 지정학적
으로 중화 문화권이며 한자 문화의 역사를 공유한다. 오랜 식민 통치를
받고 분단 동족상잔의 아픔 전쟁의 참화를 겪기까지 한다. 적과 동지라
는 기연은 협력 동반자로 성숙한 외교 관계로 발전하고 국제 혼인 상대
국 1위로 우리의 다문화 가정의 중추가 되었다. 그들이 우리에게서 경제
발전의 노하우를 배우려는 의지만큼 우리는 그들로부터 통일의 저력을

배웠으면 한다. 석양 먹은 남지나해는 금빛으로 황홀하고, 푸꾸옥 해변의 연지에서 4계절 풍기는 붉은 연꽃의 향기는 마냥 그윽하건만 이방인의 가슴은 공허하기만 하다. 불현듯 겹치는 원산의 명사십리…. 연지가 없는 탓인가, 한 계절만의 향기로는 우리의 염원이 미흡한 것인가.

통일 후 변화와 개방을 표방하며 경제 발전의 의지와 비전을 만방에 과시하는 랜드 마크로 건립한 68빌딩 BITEXCO, International Tower 까지도 연꽃의 영감을 받아 설계했다고 하니 이 나라 국민들의 불심의 정도를 감히 짐작할 만하다. 오랜 식민 통치와 전쟁을 극복하고 승전과 통일 과업을 이룩한 것도 바로 불교의 힘이 원천이리라. 월남전이 '하버드 클럽'이라 불렸던 미국 행정부의 당대 최고 두뇌들의 오만과 편견에 의한 오판이라는 씻지 못할 수치를 안긴 힘은 무기가 아니라 연꽃 향에서 비롯한 베트남 인의 혈맥에 자자손손 도도히 흐르는 나라 사랑 정신인 성싶다. 연꽃은 강한 생명력 때문에 생명 창조와 영원 불사의 의미로 상징된다.

푸꾸옥섬은 그들이 자랑하는 세계적인 휴양 명소의 하나이다. 우리에게는 많이 알려지지 않았지만 유럽에는 많이 알려진 곳으로 휴양객 대부분이 백인들이다. 섬 전체 해변이 부드러운 은빛 모래요, 경사가 완만하며 따뜻한 바닷물이 야간에도 해수욕을 즐기기에 적합한 천혜의 자연경관을 갖추었다. 특히 롱비치의 사장은 명사십리가 아니라 가히 끝없이 이어진다. 고급 리조트가 즐비하다. 진까우 야시장에는 각종 열대어 바비큐를 즐기는 휴양객들이 이국정취에 흠뻑 젖어 불야성을 이룬다. 별빛 찬란히 쏟아지는 청정 하늘에는 망고나무 가지에 내려앉은 초승달이 바람결에 일렁이며 축하의 박수를 보낸다. 한결 운치를 돋운다. 드디어 잠자던 나의 우둔한 시심을 깨운다.

남으로 남으로 야간 비행 다섯 시간
심야에 졸던 TAN SON NHAT 국제공항의 불빛이
갑자기 촉수(燭數)를 높인다

자유에 갈증 난
우리 탈출한 야호(野虎)* 여섯 마리
Long Beach 해변을 넘보며
열대 밀림에서 포효한다

겨누던 총부리 멎은 상처 어루만지는
사랑의 손길
통일의 축복
맹호에 놀란 해묵은 가슴
쓸어내린다.

도심을 누비는 오토바이 군무(群舞)
하늘 높이 치솟는 마천루
사이공 강을 질주하는 컨테이너선…
변화와 개방의 물결
쓰나미로 밀려온다

가난과 전쟁의 상흔에
번영과 평화의 새 살이 돋는다.

연중 피어나는 연꽃 향

자비와 사랑으로

사해(四海)로 번져 나간다.

　　　　-졸시, <남국에 피어나는 연꽃 향>

구도(求道)의 상징인 나라꽃 연꽃은 베트남의 통일과 구원의 원동력이 려니, 사계절 피어나는 연꽃 향기 따라 베트남의 평화와 번영은 영원하 리라.

* 안암골에서 학연으로 맺은 6명의 동아리 회원을 지칭하며, 갑오년 벽두에 베트남 여행으 로 55년의 우정을 다짐.

그 시절, 그 사랑

2002년 12월을 보내며 깊이 묻혔던 옛정이 새봄의 지표를 뚫는 떡잎이 고개를 치켜들 듯 자꾸만 가슴의 판막을 짓누른다. 아마도 까까머리의 두메산골 머슴아이가 서울 땅을 밟은 지 꼭 45년이 되는 날의 감회를 잊을 수 없나 보다.

예나 지금이나 대학의 정시 모집 때에는 많은 사람이 함께 움직이기 때문에 초행길이든 서울에 연고자가 없든 크게 문제가 되지 않는다. 함께 묻어 오갈 수 있는 방법이 있기 때문이다. 더욱이 교통이나 숙박 시설 등의 여건이 반세기 전과 지금은 비교가 되지 않는다. 수도권 인구가 50%에 육박하고 있는 지금 서울에 연고자 없는 사람이 있겠는가. 나의 1957년 12월의 서울 초행길은 정말 난감했었다. 생각지도 않게 어려운 일이 벌어졌다. 당시 고려대학교가 우수생 확보 방안으로 시행한 10% 무시험 특별 시험의 서류 전형에 합격된 것이 화근이었다. 목표로 했던 학교도 아니고 이미 다른 곳으로 진로를 정하였기 때문에 나는 응시를 거절하였다. 입학이 보장되는 것도 아니니 원서만이라도 내어 보자고 달래던 당초의 권유는 막상 3명의 지원자 중 1명만 서류 전형을 통과한 후 학교의 태도는 강경해졌다. 매년 3, 4명씩 응시시켜 왔으나 시행 3년 만에 처음으로 1명이 선발되었기 때문에 만약 지금 응시하지 않으면 '우리 학교는 앞으로 고려대학교와의 인연은 끝장이다.'라는 것이다.

밀고 당길 시간의 여유도 없이 면접 날은 다가왔다. 궁하면 통한다 했던가. 아니면, 병을 자랑한 덕분인가. 마침 급우의 누나가 친정어머님 생신에 다니러 왔다가 상경한다는 것이다. 서울에서 여관을 운영하고 있었으니 금상첨화가 아닌가. 기적 같은 행운을 맞은 기분이었다. 이리하여 지금은 3시간도 채 걸리지 않는 거리이건만 장장 8시간의 긴 여정 끝에 '큰 차'는 드디어 한강을 건넜다. 그토록 다정한 친구를 옆에 두고서 내 어찌 두고두고 더 의지하고픈 욕심이 없겠는가. 가는 길이 달랐다. 발랄하고 가냘픈 체구 속에 그렇게도 큰 뜻과 힘이 숨어 있으리라고는 미처 생각조차 못했다. 그는 신부로서 사제의 길을 걷고 있다. 비록 세속적 교분은 끊어지고 마음의 빚은 남아 있으나 우정만은 오늘도 나의 가슴을 감싸고 있다. 부디, 친구의 가는 길에 언제나 주님의 가호와 은총이 충만하고, 구원의 기도 넘쳐나기를 빈다.

나의 심미(審美)의 눈이 밝지 못하다는 것은 진작 판정난 지 오래고, 살아오는 동안 너 없으면 못 살겠다며 애걸하는 여인도 없다. 하지만 나는 결코 절망하지 않는다. 연이 닿지 않아서이지 내게도 이성을 끌어당기는 페로몬(pheromone)이 넘친다는 자부심이 있다. 그렇게 일찍, 홍등가 1번지에서 첫 밤을 지낸다는 것이 어디 쉬운 일인가. 지금의 피카디리극장 뒷골목에 위치한 '종삼(鍾三)'의 'ㅇㅇㅇ여관'은 내가 생후 최초로 서울에서 몸을 푼 곳이다. 저녁이면 미모의 아가씨들이 추파(秋波)를 던지고, 젊음이 펄떡펄떡 뛰던 곳, 그러나 고개 숙인 남성들이 굳게 잡힌 손목을 뿌리치며, '나는 아니야, 나는 아니야.' 하며 기죽어 애원하듯 빠져가기도 하던 낭만의 거리…. 숙인 고개가 주머니 사정 때문인지, 정력 때문인지 지금도 알 수 없지만 호기심에 찬 내 눈에 비친 그 시절 밤의 종로 3가 뒷골목은 이국정취 물씬 풍기는 별유천지(別有天地)였다. 그때 그 골목을 주름잡고, 부담 없는 사랑을 나누며 생체 리듬을 조율하던 선남선녀들 지금은 어느 하늘 아래 계시는고.

상경 2일째 날 사전 답사를 위하여 고려대학교 행 시내버스를 탈 때 나의 정체는 이방인이라기보다는 차라리 외계인이었다. 천부적인 촌놈의 행색이야 내가 알 바 아니고, 우선 말을 알아들을 수가 없었다. 후암동에서 종암동을 다니는 노선의 험상스럽게 생긴 남자 차장의 목쉰 투박한 외침에 아무리 귀를 기울여도 뜻이 전해 오지 않는다. 종로 3가 버스 정류장에서 38번 버스(지금은 동부이촌동과 월계동으로 노선이 연장됨)를 타고, 고대 앞에서 내리면 된다던 설명과 안암동 로터리를 지나, 좌측에 정미소가 있는 조그마한 고개를 넘으면 고대 앞이라던 예비 지식은 망망대해에 떠 있는 잎사귀이다. 동서남북의 방향 파악은 엄두조차 못 낼 일이고 도대체가 '우리 대학 종암동 가요.'로밖에 들려오지 않는다. 어쨌거나 그 곤혹스런 고초 덕분에 나는 다음 날 아침 9시에 시작하는 시험장에 혼자서 무리 없이 닿았다. 지금쯤 어딘가에서 로맨스 그레이를 즐기고 있을 이름 모를 그 차장의 친절을 잊을 수 없다. 그 후 꽤 오랫동안 버스 차장의 말을 알아듣지 못했다. 그들의 사투리와 독특한 억양 탓인지, 서울 거리는 온통 깡패로 득실댄다며(당시의 실제 상황임) 지나치게 당부하던 시골 어른들의 충고로 지레 겁먹은 나의 청력의 마비 때문인지 알 수 없다. '차라리 죽어서 망우리 가요.'라는 외침이 내 귀에 '청량리, 중랑교, 망우리 가요.'로 자연스럽게 들려오는 데는 오랜 시간이 걸렸다. 어쩌면 이것이 나의 외국어 학습 능력의 한계를 암시하는 것인지도 모른다. 내 나라 말도 알아듣지 못하는 주제에 영어와 독일어를 어설프게 읽을 때면 주눅부터 들었다. 이것은 말하고 듣는 나의 외국어 학습에 대한 목표나 눈높이를 스스로 하향 조정하는 계기가 되기도 했다.

반경 50리를 크게 벗어나지 못한 채 기껏 김천 주변에서만 맴돌던 18세 촌놈의 눈에 비친 서울의 야경은 현란했다. 가정 형편이 어려워 초등학교를 마치자 곧바로 서울에 와서 중국 음식점의 '보이'로 시작하여 종로 2가에 있는 '○○중화원'의 요리사로 일하던 2년 선배인 고향 친구가 서울의 중심가를 돌며 열심히 안내를 했다. 화신백화점(현 국세청 건물), 신신백화점(현 제일은행 본점), 광화문 네거리의 동아일보사(현 일민미술관), 비각, 중앙청, 경복궁, 경무대(현 청와대), 국제극장(현 광화문빌딩), 조선일보사와 시네마 코리아극장(현 코리아나 호텔), 국회의사당(현 서울시의회), 시청, 덕수궁, 남대문, 조선호텔(옛 건물), 반도호텔(현 롯데호텔 자리의 8층 옛 건물)…, 광교 돌아 종각 앞에 당도했을 때는 몸은 지치고 정신이 암울해지며 현기증까지 일었다. 하나, 말로만 듣던 육조(六曹) 거리에 서서 심호흡을 하니, 옛 선현의 숨결이 전해 오는 듯했다. 전후 복구가 채 되지 않은 폐허에 불과한 45년 전의 서울 중심의 극히 일부만 보고 들으면서, '아, 서울 크고 넓다.'라는 생각뿐이었다. 나는 그때 그 친구의 친절과 박식(?)한 설명에 감탄했다.

그 몇 년 후 어렵던 시절 아현동 산 중턱 게딱지만 한 가게를 얻어 중국 음식점을 개업하며 독립(?)하던 날의 감회는 서울 전부가 우리의 것인 양 하늘을 날 듯했다. 너무 어린 나이에 생활 전선에 뛰어들어 지친 탓일까, 위암이라는 불치의 병으로 죽마고우를 떠나보낸 지도 어언 15년이다. 인생무상이라는 말이 나의 마음을 달래기에는 너무 원통하다. 허기진 배 움켜쥐며 못 배운 한 풀고자 기어이 아들을 S대학 법대까지 진학시켰건만 그마저 그에게는 시절 인연이 닿지 않았다. 교도소를 내 집처럼 드나드는 아들을 달래면서 억장은 무너지기 시작했고, 무쇠 위장은 서서히 녹아내렸다. 억척같은 노력, 열성, 친절 버리고 어찌 눈을 감았는지 애석하기만 하다. 먹고, 입고 잠자기 어렵던 시절, 그는 가난을 극복하고자, 나는 배움의 허기를 채우고자 땀 흘리며 지친 몸 서로 얼굴만 봐도 격려가 되고, 목소리만 들어도 힘이 솟구쳤었는데. 아, 그리운 옛날이여! 보고 싶은 얼굴이여! 지게 지고 나무하며, 꼴망태 메고 풀 떴던 고향 길을 은발 날리며 한 번만 함께 걸어 봤으면…. 그것도 과분한 호사라면 재개발된 서울의 마천루 숲을 헤치다 파고다 공원 벤치에서 지친 다리 달래며 하룻밤이라도 정담에 취해 봤으면 여한이 없으련만…. 그가 그렇게 갈구하던 가난을 벗었으니, 분단이 해소되고, 주의, 사상, 이념의 갈등 없는 자유로운 대학 환경에서 색깔의 구분 없이 학생들이 활보하며 아들에 걸었던 기대를 한껏 펼쳐 주는 날이라야 친구는 편히 잠들 수 있을 테지.

'서울특별시 동대문구 제기동 xx7번지 왕○○ 씨방', ㄱ자 형의 초가집 문간방은 대학 시절의 반 이상을 보낸 나의 보금자리요, 내가 다시 태어난 곳이다. 30대 초의 신혼부부인 주인과 공교롭게도 홀로된 고모님과 그 아들, 홀로된 누나와 그 아들 세 가족이 한 지붕에서 동거하는 전형적인 '서울 시골'의 서민 가정이었다. 내가 이 집에서의 시절과 사랑을 잊지 못하는 데는 사연이 있다. 우선 입주하면서부터 허물없는 가족의 일원이 되었다. 언제나 옷매무새가 단정하고, 흰머리를 곱게 빗어 쪽진 얼굴 곱게 늙어 가시던 60대 후반의 인자하신 할머니를 위시하여 가족 전체가 누나, 형, 조카가 되었다. 전(全)이 자기들 송도(松都) 왕(王) 씨와 같은 핏줄이라는 이유 하나로 내게 각별한 관심과 사랑을 베풀어 주었다. 해서 나는 대학 재학 중 내 편의에 따라 그 집을 세 번이나 이사 들고 날고 했다. 이 정도야 연분만 닿으면 누구에게나 흔히 있을 수 있을지도 모르겠다. 하나 나의 연은 여기서 멈추지 않는다.

이 집은 내가 죽었다가 환생(還生)(?)한 곳이다. 첫 눈이 가볍게 뿌린 어느 해 초겨울 이른 새벽이다. 아침 식사를 준비하러 부엌으로 나오던 설깬 잠에 취한 주인집 새댁의 눈에 귀신이 나타났다. 혼비백산하는 경악으로 온 집 안이 발칵 뒤집혔다. 대문간 옆 재래식 화장실 앞에 흰 잠옷의 시체가 쓰러져 있었다. 놀란 가족들은 죽은 나를 확인했고, 대청마루로 옮겨 응급처치를 했다. 상당한 시간이 흐른 후 혼미했던 의식은 짙은 운무(雲霧) 속에서 살짝 자태를 보이던 뫼 봉우리가 펄럭이던 산자락의 춤사위 감추듯 오락가락했다. 여느 때와 마찬가지로 전날 밤에도 중학생의 학습 지도를 하고 돌아와 늦게 잠자리에 들었다. 잠이 든 후부터 다음 날 의식이 깨어날 때까지의 기억은 완전히 지워진 공 테이프였다. 밤사이 눈이 내리면서 기압이 낮아지고 풍향이 바뀌면서 방문 앞 툇마루 밑에 있는 아궁이에서 연탄가스가 방 안으로 스며든 것이다. 공부하랴, 가르치랴, 늘 바쁜 생활에 지친 나는 잠자리에 들기 무섭게 깊은 잠에 빠진다. 평소와는 달리 밤중에 의식 없이 밖으로 나왔고, 가스에 취한 몸은 화장실까지도 지탱하지 못하고 대문간에 쓰러진 채 밖에서 몇 시간을 잔 것이다. 신의 가호가 아니면 조상의 음덕으로밖에는 풀 수 없는 대목이다. 그때의 가족들의 정성 어린 보살핌과 그 시원한 동치미의 맛을 내가 어찌 잊을 손가. 할머니, 누나, 형, 형수의 사랑을 지금까지 아쉬워하는 것은 지나친 나의 이기적인 소치일까. 나는 그해의 첫 눈, 그 서설(瑞雪)을 결코 잊지 못한다.

공교롭게도 학창 시절 내게 사랑을 베풀어 준 집들은 한결같이 낮을 붉히며 유혹의 손길을 거쳐 가는 곳에 있었다. 중학생 2명을 지도하던 단성사 뒤편 종묘의 돌담을 끼고 있는 권농동 집은 '도화(桃花)'의 본향이다. 동대문운동장 앞 계림극장 뒤편에 있는 일본식 집 다다미방에서 초등학생 3명을 가르치며 건너다니던 돌다리는 밑으로는 시궁창 물이 흘렀으나 돌다리 위에는 밤마다 복사꽃이 만발했다. 인근에 미군 부대가 주둔한 까닭에 이곳의 꽃은 내수보다는 수출이 우선이었고, 때문에 다른 꽃밭과는 비교가 안 될 만큼 더 화려했다. 그들이야 비린내 나는 피라미, 기껏해야 한낱 내수용 고객으로 훗날을 기약하며 향기조차 아끼면서 방목하는 기분으로 너그럽게 놓아 주었을 테지. 그렇다고 애벌레에서 갓 깨어난 풋 나비가 흩날리는 꽃잎 사이로 서툰 날갯짓하며 방향(芳香)을 즐기는 것까지야 막을 수 있으려고.

사춘기의 환상의 나래를 펴면서도 순진하고 속 좁은 당시 생각으로는 그들이 꼭 곱지만은 않았다. 하나, 쓰레기통에서 장미가 피었다는 찬사를 받으며 전화(戰禍)의 잿더미 속에서 오늘의 경제 강국의 꽃을 피우고 열매를 맺기까지에는 몸을 던져 벌어들인 그들의 한 맺힌 외화가 종자(種子) 돈으로, 아니 대하로 뻗어 가는 우리 경제의 발원지인 펌프의 '마중물'로서 큰 몫을 했음을 잊어서는 안 된다. 때문에 길 위에 짓밟히는 낙화라고 무심코 쓸어버리지 말아야 한다. 지금쯤 나처럼 늙어 가고 있을 그들은 우리의 산업 전사요, 음지에서 피고 지는 이름 없는 풀꽃이다. 지금도 눈감으면 청계천 밑에 묻혀 버린 그때 그 시절 거닐던 6·25 전쟁 후의 오간수교(五間水橋) 난간에 피었던 '성녀(聖女)'들과 화사한 미소가 제2차 세계대전을 배경으로 한 추억의 명화 ≪Waterloo Bridge[애수(哀愁)]≫ 위에 쓰러진 비련의 연인 마이라와 로이에게 행운의 징표로 주었던 땅 위에 나뒹굴던 마스코트로 절묘하게 오버랩되면서 짙은 안개 속으로 아련히 사라진다.

1958년 9월, 2학기 개학을 하자 어떤 교수님의 연구실로 급히 오라는 게시가 붙었다. 당시에는 게시판이 학교와 학생 간의 유일한 연락 수단이다. 학사 관계의 교무용과 학생 지도나 개별 학생에 관한 사항을 알리는 학생용으로 구분 사용되었다. 학생용의 공고 사항은 시험 부정행위, 학생 간의 구타 사건, 음주로 인한 학생 간이나 주민과의 행패 등의 조치 결과나 '출입제한지역' 단속 결과 적발된 자에 대한 징계 등 대체로 좋지 않은 경우가 많았다. 그림자도 밟지 않을 만큼 교수를 어려워하던 시절, 수업을 받아 보지도 못한 존함조차 모르는 분의 부름이라 두려움이 앞섰다. 뵙고서 입시 면접 때 영어를 담당했던 시험관임을 알고서 또 한 번 놀랐다. 10여 권의 고교 영어 교재를 준비해 놓고 임의로 손에 잡히는 대로 골라 아무 데나 펴지는 곳을 읽고 해석하는 영어 시험을 보면서 등에서는 땀이 줄줄 흘러내리고, 가슴이 고동치게 고문하신 분이었다. 보기만 해도 기가 죽는 거구의 한 시험관(당시의 상과대학장)께서는 농촌 출신으로 농과대학 진학이 좋을 텐데 상과대학을 진학하려 하느냐 면서 선택 동기와 앞으로의 희망이 무엇이냐는 질문으로 집요하게 파고들던 장면이 주마등처럼 스쳤다. 하시는 말씀 또한 너무도 뜻밖이었다. 중2 학생의 집에 기숙하면서 학생을 가르칠 수 있겠느냐는 것이다. 교수님의 말씀이라 감히 거절할 겨를 없이 얼떨결에 승낙을 했고, 3일 뒤 종로 5가에 있는 어느 다방으로 나오라고 했다.

난생 처음 다방에 들어가는 것만으로도 흥분되는데, 교수님 앞이니 어쩐지 불편했다. 손이 떨려 하마터면 우유를 엎지를 뻔했다. 선생님의 얼굴이 왠지 침울해 보였다. 한참을 머뭇거리시다 말문을 연 경위는 이랬다. '특별히 요청하는 분(본교 재직 원로 보직 교수임을 사후에 비공식으로 알았음)이 있어서 가정교사를 찾는 중 상과대학의 수석자인 자네를 추천했다네.' 상의한 결과 '자네가 경상도 출신이기 때문에 아이가 사투리를 배울 것 같으니 없었던 일로 하자고 하네.' 사실 처음 요청을 받고 나대로 긴장하고 조금은 부담이 되었다. 결과 또한 약간은 충격적이었다. 어쩌면 나는 지역 갈등의 첫 피해자일지도 모르겠다. 이것이 내 인생 여정에서 처음이자 마지막의 불합격 내지 실패인 것은 전적으로 분수를 알고, 욕심 부리지 않는 나의 생활관에서 연유할 따름이다. 나는 경쟁도 점수에도 전혀 민감하지 않다. 그저 과정에 충실하고 순리에 따르며, 열심히 노력할 뿐이다. 한데도 나의 본심과 상관없이 살아오면서 특히 결과만 중시하는 사람들로부터 적잖게 오해를 사기도 했다. 이 또한 나는 크게 개의하지 않는다. 나의 길을 가는 것은 나의 책임이나, 나에 대한 평가는 전적으로 타인의 몫이요, 상대방의 소관이기 때문이다. 오해나 음해는 시간의 검증에 일임한다. 명색이 경영학을 전공하면서 전혀 자기 관리는 방치하는 어리석음임을 알지만 나를 편안하게 해 주니 어찌 하겠는가. 무역영어와 무역실무의 기틀을 쌓아 준 엄격한 교수법으로 정평 났던, 총장의 영문비서를 겸하고 계시던 당시 30대이던 동안의 그 선생님은, 80대의 원로 교수로 유유자적 노후를 즐기시고 계신다. '사투리 사건'의 해프닝이 없었던들 내 어찌 반세기에 걸친 선생님의 사랑을 받을 수 있었을까.

내가 살아오면서 은혜 입은 교수님, 선배, 동료, 후배는 무수히 많다. 시작이 좋으면 끝이 좋다고 했던가. 특히, 대학 학창 시절 6년간(군복무 2년 포함), 많은 학우들의 신세를 졌다. 불편을 마다 않고 방을 함께 쓰게 배려해 준 S학형, 언제나 그림자처럼 살아가고 있는 해금강에서 아름다운 섬을 가꾸어 많은 사람에게 기쁨을 선사하는 L학형, 같은 길을 걸으며 교분을 나누는 J와 Y학형…. 일일이 열거할 수가 없다. 180여 명의 입학 동기생 중 20여 명은 아깝게도 유명을 달리 했고, 현재 150여 명이 우정을 나누고 있다. 나는 학우들의 뜻을 뿌리치지 못하고 과분하게도 지난 2년간 '고대교우회 상대 58회'의 회장직을 맡았었다. 받은 혜택에 조금이나마 보답하고자 하는 뜻이 숨어 있었으나 오히려 물심양면의 신세만 커졌다. 사랑과 미움, 기쁨과 슬픔의 뿌리는 하나이다. 슬픔은 나눌수록 가벼워지고, 기쁨은 나눌수록 커진다는 것은 불변의 진리인 성싶다. 어차피 위에서 받은 사랑 되돌려 갚을 수 없다면, 옆과 아래로라도 갚아야 할 텐데.

돌이킬 수 없는 후회

드디어 올 것이 왔다. 그동안 살얼음 위를 걷듯 숨죽여 가며 불안, 초조하게 걸어온 나의 자신 없던 문학의 길(?)이 가서는 안 되는 턱 없이 당찮은 어설픈 외도임이 판명 났다. 애당초 문학에 흘린 땀이나 노력이 없는 문외한이기에 개인적으로는 처음부터 각오했고 늘 언젠가는 오늘이 올 것을 기대했던 터이나, 독자와 전업 문인들에게 끼친 심려를 생각하니 등골이 오싹해 온다. 남의 전공 분야를 감히 넘본 만용과 무지에 대한 책임을 늦게나마 통감하며, 후배의 어설픈 설익은 글이 선배 문인들의 업적을 더럽힌 점 송구스럽기 그지없다.

나의 글쓰기 충동은 전적으로 문학 외적 동기에서 비롯된 것이다. 말없이 내게로 전수된 자수성가한 입지전적인 부모의 고된 한 생의 결정체(結晶體)인 보석 같은 삶의 지혜들을 나 혼자만이 간직하기에는 너무 아까웠다. 자식들과 공유하고도 싶었고, 후손들에게 길이 전해지는 유훈이나 가훈이 되었으면 하는 욕심도 일었다. 어쩌면 가련하게 살다 가신 조상에 대한 효심도 발동했는지 모르겠다. 해서 팽개친 조그마한 자존심과 체면쯤은 후손들이 누릴 보람으로 충분히 보상될 수 있다고 믿으며, 한 문학지에 <나의 삶, 나의 인생>이란 자전적 글을 쓰게 된 것이다. 문학의 어려움은 염두에도 없었고, 독자에 대한 의식은 나의 자식들까지밖에 미치지 않았다. 스스로에게마저 문인으로 수용되지 않았기에 문필가의 공적 사명감 같은 것에는 근접도 못했다.

한데, 그게 아니었다. 어느 날 자기의 글에 책임을 져야 하는 전문(?) 문인의 대열에 합류되어 있다는 사실이 충격적으로 다가오면서, 잘못 들어선 길에 대한 때늦은 후회를 하기도 한다. 전공이나 본업이 아니라는 이유로 자칭 '만년 아마추어'라는 변명으로 문학적 미숙함이 변호되기를 바라면서 자위해 온 어리석음이 너무도 부끄럽다.

나의 글이 원로나 대가들께 읽혔다는 사실만으로도 내게는 감동적이다. 게다가 좋은 지적으로 한 수 배우게 되면 고마움에 가슴이 설레기까지 한다.

한데, 글이란 게 왕왕 필자의 의도와 상관없이 독자에게 다른 시각으로 전해지는 경우도 있음을 보게 된다. 원인은 대게 필자의 문장 표현상의 문제로 돌려지나 독자의 인식 차이에서 비롯되기도 하는 것 같다.

<어떤 비운>이라는 졸작에 대한 L선생님의 고견을 살펴본다.

터진 입술에 이는 피질(皮質)을 떼어 내고자 연신 손이 입가를 오가며 피로가 역력해 보였다. 하나, 예측하기에는 터무니없는 날벼락이다. …는 문맥이 닿지 않는다. '입가를 오가며'는 '입가로 오가는 것'으로 해야 될 것 같고, '하나, 예측하기에는 터무니없는 날벼락이다.'는 앞뒤의 연결이 맞지 않아 읽는 이가 어리둥절해질 수밖에 없다.

이 부분에 대한 L선생님의 평론 중 앞부분은 수긍할 수도 있겠으나 그 경우 필자의 뜻과 차이가 지며 글의 뉘앙스가 달라진다. 즉 '입가를 오가며'는 앞에서 이어 오는 피로한 행위의 예시를 하나 더 열거한 것이며, '입가로 오가는 것이'로 하면 피로의 원인으로 보다 분명하게 직결되는 같은 점은 있으나 두 표현 간에는 글의 맛에 차이가 있다고 본다. 필자는 원인의 열거에 초점을 두었다. 한편 '하나, 예측하기에는 터무니없는 날벼락이다.'는 앞뒤의 연결이 맞지 않아 읽는 이가 어리둥절해질 수밖에 없다."는 오로지 이 한 문장에 국한한다면 지적할 수도 있겠으나, 함축적 의미로 그 내용을 밝혀 주고자 한 본 문단의 의도로는 의미 전달이 안 되는 것일까. 필자는 면전의 상대가 사기 사건과 관련한 심각한 인생 상담을 요청해 오리라고는 전혀 예측할 수 없었는데도 말이다.

언젠가 지인 몇 사람이 정담을 나누는 자리에서 개화기 우리나라의 농촌 소설에 대하여 화제를 나눈 적이 있다. 보리밭에서의 남녀 사랑 이야기로까지 분위기는 무르익어 갔다. 이때 한 사람이 고개를 갸우뚱하면서 갑자기 이의를 제기했다. 왜 하필이면 꺼끄러기 찌르는 보리밭에서 사랑을 나누는 장면을 묘사했는지 작가의 의도를 도대체 모르겠다는 것이다. 그 궁금증을 나는 즉석에서 명쾌하게 풀어 주었다. 어느 집 '가시나' '머슴아' 연놈들이 간밤에 올해 보리농사 다 망쳐 놓았다며 진한 욕설 내뱉던 밭주인의 낭패 어린 모습을 새벽 등굣길에 목격하곤 했던 생활 현장체험이 이때처럼 빛을 본 적도 없다. 이 사례가 작가의 의도와 독자의 인식의 차이의 전형적인 한 예가 될 수 있었으면 좋겠다.

훈풍에 초록 물결 일렁이는 보리밭 이랑 사이에서 뜨겁게 불붙은 남녀의 진홍빛 사랑을 노래하는 작가의 상상 속의 보리밭과 독자의 인식 속의 보리밭 사이에는 엄청난 차이가 느껴진다. 독자의 영상에는 터질 듯 보리알은 익고 꼿꼿하게 말라 가는 수염은 당장에라도 깔끄럽게 팔다리를 찌를 듯 덤벼 오고 있는지 모른다. 심지어는 이루지 못하는 사랑 되게 질투라도 하려는 양 보리 이삭은 자기의 몸을 부셔 가며 땀에 흠뻑 젖은 연인들의 알몸으로 연신 엉겨 붙는다. 시간적으로는 두 달 여의 차이가 있으며 공간적인 차이는 봄과 여름이다. 문제는 단순히 시공의 차이로만 끝나지 않는 데 심각성이 있다. 바람에 나부끼는 보드라운 보리 잎사귀들의 속삭임과 모락모락 피어오르는 연인들의 밀어가 밀려오고, 짜릿한 첫사랑의 전율까지 들려올 듯한 정서나 무드는 순식간에 증발되고 타다 만 앙상한 사랑의 잔해만 나뒹군다.

이처럼 글 쓰는 일이 어렵다는 것은 진작 알았지만 문학의 국외자인 내게는 언제나 전업 문인이나 독자에게 끼칠 누가 더 두렵게 다가왔다. 문학에 대한 어려움을 나는 2인 수필집 ≪동행≫에 나오는 글 〈수필 산책을 마치며〉에서 실토한 바 있다. "여름 해 길다기에 해 질 녘 겁 없이 혼자 수필의 오솔길에 접어들었다가 문학의 깊은 숲속에서 길을 잃었다. 날은 저물고 어둠이 사위를 뒤덮었다. 산 위에서는 안개 자욱이 밀려온다. 앞길은 보이지 않고 되돌아가기에도 이미 너무 늦었다. 미로 속을 한참 헤매니 허기진 체력은 탈진상태에 등에서는 식은땀만 흘러내린다. 문학의 길이 이처럼 험난할 줄이야."

이제는 늦었다는 후회나 정통 문학 수학의 기회를 갖지 못했다는 푸념은 떨쳐 버리련다. 문인이나 독자에게 폐만 끼치지 않는다면 어렵다는 핑계로 포기하지도 않겠다. 문학은 나의 정신을 정화시켜 주는 청량제요 삶의 질을 풍요롭게 하는 자양이다. 수필은 내 삶의 향기가 아니던가. 수필 창작과 비평의 고통과 아픔을 이겨 내고 진정 나의 색깔 있는 수필로 거듭나는 날이 오기나 하려는지. 오늘도 어느 원로나 대가가 나의 졸작을 읽어 주는 행운이 오기만을 고대한다. 욕심 같아서는 애정 어린 조언 한마디 곁들여지면 금상첨화이련만….

Changing Partners

요즘처럼 changing partners가 무겁게 다가온 적도 없다. 언제나 감미로운 waltz 리듬과 경쾌한 스텝에 매료되곤 하였는데. 시의에 영합하는 변절, 도덕 불감증, 배신감, 확대되는 가정 내지 사회 해체 현상들이 '사라'나 '루사'만큼 나의 가슴을 황량하게 만든다.

대선을 앞둔 정치의 계절을 맞아 고질적인 병폐로 치부되고 있는 철새들의 대이동이 절정을 맞고 있다. 어제의 아군이 적이 되고, 적과의 동침도 마다하지 않는다. 지금 이들은 누구의 뜻에 따라 이처럼 일사분란하게 파트너를 바꾸는 것일까. 밀물처럼 밀려오고 썰물같이 빠져나가는 괴력 앞에 선량한 국민들의 가슴은 또 한 번 펑 뚫린다. 삶이 만남과 헤어짐의 연속일진대, 굳이 특정 집단만을 시비 삼을 것도 없을 성싶기도 하다. 공인의 명분 없는 이합집산이나 패거리 정치가 고비용과 저효율, 비능률을 낳지 않고 민주화만 퇴보시키지 않는다면 말이다. 본인(principal)의 의사에는 아랑곳없이 대리인(agent) 자신의 이익추구에만 급급한 갈대 같은 변절과 도덕적 해이(moral hazard) 앞에서 대의정치의 기틀은 뒤틀리고, 국민은 좌절감에 몸서리친다.

일생을 바쳐 정렬을 불태웠던 직장을 더 이상 자기의 삶의 터전이 아니라고 지구의 종말이 온 양 뱉어 버리고, 어제의 상사를 헌신짝 버리듯 배반하는 최고 경영자[CEO]들 앞에서 미래의 경영자를 꿈꾸는 어린 경영학도들은 입문도 하기 전 허탈감에 빠진다. 경영자의 자질과 기업 윤리에 목청을 올리는 경영학자들의 모습이 측은하다 못해 초라해진다. 분명 현직에 있을 때 자기가 풀었어야 할 과제일 터, 기껏 직무 유기나 책임 회피의 폭로일 따름이다. 전문 경영자에게는 권한과 책임 못지않게 의무 또한 막중하다. 비리나 부정은 원천적으로 차단되어야 하는 것이지만, 조직을 경영하는 데는 많은 기밀이 있게 마련이다. 업무상 알게 된 사실은 사리(私利)나 일신의 영달을 위한 무기도 아니요, 강을 건넜다고 팽개칠 뗏목은 더더구나 아니다. 무덤까지 지고 갈 업이다. 물질적 이익에만 급급한 탐욕을 떨쳐 버릴 수 없다면 줄이는 노력이라도 해야 할 텐데. 정녕 인간과 인생의 진실에의 접근은 멀기만 한 것인가. 체온이 지하에서 식기도 전에 망발하는 부하들의 배신 앞에 상사들은 어제의 잘못된 만남과 헤어짐, 그 changing partners와의 악연에 얼마나 고행을 겪을까. 나라의 경제 기반과 전문 경영자의 입지가 통째로 흔들리는 천둥 같은 소리가 왜 선별적으로만 들린단 말인가.

같은 말이면서도 changing partners에는 정감이 어린다. 말초신경이 쉴 새 없이 꿈틀대던 시절 미모의 Patti Page가 불러 한창 유행된 동명의 팝송을 덩달아 흥얼거리며 보낸 시절 탓인지 언제 들어도 무딘 감수성이 귀를 번쩍이게 한다. '한순간의 파트너에 대한 아쉬움을 달래며 내키지 않는 품에 안긴 채 마룻바닥만 응시하면서 다음의 교대[call out]를 애타게 기다리는' 순간여삼추의 여심… 적어도 파트너를 바꾸는 데는 이 정도의 애정이 따라야 정서적으로 수긍이 간다. 그렇게 쉽게 만나고 헤어지다니 어느 결에 우리에게서는 머리 대신 가슴이 얼음장이 되었단 말인가.

하기야 춤은 꼭 연인이나 배우자와만 추는 것은 아니지 않은가. 살아가면서 늘 좋은 사람이나 마음에 맞는 사람만 상대할 수 없듯이 함께 춤추는 많은 파트너는 그저 댄싱 파트너일 뿐이다. 그렇다고 모든 파트너가 다 같을 수야 없는 것이지. 정이 더 가거나 마음이 끌리는 사람이 있을 테니. 나 같은 만년 아마추어야 예의나 실수를 너그럽게 봐 줄 수 있는 낯익고 손발 맞는 파트너가 좋게 마련이다. 더 이상의 정이 들 것도, 마음 쓸 일도 없다. 사교계에서는 특히 예의범절을 중시한다. 여성을 여왕처럼 대접하지만 어디까지나 남성 주도의 공간이다. 섣불리 파트너를 제의하거나 거절하는 것은 금기이다. 어느 분야나 공통적인 현상이기는 하지만 초급자나 하급자가 상급자에게 쉽게 파트너 요청을 못 할 뿐만 아니라 상급자는 하급자를 꺼리는 경향이 짙다. 또한 아마추어는 프로에게 제의하지 않으며, 여성이 남성에게 제의하지 않는 반면 여성의 거절에도 품위가 따른다. 심심찮게 사교계의 사회적 물의가 일기도 하지만 파트너 바꾸기에서의 질서와 예의만은 배웠으면 싶다.

IMF 관리체제라는 위기를 극복하면서 우리는 변화의 위력을 실감했다. 어느 재벌 총수는 마누라와 자식을 제외하고는 모든 것을 다 바꾸어야 살아남을 수 있다고 역설하며 구조 조정을 외쳤다. 변화 관리는 세계화로 치닫는 무한 경쟁을 헤쳐 나가기 위한 생존 전략이다. 끝없이 변화는 기술, 고객의 취향, 경쟁사의 전략에 신속하게 대응하기 위한 초미의 관심사이다. 하나, 경영 전략이 개인의 삶이나 인생의 전략과 언제나 합치하는 것은 아니다. 개인 삶의 대상이 되는 변화는 분명 달라야 한다. 신의를 저버리지 않고 공익을 해치지 않음은 물론 타인에 물적, 육체적 및 정신적, 정서적 피해를 주지 않아야 한다.

　언제부터인가 너무 헤프게 파트너를 바꾸는 풍조가 만연하고 있다. 하루가 멀다 하고 짝이 바뀌는 젊은 연인들의 풋사랑은 애교로 친다하더라도 허니문에서 각각 돌아오는 신혼부부, 심지어는 이혼의 위험을 줄일 수 있다며 유행처럼 번지는 '선(先) 동거, 후(後) 결혼'을 비웃듯 늘어만 가는 이혼율, 퇴직금이 나오기 무섭게 갈라서는 황혼 이별… 언제부터인가 박물관에 뜨리하고 있을 실종된 우리의 미풍양속과 윤리를 백일(白日) 하로 다시 끄집어내기 전에는 치유할 길이 없을 성싶다.

　나는 살아오면서 13여 년 근무하던 금융기관에서 공인회계사 업계로, 그 5년 뒤 교육계로 크게 두 번의 상대 바꾸기를 체험했다. 처음의 경우는 학문적 욕구를 채우려는 순수한 자발적 의사였으나, 두 번째는 모교의 간곡한 요청에 따른 예기치 않은 타의적 결과였다. 외형적으로는 바뀌었으나 내용에서는 달라진 게 없다. 같은 경영학 분야의 실무로부터 이론으로 초점이 옮겨진 것뿐이다. 한데도 전직의 충격은 크고 오래 갔다. 나만 잘살겠다고 함께 일해 오던 상사나 동료, 후배를 배신하고 도망친 것 같은 중압감이 어깨를 짓눌렀다. 무엇보다도 쌓아 온 우정 단절의 안타까움과 빛이 바래는 아픔을 맛보았다. 이처럼 상대 바꾸기에는 큰 희생이 따른다. 쌓아 온 애정과 기득권의 상실을 감수해야 하며, 상대에게는 아쉬움, 허탈감, 심지어는 배신감의 상처를 안겨 주기 쉽다. 하여 변화에는 저항이 따르고, 균형 상태가 유지되는 안정이 선호된다.

　아마도 체인징 파트너의 마지막 기회는 사별(死別)인 성싶다. 모든 것을 두고 떠나는 사자(死者)의 무욕과 누구나 경건해지고 모든 것이 용서되는 죽음 앞에서 마침내 인간의 순수성은 여과 없이 꽃핀다. 진정한 자비, 보편적 사랑은 절대 공평한 죽음 앞에서만 가능한 것인가. 인간의 원초적인 본성인 자기의 이익을 채우려는 욕심과 자기 본위의 근원적 충동은 남의 이익과 행복을 늘려 주려는 소망으로 승화될 때만이 극복될 수 있다. 지금은 인간성 회복이 가장 절실한 시절인 성싶다.

우리 민족의 가무는 뿌리가 깊다. 환웅이 3천 단부(團部)를 거느리고 신단수(神壇樹) 아래에서 인간사회를 이룬 이래 종교적 제천의식에서 비롯됨직한 우리의 춤은 집단적으로 즐기는 군무(群舞)나 혼자 추는 독무(獨舞)가 지배적이다. 특히 남녀가 짝을 이루어 추는 춤은 그리 흔치않다. 해서 우리에게는 짝 바꾸기가 이처럼 서툰지 모르겠다. 인생은 한판 춤이다. 삶은 수많은 사람을 아쉬움 속에 떠나보내고, 설레는 가슴으로 새로운 사람을 맞는 무도장이다. 인간은 사회적 동물이다. 어울려 사는 속에서 개인이든 집단이든 언제나 파트너는 있는 터, 짝, 연인, 동반자, 반려자, 배우자…, 파트너 없이는 한순간도 살지 못한다. 프로는 쉽게 파트너를 바꾸지 않는다. 우리는 언제까지 삶을 아마추어로만 살 것인가. 춤은 희로애락의 정점이다. 춤의 기본은 walk와 chasse이다. 가다 보면 밟히기도 하고 찍히기도 하며 꼬임도 얽힘도 있는 법, 어차피 인생은 그런 것 아닌가. 서로 짝하되 서로간의 얽힘이 허물이 되지 않는 만남의 경지를 오래오래 누렸으면 한다.

스포츠가 생활 체육(sports-for-all)으로 발전하고, 댄스 스포츠가 올림픽 시범 종목을 거쳐 정식 종목 채택을 눈앞에 두면서 요즘 부쩍 그 보급이 활성화되고 있다. 또한 평균 수명이 길어지고 노인 인구가 늘어나면서 노년층으로도 확산되어 가는 추세에 있다. 스포츠 댄스의 활성화가 무질서한 상대 바꾸기를 정당화하는 구실에 그쳐서는 안 된다. 건강한 삶과 삶의 질을 향상시켜 주는 원동력이 되어야 한다. waltz, tango, viennese waltz, slow foxtrot, quick steps의 모던 댄스와

rumba, samba, cha cha cha, jive, paso doble의 라틴 댄스에서 금메달이 쏟아지는 날이 기대된다. 오, 유월에도 지는 잎은 있다. 한두 마리의 '제비'와 '꽃뱀'이 있다고 해서 changing partners에 지나치게 위축될 필요는 없다. 비록 느리기는 하지만 긴 눈으로 보면 인류사회는 올바른 방향으로 흘러오지 않았는가.

내가 유독 파트너 바꾸기를 주저하는 것이 나의 서툰 댄싱 스텝과 과거의 실적에 연연하기 바쁜 정력과 체력, 줄어 가는 경제력에 대한 두려움 때문만이 아니었으면 좋겠다. 오늘은 왈츠 대신 신선하고 생동감 넘치는 파스 도블 한 곡에 심취하고 싶다. 아마 넘치는 정렬, 삶의 활력을 찾고 싶어서인 것 같다.

제4부

초록 구름을
타고

간산(看山) 낙수(落穗)

　가을이 깊어 가고 조락의 계절이 오면 전국의 풍수 연구 동호인들은 명당길지 찾아 나서기에 분주하다. 입산이나 묘역 찾기가 쉬워지고, 산세의 흐름이 노출되면서 지형의 판별이 용이해지기 때문에 풍수 이론의 검증과 현장 학습의 최적기이다.

　한 풍수 대가의 눈을 번쩍 뜨게 하는 호화 분묘다. 감정 결과 잘 치장된 묘는 혈지(穴地)가 아니고, 그 앞에 있는 초라한 폐묘(廢墓) 한 분(墳)이 정혈이기에 '바로 여기야 하면서' 그곳에 지팡이를 푹 꽂았다. 얼마 후 이 지관(地官)은 다음 간산(看山)[1] 길에 예의 산소 인근 마을을 지나면서 왁자지껄하는 야단법석 현장을 목격했다. 어느 대가 댁의 주인이 갑자기 눈병이 났단다. 수소문하여 내막을 알아본즉, 그 묘역은 그들의 선영이며, 잘 다듬어진 묘는 근년에 돌아가신 대가 댁 어른의 유택(幽宅)이다. 개안(開眼)된 지관인지라 적절한 처방을 내려 주고 가던 길을 재촉한다. 이후 환자의 눈병은 곧 회복되었다.

---

1) 간산(看山) 또는 관산(觀山) ; 풍수지리학의 용어이며, 양택(주택)이나 음택(묘지)을 답사하여 풍수 이론을 현장에서 검증·학습하는 활동

그러나 그때부터 어머니(대가 댁 마님)가 큰 시름에 잠긴 채 시름시름 앓기 시작했다. 아들이 지극정성으로 보살폈으나 백약이 무효요 병세는 깊어만 갔다. 하염없이 눈물만 흘리시는 어머니에게 효자 아들은 간청을 드린다. 어떤 곡절이 있으신지 말씀 좀 해 주십사고. 파르르 떨리는 입술을 깨문 채 오열하며 한참 동안 거친 숨을 몰아쉰다. 어렵게 더듬더듬 말문을 연다. 사랑하는 아들아, 나를 용서해 다오. 네 아버지에게 지은 죄를 이 어미는 평생의 눈물로도 다 갚지 못했나 보구나.

'네가 태어나기 10여 개월 전 어느 날 내가 나무 짐을 부엌으로 옮기려는 참에 마을을 지나가던 소금 장수가 우리 집 마당에 들어섰단다. 급히 달려와 억센 힘으로 나무 짐을 부엌으로 옮겨 주더구나.'

더 이상 말을 잇지 못하고 목이 메어 눈물만 흘리신다. 겁간을 당하신 것이다. 청천벽력에 감전된 아들은 애처로운 어머니를 얼싸안고 대성통곡 눈물의 바다를 이룬다. 자식 앞에 장사는 없다. 무덤까지 지고 갈 어머니의 비밀은 자식의 건강 앞에서 봄눈 녹아내리듯 맥없이 허물어진다. 지금 둑 터진 봇물 쏟아지듯 흘러내리는 어머니의 피눈물은 남편에 대한 죄책감의 발로인가, 아니면 일생 동안 지고 온 멍에로 가슴을 옥죄며 켜켜이 쌓인 울분과 한의 분출인가.

소금 장수는 이 마을에 들를 때마다 자기를 닮은 아들이 자라는 뒷모습을 보면서 꺼져 가는 무쇠화로의 불씨 살리듯 허물어져 가는 노구(老軀)를 다독이며 삶의 의욕을 돋워 왔을 테지. 오랜 세월이 흐른 후 소금 장수는 이 마을의 사랑방에서 풍진 세상의 고단한 삶을 마감했다. 바람결 따라 촛불에 일렁이는 고인의 실루엣은 외롭디 외로운 육신을 밤새워 달래 주는 동네 머슴들의 따뜻한 사랑과 애도에 대한 감사와 이별의 손짓인가. 이제 영원한 자유인이 된 그의 영혼은 향불인 양 끝없이 이어지는 자연(紫煙)을 따라 하늘 높이 훨훨 날아오른다. 무연고인의 주검을 놓고 회의가 열리고 마을장(葬)을 치르게 되었다. 대가 집 어른이 베푸는 사랑의 배려로 자기의 선산 언덕에 안장되었다. 이리하여 일생을 떠돌이로 살아온 독거노인 소금 장수는 사랑하는 아들이 무심히 뿌려 주는 흙을 가슴에 안고 영면에 든 것이다. 영원한 비밀은 없는 것인가. 갑작스레 지관의 지팡이가 자기의 눈을 찌르는 바람에 명당(明堂)2)의 기(氣)가 동기감응(同氣感應)되어 아들의 눈병으로 신호를 보내는 혈육의 애절한 사랑에 가슴이 뭉클하다.

성윤리와 도덕이 끝없이 추락하고, 결혼관과 이혼관이 급변하는 세태이고 보면 부계사회(父系社會)의 질서가 한계점에 이른 것이 아닌가 하는 우려를 낳기도 한다. 사회제도나 제도적 장치가 오늘처럼 잘 갖추어진 적도 없으련만 장례식장에서 시신이 바뀌거나, 화장장에서 유골이 바뀌는 사고가 심상찮게 발생하고 있음은 조상이나 부모가 바뀌는 사례가 옛이야기만은 아닌 것 같다.

풍수에 힘입어 어머니의 어려운 고백으로 남편과 자식에게 속죄함으로써 어머니는 일생의 멍에에서 벗어나고, 아들은 생부를 찾게 된 것이 어쩌면 낳은 아버지가 대가 댁에 드리는 끼친 죄에 대한 참회요 보은이며, 한 번도 부자간의 뜨거운 정을 나눌 수 없었던 기구한 자식 사랑에 걸신들린 원초적 본능이 승화된 무언의 절규인 성싶다. 또한 낳은 아버지의 운세를 빌려 기른 아버지의 가문이 대대손손 번창한다면 이 또한 큰 축복이 아니겠는가.

---

2) 명당(明堂) 또는 명당자리 ; 용맥(龍脈)의 정기가 맺힌 혈지로, 그 자리에 묘를 쓰면 후손이 부귀영화를 누린다는 자리, 또는 무덤(또는 혈지) 앞의 평지를 말하며 여기서는 전자의 의미로 사용함.

명당은 아무의 눈에나 띄는 것이 아니다. 노련한 심마니가 샅샅이 살 피고 지나간 자리에서 아마추어 약초 동호인이 '심봤다'를 왜치지 않던 가. 명당의 주인은 따로 있다. 왕조시대에는 절대 권력이 선점한 백성들 의 명당을 탈취하기도 했다. 명문거족들은 이름 있는 지관을 고용하여 명산길지를 찾아 평생토록 방방곡곡을 헤매게 한다. 인간사회 무소불위 의 만능 해결사 다름 아닌 황금도 사람의 생사나 유죄무죄를 뒤집을 수 는 있으나 명당 앞에서는 무력하다. 당대를 풍미하던 이름 있는 지관이 비혈지나 수맥 위에서 신음하는 모습을 볼 때면 자연의 위력과 인간의 한계를 동시에 절감한다. 이쯤에서 다들 일가를 이룬 내로라하는 풍수 동호인들 앞에서 돌팔이인 주제에 나는 대갈일성 훈수의 목청을 높이곤 한다. 프로 세계에서 제공되는 모든 '서비스의 질은 수가(酬價)의 함수' 라고. 무일푼 공짜로 자기의 안식처를 잡았으니 거금의 복채(?)로 부와 명성을 누릴 때 밝았던 개안의 영롱한 광채는 영영 빛을 잃은 것이다. 아니, 공수래공수거이거늘, 이승의 지혜인들 지니고 갈 수 있으랴.

어머니인 대지는 정직하고, 뿌린 씨는 흘린 땀만큼의 결실로 보답한 다. 인간을 자연에 접목시켜 자연의 생기와 인간 생명 에너지의 합성작 용을 통해 인간이 추구하는 선성의 소응을 갈구하는 풍수지리 또한 스스 로이든 전문가의 도움이든 노력에 대한 응분의 보상은 따르게 마련이다. 하지만 명당에 대한 과욕만은 버렸으면 싶다. 명당에 묻히는 주인의 결 정은 인간의 힘을 초월한 절대자의 뜻이요, 최종 심판의 기준은 가문의 공덕이나 망자의 운세인가 한다. 부디 치욕을 떨쳐 버린 대가 댁 마님의 평안한 여생과 두 아버지의 묘역을 지성껏 가꾸는 갸륵한 효심에 축복과 은총이 깃들고, 명당의 맑은 정기가 세세손손 발현되기를 바란다.

어떤 비운(悲運)

뭐로 드시겠습니까? 라는 권유에 커피를 택하면서, 대추차를 주문하는 내게 그러실 줄 알았다면서 천진스런 미소를 흘린다. 5년여 만의 재회임에도 나의 취향을 기억하는 섬세함에 고마움마저 느꼈다. 근황의 안부가 오간 후 여러 장르에 걸친 문학에 대한 애기꽃을 피우다 보니 한 시간 반이 훌쩍 지나 저녁 식사 때가 되었다. 또 두 시간이 흘렀다. 돌아갈 길이 먼 것을 상기하면서 일어서기를 권했다. 한데 실은 본론이 남아 있다면서 홍조 띤 얼굴에 눈빛이 번쩍인다.

시간 관계로 거두절미하고 전하는 요지는 다음과 같다. 1년 반 전 요청에 못 이겨 보증을 섰던 것이 채무자가 갚지 않고 잠적하는 바람에 보증채무의 상환에 시달리고 있다. 채무자는 소식이 두절되고, 채권자의 빚 독촉에 못 이겨 백방으로 주선한 것이 카드빚을 지고, 악성 사채를 얻는 등으로 지탱해 왔으나 이제는 더 이상 버틸 수도 없는 막바지에 다다랐다. 신용불량자가 되었으며 집을 내어 주고 길바닥에 나와 앉게 되었다. 해서 자문을 구하고 싶다는 것이다.

"보증이라니요. 어찌 그런 일이 있을 수 있습니까. 어떤 삶이신데."

"예, 제가 무엇에 홀린 것 같습니다. 오랫동안 많이 거절했었지요. 거머리처럼 집요하게 달라붙기도 했지만, 어느 순간 이렇게 딱한 사람(그의 말이 진실일 때)을 돕는 것이 내가 해야 하는 일이구나 하는 생각이 미치면서 속된 차용증서 한 장 없이 보증을 섰지요." 청천벽력이다. 앞이 캄캄해지며 온통 세상의 배신감이 한꺼번에 밀물처럼 밀려온다.

그렇지 않아도 갑자기 전화 받고 퍽 궁금했다. 누구나 쉽게 만나는 사람이 아닐 뿐더러 오랫동안 적조했었기 때문이다. 어쩐지 커피숍에서의 태도가 조금은 이상하기도 했다. 유난히 홍조 띤 얼굴에 자기 모습이 좀 못 되지 않았느냐는 물음이며, 터진 입술에 이는 피질(皮質)을 떼어 내고자 연신 손이 입가를 오가며 피로가 역력해 보였다. 하나 예측하기에는 터무니없는 날벼락이다. 당초의 약속을 1주일 미루자고 한 까닭을 이제야 알 만하다. 준비가 덜 되었다는 연락이 왔을 때만 해도 시집이나 수필집의 준비가 늦어지거니 했다. 알고 보니 사람을 만나기에는 몸과 마음을 추스를 수 없을 만큼 허물어졌음이 분명하다.

이 어려운 국면에서 자문을 구한다니 어떻게 하면 좋을까. 정말 난감하다. 그렇다고 내 알 바 아니요 할 수도 없다. 얼마나 의지할 데가 없고 고뇌에 시달렸으면 어렵사리 힘없는 나를 생각해 내고, 전화하며 만나자고 했겠는가. 풍진에 묻혀 사는 필부필부(匹夫匹婦)도 아니요, 외로운 구도의 길을 걷는 분이 말이다. 갈가리 찢긴 마음과 아린 가슴을 무엇으로 위무(慰撫)할 수 있을까. 우선 사건의 전후를 차분히 들었다. 평상시 크게 믿음이 가는 것도 아닌 다른 스님의 신도란다. 자비를 베푸는 성직자라는 신분과 순백한 사랑을 역이용한 악랄한 사기에 걸려든 것이다. 빨리 사건에서 헤어나는 길을 찾고 평상의 생활 리듬을 회복하는 것이 급선무인 것 같다. 성직자의 채무보증, 신용불량자, 빚 독촉의 시달림,

눈덩이처럼 불어나는 연체이자 부담, 돈만이 유일한 삶의 존재가치인 포악무도한 채권자들의 투박한 언어 폭행…, 생각만 해도 끔찍한 세속적인 타락상이 가슴을 친다.

스님, 너무도 황당하고, 제가 좀 격앙되었는지도 모르겠습니다. 더구나 깊이 생각할 겨를도 없고요. "처음부터 자비에서 출발한 것이지요. 보증 채무를 다 갚아 주고 속세의 번뇌를 떨쳐 버리시지요. 하루 속히 마음을 진정시키고, 몸을 보살펴 새 출발하십시오." 너무도 무책임한 조언에 위로할 길 없어 나 또한 여기서 세속에 눈이 멀고 말았다. 스님, 죄송하지만 괜찮으시다면 출생일을 좀 알아도 될까요. 구도의 길을 걷는 성직자가 가랑잎 같은 부질없는 청을 들어 주다니 급하면 지푸라기나 엄나무를 잡기는 승속(僧俗)이 하나로구나. 공연히 얼떨결에 프라이버시를 발설케 하여 스님을 또 한 번 치욕으로 몰아간 죄책감이 돌아오는 길에 내내 어깨를 짓눌렀다.

진정 지금이 말세요, 불법이 다한 어지러운 말법(末法)의 세상인 성싶다. 부모 자식도, 스승과 제자도, 원로도 아이도 없는 살벌한 혼돈의 시대에 살고 있다고만 막연히 생각했는데 너무 지나치다. 그래도 우매한 중생끼리만 속이고 속으며 사는 것으로 알았었지, 신성한 교계에서 감히 신도가 자기의 구원이나 자비를 빌어 주는 성직자를 등쳐먹고 세속적인 올가미로 옭아맨 채 구도자를 속세의 나락으로 내몰 줄은 미처 몰랐다. 이러고도 지구상의 사랑과 자비의 샘이 계속 넘쳐나기를 바란단 말인가. 나무 관세음보살.

채무자는 적반하장이란다. "아무리 애걸복걸하더라도 그때 간청을 거절하였더라면 지금의 빚더미에 빠져들지 않았을 것이다."라며 자기의 파탄의 책임을 돌려씌우는 파렴치한으로 돌변했다는 말을 할 때 몸부림치며 억제하던 오열에 눈물의 뚝은 무너져 내리고 손이 파르르 떨었다. 말세는 말세다. 하필이면 여리디여린 여승에게 자비와 비정을 동시에 강요하다니. 저렇게 몸과 마음이 허물어지고도 스님의 구도의 길이 지탱될 수 있을까 하는 우려에 연민의 정을 금할 수 없다. '모든 의욕은 욕구와 결핍과 고뇌로부터 생긴다.' 했거늘 결핍과 고뇌는 이미 택한 길이나, 중생을 제도하고자 하는 욕심이나 학승으로서의 열정이 식지 않아야 할 텐데….

많은 망설임 끝에 이틀 후 기어이 수화기를 들고 말았다. 문안 인사 후 나는 가혹한 처방을 전했다. "스님, 그냥 참고만 하십시오. 너무 섭섭하게도 생각하시지 마시고요. 그저 제 생각일 따름입니다. 스님께서는 사해를 밝혀 줄 등불로 태어나셨습니다[丁火多比肩]. 인인사교(因人社交), 협동공익(協同公益)을 통한 온건화평(穩健和平)의 성품을 가지셨지요. 또한 시간기토(時干己土) 식신(食神) 용신(用神)이오니 뛰어난 재능에 재(財)가 뒷받침하여 온후공양(溫厚恭良)하기 그지없습니다. 다만 어려운 운세를 겪고 있습니다." "임자대운(壬子大運)의 임오년(壬午年)부터 다임봉기(多壬逢己)하여 생각이 잘못된 판단으로 유금재기(酉金財氣)가 침금(沈金)하는 형상입니다." "명리학(命理學)에서는 임(壬)을 임(任)으로도 해석합니다. 천품(天稟)이 어진 탓에 너무나 많은 사람들이 모여들었고, 베푸는 자비에 남의 취약점을 악용하는 인간의 탈을 쓴 마귀가 끼어든 것 같습니다. 지지(地支)에 끝까지 숨어 있어야 할 재(財)가 노출된 것이 화근이기도 합니다. 전답이나 대지로 인한 시련을 맞고 있습니다. 불은 흙에 묻어 보관합니다만 전답[己土]이 아니라 샌[戊土]이라야 합니다. 더욱이 전답은 임자(壬子)와 같은 대해(大海)를 만나면 유실되게 됩니다. 또한 폭풍우 휘몰아치는 망망대해에서 등불을 지켜 내기란 너무 벅찬 것이지요. 무자(戊子) 세운(歲運)이 오면 모든 것이 정상을 회복하고 순조로워지겠습니다. 마음과 몸을 잘 다스려 위기를 극복하시고, 수행과 선행(仙/善行)을 쌓아 가시면 구도의 큰 업적은 물론 문필에 의한 빛 또한 크게 떨치리라 믿습니다." 그날 밤은 유난히 길고 괴로웠다. 나의 눈이 멀지 않았다면 스님의 시련은 앞으로 4년은 더 지속되는데…. 내가 무엇을 안다고 감히 남의 삶에 훈수를 두며, 남의 마음을 이렇게 아프게 하고, 가슴에 못을 박아야 한단 말인가.

위대한 철학자 쇼펜하우어(Arthur Schopenhauer)는 말했다. "더 이상 굴복하지 않는 만족은 성취된 의지의 대상이 될 수 없다. 그것은 마치 거지에게 던져 주는 구호품이 오늘의 삶을 연명하게 함으로써 그의 괴로움을 내일로 연장시키는 것과 같은 것이다." 한 어리석은 도반(道伴)의 눈에 비친 것처럼 스님의 자비심이 결코 죄악일 수는 없다. 지금의 비운과 시련 그리고 또 한 번의 살을 에고 뼈를 깎는 마음 비움이 제2의 출가로 보다 큰 득도의 계기가 되고, 문운이 활짝 피어나 사해를 밝혀 주는 등불로 거듭나는 밑거름이 되기를 합장한다.

숫자의 마력(魔力), 그 역학적(易學的) 조명(照明)

　인간이 발명한 많은 문명의 이기(利器) 중 숫자의 효용을 따를 만한 것이 없을 것 같다. 현대인의 생활은 온통 과학이 지배하고 있으며, 현대 과학의 힘의 원천은 수학(數學)의 질서이다. 그러나 이 편리한 숫자에 대하여 나의 마음 씀은 옹졸하거나 너무 인색한 것은 아닌지 자문해 본다.

　나는 취업이 하늘의 별 따기라던 1960년대 초 186이라는 수험 번호로 어려운 취직 시험에 합격한 적이 있다. 공채 직장이래야 십여 개의 금융 기관과 몇몇 국영기업이 고작이던 때이다. 마침 그해는 이중 합격자로 인한 인사 계획상의 차질을 막는다는 이유로 전 금융기관이 입행 시험일을 같은 날로 정하여 실시하는 첫 해였다. 휴전선을 지키다 복학한 지 겨우 3개월이 지난 터이라 꽤 걱정이 되기도 했다. 불안한 마음을 안고 고사장에 입실한 몇 친구들이 나의 자리로 몰려와 잡담을 나누던 중 한 친구가 "야! 너는 합격이다"라고 외쳤다. 이야기는 중간에서 뚝 끊어지고 의아한 눈길들은 책상 위에 붙은 나의 수험 번호로 모아졌다. 또 다른 친구가 얼떨결에 "자네가 어떻게 알아?"라며 반문했다. "야! 그 번호가 안 되면 누가 되느냐?" 하는 그 친구의 말에 한바탕 폭소가 터지면서 시험 시작의 종이 울렸다. 나는 멋모르고 덩달아 웃기만 했다. 네댓 시간의 긴장에서 지친 무거운 발걸음을 쓸쓸히 옮기던 중 나의 뇌리에는 불현듯 아침의 광경이 스쳤다. '왜 그런 농담을 했을까?' 한참 후에야 답이 떠올랐다. "기발한 친구하고는, '一八六'이니 된다는 것이로군." 하면서 빙그레 웃으며 걸음만 재촉했다.

당시는 금융기관의 신입 행원 합격자를 오늘의 국가고시 합격자 발표하듯 모든 일간신문이 앞 다투어 보도하던 시절이다. 십여 일 후 그 은행에서는 400여 명의 대졸 응시자 중 17명을 선발하였다. 친구의 예언이 적중하였으나 나의 마음에는 우정에 금이 가는 듯한 저린 파랑(波浪)이 일었다. 몇몇 대학에 한정하다시피 하고도 4년 평균 B학점 이상이라는 성적 제한을 둔 그 많은 지원자를 놓고 선택한 은행의 오만한 처사(?)에 우리는 배신감마저 느끼면서 애꿎은 소주잔에 울분만 토했다. 그로부터 나는 186을 친근히 생각하며 살아왔다. 그러나 이 숫자에 무슨 특별한 힘이 있단 말인가. 그때 농담을 던진 친구의 수험 번호를 나는 기억은 하지 못하나 그 번호와의 악연(?)으로 그는 오히려 보다 큰 기회를 잡았다. 한창 혈기 넘치던 시절의 일시적인 아쉬움의 쓰디쓴 맛이야 짐작이 가지만 그는 사업가로 성공하여 큰돈을 벌었다. 수험 번호의 효력으로 치자면 분명 그의 것이 훨씬 더 클 것만 같다. 굳이 차이가 있다면 나에게 인연이 있는 숫자와 그에게 연분인 것이 같지 않다는 것일 뿐이다.

나도 살아오면서 남들처럼 4나 13이란 숫자가 인연이 되는 경우 멈칫거릴 때가 있다. 또한 7이나 9를 접하면 공연히 기분이 들뜬다. 잡기(雜技)에 소질이 없으면서도 3이나 8이 좋기도 하다. 그러나 숫자에 대한 지나친 선호나 기피 현상이 개별 숫자의 기능을 마비시키며, 숫자 체계의 질서를 교란시키는 것 같아 기분이 쓸쓸할 때가 많다.

우리가 사용하는 숫자에는 아라비아숫자, 로마숫자, 한문숫자 등 여러 가지가 있으나 효용 면에서는 아라비아숫자를 따를 만한 것이 없을 성싶다. 현재 전 세계적으로 산수(算數)의 기본이 되고 있는 0, 1, 2 … 9 등 열 개의 숫자는 인도에서 시작된 것이나 아라비아 인이 유럽으로 전하면서 아라비아숫자라는 이름을 갖게 된 것이다. 옛 로마에서 만들어진 I, II, … V, … X 등의 로마숫자는 이제는 번호의 표기나 복고풍 시계의 문자판 등에 한정적으로 사용된다. 한자(漢字)로 표기하는 一(壹), 二(貳), 三(參), … 十(拾)은 위조나 변조의 예방을 위하여 금융기관의 수표, 어음, 출금전표 등의 금액 표기에 사용되고, 계약서나 등기 서류, 호적 서류 등의 금액이나 번지, 일자의 표시에 사용되는 것으로 그 기능이 축소되고 있다. 한편 한글이 전용되면서 한문 대신 일, 이, 삼, … 십 등의 한글 표기가 일반화되고 있다. 어쨌든 지금은 아라비아숫자가 지배하고 있다.

아라비아숫자의 기본수는 열 자이나, 십진법과 가감승제의 연산법칙으로 필요한 모든 수치를 무궁무진 만들어 낸다. 기본 숫자는 각각 고유의 크기를 나타내는 것이지만 약속된 이상의 어떠한 의미나 힘이 있는 것은 아니다. 1에서 9까지의 숫자는 오름차순이나 내림차순으로 나열한 경우 전후의 숫자와 1의 차이가 있을 뿐이다. 인간의 발명 중 가장 위대한 것은 0(零)인지도 모르겠다. 아라비아숫자의 위력은 0과 10진법에서 비롯되고 있으니까. 개별 숫자는 하나의 기호에 불과하다. 특별한 마력이 있을 게 없다. 그러나 언제부터인가 인간은 숫자에 약속 이상의 의미를 부여해 오고 있는 것 같다. 어떠한 숫자는 선호하고, 어떠한 숫자는 기피하는 경향을 보이고 있다. 숫자의 마력, 그 허와 실은 어디에서 기인하는가.

우리의 생활 주변에서는 4가 수난을 겪고 있는 것을 쉽게 볼 수 있다. 병원에서는 4가 실종된 지 오래다. 고층 건물은 많은 경우 층은 말할 것도 없고 열(列)의 표시에서도 제외되는 경우까지도 볼 수 있다. 첨단의 의술도 4 앞에서는 기가 꺾이고, 마천루를 쌓는 인간의 기개(氣槪)가 4에 쪽을 못 쓴다. 이 모든 현상이 4가 '사(死)'를 연상하기 때문이라면 너무도 순진한 인간 무력의 한계점 노출이 아닐는지. '사(謝)'나 '사사(謝謝)'의 고마움을 뜻하는 아름다운 의미는 어디로 증발했단 말인가. 아무리 국제화, 세계화의 물결이 거세다고는 하지만 4가 '사(death)'로 될 리도 없다. 그렇다면 특급호텔이나 고급 백화점은 내국인만을 모시기 위하여 그 많은 외화를 투자하고 한껏 멋 부려 치장했다는 말인가. 요즈음에는 13의 기피가 눈에 띄게 늘고 있다. 최근 개인 휴대전화, 통신회사의 갖가지 통신용 전화번호가 쏟아지고 있으나 유독 013만은 피해 가고 있다. 아마도 이것은 서양의 '13을 불길한 숫자로 여기는 미신(the thirteen superstition)'에서 연유하는 성싶다. 예수가 처형된 요일을 불길한 금요일(Black Friday)이라며 특히 기피하고, 예수의 수난일인 부활절 전의 요일을 성(聖) 금요일(Good Friday)이라 하고 있으니까. 13번째 제자의 배신 또한 이에 한 몫을 했음직도 하다.

한편, 사람들이 일반적으로 선호하는 숫자도 퍽 많다. 1은 시작과 전진을 의미하며 첫째요, 일등이요, 으뜸으로 누구나 좋아할 만하다. 2에는 버금으로 아찔해하는 스릴이 있다. 민감한 순응력과 반응력을 내포하며, 앞으로나 위로 더 나갈 수 있는 여백이 있고 느긋함이 있어 한결 좋다. 3은 많고, 거듭이나 반복으로 무궁의 의미를 내포한다. 분리가 안 되는 홀수이기 때문인지 아니면 삼삼오오, 삼팔(민족적 비애의 한이 서려 있기는 하지만) 등이 좋아서인지 선호의 폭이 넓다. 5는 색동옷과

어버이와 스승의 이미지를 간직한다. 6은 충효로 다가오며 엄숙하면서도 9와 접하면 선정적(煽情的) 매력으로 유혹의 손짓을 한다. 7은 특히 서양 문화권에서, 9는 동양 문화권에서 애호한다.

이들 숫자의 마력은 어디에서 비롯되는 것일까. 개인적이 정서, 민족적 울분이나 환희, 국가적 이정표, 종교적 열정, 문화적 전통 등 수많은 요인의 침전물인가, 아니면 인간의 나약함인가. 프로 야구의 인기가 높아지면서 점차적으로 우리 문화에서도 선호의 폭이 커지고 있는 7은 아마도 야구의 럭키 세븐(the lucky seventh)에서 유래하는 것 같다. 특히 야구의 나라 미국을 중심으로 서구의 여러 나라에서 선호되는 7은 777까지 확대되어 운이 좋은 날이면 라스베이거스를 뜨겁게 달군다. 야구에서는 7회(inning)가 득점의 기회로 인정되고 있다. 그러나 이것은 7의 행운이나 마력에 있기보다는 경기의 흐름에서 비롯되는 것이다. 6회 말까지 무득점이었다면 모든 타자들이 타석에 두 번을 오르내린 것이다 이제는 몸이 충분히 풀렸다. 세 번째의 타석에서부터는 충분히 안타를 기대할 수 있다. 그런데 상대편은 어떤가. 선발 투수는 피로가 가중되면서 교체 시기가 임박해진다. 그러나 이때의 적시 안타에 관중은 환호하고, 정신을 잃고 있는 사이에 그 공적은 슬그머니 7자에게로 돌아간다. 마치 우리 인간사에서 "재주는 곰이 넘고 돈은 되놈이 먹듯이." 그런데, 우리가 가장 기피하는 4가 야구에서는 가장 많은 박수를 받는다. 4번 타자는 돈도 인기도 한 몸에 받는 강타자(slugger)로서 열광하는 인기를 누린다. 그러나 야구에서 조차도 4가 철벽 수비의 힘까지 보장하지는 못한다. 더욱이 4의 위력도 우리의 두꺼운 사고(思考)의 벽을 허물지 못하고 있다. 분명 4의 마력도 공격과 수비, 서양과 동양이라는 공간을 뛰어넘지 못하는 한계를 배태(胚胎)하고 있나 보다. 나는 흔히 동서간의 문화 교류 훨씬 이전의 고대 문명에서 시공(時空)을 초월하는 인간 사고와 재능의 공통점에 감탄하곤 했다. 그러나 야구공 하나가 연출하는 묘기가 변화무쌍하다는 것은 충분히 알면서도, 야구의 고뇌가 인생의 번뇌에 필적(匹敵)하리라고는 미처 생각하지 못했다. 야구공의 겉을 싸고 있는 가죽을 꿰맨 이음매인 바늘땀(seam)이 108개인 것은 우연의 일치라며 지나치기에는 너무도 시사하는 바가 크다. 야구 경기는 인간의 희로애락(喜怒哀樂)을 함축하는 삶의 축소판이란 말인가. 그렇다면 야구장은 이열치열의 신비(神秘)를 간직한 용광로요, 108번뇌를 잠재우는 영원한 인간의 도량(道場)일 테지.

우리의 생활 속에 9는 양면적으로 각인되어 있다. 가장 높은 수로서 선호되는가 하면 아홉수라 하여 기피하기도 한다. 또한 부담 없이 어느 방향으로 가도 좋다는 속설이 있어 도시 서민의 이삿날로 인기가 대단하다. 기본수의 개념에서 9가 가장 높은 수인 것처럼 역학에서도 이를 가장 큰 수로 본다. 10은 0과 같이 보기 때문이다. 따라서 9는 더 갈 데가 없는 궁통수(窮通數)이며 고비를 뜻한다. 다 차고 더 갈 데가 없으며 다시 1로 돌아가야 한다. 쇠퇴나 몰락을 암시하기도 한다. 그래서 우리는 아홉수에 위축되곤 한다. 또한 아흔아홉 칸 집은 서민의 부질없는 선망이요, 999칸 궁궐에서는 인간의 겸손을 읽을 수 있다.

우리의 생활 속에는 알게 모르게 역학(易學)의 사상이 깊이 뿌리 내려 있다. 주역(周易)은 음양론(陰陽論)과 오행론(五行論)을 접목시켜 우주 만물의 원리를 밝히는 자연과학의 한 분야이다. 숫자 또한 예외가 아니다. 역학의 기본수인 후천수(後天數)는 생수(生數)와 성수(成數)로 이루어진다. 오행의 생성 순서에 따라 수화목금토(水火木金土)에서 1부터 5까지의 생수가 생겨나고, 각각의 생수에 5를 더하여 6에서 10까지의 인위적인 생수가 만들어진 것이란다. 또한 기본수 2에 3을 곱한 6은 여자의 수이고, 3에 3을 곱한 9는 남자의 수이다. 여기서도 69가 호(好)와 같은 의미가 있음을 엿볼 수 있다. 이래서 '69'는 양의 동서나 성(性)의 남녀를 막론하고 누구나 좋아하나 보다. 역학적으로는 1과 6은 수(水)요, 7과 2는 화(火), 3과 8은 목(木), 9와 4는 금(金)이요, 5와 10은 토(土)가 된 것이다. 그리고 각 오행에서 앞의 숫자는 양(陽)이고 뒤의 것은 음(陰)의 숫자로 풀이된다. 역학의 수리(數理)는 수와 금은 전자(電子), 화와 목은 양자(陽子) 그리고 토는 중성자(中性子)로 규명되어 진작 서양을 뿌리치고 물리학(物理學)의 효시를 이루기도 한다.

내게는 기피하는 수를 역학적으로 음미해 보는 버릇이 있다. 4는 금(金)이요, 의(義)며 가을이요, 저녁이다. 인류문화를 통하여 쇠가 얼마나 귀중한가. 우리는 의를 높이 사며 결실의 가을을 찬미하고, 저녁의 밤하늘 아래에서 숱한 사랑을 노래하지 않았는가. 아무리 보아도 4는 결코 미워할 수가 없다. 13은 어떤가. 1은 수(水)요, 지(智)며 겨울이요, 밤이다. 3은 목(木)으로 인(仁)이요, 봄이며 아침이다. 물은 생명의 근원이요, 역사는 밤에 이루어진다. 나무는 물이 있어야 자란다. 수와 목은 상생관계(相生關係)로 너무 너무 좋은 숫자이다. 나는 집을 옮기면서 20여 년간 애정이 묻은 0313이라는 전화번호를 잃고 한동안 몹시 서운해 한 적이 있다. 언젠가는 다시 찾고 싶다는 미련을 쉽게 떨쳐 버리지 못하는 것은 꼭 그 번호가 아내의 생일이기 때문만은 아니다.

나는 좋아하는 숫자에 공연히 가슴 으쓱해하고, 싫어하는 숫자에 어깨 처졌던 지난날의 일그러진 자화상에 서글픈 미소를 보낸다. 인생의 연륜이 쌓이면서 스스로 용기 있는 결정을 할 수 있고 행동에 책임을 지는 보다 원숙한 모습으로 늙었으면 하는 객기(客氣)를 부린다. 그래서인지 부질없는 편견을 지우는 하나의 방편으로 숫자에 대한 역학적 조명을 즐긴다. 좋은 것은 좋을 대로 젖혀 두고라도 일단 싫다 싶은 숫자라면 그 역학적 의미를 연장해 보면서. 우선 숫자의 역학적 의미는 다 좋다. 경우에 따라서는 2는 7과 같이 또는 4는 9와 함께 연상(聯想)하면 2와 4가 좋은 숫자임을 상기하게 된다. 3과 8은 목(木)이요 봄이며 아침이다. 봄날 아침 울타리 밑에서 돋아나는 눈부신 새싹인가 하면 내일의 희망이다. 또한 푸르름의 상징이다. 7과 2는 화(火)이면서 여름이고 낮이다. 따뜻하고 예절바르며 정열의 화신 같기도 하다. 5와 10은 토(土)로서 환절기이며 밝은 낮이다. 토의 숫자는 만물을 포용하는 어머니의 너그러운 품안처럼 정겹고 믿음이 간다.

우리의 삶에는 인·예·신·의·지(仁禮信義智)의 오상(五常) 정신이 깊게 배어 있다. 특히 우리의 금수강산은 사계절(四季節)이 있어 더욱 아름답다. 낮의 밝은 태양이 있기에 밤하늘의 달과 별은 더욱 찬란하게 빛난다. 숫자에 어찌 개인의 유별난 의미나 취향이 없겠는가. 그러나 이것은 어디까지나 일시적인 것으로 일과적(一過的)인 현상이었으면 하는 바람이다. 집단적인 거부 반응으로 굳어지거나 고정 관념화되어서는 득보다는 실이 더 클 성싶다. 더욱이 막연히 글자의 발음이나 자의(字意)에서 비롯되거나 단순히 어느 종교적인 사건이나 특정 문화에서 기인한다면 재음미해 봄직하다. 숫자에 대한 필요 이상의 의미 부여에서 오는 숫자의 기능 상실은 젖혀 두고라도 이로 인하여 우리가 잃게 되는 물질적, 시간적 낭비나 정신적 손실이 너무 크다.

우리는 세월을 먹고 산다. 누구나 각자의 타고난 운세가 있으며 이것은 시시각각으로 변한다. 음양오행의 모든 글자나 숫자는 개개인에게 운에 따라 좋은 작용을 하기도 하고, 나쁜 기(氣)를 주기도 한다. 특정

숫자가 언제나 좋게 또는 나쁘게만 고정되어 있는 것은 아니다. 금운(金運)이나 수운(水運) 또는 목운(木運)이 자기의 일간(日干)을 이롭게 하는 용신(用神)인 사람에게는 4와 13은 한없이 대길(大吉)한 것이다. 굳이 어려운 역학의 이론을 빌릴 것도 없다. 연중 어느 날이고 사람이 태어나지 않고 죽지 않는 날이 있는가. 어느 숫자나 생일이요, 결혼기념일이며 또한 건국일이나 독립일이 될 수 있다. 우리는 과학이나 종교나 문화에 의존하여 자연의 이치를 터득하고 이를 선용하여 보다 윤택한 삶을 누리려 한다. 숫자에 부여한 특정 의미에서 상처를 받거나 구속을 자초하는 것이 정말 지혜로운 것인가.

우리의 핏속에는 2천 년의 기독교 문화나 서양 문화만 흐르는 것이 아니다. 3천여 년의 주역의 문화가 스며 있다. 아니 5천 년의 한민족의 얼이 살아 꿈틀댄다. 문명의 이기는 선용하는 데 의미가 있다. 각종 종교가 인류의 영혼을 달래고자 공존하고, 다양한 언어가 함께 숨쉬는 21세기의 지구촌에 살면서 4를 싫어하고 13을 기피한데서야…. 나는 지금부터라도 숫자에 대하여 좀 더 겸허해지고 싶다. 적어도 숫자의 노예는 되지 말아야겠다. 모든 숫자에 부모의 애정과도 같은 차별 없는 사랑을 고루고루 나누어 주어야지. 그리고 그들의 선기(善氣)를 듬뿍 받도록 나의 폐쇄된 마음의 창을 활짝 열어젖혀야지. 주저하는 마음에 용기를 북돋워 주고, 정신적 부조화(不調和)를 정화(淨化)시켜 주며 허전함을 포근하게 감싸 줄 수만 있다면 역학의 지팡이인들 혼자 걷는 것에 비기랴.

바쁜 삶의 까닭은

산업사회가 저물고 정보화 사회가 개화기를 맞는 요즘 동시대인으로 누구도 바쁘게 살지 않는 사람은 없을 성싶기도 하다. 자화자찬의 소치일지는 몰라도 두 번째 가라면 좀은 서러울 것만 같은 심정이다. 한데, 언제부터인가 좀 심하다는 느낌이 들곤 한다. 나이 탓일까.

나의 삶이 유독 바쁘게 느껴지는 것은 몸과 마음의 괴리에서 오는 갈등의 심화에서 증폭된 것 같다. 몸은 산업사회를 돌아 정보화 사회의 트랙을 밟으면서도 마음은 농경 사회의 향수에 깊이 잠겨 있다. 앞 터진 바짓가랑이 사이로 풋고추 내민 주제에 무개(無蓋)가마 타고 초례상으로 향하는 사모관대 차림의 신랑이 무척이나 부러워 헤벌어진 입에서는 침이 뚝뚝 떨어졌었지. 진초록 저고리 다홍치마의 곱디고운 비단옷에 연지곤지 얼룩진 눈물 적시며 덜컹대는 인력거 안에서 몸도 가누지 못하는 새색시를 매몰차게 뿌리치며 눈 덮인 좁다란 논틀길로 인정사정없이 내몰던 마부를 한없이 원망했다. 바람 빠진 공처럼 쭈그러드는 가슴 움켜쥐며 '님 떠난 텅 빈 마을은 끝내 내가 지키리라.' 다짐했다. 그 꿈은 깨어진 지 오래다. 하나, 순진한 산골 머슴애의 뇌리에 화석처럼 각인된 그 추억, 정감만은 언제나 시간을 역류하며 내 삶의 언저리를 감돈다. 거친 세파를 막아 주는 방파제요, 지친 심신을 촉촉이 적셔 주는 자양이다.

자기 뜻으로 태어나는 자 누가 있으랴만 나는 마을 어른들로부터 '그 집안의 업'이란 말을 수없이 들으며 자랐다. 우리 집의 가난은 3대에 걸친 부계(父系)의 단명이 주된 원인이었다. 아버지는 15세 소년가장으로 물려받은 빚에 허덕이며 6명의 부양가족의 생계를 10여 년간 근근이 끌어 왔다. 전통적 결혼관으로 굳어 있던 그 옛날 가난보다 더 진한 할머니의 각별한 사랑 탓으로 여동생까지 데릴사위로 역혼을 시킨 후 24세의 노총각 아버지는 운 좋게도 이미 '눈물 젖은 빵'을 맛본 16세의 어머니를 맞아들였단다. 적수공권(赤手空拳)으로 가난을 물리치고 가문을 반전(反轉)시킨 부모님의 생활은 오로지 근면뿐이다. 나는 자라면서 특히 아버지로부터 공부하라거나 일하라는 말을 들은 적이 없다. '3대만 가난하거나 무식하면 양반도 상놈 된다.'는 당신 삶의 좌우명을 일찌감치 간접적, 비유적으로 심어 주었을 뿐이다. 인자하시고 베풀기를 좋아하신 아버지의 물욕(物慾)의 수준은 높지 않았다. 당시의 기준으로 먹고살고, 가르치고, 병났을 때 병원 가는 데 궁색하지 않으면 족하다 하시던 분이다.

아버지의 자식에 대한 욕심이나 기대 또한 크지 않다. '과한 것은 부족함만 못하다.'며 중용을 권한다. '거부재천(巨富在天)이요, 소부재근(小富在勤)이라' 하시며 부지런함을 보통 사람 삶의 첫째 덕목으로 가르치셨다. 사무친 육체노동의 고통을 자식에게는 대물림하지 않겠다는 각오에 찬 힘든 삶에서도 자식에 대한 기대만은 낮게 잡았다. 땀 흘려 이룩한 중농 정도의 가문을 일꾼 두어 지켜 가면서 육체적 고통 없이 살기를 바랐다. 오직 가난한 집 자식으로서 비굴할세라, 배운 자로서 오만할까 봐 염려하셨다.

　나는 호의호식과는 거리가 멀었으나 가난의 고통을 모르는 행운아라 자처한다. 나의 출생을 기점으로 반전된 가세에는 나의 성장과 수학 과정에 비례하여 일취월장 가속이 붙었다. 고작 초등학교나 졸업해서 농사 지었으면 과분하다고 생각한 주변 사람들은 나의 중학교 진학을 아버지의 무모한 과욕이라 지탄하였다. 나의 초등학교 취학이 2년여 지연된 것을 집안이 어려워서인 것으로 남들은 알 뿐 그것이 한문 교육을 선호하신 아버지의 욕구 때문인 것은 당신과 나만 아는 사실이다. 대학 진학은 축하나 격려의 대상이 되지 못했다. 귓전을 스치는 많은 조소나 비난은 나를 담금질하는 풀무요 망치이다. 나는 너무도 일찍이 세상인심의 흐름을 읽었고 황금을 주고도 살 수 없는 인정의 소중함을 깨쳤다.

　나의 바쁜 생활은 왕복 12킬로미터의 초등학교 4년과, 왕복 20킬로미터의 중·고등학교 6년의 도보 통학으로 시동이 걸린다. 나는 어려서부터 지게 지고 나무하며 풀 베고, 농사일을 하면서 학교를 다녔기 때문에 적어도 고등학교를 마칠 때까지는 전업 학생이 못 된다. 집안 형편을 잘 아는 내가 부모님께 어려운 요청을 드린 것은 두 번이다. 중학교를 마치면서 친구와 헤어지기가 아쉬워 대구 소재 명문 고등학교로의 진학을 원했다. 또한 고등학교 3학년에 진학하면서 정신적으로 시간에 쪼들릴 때 아버지에게 자전거를 요청했다. 같은 이유로 두 번 다 거절되었다. '고향에서 공부하면 혹시 고등학교까지 갈 수 있을지 모른다.' '하려고 하면 자전거 한 대 못 살 것도 없지만 네가 조금만 더 고생하면 대학까지 갈 수 있을지도 모르지 않느냐.' 아버지의 결정은 빠르고 명쾌했다. 너의 생각대로라면 학교에서 집이 가장 가까운 학생이 제일 먼저 등교해야 하나 꼭 그렇지 않다는 보충 설명을 덧붙이셨다.

'그 아들 똑똑하다. 하나, 제 아버지 따라가려면 한참 멀었네.'라는 아버지 친구들의 평가에 나는 전적으로 동의한다. 일에 대한 집념이나 노력은 아버지를 따르지 못한다. 한마디로 '뜻이 있으면 길이 있다.'는 말의 실천자이다. 신념이 강하신 아버지의 아들에 대한 믿음은 확고하셨다. 미리미리 서서히 성실, 근면, 정직의 의미를 체험적으로 심어 주었을 뿐 과욕이나 강요는 없었다. 부모의 말없는 실천과 참된 삶의 마력은 바위를 뚫는 물방울을 능가한다.

선생님들의 대학원 진학 권유는 부모님의 무거운 짐을 덜어 주려는 나의 효심(?)으로 묵살된 채 나는 실무계로 진출했다. 이것은 훗날 금융기관 14년, 공인회계사 업무 10년 이후에 이어지는 나의 만학의 모태가 되고 바쁜 삶의 한 원천이 된다. 금융기관의 중견 간부, 개업 공인회계사, 석·박사 과정의 학생, 대학의 강사 또는 객원교수라는 2, 3중의 중첩된 삶이 10년 이상 지속되었다. 급기야는 모교의 요청을 꺾지 못하고 전임 교원으로 옮겼다.

전직(轉職)은 새로운 도전이다. 기대와 성취의 기회인 동시에 실패까지 각오해야 하는 위기이다. 쌓아 온 업적이나 인간관계의 포기요, 기득권의 상실이다. 안정을 불확실성으로 바꾸는 무모함이 따른다. 습득한 학습 효과는 소멸하고 새로운 위험은 커진다. 금융기관, 공인회계사, 교수라는 세 가지 직종으로의 전직은 나의 삶을 한층 바쁘게 만들었다. 변화 속에서 안정을 바란다는 것은 연목구어(緣木求魚)만큼이나 어려운 일이다. 동일 직종 내에서도 바쁨이나 여유로움에 큰 차이가 있다. 한 부서에서 장기 근무하면 한결 안정을 즐길 수 있으련만 내게는 그런 복이 없다. 계속 새로운 업무의 연속이요, 기획, 조사, 감사 또는 신설 부서에 투입되는 특공대(task forces) 아니면, 소방수다. 타의에 의한 선택 때문인지 흔히들 안정의 천국인 양 여기는 교수라는 직업도 내게는 그렇지 못했다. 교수 임명장과 3개의 보직 임명장이 한꺼번에 주어질 때부터 예감했다. 연구하고 가르치는 교수의 본업에 보직교수의 역할이 덤으로 늘 따라다녔다. 초기 10여 년간은 신설 캠퍼스의 조직을 만들고 기틀을 굳히며 업무를 개발하고 개척하기에 여념이 없었다. 학장, 대학원장, 부총장 등 교무위원으로서 서울과 지방 캠퍼스를 오간 기간이 10년이다. 나의 바쁜 생활의 절정은 부총장으로서 캠퍼스의 행정 책임을 맡았던 27개월의 기간인 것 같다. 재직 중 승용차의 주행 기록이 14만 킬로미터였다. 경부고속도로를 164회 왕복한 거리요, 지구를 3.7 바퀴 돈 셈이다. 뿐인가, 철도청과 고속버스 회사와 동업하듯 전국의 주요 도시를 누볐다.

나의 바쁜 삶에는 분명 어떤 운명적인 연(緣)이 있음직하다. 농경 사회, 산업사회, 정보화 사회를 동시에 겪는 격변기 세대로서의 환경적 요인은 공통 사항이다. 또한 숭조효친 사상이 강하시고 예의범절을 중시하는 아버지를 모신 6대 종손이라는 출생적 요인이나, 아버지의 사랑과 숨결이 그리워 40여 년간 고향을 유지하며 도농(都農)을 오가는 이중 생활을 하는 것도 나를 바쁘게는 하나 굳이 나만의 사정으로 치부하고 싶지 않다. 그럼 바쁜 삶의 까닭은 무엇일까.

바쁘게 뛰어다니게 되면 흔히들 사주를 들먹이거나 역마살을 운운한다. 명리학에 따른 역마살의 본래적 의미는 지지(地支) 3자가 모여 천간의 국을 형성하는 삼합(三合)의 첫 자를 충(沖)하는 지지를 말하며, 분주하거나 출향(出鄕)의 의미로 해석한다. 따라서 신자진(申子辰)년 생은 인(寅)이, 해묘미(亥卯未)년 생은 사(巳)가, 사유축(巳酉丑)년 생은 해(亥)가,

그리고 인오술(寅午戌)년 생은 신(申)이 역마에 해당된다. 현대 역학에서는 인신사해가 지지에 오는 사주이면 바쁘게 살게 되는 사람으로 확대 해석한다. 이는 인신사해가 생계(生系)로서 한 계절의 종결과 새로운 시작이 겹치고, 철이 바뀌기 때문에 계절의 중간인 왕계(旺系)나 끝나는 묘계(墓系)에 해당하는 지지보다 바쁘게 보기 때문이다.

각각의 역마가 갖는 힘은 그 종류와 연월일시의 사주 위치에 따라 차이가 있다. 목(木)역마인 인(寅)은 공간적으로는 지상을, 역마의 수단으로는 도보나 마차로 본다. 화(火)역마인 사(巳)는 하늘, 우주 공간 또는 사이버 공간을 나는 비행기, 로켓, 전파, 통신 등을, 금(金)역마인 신(申)은 육로를 달리는 자동차, 기차, 지하철, 고속철도 등을, 그리고 수(水)역마인 해(亥)는 강, 호수, 바다를 다니는 배로서 여객선, 유람선 등으로 해석할 수 있다. 또한 동일한 역마라도 사주의 위치 즉, 연월일시의 자리에 따라 차이가 있으며 사주의 네 기둥이 월지의 영향 하에 있기 때문에 월지 역마를 가장 강한 것으로 해석한다. 사주의 궁(宮) 즉, 조상궁(祖上宮), 부모궁(父母宮), 부부궁(夫婦宮), 자식궁(子息宮)에 의한 차별적 해석도 가능하다.

범상치 않은 나의 바쁜 삶을 잠깐 역학(易學)으로 조명해 본다. 월지와 일지가 인이고, 시지가 해인 나의 사주는 우선 오행의 형상에서부터 막강한 요건을 갖추고 있다. 진(辰)년에 대운이 6이니 요람을 벗어나자마자 인의 월령(月令)이 지배·통솔하고, 일지 인의 주마가편에, 시지 해가 과속 페달을 밟는 형국이다. 조상궁이 역마를 모면한 것은 선대의 부계(父系) 3대 단명을 시사한 듯싶고, 부모궁 편재(偏財)역마는 절대빈곤을 극복하는 부모의 모습이다. 부부궁의 편재역마에서는 출향모험의 자화상을, 시지 식신역마에는 온후공양(溫厚恭良)을 바라는 자식들에 대한 나의 소박한 소망이 어른거린다.

　나의 대운노정(大運路程)에서도 역마의 흐름과 운세가 역력하다. 편재역마(1-5)는 '가문의 업'으로 태어나 생존을 생활로 전환시킨 부모의 말없는 체험적 교훈에서 힘을 얻어 가난 속에서 가난을 모르며 살아온 한 행운아의 '나의 길(my way)'의 요람기이다. 편관역마(26-35)길에서는 일찍이 눈물에 젖은 빵을 씹으며 결코 정의나 진리로만 통하지 않는 무서운 세상인심의 흐름을 목격한 아이가 몸과 마음의 갈증을 동시에 풀겠다는 순진한 과욕에서 선택한 금융기관에서 독자적인 삶의 둥지를 틀었다. 공인회계사 시험에 합격하고, 배우자 만나고 세 아들을 얻었다. 하나, 월간 무토(戊土) 편인(偏印) 용신(用神)의 힘을 누가 막으랴. 나의 역마살에는 한층 탄력이 붙었다. 만학을 위한 공인회계사로의 전직은 예기치 않은 급물살을 탔다. 생업과 동시에 진행된 석·박사 과정의 학업, 교수로의 전직, 해외 수학으로 치닫던 준마는 편관역마의 운세가 10년이나 지나서야 주춤하더니 그 여세는 비견역마(56-65)로 갈아탔다. 겹겹으로 중첩되는 역마에는 이미 길들여졌으나 인인사교(因人社交), 협동공익(協同公益)의 속성이 가미된 비견역마가 주는 온건화평(穩健和平)의 맛은 또한 별미스럽다.

　나는 결코 운명론자이거나 역학의 맹신자는 아니다. 하나 나의 바쁜 삶은 결코 우연이 아니다. 경제적인 어려움의 극복과 자식을 통한 배움의 대리 만족을 성취해 보고픈 스스로 설정한 벅찬 목표와 싸우면서 고난과 역경의 절정기를 넘기던 시절 부모님의 육체적 고통을 어루만져 주고 정신적 갈증을 풀어 주는 것은 어느 곳에도, 아무것도, 아무도 없었다. 오직 가난과 근면이라는 쌍칼과 당신들의 타고난 건강과 하면 된다는 불굴의 의지뿐이었다. 부창부수(夫唱婦隨)랄까. 예컨대 "고려대학이 아니라 돈 잡아먹는 '고래'일세."라며 고비 때마다 정곡을 찌르는 아버지의 유머는 당신과 어머니에게 무한한 위로와 격려가 되고 쌓인 피로를 용해시켜 주는 영약(靈藥)이요, 원기를 돋우는 천군만마였다. '저 사람 괜한 허욕으로 부질없이 고생하네.' '저렇게 고생하며 가르치면 무엇 하나, 돈이 있어 빽이 있어?' '너무 무지한 판단이지, 요즘 부모 고생 알아주는 자식이 어디 있다고, 허, 허참.' 쏟아지는 주변의 냉소, 비난, 우려, 한탄은 부모님을 허망하게 하고 허탈감에 빠지게 했다. 그러나 아버지의 힘의 원천은 늘 가까운 곳에 있다. 아버지는 위기에서는 기회를, 역경에서는 성취라는 보배를 찾는 혜안을 가지신 분이다. 가난을 불굴의 의지를 태울 심지로, 역경을 추진의 원동력이 되는 기름으로 승화시키는 무서운 힘을 발휘한다. 궁극적인 해법은 가난과 신념이다. 생존 수준에도 미치지 못하는 절대 빈곤의 앞길에는 실패란 있을 수 없다는 '가난의 힘'과 과욕 없는 근면은 성공의 보증서라는 신념이다. 하여 부모님의 생활은 물질적으로는 가난에 허덕여 오면서도 마음과 정신은 늘 평온하고, 충족과 감사에 찬 삶이었다.

나의 바쁜 생활은 어쩌면 운명이요, 부모님 삶의 일부 유산이다. 태생적으로 바쁜 삶을 주셨고, 근면이라는 체험적인 교훈이 내게로 전이되었다. 타고난 운명이라 할지라도 삶은 사람의 사고나 의지와 노력에 크게 영향 받는다. 아버지의 삶은 나의 교훈이요, 나의 가장 위대한 스승은 부모님이다. 아버지의 유훈이 식지 않는 한 나의 바쁜 삶은 이어지리라. 애당초 대학자나 큰 부자가 아닌 절제된 기대였기에 자식의 근면, 성실한 삶에 흡족하실 아버지이다. 하나, 아직도 인성이나 충효, 예의범절에 크게 미흡한 자식을 노심초사 염려하고 계실 것이 분명하다. 부전자전인가, 큰 물질적 욕심 없는 삶이었기에 남에게 물질적인 혜택은 주지 못한다 하더라도, 앞으로의 삶이 마음과 정신적인 나눔을 누릴 수 있었으면 한다. 아버지에 대한 마지막 효도이겠기에 말이다. 오늘따라 아버지의 사랑이 그립다. '수욕정이(樹欲靜而)나 풍부지(風不止)요, 자욕양이(子欲養而)나 친부대(親不待)'라'는 명구가 가슴을 저민다.

캠퍼스 스케치

새 학기 담당 교과목에 대한 강의 계획표를 Kupid(Korea University Portal to Information Depository)를 통하여 내부 메일로 입력하는 마감일이라 황급히 연구실의 컴퓨터를 켰다. 2학기 종강에 바로 이어 계속된 겨울 학기 강의에 쫓기다 2003학년도 1학기 강의 계획서를 미처 입력하지 못했던 것이다. 16주간의 수업을 4주로 끝내는 만큼 다른 것을 챙길 마음의 여유가 없었다. 담당 과목 중 '기업과 경영'의 영문판 교과서 ≪Management≫가 1999년도 6판에서 2002년도 7판으로 개정되었다. 일부 내용이 보완되고 편집에서 약간의 변동이 있기는 했지만 1년 전의 강의 계획서를 불러와 필요한 조정만 하니 이렇게 편할 수가 없다. 컴퓨터 세대도 아니고 겨우 눈으로 치는 타자기 정도 활용하는 실력이지만 날로 발전하는 IT(information technology)의 고마움만은 실감한다.

PC시대의 문맹자 서러움을 피해 보고자 열심히 노력은 하지만 돌아서면 잊어버리며 기초를 묻고 또 묻는 질문에 이제는 집의 아이들마저 짜증을 낸다. 그럴 때면 나의 입가에는 미소가 흐르고 갑자기 타임머신이 40여 년 전으로 역류한다. '그래, 세월 앞에는 장사(壯士) 없다. 때 되면 너희들도 절로 나를 이해할 테지.' 문명의 이기가 나오면 나올수록 밀리는 세대에게는 짐이 된다.

나는 신입 행원으로 주판을 익히느라 밤을 지새고, 어설픈 손으로 지폐를 세면서 수없이 손가락을 베이며, 신참자의 눈에 비친 기존 세대나 사회에 대한 불의와 불만을 애꿎은 신권 지폐에 붉은 피로 토해 내곤 했다. 순진한 야생마가 직장인으로 길들어 가는 불평 많던 사회화 과정의 초기에 봇물 터지듯 밀려오는 갈등과 서러움이 응집된 이유 있는 반항이었다.

10년이나 15여 년 이상 연장자를 부하 직원으로 모시며 일하던 겁없던 30대 초의 지점장 대리 시절에는 도와준다는 것이 일거리만 저지르는 나이 많은 주임 직원들을 이해하지 못하여 고개를 갸우뚱거리기도 했다. 무능의 탓이 아님은 그들의 아들딸들이 소위 'SKY'로 지칭되는 명문대학을 다니고, 국가고시에 합격하는 것으로도 충분히 입증되었다. 두뇌도 실무 경험도 나이가 뒷받침될 때에만 힘이 된다는 것을 깨달은 것은 훨씬 세월이 흐른 후이다. 전자계산기보다는 주판의 향수에 젖어 있고 A4용지보다는 200자 원고지 체질인 나는 자판에서 글자를 찾거나 컴퓨터 화면만 쳐다봐도 진행 중인 백내장에 가속이 붙는 공포에 떨고 있다. 한 시간 정도만 앉아 있어도 주리가 틀리고 어깨가 쑤신다. 해서 생각하는 시간에 비하여 내가 컴퓨터를 사용하는 시간은 아주 짧고, 자주 사용하지 않으니 매번 기본마저 잊게 된다.

이런저런 자료를 정리하다 보니 한 시간 정도는 지난 것 같다. 눈이 침침해 오는 피로감에 습관적으로 버티컬 커튼을 활짝 젖혔다. 가슴이 시원해지면서 심신의 피로가 확 가신다. 5층 건물의 도서관이 앞을 막기 전에는 시가지 멀리 한눈으로 들어오던 쭉 뻗은 경부선 철길이 일품이었다. 철길은 언제나 추억과 낭만을 손짓한다. 길 따라 세월 따라 변하는 인정세태를 상상하며 철 따라 변화는 전원의 사계를 통째로 즐기지 못하는 아쉬움이 있기는 하지만, 동쪽 모퉁이로 시가지 일부와 미호천이 굽어 흐르는 들판을 일부나마 볼 수 있다는 것이 다행이다. 하나, 내 연구실 전망의 초점이 서남방으로 옮겨간 지는 오래되었다.

서남쪽에 멀리 누워 있는 눈 덮인 계룡산의 원경이 한눈으로 들어온다. 남쪽 가시거리 중간쯤 우뚝 솟은 문필봉(文筆峯)은 20여 년간 의지해 온 나의 정신적 지주(支柱)다. 자신의 모습이려니 하는 환상에 빠지기도 했고, 그 기(氣)를 받아 우둔한 내게도 어쩌면 학문적 업적이 이루어질 수 있다는 기대에 부풀기도 했다. 지나고 나서 보니 약간 좌측으로 비켜 서 있는 쌍두봉(雙頭峯)이 나의 자화상임이 분명하다. 그나마 큰 봉우리는 보직교수요, 내가 진정 원하는 학문하는 교수는 그 옆구리에 붙어 있는 작은 봉우리이다. 풍수학에 따르면 문필봉을 주변사(周邊砂)로 하는 양택(陽宅 ; 주택)이나 음택(陰宅 ; 묘지)에서는 문장가가 배출되고, 쌍두봉을 두고 있으면 쌍둥이를 낳게 된다고 한다. 인연 탓인지 자질 때문인지 내게는 별 효험이 없는 얘기가 되었지만 정신적 위안만은 크게 받아 왔다.

22년 전 고려대학교는 조치원에 새로운 캠퍼스를 개설했다. 모교의 요청을 못 이겨 20여 년의 경영 실무계의 꿈을 접고 40이 넘는 어정쩡한 나이에 '서창행 고려호' 열차에 승차했던 나! 오늘 '7-309' 좌석(연구실)에 앉아 전망창(picture window) 너머 클로즈업되는 순백의 계룡산을 응시하면서 추억 여행으로 빠져든다. 교문도 진입로도 없는 불도저 소리 요란한 건설 현장, 최초의 강의동마저 준공되지 않은 황량한 캠퍼스, 난방 시설은커녕 출입문과 창문 공사도 마무리되지 않아 황소바람 넘나드는 미완성 교실에서 미장 공사와 같이 진행한 첫 수업, 신입생 400명은 어리둥절 방향을 잃은 채 헤매고, 하루아침에 '야전부대'로 전출된 1년간 안암 캠퍼스의 면학 분위기에 길들어진 고삐 풀린 2학년 400명 학생들의 살기(殺氣) 넘치는 저항, 현장 인부들과 함께 허기 달래던 공사판 임시 건물의 간이식당, 임시 컨셋트 공동연구실의 연탄난로 가에서 언 손 녹이며 눈빛으로 위로를 주고받던 역마살 타고난 장화부대의 일그러진 얼굴들…. 이를 일러 주마등(走馬燈)이라 했던가.

충남 연기군 조치원읍 서창동 208번지 일대의 12만여 평 교지는 내 눈에는 명당, 길지이다. 남향의 구릉인 이곳이 개발 전에는 집단 묘지 지역이었다는 사실만으로도 충분히 입증이 된다. 민족의 영산(靈山) 백두의 정기(精氣)가 대간을 달리다가 분기된 차령을 조산(祖山)으로 한 용맥(龍脈)이 오봉산을 부모산(父母山)으로 서창의 잔가지에 응기(應氣)한 진용(眞龍)인 성싶다. 계좌(癸坐) 정향(丁向)에 야트막한 현무정(玄武頂)은 귀성(鬼星)이 뒤를 받쳐 주고, 멀리 백제의 충혼이 서린 운주산이 낙산(樂山)으로 에워싸고 있다. 좌청룡, 우백호, 남주작이 겹겹으로 감싸주고 있는 분지에 마지막 외백호에 계룡산이 가세한다. 개발로 많이 훼손되기는 했지만 당초의 안산(案山)은 백호작국을 이루고 있어 부(富)와 특히 여자에 길한 형국이다.

득수(得水)와 파구(破口) 또한 일품이다. 해방(亥方)에서 생득수(生得水)한 서창천의 물이 이 지역의 젖줄인 미호천과 금강과는 거슬러 앞을 지나 동쪽으로 흘러 들어간다. 손방(巽方)에서 갑묘방(甲卯方)의 왕득수(旺得水)인 조천(鳥川)과 합수되어 지현(之玄)지형으로 굽이쳐 흘러 묘고(墓庫)인 미방(未方)으로 장수(藏水)하는 목파구(木破口)로 미호천과 합세해 서쪽으로 흐르다가 종국에는 금강으로 합류된다. 부와 귀를 낳는다는 최상의 득수와 물의 흐름을 갖추고 있다. 부(富)를 상징하는 넓은 들이 동쪽으로 오송, 앞으로는 미호천 넘어 동면으로 넓게 전개되고, 남쪽 멀리 금강이 아련히 구비치는 이곳 서창(瑞倉) 캠퍼스가 한국을 대표하는 지성의 산실이 되고 상서로운 지식의 보고(寶庫)로 발전될 날도 이제는 시간문제일 것 같다. 나는 부임 초기 허허로운 벌판에서도 학교의 발전만은 확신했고 계룡산의 정기를 기대했다. 한때 교직원 중 정씨(鄭氏)가 몰려 올 때는 그 시기가 앞당겨지려나 하는 예감에 설레기도 했다. 모든 일에는 시기가 있는 법, 드디어 때는 오고 있는 것인가. 행정 수도 후보지의 가시권에 들면서 서창 캠퍼스의 구성원들은 오랜만에 하나로 초점이 모아지면서 고대(高大)는 학교 발전의 신기원이 실현되는 날을 고대(苦待)하고 있다.

창설 멤버로 온 교수는 9명이었다. 공교롭게도 공(孔), 서(徐), 연(延), 은(殷), 이(李), 임(林), 위(魏), 전(全), 황(黃)의 각 성씨(姓氏)들이다. 종류뿐만 아니라 내용 구성 또한 절묘하다. 고려나 조선왕조만의 반도국가로서는 부족했음인지 대륙의 중원을 호령하던 국명이 두 개나 눈에 띈다. 아니면 성인(聖人) 공자나 황희 정승의 후예나, 임꺽정이라도 배출한 가문이라야 낄 수 있는 인선에 감탄할 뿐이다. 우리는 사방, 팔방, 세계만방으로 웅비할 학교 발전의 징조란 자의적인 해석에 도취되면서 먼 훗날의 기쁨까지 입도선매하여 즐기기도 했다. 인생무상, 영원히 발전해 갈 캠퍼스에 잠시 쉬어 가는 나그네인가. 유명을 달리하신 선생님 두 분, 정년퇴임하신 선생님 두 분, 타교로 옮겨 가신 한 분해서 지금은 네 사람이 170여 명으로 늘어난 국내외 교수들 속에서 골방으로 밀리는 신세가 되었으나, 6천5백 명이 넘는 학부와 대학원 재학생에 묻힌 가슴에는 언제나 뿌듯한 감회가 넘친다.

인간의 무모한 자연 환경 파괴로 계절과 상관없이 지구의 도처에서 발생하는 기상 이변이 심상치 않다. 지난겨울은 예고와는 달리 예년에 비해 눈도 많이 오고 유난히 추운 날이 많았다. 춥고 더운 것이 꼭 위도와 비례하는 것은 아니지만 조치원 지역은 겨울에는 서울보다 더 춥고, 여름에는 대구에 버금할 만큼 덥다. 청주분지의 변방이면서도 기후만은 온전히 누리고 있다. 해서 고대 가족 간에서는 서창 캠퍼스의 겨울을 '조베리아', 여름을 '조프리카'로 굳힌 지 오래다. 지난 소한을 전후한 한파를 겪으면서 한랭한 대기권의 일부가 떨어져 서울에서 천안지역으로 껑충 뛰어 넘어갔다며 화제가 된 기록적인 기온 강하도 결코 우연만이 아니다. 하나, 내 기억에는 22년 전 서창 캠퍼스의 추위를 능가하는 것은 없다. 집 떠나면 춥고 배고프다 했던가. 자연적인 추위보다 마음의 추위가 한 수 위인 것이 분명하다.

나목(裸木)에 나부끼는 마지막 잎새가 유혹의 손길을 보낸다. 모든 미련을 다 버리고 어머니의 품인 대지로 돌아가자고. 움트는 연초록 새싹의 꿈, 신록의 눈부신 희망, 녹음 짙은 사랑, 아름다운 단풍의 예찬 누렸으면 족하지 않느냐고 한다. 낙엽으로 밟히는 설움일랑 차라리 부엽토 되어 새싹의 자양이 되는 보람으로 바꾸자 한다. 지금 자기가 떨고 있는 것은 추워서도 아니고, 새봄에 돋아날 잎에 밀려나지 않겠다는 몸부림도 아니라 한다. 과거를 떨치지 못하는 집착과 분수없는 욕심, 깨닫지 못하는 수치심, 어느 하나 감출 곳 없는 발가벗은 알몸에 자신도 모르게 부르르 떨고 있는 수전증 환자의 손 떨림은 더더구나 아니란다. 교수는 있으나 스승은 없고, 학생은 있으나 제자 없는 대학을 개탄하는 사랑에 갈(渴)한 절규도 지나치면 추하단다. 녹슨 머리, 바닥난 정력으로 기념비적 논문 한 편 남기겠다는 과욕일랑 버리고, 개혁과 변화의 과제는 후학에게 미련 없이 남긴 채 조용히 떨어져 나갈 준비나 하라 한다.

　나의 인생항로를 바꾸어 놓은 서창 캠퍼스에서 민족 고대의 건학이념을 확산시키는 중부권 전진기지라 외치며 열정을 불태우는 사이, 어느 결에 서창 캠퍼스 발전이라는 명제는 내게서 종교 같은 신념으로 굳어 버렸다. 능력의 한계로 스스로 만족할 만큼의 성취를 이루지 못한 아쉬움이 남는다. 가문에서 후손에 의하여 조상이 빛나듯 조직에서나 공직자의 삶은 전임자보다는 후임자의 영향을 더 크게 받는다. 창업(創業)보다 더 찬란한 수성(守成)의 업적으로 넘쳐나는 '서창행 고려호' 열차의 쾌적한 여정(旅程) 속에서 나의 후반기 삶의 향기가 오래오래 피어올랐으면 하는 바람이다. 서녘 하늘을 붉게 물들인 저녁노을이 고려대학교 서창 캠퍼스 발전의 서광인 양 오늘따라 유난히 곱다.

이름, 그 겉멋과 속맛

나는 매년 학기 초가 되면 많은 새로운 이름을 만난다. 나는 원체 자상하지 못하고 눈이 무딘 탓인지 사람을 잘 기억하지 못한다. 하여 때로는 제자들로부터 본의 아닌 오해도 받는다. 그렇다고 내게도 직업의식이 전혀 없는 것은 아니다. 매 시간 출석 호명을 하는 것이 나름대로 내가 하는 선택이다. 출석률을 높이는 등의 교육적 차원의 의미는 부차적인 것이고, 기본 취지는 얼굴은 기억하지 못하더라도 4년간 이름을 부르고 나면 이후라도 이름만 듣고 나를 거쳐 간 학생이라는 것을 알기 위해서이다. 한데 강산이 두 번 넘게 바뀌면서 내게는 언제부터인가 남의 이름에서 삶의 오묘한(?) 맛과 멋을 찾으려는 성벽(性癖)이 생겨났다. 이를 일러 서당 개 풍월 짓는다는 겐가.

사람에게도 단체에도 그리고 사물에도, 세상에 존재하는 만물에는 저마다의 고유한 이름이 있다. 이름이란 명칭이요, 호칭이며 칭호이다. 하나, 사람만은 유독 이름에 애착을 갖는 것 같다. 아이가 태어나면 좋은 이름, 고운 이름을 지어 주려고 애를 쓰고, 살아가면서는 사후까지 이름을 남기려는 욕심을 부린다. 단지 호랑이가 아니고 인간이기 때문일까. 이름은

겉 의미와 속뜻이 다른 경우가 많다. 겉으로 드러나는 것은 대개 남도 알 수 있으나, 숨은 의미는 작명한 사람이나 본인을 비롯한 몇 사람만의 전유물일 뿐이다. 그러나 남의 상상이나 악의 없는 해석을 따라다니며 막을 수는 없는 노릇이다. 나의 재미도 바로 여기에서 비롯된다.

본명, 자, 호, 시호에 아명이 있고 필명, 예명 등 유난히 동일 개체를 나타내는 사람의 이름에는 종류가 많다. 예(禮)를 중시한 탓에 본명을 아껴 두고 결혼 후 따로 지어 헤프게 사용하던 자(字)와 왕이나 정승, 유현들의 사후 공적을 기리어 내려 주는 시호(諡號)는 현대인에게는 없다. 내가 관심을 갖고 즐기는 것은 주로 본명이요, 여기가 나름대로 상상의 나래를 펴며 유유자적 연상하고 음미하는 나의 의식이 한가롭게 노니는 쉼터이다.

이름은 문화의 소산이며, 유행을 탄다. 조선시대의 이름, 일본 강점기 때의 이름에 나름대로의 특색이 있고, 또한 한문, 일어, 한글, 영어 등 시대를 주도하는 언어나 문화가 이름에도 흔적을 남긴다. 예로 갈수록 중국의 위인이나 성현들의 이름을 빌려 고매한 사상과 풍류에 젖었고, 일본 강점기에는 웅(雄)이나 랑(郎)이 남성의 경우에, 자(子)나 홍(洪)이 여성의 경우에 많은 사랑을 받았다. 한글세대에서는 순수 한글의 이름이 자연스레 늘어나고, '규리'나 '미나'는 전통적인 작명인 듯하면서도 버터 냄새를 풍긴다.

이름에는 조상이나 부모의 소망이 담겨 있다. 끝, 말, 종, 필 등이 들어가는 여자의 이름이면 아들을 기다리는 딸 부잣집이요, 수(壽), 학(鶴), 용(龍) 등이면 가문의 바람은 장수이다. 복, 부, 경(經)이면 부(富)를, 정(政), 치(治), 율(律) 등은 귀(貴)를 탐한다. '평화'나 '통일'을 기원하는 숨은 우국지사가 있는가 하면 가난이나 배움에 목마른 범부도 있다. 나는 언젠가 '대령(大領)'이라는 이름을 부르면서 '장군'이면 더 좋지 않겠느냐고 물었다. 본인은 얼떨결에 멋쩍게 씩 웃고 교실에는 잠간의 파랑이 지나갔지만, 내게는 긴 여운이 남는다. 영관급을 택한 부모의 절제나 겸손보다는 숨겨 둔 '통(統)'에 대한 천기누설을 노심초사하는 부모님의 얼굴로 다가오는 것은 나의 억측일까. 유심히 들여다보면 입신양명, 부귀영화, 영웅호걸, 충효애정, 성인군자, 현모양처, 청순지조, 인의예지, 진선미…, 이름에 거는 부모나 조상의 바람이 후손에 대한 사랑만큼이나 진하고 질기다. 뜻을 받들어 이름이 과대포장으로 끝나지 않도록 힘써야 할 텐데 하고 생각하니 공연히 내 어깨가 처져 내린다.

우리의 전통사상에서는 순서나 위계를 중시했다. 해서 우리의 이름에도 순위, 서열, 세대가 내포되어 있다. 백중(伯仲)이나 장차(長次)와 같은 글자뿐만 아니라 숫자나 천간이 형제간의 순서에 쓰였다. 태(泰), 원(元), 대(大) 등은 으레 장자를 의미하고, 종(終)이나 완(完)은 막내를 뜻한다. 잘못하여 간혹 순서가 뒤섞이는 경우는 실제적인 역할을 바꿔 맡게 된다고까지 해석한다. 특히 목, 화, 토, 금, 수의 오행이나 갑, 을, … 임, 계의 천간 또는 일, 이, … 구, 십의 숫자에 의한 항렬(行列)에는 세대를 표시하는 선현들의 지혜가 숨어 있다. 오행의 경우는 쉽게 분별할 수 있으나 후자들은 변형하여 활용되는 경우가 있어 식별이 쉽지 않다. 예컨대, 용(用)은 갑(甲)이요 구(九)가 을(乙)인가 하면, 영(寧)은 4이고 혁(赫)은 6으로 이용되기도 한다.

이름에 역학이나 성명학을 조명하면 내면적인 맛은 한결 멋스러워진다. 개개인의 사주를 알 수 없으니까 이름이 역학적으로는 맞게 지어졌다고 젖혀 둘 수밖에 없다. 이름이 자기의 일간(日干)을 도와주는 용신(用神)이나 희신(喜神)과 일치하는지는 알 수 없지만 이름만의 음양, 오행, 획수로 즐기는 맛도 한층 상큼하다. 세상에는 완벽한 것이 없다. 물 좋고 정자 좋은 곳은 흔치 않다. 이름 역시 마찬가지이다. 오행의 상생이 안 된다고 괜한 걱정을 해 보고, 음양이 맞지 않아 아쉬워한다. 획수의 원(元), 형(亨), 이(理), 정(貞)까지 가면 이름의 진한 맛이 제대로 우러난다.

나는 별스럽게도 남의 이름을 놓고 공연히 흐뭇해하기도 하고 애를 태우기도 한다. 제자들이 이런 나를 안다면 내게도 따뜻한 피가 흐르고 있음을 알 테지만, 그들에게 비친 나는 언제나 찬바람 일고 멀기만 하다. 이름의 오행이 상생이면 마냥 기분이 좋고, 상극이면 마음이 좀 무거워진다. 한글 오행을 원칙으로 하건만 상극일 때는 한글의 주음(主音), 종음(從音)뿐만 아니라 한문 오행까지도 동원하는 집념을 불태운다. 음양의 경우 또한 마찬가지라 배합되면 반갑고, 불배합이면 괜히 싫다. 수리(數理)가 성운(盛運)이면 기분 좋고, 쇠운(衰運)이면 언짢다. '반풍수 집구석 망친다.'고 핀잔하기보다는 제자 사랑의 단면으로 받아 주는 너그러움이 있었으면 한다.

이름만 봐도 요즘 아이들이 얼마나 축복 받은 세대인가를 단번에 알 수 있다. 우선 낳기도 전에 이름을 지어 놓고 호들갑을 떨기 일쑤다. 이왕 미리 지을 바에야 남해의 해상공원에서 밀월을 즐긴 부부의 경우 아들이면 '충무'요, 딸이면 '한려'로 하는 것도 좋겠다. 또는 하와이로 아빠 따라 갔다가 엄마와 같이 돌아온 즈믄둥이라면 '해일'이나 '한아'도 좋지 뭐. 나름대로 의미도 있고 오행상 상생을 이루니 금상첨화다. 두 세대 전만 해도 2, 3년이 지나야 겨우 이름을 얻는 것이 흔했다. 유아 사망률이 높았던 때라 이름은커녕 출생 신고는 엄두도 못 낸다. 죽을 수 있는 충분한 유예 기간을 넘긴 목숨이 끈질긴 놈이라야 겨우 '돌이'되거나 '바우'가 되며, '판개'나 '판득'이가 된다. 당시의 유일한 소망은 수명을 얻는 것이다. 나약한 영혼들은 바위에서 영원을 빌고 무속의 손을 움켜잡았다. 오늘의 아이들 이름은 정말 세련되고 멋이 있지 않은가. 연(緣) 중에서는 시절 인연이 으뜸인 성싶다.

제도권의 교육이 무너졌다는 한탄이나 실종된 인성교육이 비판의 도마에 오른 지 오래이다. 정말 너무 많이 변했다. 격세지감이다. 스승이라고 마음 놓고 학생을 충고하거나 꾸짖지 못한다. 제자가 스승을 명예훼손이나 성희롱 자로 제소하는 세상이다. 해서 소심한 나는 이름들의 멋과 맛을 곱씹으면서도 금지된 구역을 넘지 못한다. 스쳐 지나기 아까운 기발하고 참신한 여학생 이름 앞에서는 운도 떼지 못하고 속앓이를 한다. '햇살' 부서지는 캠퍼스 잔디밭에서 '나래' 활짝 펴고 짙은 '꽃내' 번져 가는 '하늘' 따라 '보람'을 키우며 스승에 대한 존경과 제자의 사랑을 다독이던 지나간 수많은 '새봄'을 마냥 '그리워'할 뿐이다.

개개인의 이름은 다 소중하고 값진 것이다. 세상에서 가장 좋은 팔자가 각자의 사주이듯이 자기 이름이 가장 좋은 것이다. 역학에서는 이름에 전체 운명의 10% 정도 무게를 둔다. 더구나 개인의 타고난 운명은 사고의 전환이나 노력 여하에 따라 후천적으로 변한다는 것이 현대 역학의 해석이다. 나는 나의 제자들 모두가 이름에 걸맞게 자아를 꽃피우고 값진 질 높은 삶을 누리기를 바랄 뿐이다. 나도 손자, 손녀들에게 좋은 이름, 고운 이름 지어 주고 싶다. 하나, 그게 제 몫이라는 확신이 서지 않는다. 그냥 내친김에 제자들 이름의 맛과 멋에나 심취할 수밖에….

2001학년도 정시 모집 입학자의 발표가 한창이다. 이번 학기에는 또 어떤 새내기들의 이름이 나의 마음을 빼앗아 갈는지. 오늘따라 개학이 무척 기다려진다.

감도 따고 님도 보고

감은 나에게는 가을의 대명사요, 고향의 품안처럼 따사롭게 다가오는 정감 어린 과일이다. 고향을 비교적 자주 드나들고자 애쓰고 있으나 직장 생활에 쫓기다 보면 설이나 추석 명절에도 거르는 경우가 흔히 있다. 하나, 늦가을 어느 날인가에는 거의 빼어 놓지 않고 고향집에 불려(?)간다. 풍작이면 3일, 평년작이면 2일이 보통이다. 농사일을 떠나 산 지 오래라 여타 일은 잊기도 하고 서투르나 감 따는 일만은 아직도 나의 몫이다. 어릴 적 감또개 주워 먹을 때부터 다람쥐 별명을 들으며 감나무에 오르내렸으니 경력으로 치더라도 나의 나이와 벗할 만큼의 기간이다. 솜씨도 그런대로 남에게 크게 뒤지지 않는다.

감나무가 인간에게 베푸는 혜택은 다양하다. 50여 년 전까지만 하여도 감꽃은 봄철 농촌 어린이들에게는 빼놓을 수 없는 군것질거리요, 소꿉 살림의 양식이고 목걸이 장식품이다. 풋감은 삼(麻) 삼는 아낙네의 입가심인가 하면 풋감 때부터 익은 감에 이르기까지 홍시는 어린아이의 설사 예방 또는 치료제 역할까지 한다. 곶감, 수정과, 약식, 감떡 등은 대표적인 감의 먹거리 종류이다. 예로부터 염료로 쓰이던 감잎은 마침

내 감잎차로 전통 한국 차의 반열에까지 올랐다. 하여 예로부터 감은 시화(詩畵)의 소재로 선인들에 의하여 널리 사랑 받아 왔나 보다.

요즘은 개량 단감이 계절 없이 현대인의 미각을 사로잡지만 아무래도 재래종 감이라야 제 기분이 난다. 일찍 익고 빛깔이 썩 붉은 조홍(早紅), 둥글고 큰 왕감, 껍질에 햇빛을 받으면 까맣게 되는 먹감[黑枾], 곶감용인 건시(乾枾), 따뱅이감 등 감의 종류는 계속해서 개발되고 있다. 감 시럽, 감 아이스크림 등으로 감의 용도 또한 늘어만 간다. 단감은 생감 자체가 달다. 그대로 먹을 수 있어 좋다. 어쩌면 실용성과 속전속결을 선호하며 좀처럼 기다리려 들지 않는 현대인의 취향에 맞을 수 있겠다. 그러나 정서적으로는 익었다는 기분이 나지 않는 게 흠이며 아무래도 좀 시건방지게 느껴진다. 특히 조기 출하되는 조생종의 푸른 감이 그렇다. 마치 출산 시 아니면 유아 시 일찌감치 메스가 거쳐 간 어린아이의 '풋고추'처럼 시각적인 맛이 떨어진다. 사춘기의 번민이나 호기심이 쌓여 가면서 남성적 매력은 커 가는 것, 인간사 모든 것이 필요한 만큼의 성숙 기간이나 노력이 있어야 값진 것이다. 인생살이는 결과보다는 과정이 중요하다. 적어도 내게 있어서는 말이다. 아무튼 단감보다는 보통 감에 더 애정이 간다.

같은 감이라도 자연스레 익은 것이라야 감칠맛이 난다. 요즘 도시인이 쫄깃한 듯 혀에 달라붙는 섬유질 맛 나는 홍시(또는 반시)의 진미를 맛보기란 쉽지 않다. 마지막 가을걷이로 거두어들인 서리를 푹 맞고 잘 익은 생감이 곡간의 큰 단지 안이나 볏섬 위의 짚이나 소쿠리 안에서 추운 겨울 두어 달 잠을 푹 자야 제 맛이 나는 홍시가 된다. 그중에도 긴긴 겨울밤 야심토록 공부하는 아들이 기특하여 추운 밤공기도 마다 않고 손을 호호 불며 뒤주에서 꺼내 주는 어머니의 사랑 먹은 홍시의 맛이 일품이다. 언제부터인가 얄팍한 상혼(商魂)이 홍시의 참 맛을 앗아 갔다. 성수기의 가격 하락을 피한답시고 상강(霜降)은커녕 한로(寒露)도 채 되기 전에 수확된 생감은 산지에서 운송되는 하룻밤 사이 카바이트의 몸살에 지쳐 그저 외형만 번지르르한 겉늙은 홍시로 변한다. 정말 옛 맛을 즐긴 그 시절 벗님들이 새삼 부럽다.

　감에는 우리 민족의 정서와 얼이 간직되어 있다. 그래서 감에 관한 설화와 속담이 많다. 나는 어려서 제사상에 진열되는 과일의 순서에서 한동안 갈팡질팡하였다. 어느 날 아버지의 과일 서열을 설명하신 말씀을 듣고 난 후에야 혼란에서 벗어날 수 있었다. 제례에서의 우리나라 전통 과일의 위계는 대추(棗), 밤(栗), 감(柿)의 순서란다. 얼른 이해가 가지 않았다. 의아해하는 내게 아버지의 보충 설명이 이어졌다. 내용인즉, '1제왕(帝王), 3정승(政丞), 6판서(判書)'라는 고려에서 조선에 이르기까지 내려온 국가의 관직 서열에서 비롯되었다는 것이다. 기준은 과일 씨의 개수인 1, 3, 6의 순서에 따른 것이다. 사색(四色), 반상(班常), 가문(家門)뿐만 아니라 종교, 사상, 사고는 물론 경향(京鄕)이나 지방에 따라 갑론을박, 언제든지 말도 많고 시끄러울 수 있는 시비를 잠재운 선인들의 지혜가 놀랍다. 외모가 좀 처지는 것 같은 대추가 1위라니 얼른 수긍이 잘 가지 않았다. 그러나 철이 들면서 대추가 제왕이어야 할 몇 가지 범상치 않은 징후를 감지할 수 있었다. 자신을 보호하듯 몸에 가시가 돋아 있고 유심히 살펴보니 반짝이는 잎의 윤기에 기품이 흐른다. 또한 봄에 다른 모든 초목의 잎이 피어날 때까지 근엄하게 지체를 지키다가 제일 마지막으로 피어나는 모습이 어쩌면 문무백관이 시립한 후에야 납시고 드시는 용안을 떠올리기에 족하다. 필요 없는 간섭이나 시비를 걸기 좋아하는 사람이나 그 행위를 핀잔할 때 곧잘 인용되는 "남의 집 제사에 감 놔라 밤 놔라 한다."라는 속담이 있고 보면 그 진위야 어떻든 우리의 선조들이 감을 매사에 꼭 있어야 하고 필요한 것으로 강조하고 있음을 엿볼 수 있다. 또한 "곶감 꼬치에서 곶감 빼 먹듯 한다." 는 말은 애써 알뜰히 모아 둔 것을 힘들이지 아니하고 하나씩 쏙쏙 빼어 먹어 없애듯 노력 없이 놀고먹는 것에 대한 경고요 근면을 격려하는 교훈이다. 이처럼 감은 인생 교육의 지표로 삼을 만큼 우리들의 의식에 깊게 각인되어 있다.

초여름 동네 아낙네들이 우리 집 대청마루에 모여 삼을 삼을 때면 으레 내게 풋감 주문을 한다. 계속 삼을 물어뜯던 시린 이빨을 달래기 위해서이다. 채 맛도 들기 전의 풋감은 떫디떫다. 한 입만 깨물어도 온 입안이 뻑뻑해지며 한 짐이 된다. 풋감을 삼 톳는 칼로 네 쪽을 내어 소금을 쿡쿡 찍어 너도 나도 한 쪽씩 먹는다. 이렇게 우리의 어머니들은 날을 지새우며 삼을 이었고 삼베를 마련하여 남편과 아이들의 잠방이며 적삼을 기우셨다. 나는 어려서 삼베옷 입는 것이 무척이나 싫었다. 예민한 내게 삼베는 너무나 깔끄러웠다. 사타구니를 스칠 때면 따갑기까지 했다. 나는 새 옷을 주면 받아들고 덤벙[작은 못]으로 줄행랑을 친다. 한참 동안 물놀이 한 다음 온몸이 흠뻑 젖은 채 입으면 옷에 물이 배어 부드러워지기 때문이다. 진솔과는 숫제 인연이 없는지 한사코 중고품으로 만들고서야 직성이 풀린다. 나는 그때의 나의 무지를 후회한다. 특히 앞부분의 안에 게딱지만 한 삼베 조각을 붙여 놓고 '정력 팬티'라 외치는 과장광고를 본 후부터다. 통째로 삼베에 감겨 자란 놈에게는 씨도 안 먹히는 어림도 없는 말이다. 지금 세상이 떠들썩한 비아그라 선풍에 내가 전혀 불감증인 것도 아마 그때의 수난을 무난히 겪은 덕분이라 생각한다. 풋감 드시며 익힌 어머니의 길쌈 솜씨에 때늦은 찬사를 보낸다. "작은 것이 아름답다." 했지. 비아그라(viagra)가 '정력(vigor)과 나이아가라 폭포 (Niagara Falls)의 합성어'라니 작은 순종의 한국인이 거구의 서구인을 타도한 듯, 아니면 우리의 실개천이 나이아가라 폭포를 이긴 듯 흐뭇한 기분에 가슴이 뿌듯해 온다. 정말 인생은 생각하기 나름이다.

환시(幻視)인가, 아니면 제 눈의 안경인가. 감나무 위에서 내려다보는 우리 마을은 영락없는 명당이다. 병풍처럼 외곽을 감싸고 있는 현무정 (玄武頂)에는 정상에서부터 불붙은 단풍의 물결이 흘러내리고, 동편으로 휘감아 돌고 있는 안산(案山)이 눈앞으로 성큼 다가온다. 마을의 역사를 고스란히 간직하고 있는 300여 년은 족히 묵음직한 동구 밖 느티나무 숲의 빨갛고 샛노란 단풍이 오늘따라 유난히 곱다. 금년 가을 기온이 서서히 고르게 내려갔나 보다. 그 옛적 단옷날 눈부신 연두색의 신록과 어우러져 나무 끝에 나부끼며 숫진 산골 선머슴아들의 가슴에 잔잔한 파문을 던지며 마음 설레게 하던 다홍빛 댕기만큼이나 붉다. 넓다 할 것 없는 골짜기는 다시 한 번 내벽이 겹으로 둘러쳐진다. 좌청룡, 우백 호, 후현무 그리고 남주작의 4수호신(四守護神)이 온전히 갖추어진 데다 동남쪽으로 문필봉이 오똑 솟아 있고 일자문성의 안산에 적당히 떨어져 받쳐 주는 조산(朝山)의 풍광이 아름답다. 서로 어우러진 자그마한 구릉 들이 못을 이루고 있다 하여 속칭 모산이라 불린다. 물이 흔하거나 큰물 에 접한 마을도 아니나 옛 어른들께서는 지산(池山)이라 한문 표기해 왔 다. 나는 제멋에 겨워 모산(慕山)을 즐긴다. 이제는 서재 밖에 모산재(慕 山齋)라 양각(陽刻)된 현판을 내어 거는 객기까지 부리고 있다.

이처럼 정겨운 마을이었건만 언제부터인가 듬성듬성 이가 빠져나갔 고 골목길을 오가는 많은 사람들의 낯이 설기만 하다. 내가 어릴 적인 전성기에는 70여 호가 넘었으나 지금 감나무 위에서 얼른 세어 보니 50

여 호 남짓하다. 겨울철 방패연, 가오리연 날리며 뒷동산을 누비던 철이네 집도, 짚단을 바짓가랑이 사이에 낀 채 눈 덮인 동산 비탈에서 눈썰매 타던 영이네 집도 없어졌다. 소꿉장난할 때면 곧잘 마누라 해 주던 이쁜이의 모습도 보이지 않는다. 그런가 하면 마을에서 제일 잘산다고 부러워하던 이장님, 엽전으로 제기 만들기에 딱 좋은 얇고 질긴 한지(韓紙)로 된 고서적을 쌓아 두고 있어 동네 또래의 아이들이 한 장이라도 훔쳐보겠다고 메밀 섬에 쥐 안기듯 등에 식은 땀 흘리며 호시탐탐 책 더미를 맴돌게 했던 훈장 어른, 언 고사리 손으로 생쌀 한 움큼 훔쳐 먹으면 불호령 치던 연자방앗간 주인어른, 희미한 등잔불 밑에서 위문편지 대필시켜 놓고 남편 그리움에 앞섶 적시던 새색시들…. 새삼 생각하니 많은 님들이 곁을 떠났다. 산업화와 세월의 탓으로 도시로 아니면 영원한 안식처로. 마음이 텅 비어 온다. 갑자기 공허해진다.

한데 미나리꽝에서 얼음 지치다 발이 물속에 빠지면 메기 잡았다며 손뼉 치던 어릴 적 친구들이 귓가로 다가오고 눈감으면 얼음판 위에서 팽이가 아직도 돌아간다. 결코 환상이 아니다. 지금까지 나를 지탱해 준 힘의 원천이요, 내 가슴에서 활활 타고 있는 사랑의 불씨이다. 나는 지금 감을 따는 것이 아니다. 잊힌 그리운 임을 만나고 멀리 떠내려간 사랑을 낚아 올린다. 우연히 눈에 들어온 불과 10여 미터 아래 전개된 마을의 전경이 뜻하지 않게도 순간적으로 나의 시계를 5, 60년 전으로 역행시켰다. 나는 점점 감회 어린 심연의 늪으로 빠져들면서 그 시절을 다시 사는 환희를 만끽한다. 아직도 고향은 무딘 내게 가없이 생동감을 주는 곳인가. 정말 오늘은 운 좋은 기쁜 날이다.

누가 만추(晚秋)를 조락(凋落)의 계절이라 했던가. 이 집 저 집 울타리며 텃밭의 탐스런 감이 주렁주렁 익고 있는데도 말이다. 7, 8월에도 지는 잎은 있거늘 나목(裸木)이라 탓하랴. 새 생명의 탄생을 위한 회임이요 자식에게 아낌없이 물려주는 모성애의 절정인 것을. 훌쩍 떠났던 무정한 나그네 마다않고 맞아 후들거리는 팔다리 지성껏 떠받치면서 살뜰히 품안에 끌어안고서 잃어버린 고향 얘기 귓가에 들려주고, 떠난 님들 만나게 하는 이 너그러운 포근한 사랑을 어찌 몰랐던가.

'우리의 과일 나라'에서 만인지상인 제왕과 일인지상 만인지하라는 영의정을 비롯한 좌의정, 우의정의 다음에 자리매김한 감의 위계는 계속되리라. 세월이 흐를수록 나에게는 감 따는 것이 차츰 부담스러워진다. 나무 위에서의 순발력도 전과 같지 않고 시력 탓인지 감을 낚기가 쉽지도 않다. 하나, 마음만은 앞으로도 오래오래 감을 따고 싶다. 마침 서산에 걸린 쇠잔한 태양이 오늘뿐인 양 초조히 헐떡대며 발악하듯 발산하는 잔광에 조명된 우듬지에 매달린 홍시가 밤하늘에 찬연히 빛나는 별들 사이로 떨어지는 유성의 섬광처럼 새롭게 번쩍인다. 그리고 내게 조용히 타이른다. '삶의 영원한 활력소'를 찾으려는 듯한 과욕과 만용을 떨친 채 겸손하게 자연의 순리에 따르라고. 그만 늦기 전에 내려가자. 이제는 차라리 '땅거미'를 맞이해야지.

3월과 4월, 그리고 5월 이후
─ 경계 지대에서의 상념

　매년 오가던 날이건만 금년 3월 31일은 내게 유별나게 다가온다. 내 삶의 본 경기가 종료되고 연장 경기가 부여되는 절박한 순간이다. 나는 그 고난의 경계 지대를 통과하면서 많은 깊은 상념에 잠기곤 했다. 쓰나미처럼 밀려오는 지난날의 애환과 불확실한 미래의 설렘으로 긴긴 밤을 지새웠다. 곧 나는 혼수상태에서 벗어났다. 광명의 빛이 찬란하다. 갈망하던 자유인이 되었다. 이번만은 진정한 자유인이 되고 싶다.

　나의 공직 생활은 임기 마지막 날 정부투자기관 연구원의 정기이사회로 대단원의 막을 내렸다. 이사장이 주선한 송별 만찬을 마치고 귀가하니, 섬세한 여성원장께서 보낸 화사한 난이 온 집 안에 봄의 향기를 물씬 풍겨 주고 있다. 은행원, 공인회계사, 교수, 연구원 임원으로 이어지는 지난 50년의 여정이 섬광처럼 스쳐 간다. 무엇보다도 함께 일해 온 많은 상사, 동료, 직원들로부터 누린 무한한 애정에 가슴이 뭉클하다. 성원과 빚을 다 갚아야 할 텐데….

　만화방창 백화가 천지를 뒤덮는 희망과 축복의 계절이다. 한데 잔인한 달 4월이 나를 엄습했다. 지난 일 년여 동안 살펴오던 건강에 사형선

고가 내렸다. 병원에서는 2박 3일의 입원 조직검사 2주 후 바로 수술일정을 통보한다. 5월 이후 6개월은 요양을 해야 한단다. 이를 일러 청천벽력이라 하던가. 흔들리는 대들보에 온 집안이 실의에 빠져들었다.

로봇 수술이란 말만 들어도 소름이 끼친다. 현대의술을 믿을 수밖에 도리가 없다. 언제나 음산한 인간 도살장 수술실에는 새벽부터 진을 치고 수술환자가 줄을 선다. 로봇 수술대에 들어가면서 나는 용기를 내어 의도적으로 눈을 크게 떴다. 그 위대한 명의 로봇기사를 보고 싶어서. 과연 SF영화의 한 장면이다. 10여 개의 팔에 칼을 위로 뻗쳐들고 눈을 부라리고 근엄하게 앉아 있다. 마치 '네 죄를 네가 알렸다.'라고 단죄라도 할 듯 기세도 등등하다.

나는 이번 일을 계기로 인간의 수명에 관해서 심각하게 천착해 보았다. 장수, 과연 축복인가. 건강 수명은 축복이나, 연명 수명은 저주일 수도 있겠다. 장명인(長命人)이 아니라 장수인(長壽人)일 때만이 축복이다. 해서, 의사의 말만 믿고 언제 죽느냐 하는 목숨이 붙어 있는 날짜만 헤아리기보다는 하루라도 건강하고 보람 있게 더 오래 살기 위해 스스로 심신을 다스릴 수밖에 없다.

인간은 언제까지 살 수 있을까. 명리학에서는 인간의 수명을 120세로 본다. 이는 사주 중 월주(月柱)가 12지지(地支) 따라 10회 회전하는 것으로 본 것이다. 한국인의 평균 수명은 남자 77.95세, 여자 84.64세이다.[1] 현재 기준으로 나는 평균 수명에 조금 못 미친다. 하나 아쉬워할 것 없다. 연장 기간이 주어질 테니. 삶의 총량은 본 경기와 연장전의 총화이다. 그럼 누가 얼마만큼을 연장해 준다는 말인가. 창조주 또는 하느님이

---

1) 2012년 통계청 보고서

라고 하자. 지금 브라질에서 한창 지구촌을 뜨겁게 달구고 있는 축구 경기에 비유해 보면(bench marking), 최장 25년(본 경기의 1/3)까지일 것 같다. 하나, 연장전의 적용 규칙이 다양하다. 급사(sudden death), 시간 기준(30분)에, 또 무승부인 경우 승부차기(penalty shootout)⋯. 오로지 각자의 선행과 공적에 대한 명부(冥府)의 사자(使者)가 내리는 평가와 행운에 의지할 수밖에 도리가 없다. 행운은 과연 누가 통제하는가. 그리스 신화나 로마신화에서조차 행운은 신(神) 위에 존치하지 않았던가. 하나님(창조주)의 뜻이 인간사의 시련과 축복을 통제한다는 것은 신앙적 표현이다. 하나, 현대 의학과 인간의 의지는 행운을 통제하고 신의 영역까지 극복하면서 인간 승리를 구가하고 있음을 본다. 중요한 것은 건강 수명(71.0)이다. 평균 수명(81.44)이 늘면서 질병을 갖고 사는 기간(10.44) 또한 는다. 이 기간을 건강 수명으로 전환하지 않는 한 장수는 축복일 수 없겠다.

금년이 왜 내게 이처럼 혹독할까. 나의 대운은 6이다. 해서 을유(乙酉)에서 병술(丙戌)로, 목(木)에서 화(火)의 운세로 바뀌는 직전 년도이다. 철이나 계절 운세 등이 바뀔 때는 성장통을 겪게 마련이다. 한데 내가 방심한 것은 자칭 행운아라는 자부심에서 자신을 너무 믿었던 게다. 나의 삶을 남들이 쉽게 성공한 삶이라고 평가를 내린다. 과연 내게 성공을 거둘 만한 어떤 힘이나 능력이 있었던가. 조그마한 성공이라도 있었다면 그 원천은 오로지 가난의 마력에서 비롯된다. 모든 육체적 정신적 상처의 치유는 오로지 세월이라는 만병통치의 약 덕분이다. 기다림의 미학이다.

인간은 자기의 약점이 보완되고 보상받기를 바란다. 나의 제1인생은 생존에 허덕이는 주곡(主穀) 위주 영농법에의 몰입이었다. 오로지 하나의 길밖에 보이지 않았다. 되돌아보니 '공부벌레'(a greasy grind)[2]에서 일중독자(일벌레 workaholic)로 끝난 기억밖에 남는 것이 없다. 조금은 억울하고 원통하며 후회스럽다. 이제야 피안으로의 환승을 기다리며 경계 지대에서 신음하는 중환자실 환자들의 분노와 울분을 조금은 이해할 것 같다. 단지 죽음이라는 불확실성에 대한 두려움이나 이별에 대한 서러움만이 아닌 것 같다. 이승에서의 억압된 삶에 대한 통분의 분출인 성싶다.

나의 제2인생은 출발이 너무 늦었다. 이것은 어머니에 대한 약속 파기의 구실이 되었고 내게는 돌이킬 수 없는 회한으로 남는다.[3] 나는 재직 시 퇴직 후 고향에서 어머니와 같이 살기로 굳게 약속한 바 있다. 그러나 93세까지 기다려 주신 어머니를 서울에서 이별하는 천추의 한을 남겼다.

이제는 진정 자유인이고 싶다. 앤디 듀프레인(Andy Dufresne : 팀 로빈스 ; ≪Shawshank Redemption≫의 주연)이 멕시코만 태평양에서 유유히 낚시를 즐기듯이 유유자적(悠悠自適) 풍유를 즐기며.[4] 태생적, 사회적, 관습적 모든 굴레에서 벗어나 장수시대의 제2인생을 유감없이 가꾸어 보고 싶을 뿐이다. 자유롭게 하고 싶은 일을 하는 것이다. 제1인생과는 미련 없이 결별하고, 제2인생에 충실해 본다. 문학, 음악, 서예 등 옛것

---

2) 친구가 붙여 준 별명
3) 퇴임 상황
  - 2005. 2. 28 : 모교 정년퇴임
  - 2007. 3. 1 ~ 2009. 2. 28 : 타 대학의 총장으로 초빙됨
  - 2010 4. 1 ~ 2014. 3. 31 : 정부투자기관 연구원 임원
4) 이 영화의 주제는 탈출과 자유이나 '검은 돈 세탁'을 통한 사회의 부정과 비리의 고발이라는 숨은 주제를 깔고 종교와 자본주의에 대한 구원의 문제까지 시사한다.

을 통하여 성현들의 지혜를 되새기며 그들의 숨결에 젖어든다. 다양한 비전공 분야를 접하여 정서를 함양하고, 쉼표도 마침표도 없이 앞만 보고 달려온 지친 심신도 위무했으면 한다. 한데, 제2인생 성공의 요건(key word)이 돈, 시간, 친구, 취미생활, 건강의 5가지 풍요5)라 하니 역시 경제적 제약은 감내해야 할 터이다. 또한 이것저것 장기(臟器)를 헌신짝 버리듯 떼어 버리고도 건강이 뒷받침될지도 의문스럽다. 과욕일랑 버리고 능력 범위 내에서 분수에 맞게 차근차근 자유를 만끽하리라. 후손들이 영원히 살아가야 할 한순간 쉬어 가는 아름다운 세상이 아닌가. 육체가 여한 없이 미소 지으며 떠난 빈자리에는 안식과 영기(靈氣)로 충만한 영혼이 시공을 초월한 영생의 꽃을 피우리라.

---

5) 松木康夫 저, 金衡泰 역, ≪일본인의 장수비결≫, 집영출판사, 1997.

나의 병영 생활

1. 입영 열차

군복무는 누구나 꺼려하지만 자자손손 영원히 살아가야 할 내 나라는 내가 아니면 누가 지켜 줄 것인가. 입영 연령이면 누구나 많은 고심을 하는 것이 사실이다. 보릿고개, 입도선매, 우골탑 등으로 시대상이 그려지던 전쟁의 상흔이 미처 아물지 않은 세계 최빈국의 암울한 시절이다. 어렵게 고생하시는 부모님을 고단한 삶에서 빨리 풀어 드리려는 일념에서 당초 나는 대학 재학생 단기 혜택을 포기하고 졸업 후 3년 복무하기로 계획을 세웠다.

한데 5·16혁명 후 군 미필자에게는 취업의 문이 완전히 막혔다. 해서 한때는 입대가 하늘의 별 따기만큼 어려웠다. 나도 시류에 밀려 대학 4학년 1학기 초 입대 지원서를 관할기관에 제출하였다. 그러나 한 학기가 지나도록 아무 소식이 없어 여름방학 중에 확인 차 예비사단을 찾았다. 지원자가 너무 많아 입대가 어렵단다. 이왕 먼 길 온 김에 지원서 접수 여부나 확인하자고 했더니 수북이 쌓인 서류 더미 아래쪽 깊숙이에서 지원서를 꺼내어 보여 준다. 확인 덕분에 다행스럽게도 지원서는 맨

위에 놓였다.

2학기 개학 초 입영 통지 긴급 전보가 날아왔다. 당일 소집 장소인 대구시내의 모 초등학교로 찾아가던 중 집결이 완료되어 대기 중인 군전용 호송 열차를 타기 위하여 대구역으로 이동하는 부대와 중도에서 마주쳤다. 난감하였다. 인솔 장교에게 영장을 받고 온 입영 대상자라 하니 집결지에 출석하지 않아 결석으로 처리되었단다. 대구역 구내까지 따라 들어갔더니 억세게 내몰아친다. 집에 가야 하니까 김천역까지만 타고 가자고 사정을 했으나 완강히 거절한다. 출발하는 기차에 뛰어올랐다. 대구역에서 김천역까지 가는 동안에 차내에서 인솔 장교를 찾아 서울에서 오느라 늦었다며 입대할 수 있게 해 달라며 자초지종 이야기를 했다. 드디어 김천역에 도착하여 기차는 잠시 머물고 나는 다시 쫓겨났다. 어쨌든 논산까지는 가 봐야겠다는 오기가 발동했다. 기차가 기적을 울리며 서서히 밀려나간다. 인솔자들의 눈을 피하여 달리는 기차에 올랐다.

다시 인솔 장교를 찾아가 꼭 입대해야 한다고 애원을 했다. 표정에서 약간의 여유가 읽힌다. 한 장정(壯丁)을 불러 다음에 입대하는 게 좋겠다며 귀가를 종용한다. 추풍령을 넘는 숨 가쁜 기차가 서행할 때 내려 주어 그를 집으로 되돌려 보냈다. 그는 입영 영장을 받은 사람이 아니고 결원을 채운 현장 지원자이다. 오랜만에 한숨을 돌린다. 드디어 보리밥 한 덩이를 받아 문다. 아침도 먹는 둥 마는 둥하고 꼬박 12시간 만에 씹는 보리밥 한 덩이가 꿀맛이다.

잠간 눈을 붙인 듯하다. 차창 밖에는 여명이 밝아 오고, '연무대'라는 역사가 위압적으로 다가오며 긴장감을 고조시킨다. 수용연대로 집결하였으나 입소자 명부에 나의 이름은 없다. 인솔 장교가 훈련소의 인수 장교에게 설명을 한다. 명단에서 빨간 두 줄로 지워진 당초 삭제되었다는 '원삭(元削)' 표시는 현장에서 담당자의 실수로 잘못 지워진 것이라고. 여백에 다시 '생(生)'이라 쓰고 서명을 한다. 삭제된 이름은 부활(?)하고 신원 확인 후 수용연대로 넘겨지면서 마지막 충원이 채워졌다. 드디어 그해 9월 20일 대구 · 경북 지역의 징병 소집은 대단원의 막을 내린다.

어려운 청을 들어 주느라 고생한 인솔 장교에게는 막상 헤어질 때 고맙다는 인사 한마디 전할 겨를도 없었다. 소임을 수행하고 묵묵히 걸어가는 그의 뒷모습을 바라보면서 어떠한 고난이 있더라도 성공적인 군복무를 하겠노라고 다짐한다. 해서 힘들다는 전·후반기의 신병훈련도 무사히 마치고, 그해 12월 24일 크리스마스이브에 중부 전선의 한 군인도시 외곽의 초소에서 크리스마스 캐럴의 축복 속에 벅찬 감회에 젖어들었다.

2. 전선월야(戰線月夜)

인간사 무덤까지 안고 갈 비밀도 있다. 허나 비밀을 지키기란 쉽지 않다. 인간의 탐욕은 기업의 첨단기술이나 국가의 안보정보 앞에서조차 눈멀게 하고, 개인 비밀은 가슴을 짓누르는 정신적 무게를 못 이겨 제물에 탄로 나기도 한다. 일생을 살다 보면 누구나 한두 번의 위기나 극적인 순간을 겪으리라. 내게는 특히 군복무와 관련된 사연이 있다.

그 시절을 회상하자니 어쩐지 마음이 움츠러든다. 남성의 군대 생활과 축구 경기 이야기가 여성들이 싫어하는 최우선 순위의 화제라는 것을 알기에 말이다. 한데 이제는 아니라고 믿고 싶다. 각종 사관학교를 비롯한 오랜 금녀의 문이 개방되면서 여성이 국가안보의 일익을 담당한 지도 오래이며 체육을 통한 국위 선양은 남성 전유물이 아니다. 더욱이 올림픽을 비롯한 각종 경기에서 여성이 세계를 제패하고 있다.

50여 년 전 그날은 유난히 달이 밝았다. 깊은 계곡 비탈에 자리 잡은 비무장 지대 안의 초소는 적막감마저 감돈다. 짙푸른 하늘에는 분단 없는 조국을 아우르는 별들이 총총하고 개울물 소리만 아스라이 멀어져 간다. 소양강, 북한강, 한강을 굽이굽이 돌아 임진강에서의 합류를 기약하면서 남과 북의 물은 숨 가쁜 긴 여정을 재촉한다. 막사 주변에는 사방 네 곳에 경계 초소가 있다. 이 시각 나는 그 한 곳을 맡은 초병이다. 갑자기 비상이 걸렸다. 한 보초병 앞에 돌멩이가 때굴때굴 굴러들어 내무반에 긴급 보고를 한 것이다. 한밤중 교교한 달빛 아래 전 부대원이 무장한 채 막사 주변에 전투 대형으로 전개(展開)되어 숲속을 샅샅이 뒤져 나간다. 7월의 무성한 풀숲 속에는 아무런 이상 징후도 없다. 한여름 밤의 월야 간첩수색작전은 성과 없이 상황종료 되었다. 통일의 절실함이 심금을 울린 조마조마하게 간을 졸인 긴긴 밤이었다.

그 후 한 주일이 지났다. "전 일병, 네게만 조용히 할 말이 있다."며 박 상병이 나를 불러낸다. '지난번 비상이 걸린 것은 나 때문이었어.' 상기된 얼굴에 숨소리가 거칠다. "뭐라고!" "조용히 하고, 내 말 좀 들어봐. 달밤에 토끼 가족이 초소 앞에서 정겹게 노닐고 있었지. 무시무시한 비무장 지역 안에서도 저렇게 평화로울 수 있구나 해서 눈물겹게 부러워하며 멍하니 잠간 고향 부모 형제 생각했다. 근무태만이란 생각이 뇌리를 스치며 정신이 번쩍 드는 순간 돌멩이 하나를 던졌지. 경계업무를 해치는 토끼를 쫓은 것은 좋았으나, 그 돌멩이가 비탈을 타고 2초소 앞까지 굴러갈 것은 생각지도 못했다." 심각한 표정으로 입맛을 쩝쩝 다신다. 정말 난감했다. 나는 순간적으로 대안을 제시했다. "박 상병! 이 얘기 내게 말하지 않은 것으로 하자. 어차피 무사히 끝난 일, 이를 보고하여 징계를 논의하고 다시 부대원을 동요시킬 것은 없잖아. 여기는 비무장 지대라고, 적진 앞의 전선이라고. 이거 들통 나면 영창감이야." "그럼 이 일은 너와 나만 아는 것으로 하고 비밀이다. 전 일병 믿어…."

그의 일그러진 얼굴에는 아직도 희비가 착잡하게 교차한다. 순간의 실수로 인한 죄책감, 가슴 죄는 고통에서 벗어나는 안도감과 누설된 새로운 비밀에 대한 불안감이 역력하다. 살아가면서 그 판단이 옳았는지 그른지는 가끔 분간이 잘 가지 않을 때가 있다. 부정을 은폐하자는 것이 아니다. 모든 조직에는 업무상 기밀이 있게 마련이다. 사리(私利)에 눈이 어두워 평생 근무한 자기 직장의 사활이 걸린 기밀을 헌신짝 버리듯 한다. 국가 기반을 뒤흔드는 안보 사항 누설이 끝이 없다. 윤리와 도덕이 허물어진 언필칭 세계화와 민주화에 따른 무분별한 정보 공유 앞에 기업의 존립과 나라의 안보가 풍전등화다.

취업이 지금 못지않게 어려웠던 60년대 초, 나는 운 좋게도 한 국책은행에 입행했다. 부임 첫날 지점장께서 내게 "직장의 기밀은 마누라에게도 말하지 않는다. 은행의 돈은 돈이 아니다(자기 월급으로 받은 돈 만이 돈이다). 그만두려면 빨리 그만두어라." 하는 세 가지 당부 말씀을 하셨다. 모교의 특별 초빙으로 교육계로 옮기면서 초임 직장을 14년 만에 그만두어 세 번째 말씀은 따르지 못했다. 특히 신임 직원의 첫 대면에서 기밀 보장을 강조한 것이 인상 깊었으며 내 삶에 큰 귀감이 되었다.

3. 시련 속에 꽃피운 전우애

봄이면 벗꽃 복사꽃 꽃비로 쏟아지는 축복 속에 녹음방초 우거지고 가지가지 야생화가 만발하며, 가을이면 구절초 향기 넘치는 산수 아름다운 그곳. 아! 진정한 봄은 언제 오려나. 정작 가을은 멀기만 하다. 허기 달래 주던 머루 다래며 주인 잃은 긴 세월을 이겨 내지 못해 야생으로 변한 쪼그라진 능금, 돌배, 벌레 먹은 복숭아…, 자연의 보시(布施)는 풍성하건만. 빨갛게 익은 천도복숭아! 누구도 범접할 수 없는 빨간 '지뢰지대' 위험 표지 달고 녹슨 철조망으로 가린 채 간신히 유혹을 뿌리치며 반세기 수절한 전쟁미망인의 정절인가. 그때 그 시절이 아련하다. 무장 없는 단독 이동이 금지된 위험 지역임을 아는지 들짐승마저 무리지어 몰려다니는 멧돼지 가족, 오소리, 산토끼, 봄이면 사랑 찾는 장끼와 까투리 울음소리, 초소 지켜 주는 돌담 위의 구렁이…. 언제쯤 자유로이 오갈 수 있을지.

충혼 서린 현장에서 〈비목〉을 노래하고, 〈우리의 소원〉을 절규하면서 젊음을 불태우고 울분을 달랬다. 초등학교 교사인 안 일병은 천품이 비단결 같은 너무도 착한 1년 단기 복무자이다. 대학 재학생으로 1년 6개월 단기 복무자인 나와의 만남은 서로의 고달픈 심신을 달래 주는 무언의 교감이 오가는 정서적 위안이요, 서럽도록 눈물겨운 단기 복무자에 대한 시기와 질투의 시련을 이겨 내는 큰 버팀목이었다. 비록 타인의 눈에는 특급 '고문관'의 신세일지언정.

지금의 민주화 군대와는 꿈같은 격세지감이다. 흔히 신병훈련이 군대 생활의 반이라고들 한다. 그만큼 신병훈련이 힘들다는 뜻일 터이다. 이 것은 전방 근무를 해 보지 않은 사람들의 호사스런 이야기이다. 교육사단의 전투부대 요원이 가장 고된 육체적 훈련을 한다. 정신적으로는 최전방을 지키는 경계부대 요원이 가장 힘든 임무를 수행하고 있다. 단기 복무자로서 전투부대와 경계부대를 두루 거치면서 힘든 일을 많이 겪었다. 영하 20도를 넘나드는 혹한에 다리가 통째 빠지고도 땅에 닿지 않는 깊은 적설 속에서의 실전을 방불케 하는 주야간 야전 훈련에서는 〈카추샤〉의 주연이다. 비무장 지대의 삼엄한 경계 근무에서는 나라를 지키는 첨병으로서의 긍지를 키웠다. 이처럼 육체적 정신적 온갖 모진 고통을 즐거움으로 승화시키며 군복무를 할 수 있었던 것은 우여곡절 끝에 어렵게 입대하면서 다진 각오와 도움을 준 인솔 장교의 성원 덕분이리라.

반세기 전 박 상병과 함께 위기의 순간을 극복한 믿음과 신뢰의 전우애는 내 삶의 원기를 북돋워 주는 자양이다. 안 일병과 다진 의기투합한 정서적 함양은 나의 정신세계를 촉촉이 적셔 주는 청량한 석간수 넘쳐나는 샘물이요, 새록새록 향기 피어나는 방향제이다. 오늘도 나는 애창곡이 된 〈비목〉을 허밍하고, 〈우리의 소원〉을 하모니카에 실어 보내며 나의 영혼은 그 시절의 아름다운 산야를 누비고 청정 비무장 지대를 흐르는 개울가 반석에 누워 지친 육신을 위무한다. 무심히 남북을 오가는 흰 구름 위에는 영원히 시들지 않는 영롱한 추억의 꽃무늬가 아롱진다.

초록 구름을 타고

밤나무에 바람이 사뿐히 내려앉는다. 나누는 사랑의 밀어에 잎새는 파르르 떨고, 오랜 회포 푸는 격정에 겨운 가지는 너울너울 춤춘다. 오랜만에 몸을 섞는 나무와 바람의 짙은 운우지정, 몸을 뒤척일 때면 페로몬 향내 뭉글뭉글 피어오른다. 바람결 따라 초록 구름을 타고 멀리멀리 퍼져 나간다. 조국의 산야 골골마다로, 6월이 오면.

아마도 나부끼는 밤꽃은 전쟁미망인과 조국의 제단에 선혈을 뿌린 용사들이 '그날'을 기다려 사랑을 꽃피우는 '첫날 밤'의 재현이지 싶다. 6·25 전쟁이 일어나자 징병 대상자들의 결혼이 갑자기 넘쳤다. 훗날 이로 인한 전쟁의 슬픔이 과중된다는 사실은 까맣게 잊은 채 씨라도 받고 보겠다는 절박한 인간의 원초적 본능의 발로이리라.

동시대의 같은 연령의 사람들 누구나 겪은 일이겠지만 초등학교 5학년부터 나는 많은 위문편지를 썼다. 특히 문맹자가 많았던 시절, 70여 호의 산골 두메인지라 군사우편과 신혼부부 간 사선을 넘나드는 애달픈 사랑 편지의 대필과 대독은 대부분 나의 몫이었다. 왕복 50여 리 중학교 도보 통학으로 수업을 마치고 밤늦게 집에 도착하면 몇 명씩 기다리고 있기가 일쑤였다. 희미한 호롱불 밑에서 모기와 씨름하면서 함께 웃고 울며 깊어 가는 한여름 밤을 지새우곤 했다. 해서 나는 민초들의 삶의 밑바닥에 깔린 애환에서 인간의 많은 순수 감정을 일찍이 맛보았다. 새콤 달콤 설익은 첫사랑의 맛과 짜릿한 전율, 몰래 훔치는 방울방울 맺히는 눈물의 프리즘으로 분광되는 생이별의 아픈 빛깔들, 애절한 사연 뒤에 녹아내리는 애간장, 공허한 애욕의 허무….

　전쟁의 상흔은 끝을 모르게 깊어만 갔다. 민심은 갈수록 흉흉해지고, 쏟아지는 피란 행렬로 국토의 남단 끝머리에 초승달처럼 애처로이 매달린 아군 지역에는 사람들로 북새통을 이루며 발 디딜 틈도 없다. 낙동강 최후 전선을 넘기 직전 우리의 고향 지대는 적에 점령되고 피란길은 중도에서 끝났다. 돌아온 집은 기둥에 '○○○○공화국' 본부라는 글씨만 을씨년스럽게 남겨진 채 난장판이다. 적군의 주력 부대는 낙동강 전투로 떠나고 주로 여군으로 구성된 후방 부대는 나무 밑에 모여앉아 진종일 승전고를 울리는 군가의 열창으로 기진맥진 허기진 병사들의 전투 의욕을 고취시키며 점령지 주민의 의식에 새바람을 불어넣기에 여념이 없다. 가축과 식량 등 군량미 수집에 혈안이 된 적군은 숨겨 둔 식량을 다 뒤져 갔고, 빈집을 지키던 누렁이만이 보신탕 사냥에 왼쪽 다리에 총상을 입은 채 절뚝절뚝 절면서 뛰어나와 눈물로 반겨 준다. 추적되는 장마에 말라리아 등 각종 전염병은 창궐하고, 의료의 손길은 꿈도 못 꾸었다. 설상가상으로 유례없이 연이은 한발로 식량은 태부족이라 초근목피로 연명하는 민생은 한계 상황의 나락으로 빠져들었다. 전쟁의 슬픔과 비극은 말로 이루 형언키 어렵다. '백문이 불여일견'이란 이를 두고 이르는가 보다. 안보나 보안 교육에 이보다 더 적절한 표현이 또 있을까 싶다. 또래의 아이들은 여명 무렵에 소를 몰고 큰 재 넘어 골짜기로 소를 피란시키고, 황혼녘에 집으로 돌아오는 것이 일과였다.

　전쟁 중에도 기쁨은 있다. 허니문 베이비가 있듯이 신방만 치르고 입대한 큰아들의 며느리가 임신하였다고 반기는 시어머니의 환한 웃음이 있고, 새 생명이 태어나는 기쁨이 따르기도 한다. 인간사 기쁨과 슬픔은 언제나 공존하는 것인가. 너무도 열악한 환경에서 약 한 첩 써 보지 못한 채 아이는 돌도 되기 전에 영아 사망이라는 슬픔을 안겨 주고 말았다. 창조주는 때로는 기쁨이나 슬픔을 겹으로 주는 실험으로 인간을 단련시키기도 하는 것인가. '전사 통지서'라는 청천벽력이 날아들다니…. 실신하는 전사자의 노모 앞에 큰아들의 전사 통지서를 대독하는 나는 장승처럼 굳어 버린 죄인일 따름이다. 남편인 양 얼싸안은 무공훈장은 어느새 비수가 되어 오열하는 젊디젊은 새댁의 가슴에 전쟁미망인이라는 낙인을 새겼다. 피지 못한 사랑도 원통커늘, ≪주홍글씨≫[1]보다도 아린 상처는 무엇으로 위무하랴. 전쟁의 참혹한 시련은 끝이 없다. 채 6개월도 못 미쳐 뒤따라온 작은아들의 비보에 눈물마저 마른 노모는 무심한 하늘만 원망하며 애꿎은 땅만 친다.

　아름다움을 탐하는 외부 적의 범접을 막고자 장미는 비장의 무기로 날카로운 가시를 갖고 있다. 개인의 사랑도 국가도 힘으로 지켜지는 것

---

1) 미국 작가 나다니엘 호손(Nathaniel Hawthorne)의 ≪주홍글씨(The Scarlet Letter)≫에서 차용.
　주인공 헤스트 프린의 '주홍글씨(A)'에는 불륜이라는 부정적 이미지가 강함에도 불구하고 이를 구국 충혼과 고귀한 희생정신이 깃든 '전쟁미망인'에 인용한 것은 전통적 유교사상이 강하게 살아 있던 60년 전 남편 잃은 여인의 죄책감과 전쟁미망인이라는 멍에를 일생 동안 안고 살아갈 아픔을 새기며, 원작의 두 남녀의 비극적 사랑을 통한 '죄'와 '구원'이라는 주제에 초점을 맞춘 비유임을 밝히며, 사회적 비난의 대상인 가슴에 단 '주홍글씨'를 거뜬히 이겨 내고 구원의 손길을 뻗치는 여성의 강인함으로까지 승화시킨 주인공처럼 미망인의 삶에 축복과 신의 가호가 있기를 염원하는 소망을 담았음.

이다. 사랑의 결실로 어렵게 맺힌 여린 송아리가 거친 비바람에 꺾어질까, 병충해로 다칠세라 잠시도 안절부절못하고 쉼 없이 몸을 흔드는 밤나무의 모성애. 반짝반짝 윤기 흐르는 갈색 알밤으로 온전히 영글 때까지 외부의 무자비한 적의 침입을 막고자 억센 가시로 중무장한 밤나무의 지혜를 본다. 졸병 시절 그렇게도 무시무시하게 군기 잡던 선임자는 곧잘 밤송이를 뇌곤 했다. 'X으로 밤송이를 까라.'면 까는 것이 군대의 명령이고 군기다, 라고 엄포 놓을 때가 군기 강조의 압권이었지. 반세기가 훌쩍 지난 민주화 군대의 오늘의 '군기지표'가 어떻게 변하였는지 조금은 궁금하다. 밤송이에서 배우는 기강의 중요성과 안보 의식만은 전수되었으면 한다.

선거의 철만 되면 이념과 안보 논쟁이 활개를 친다. 값비싼 피의 대가를 치르고 쟁취한 자유민주주의 국가로서 누리는 자유와 민주에 대한 추가 보상심리라도 발동한 것이란 말인가. 지금은 변화의 시대이요, 우리는 세계화의 시대를 살아가고 있다. 이념이나 안보관이 바뀔 수 있고 변화는 시대적 추이이기도 하다. 하나, 최선의 선택을 위한 소통과 화합의 바탕 위에서 이루어지는 국민적 공감대의 뒷받침이 선행되는 헌법의 기본 이념과 국기(國基)를 더욱 굳건히 하는 발전적 변화이어야 하련만… 예로부터 밤은 관혼상제의 예법에서도 우리의 생활에 깊숙이 동화되어 왔다. 일인지하 만인지상이라는 높은 자리를 굳건히 지켜왔건만, 오늘의 위정자들의 혼란스런 잿빛 안보관 앞에서 국가의 기반이 위태로이 흔들리는 혼미 앞에 서면 안타까움에 가슴이 아리다. 지하에서 절규하는 호국 영령들의 애국 충정과 슬픈 눈물을 한 번만이라도 듣거나 볼 수는 없는지. 특히 고위 사회지도자와 그 후손들에게서 병역 면제자가 너무도 많다는 사실을 목격할 때면 나는 유독 울분을 참지 못한다.

이것은 하찮은 나의 애국심에서가 아니라 두 아들을 조국에 바친 전사자의 노모 앞에서 두 번의 전사 통지서를 대독하면서 어린 가슴에 각인된 충격에서 비롯되었음직하다.

6월이 오면 불현듯 녹음 짙은 산야에 세찬 바람이 인다. 초록 바다 물결 위에 불끈불끈 치솟는 밤나무 가지에서 생명의 진액이 주룩주룩 흘러내린다. 밤꽃 향기 따라 남과 북을 거침없이 오가며 못다 한 사랑을 속삭이는 호국 영령들이여! 조국을 지키는 영원한 수호신일지어다. 때마침 불어오는 세계화의 바람을 탄 임들의 충혼은 벽수백운(碧水白雲)따라 오대양 육대주를 누비며 참전국의 전우들과 손잡고 뜨거운 전우애를 나누며 지구촌 곳곳에 자유와 평화를 널리널리 심어 주는 영원한 '밀알'이 되리라.

제5부

나비넥타이

꿈이런가

위장 전입에 부동산 투기를 하였다는 서릿발 같은 국회 인사청문회에서의 질타에 깜짝 놀라 깨어 보니 온몸이 식은땀에 흠뻑 젖었다. 내용인즉 너무도 황당하고 가관이라 잠결에서도 피식 웃음이 났다. '국책은행 총재에 내정된 상태인 데다가 경제부처 장관 내정자로 지명되었다나.' 더구나 취임식장으로 '납시는' 연도에는 무수한 지인들이 도열하여 환영하고 있지 않은가. 나의 속물근성이 여과 없이 노출된 듯 천기누설에 전전긍긍할 뿐이다.

과연 꿈은 이루어지는 것일까. 철없던 시절 허기진 어린 영혼의 상처가 나에게 재경직을 선호하게 한 것은 분명하다. 아버지의 법정계열 권유에 미련을 안긴 채 경영학을 택한 것도 어쩌면 권력이나 공명보다는 가난 탈출이 우선이라는 어설픈 판단에서 비롯된 듯싶다. 꿈이 하늘 높은 줄 모르고 한껏 부풀어 있을 즈음에는 예의 총재나 장관이 어른거리기도 했지만 언제부터인가 은행의 임원 수준으로 쭈그러들더니 막상 차장직급에서 그마저 그만두었다.

초등학교 4학년쯤이다. 수업 중 심각한 표정으로 한참 동안 창밖을 응시하던 선생님께서 느닷없이 장래 무엇이 되겠느냐는 질문을 했다. 영양실조 상태의 꾀죄죄하고 순진무구한 시골 아이들이 장래 무엇이 되어 어떻게 험난한 세상을 헤쳐 갈 것인지 심히 염려되었나 보다. 아니면 나날이 격화일로를 치닫던 좌우익 격돌이며 암울한 시대 상황에서 미구에 닥칠 민족상잔의 그림자를 예감한 혜안에서인지는 지금도 알 수 없다. 애석하게도 선생님은 일 년 뒤 아군과 적군의 진퇴가 시시각각 교차하던 최후 전선 격전지 학교의 숙직실에서 사상범인지 반동분자인지 가늠키 어려운 누명만 풍문에 날린 채 초라히 사라졌다.

예나 지금이나 학교에서는 성적이 최우선 기준이다. 왕, 여왕, 장군, 대통령, 장관…. 쓸 만한 것은 먼저 대답한 아이들의 차지였다. 끝부분에서야 돌아온 내 차례에서는 꿈은커녕 말할 거리조차 찾지 못해 난감하여 뒤통수만 긁적였다. 독촉에 못 이겨 초등학교 졸업 후 열심히 일해서 큰 논밭 마련하여 농사를 짓겠다고 우물거렸더니, "아아, '사업가'가 되겠다고!" 하셨다. 송곳 꽂을 땅도 없는 가난 앞에 신기루처럼 스쳐 간 현문우답이요 가당찮은 해몽이다.

하면 사업가 의식(entrepreneur-ship)은 꽤 오래전부터 내면에서 움트고 있었으나 내게 주어진 토양이 척박하여 제대로 꽃을 피우지 못한 것 같다. 금융기관과 공인회계사 업계에서 쌓은 20여 년간 실무 경험은 그 후 30년의 경영학 연구와 교육을 위한 자양이 되었다. 종합대학교의 부총장 또는 단위 대학의 학장(지금의 총장)으로 최고 경영자[CEO] 활동을 한 것이 50년 전 초등학교 담임선생님께 약속한 장래 포부가 이루어진 것으로 치부될 수만 있다면 "꿈은 실현된다(Dreams come true.)."는 말은 진리인 성싶다.

내가 인사 청문회에서 곤욕을 치를 이유는 전혀 없다. 다만 '너는 문학

(수필)계에 위장 전입을 했으며, 투기를 조장했다.'며 한국문인협회에서 따지고 든다면 설 땅이 없다. 자질도 문학 수학도 없이 그렇다고 뼈 깎는 노력도 않는 주제에 마치 재능이 있는 것처럼 가장하여 남의 전공 분야를 침범한 것이 아닌가. 게다가 기득권자의 권위나 실추시키고 명예에 흠집을 내면서 그들의 혜택을 초잠식지(稍蠶食之), 축내려 드는 것은 분명 특정 분야에 대한 위장 전입이다. 그뿐이랴, 작가에 대한 필요 없는 가수요(假需要) 조장은 투기 행위가 분명할 테다. 어째든 나는 그 호된 꿈을 길몽이라 여기며 왠지 좋은 소식이 올 것만 같기도 했다. 세계적인 경제적 어려움 속에서 개인적으로는 제2의 퇴직을 맞아 정신적 안정이 흔들리며 조금은 마음이 허전한 터다.

아직도 내게는 오래된 소박한 꿈이 남아 있다. 50여 년간 어렵게 지켜온 고향집 텃밭에 조그마한 문학관을 지어 무료 독서실을 운영했으면 싶다. 산골 아이들에게는 좀 더 일찍 바깥세상에 눈뜨는 계기가 마련되고 내게는 금의환향의 꿈이 실현될 텐데. 주거 문화의 변화와 퇴임 교원이라는 신분이 오늘처럼 책을 감당키 벅찬 짐이요 족쇄로 전락시킬 줄은 미처 예상조차 못했다. 생업의 밑천으로 분신처럼 살아온 금쪽같던 책이 아니던가. 시골집 창고에서 썩어나고 연구실에서 추방당한 후 아파트라는 그 잘난 귀족(?) 주거 공간에서 제 한자리 할애 받지 못하여 천덕꾸러기 신세가 되어 이리저리 부대끼다 종당에는 쓰레기장으로 쫓겨나는 모습에 마음은 우울하다 못해 아리다. 책 소유욕의 끝자락에 맞는 참상(慘狀)에서 지나온 삶의 허망함이 읽힌다. 조금만 덜 고지식하거나 시세에 영합하는 삶을 살았던들 이들의 품위와 대접이 지금처럼 처량하지는 않았을 것을…. 자식의 죽음만이 가슴에 묻히는 것은 아니다. 삶은 정녕 꿈이런가. 남가일몽이나 금의야행이 아니었으면 좋으련만.

거실의 전화벨 소리가 요란하다. 네 살짜리 손녀가 잽싸게 뛰어가 '진이'라며 빨리 오라고 외친다. 가정의 달 5월 초 연휴 기간이라 제 사촌들이 오기로 되어 있었기에 무척이나 기다려지나 보다. 집사람이 전화를 받고는 내게 바꾸어 준다. 미국으로 이민 간 대학 동창 S의 전화였다. 예기치 않은 귀국이라 더욱 반가웠다. 먼저 통화한 친구로부터 전해들은 수술 소식에 놀라 황급히 걸려온 위로 전화다. 멀리 있어도 서로 그리워하며 목소리만 들어도 팍팍한 삶에 생기를 북돋워 주는 우정이다. 달포 전 현지에서 몇 차례 통화를 시도하였으나 왠지 연결이 되지 않더라하며 안타까워한다. 입원 가료 중 친지들에게 심려를 끼칠까 봐 유무선 일체를 단절시켰으나 이심전심의 텔레파시는 기어코 태평양을 넘었나 보다. 친구의 우정 사절 축하를 덤으로 받으며 오랜만에 모여든 직계 4대 가족의 집 안 그득한 웃음꽃 축복 속에서 취임 행사는 대단원의 막을 내렸다. 전날의 꿈은 실현된 것이다. 이제 한국문인협회의 청문회에 대비할 일만 남았다.

빛 갚기나 하리라

장면 하나 - 추락하는 신용

원체 미련한 놈인지라 1년 반이나 지난 지금에야 겨우 자신의 실체를 실감했다. "뿌리를 확 뽑읍시다." 하면서 쌀쌀 맞게 제 자리로 돌아서는 상사의 태도가 좀 지나치다고 여겼는지 아니면 예기치 않은 일격에 충격을 받아 일그러진 표정에서 침통한 아픔을 감지했는지 순발력 있는 담당 여직원의 귀엣말이 들려온다. "교수님, 세상인심이 다 그렇습니다." 미소를 곁들인 얼굴에는 미안한 빛이 역력하다. 얼마 전까지만 해도 새 학기를 앞두면 예금 유치를 위하여 은행 간부들이 문지방이 닳도록 들락거리며 심혈을 기울여 오던 기관의 책임자였던 고객에 대한 애정 어린 배려인 성싶다.

통장 예금 차월 만기가 되어 대출금 자동 기한연기 예고장을 받고 찾아간 거래 은행의 가계자금 대출 창구에서의 해프닝이다. 당초의 대출 한도액이 2년간 자동 연기된다는 안내장을 받고 찾아간 고객에게는 예기치 않은 날벼락이요, 큰 충격이었다. 그것도 친절하게 신청 서류 일체를 건네주어 작성하는 과정에서 일어난 사건이다. 연기는커녕 현직에서 물러났기 때문에 당장 상환해야 연체와 신용 불량자가 되는 것을 피할 수 있다는 엄포다. 큰 손에게는 푼돈이겠지만 백면서생에게는 거금인 빚을 당장 갚으란다. 통장 개설하여 은행을 이용해 달라며 매달린 적이 언젠데 세상인심 정말 가관이고, 격세지감이다.

돌아오는 길에 안내장을 다시 읽어 보았다. 두 곳에서 생각이 멈춘다. '다른 의견이 없으시면 고객의 편의를 위하여 아래와 같이 대출금을 자동으로 기한연기 처리하여 드리고자 합니다.' 아, 공연히 긁어 부스럼을 만들었구나. 그대로 내버려 두었으면 되었을 것. 안내장의 하단 난외에는 '고객님의 신분이나 신용 상태, 담보물 등에 변동이 있는 경우에는 자동 연기되지 않을 수도 있습니다.'라는 예의바르고 빈틈없는 금융기관 본연의 자기방어 장치가 덧붙어 있다. 당연히 자동 연장될 것으로 생각한 나의 판단은 아직도 현직에 있다는 착각에 빠져 있는 미련의 소치이다. 더구나 두 번째의 추가 정보는 '안 된다.'라는 절대적 금지가 아니고, '안 될 수도 있다.'는 상대적 금지로 담당자에게 재량적 판단을 맡기고 있는 임의 조항이라는 나의 해석이 또 한 번 '나는 예외'라는 뻔뻔스런 환상에 젖게 했다. 금융기관의 중간 간부까지의 이력이 있는 사람으로서 상대적 금지 조항을 고객의 편익의 점에서 재량권을 행사해 주기를 바란 것은 지나친 기대이다.

그럼, 나의 신용은 어느 정도나 될까 궁금해진다. 확인 결과는 신용기간은 반으로, 신용한도금액은 4분의 1로 축소된단다. 재직의 소중함과 퇴직의 허탈감을 실감케 하는 순간이다. 4반세기 동안 몸담았던 직장의 고마움에 새삼 숙연해진다.

장면 둘-청첩장에 묻어온 비보

꼭두새벽, 잠결에 들려오는 전화벨 소리는 유난히 요란했다. 조바심 나는 마음을 가까스로 진정시키면서 수화기를 들었다. 울음소리만 들려온다. 가슴이 또 한 번 덜컥 내려앉는다. 노모만 '나 홀로' 고향집을 지켜오는 터인지라 우리 집에서는 밤늦은 시간이나 이른 아침에 오는 전화에는 늘 긴장부터 한다. 한데 오늘은 좀 생경한 목소리다. "○○○ 선생님 댁이시지요?" 목이 메어 제대로 말을 잇지 못한다. "Y고등학교 졸업생이신가요. … 그럼 K대 상대 58회이십니까?" "저는 J의 딸입니다. 아버님께서 오늘 아침 운명하셨습니다. 아버님께서는 알리지 말라고 하셨으나 그래도 알려 드리는 것이 도리일 것 같아 전화 드렸습니다. 마침 선생님께서 보내 주신 청첩장을 보고 전화 드립니다."

이를 두고 청천벽력이라 하던가. 정말 궁금하고, 보고 싶어 오랜 망설임 끝에 이사 후 주소를 알릴 겸 아들의 혼례에 초청을 했었다. J와는 대학 시절 각별하게 지낸 사이이다. 별로 말이 없고 비사교적이며 순수하면서도 촌스럽다는 등의 공통점이 있어서인지 캠퍼스에서 대화하며 함께 보낸 시간이 어느 누구보다도 길다. 인촌 묘소를 산책하며 담소하고, 후문 외인 교수 숙소 앞 언덕에 있는 철봉과 평행봉에서 운동하거나 본관 뒤 솔밭 길을 숱하게 거닐었다. 진달래 향기 속에서 다람쥐 쫓고 때로는 버찌도 따먹으면서…. 이성 간이었더라면 우정에서 연정이나 사랑으로까지 갈 수 있을 만큼의 충분한 시간을 함께했다. 미리 약속을 하는 것도 아니고, 어느 한쪽에서 강요하는 것도 아니건만 만나서 이야기 나누며 걷다 보면 언제나 예의 그 길이나 그 장소에 가 있다. 졸업후 각자의 분야가 다르고, 서로 어긋나게 경향과 해외를 오가는 근무지 이동으로 자주 만나지는 못했으나 우정을 이어 왔다. 한데, 언제부터인가 삶에 부대끼면서 소원해지고 꽤 오랫동안 소식이 없었다.

언제나 J형을 연상하게 하는 직장 초년병 시절의 동료 한 사람의 일화가 불현듯 뇌리를 스친다. S대 출신의 입행 동기인 그는 지나치리만큼 말이 없고 사교성이 떨어진 탓인지 능력에도 불구하고 시쳇말로 '고문관' 대접을 받아오고 있었다. 어느 날 상사의 업무상 질책에 평소 말 없던 그의 입에서 놀라운 명언이 터져 나왔다. "태백산 광맥도 개발해야 보배입니다." 살아가는데 무슨 긴 말이 필요한가. 더구나 가까운 사이에 있어서야. 당시 직장 동료들 간에 오랫동안 회자된 이 외마디 절규는 그의 가슴속 깊이 쌓여 온 울분의 분출이다. J형이 조금만 더 마음을 열고 살았어도 오늘의 비보가 이처럼 빨리 오지 않았을 텐데 하는 아쉬움이 크다.

오늘처럼 나의 이기심을 원망해 본 적도 없다. 혼사를 앞두고는 문상을 하지 않는다는 속설 앞에 굴복하는 우정이라니 그저 허망할 뿐이다. 고뇌에 찬 삶을 마감하고 황급히 떠나는 정다운 친구의 저승길을 가까이서 지켜 주지 못하고, 인편으로 보잘것없는 노자를 보태는 심정은 정말 비통했다.

장면 셋 – 수취 거부 청첩장

인정과 사랑을 나르는 가교로서의 순기능에도 불구하고 역기능이 크게 부각되고 있는 터라 청첩장을 보낼 때면 여간 신경이 쓰이지 않는다. 한데도 대사를 치른 후에는 받지 못해서 섭섭했다느니 우정을 저버렸느니 하는 항의성 전화도 받게 되고 적지 않은 구설수를 겪게 된다.

한데 수취 거절로 청첩장을 되돌려 받게 되니 심경은 한결 착잡하다. 처음에는 이사를 했거나 주소 불명으로 되돌아온 것으로 생각했는데 그게 아니었다. 꼭 전달이 되었으면 하는 아쉬움에 주소를 확인하다가 갑자기 전류가 멎는 듯한 충격을 받았다. '이 우편물은 정당하게 배달되었으나 수신자의 수취 거부로 반송합니다.'라는 우체국의 스탬프 앞에서 잠시 현기증이 일었다. 지난날의 삶이 혼자만의 짝사랑이었던 말인가. 아니면 25년간 나눈 정의는 퇴임과 동시에 몽땅 증발한다는 말인가. 우정이 끊어지는 아픔, 멀어만 지는 인정 단절, 매몰찬 변심의 아쉬움이 너무도 허망하다. 정승집의 말이 아니고 정승이기를 바랐던 나의 희망은 당초부터 터무니없는 과욕이었다.

청첩장에는 보내는 사람의 예의도 담겨 있다고 본다. 뒤늦게 깨친 것이기는 하나 만약 청첩장을 보내지 않았더라면 제일 먼저 서운하다고 할 위인 앞에는 방책이 없다. 받고도 가지 않았다는 부담마저 싫어 굳이 수취 거부로 되돌려 주는 행위를 접하면 잘못 보냈다는 후회보다는 잔인하다는 생각이 앞선다. 우편물의 수취 거부는 금융기관의 담보물건 경매 통보나 법원의 강제 집행 등 경제적 이해관계가 얽힌 법률행위에서나 있는 것이지 인정의 교류에서 있으리라고는 생각지도 못한 단견을 탓할 수밖에 없다.

농으로 이따금 주고받는 말이기는 하지만 청첩장은 고지서는 아니다. 소식을 전하는 것만으로도 그 기능은 충분하다. 수취 거부라는 극단적인 대응으로 단칼에 쌓아 온 정을 매몰차게 끊어 버리기에는 지나온 삶이 너무 아깝다. 더구나 받을 것은 다 받고 상대가 퇴임자라고 외면하는 것은 체통이 서지 않는다. 매사 수용하는 경우에는 어느 정도의 결례가 있어도 무리가 없지만 거절에는 품위가 따라야 한다.

하루아침에 신용이 급전직하로 추락하고, 사별과 수취 거절로 떠나는 인정세태를 순리로 받아들이고 거역할 수 없는 것이라면 이제 남은 것은 물질적, 정신적 빚을 갚는 것뿐이다. 살아서도 권위 잃은 노인네, 떠난 자리에 빚만 남게 되면 편히 잠들기 힘들 것 같아 오늘도 살아오면서 입은 성원과 인정을 되짚어 보고, 신용카드, 통장 차월을 챙겨 본다.

노벨 평화상, 그 빛과 그림자

　노령의 대통령 부부가 감격에 겨워 얼떨결에 10대의 연인마냥 얼싸안고 눈시울을 적셨다는 감동적인 장면, 이어서 터져 나온 전국 방방곡곡의 함성, 경향각지에 나부끼는 현수막, 쏟아지는 신문의 전단 광고, 노르웨이 수도 오슬로 시청 메인 홀에 울려 퍼진 팡파르와 축하 음악으로 쏠린 지구촌의 눈과 귀, 남산 위에 작렬하는 오색찬란한 폭죽, 소공동 −태평로−세종로에 이어지는 태극 깃발, 축하 성탄음악회의 음률을 타고 세모 속으로 조용히 잠긴 2000년 노벨 평화상의 짙은 그림자, 그리고 긴 여운….

　10월 들어 스웨덴 왕립 과학아카데미가 하루에 한 건씩 올해의 노벨상 수상자를 발표하면서 세계인의 가슴을 조여 가더니 급기야 10월 13일 노르웨이가 노벨 평화상을 발표하면서 세계의 이목을 한반도로 집중시켰다. 적어도 한반도의 남쪽은 개국 이래 가장 뜨거운 흥분의 도가니가 된 것 같다. 노벨상이 시작된 지 꼭 한 세기 만의 경사가 새 천 년의 첫해 우리나라에 돌아온 것이 범상치 않은 길조로 다가온다. 그것도 열네 번째 추천의 결실이라니 환상의 '우담바라'가 피고도 남을 만하다.

민주화와 인류 평화를 위하여 바친 사선을 넘나든 살신성인의 결실에 아낌없는 축하를 보낸다. 개인적인 영예와 영광 뒤에는 한반도의 통일로 가는 길이 어른거리며 숨결이 가파르다.

　평화상은 일확천금한 개인의 부를 사회에 환원한 여느 기업가의 자선을 뛰어넘는다. 다이너마이트를 발명하는 실험 과정에서는 혈육을 포함한 많은 인명 피해를 남겼다. 그 이후의 비평화적 사용으로 죽어 간 사람을 포함한 생명과 파괴된 자연에 대한 보은이라는 차원에서 알프레드 노벨(Alfred Nobel)의 숭고한 정신을 가장 잘 반영해 주는 성싶다. 해서 물리학, 화학, 생리학 및 의학, 문학, 경제학을 젖히고 노벨상의 꽃이라 칭송되나 보다. 더구나 노르웨이와 스웨덴이 분리되기 전의 단일 국가를 상징하는 평화상은 우리 한민족에게는 통일에 대한 강한 메시지로 다가온다.

　올해의 노벨 평화상은 "한국 및 동아시아의 민주주의와 인권 신장을 위한 노력과 한반도의 평화와 화해를 증진시킨 공로"로 수여되었다. 어쩌면 개인의 헌신과 노력을 훨씬 뛰어넘는 문명사적 의미가 더 크게 부각된다. 20세기 국제 정치 엘리트들의 불장난이 빚은 한국과 한국민의 희생과 고통에 대한 보상은 차라리 너무나 늦은 감이 있다. 우리의 가슴에 깊이 묻힌 상처에 소금을 뿌린 듯 달래 둔 아픔이 다시 꿈틀대며 살을 저민다. 김대중 대통령도 "오늘의 영광은 민주주의와 인권, 그리고 민족의 통일을 위해 기꺼이 희생한 수많은 동지와 한국민들에게 바쳐야 마땅하다."고 했다.

　노벨상은 공정한 심사와 상금의 크기에서 추종을 불허하는 세계적인 권위를 인정받고 있다. 그렇다고 100년의 역사에 전혀 오점이 없는 것은 아니다. 수상자의 선정에서 순수 업적이 아니라 강대국의 입김, 언어

장벽, 인종적 편견이 없지 않다는 목소리가 따르기도 한다. '기생충이 암의 원인'이라는 연구로 잘못된 수상이 있는가 하면, 스승의 제자 업적 표절이라는 시비도 있고, 어떤 일본인의 노벨 화학상 수상자의 연구에 의의를 제기하는 우리나라의 학자도 있다. 또한 노벨 평화상의 수상을 거부한 사람이 있는가 하면, 수상 이후의 사태 진전이 평화상의 진가를 희석시켜 버린 예도 있다. 하나, 옥에 티가 되었든 호사다마든 다 싫다. 이번만은 결코 어떠한 시비도 재연되지 말았으면 하는 욕심이다.

상은 영광인 동시에 구속이다. 오랜 시행착오의 교훈이 역력하다. 노벨위원회의 수상 후 변수에 대한 배려는 완벽에 가깝다. 남북한 화해 추진과 국제적 평화 노력의 역전 가능성을 인정하면서도 수상자의 노력 의지에 격려를 보내며 개인적, 정치적 용기에 초점을 맞추는 총명을 잃지 않고 있다. 그러나 이것은 혹시 있을지 모를 수상자의 공적 심사상의 오류에 대한 담보는 될 수 있으나 시상자나 수상자를 구속에서 해방시키거나 보호하지는 못한다.

상의 역기능적 위험은 요소요소에 잠복되어 있다. 개인적인 독선, 오만이나 아집은 원천적으로 인격에 의존할 수밖에 없다. 고령이 인생의 가장자리 쪽으로 기우는 것이 왠지 부담스럽다. 노벨 평화상을 받는 나라에 노벨 평화상 수상자의 발 디딜 여백이 없다는 각박함에서 '평화'는 한낱 신기루가 되어 허공만 허우적댄다. 세계 인류를 위한 다는 대국적인 평화를 보고 들으면서도 국내외 화합은 틈새만 늘어나고 지역의 골은 깊어만 간다. 축하의 함성 뒤에 숨은 무관심, 외면, 비난, 질타… 시의(時宜)따라 마른 갈대꽃처럼 한들대는 국제 정치논리와 국내 정치의 이해(利害)는 수상자의 진의와는 상관없이 과거의 업적을 물거품으로 삭여 버린다.

불행히도 지금의 나라 사정이나 국민 정서는 노벨 평화상에 기뻐하고 감격할 여유마저 앗아간다. 뜨겁게 달아올랐던 가슴들은 어느 결에 싸늘히 식어 간다. 국민감정의 체질적 바탕이나 정서 부족으로 치부해서는 안 된다. 3년 전에는 노도와도 같은 위기 극복의 저력이 밀려왔고, 두 달 전만 해도 열화 같은 찬사가 누리를 덮었는데. 그토록 열망하던 민주적 정권 교체에 걸었던 꿈과 기대는 바닷가에 부서지는 흰 포말로 잦아든다. 반세기를 몸부림쳐 온 실향민의 아픔은 한갓 수단으로 전락한 감질 나는 이산가족 면회의 화상 앞에서 심장의 고동이 멎을 듯 숨소리만 거칠다. 노벨 평화상이 민주화나 인권을 위한 투사(鬪士)에 주어진 것이지 꺼져 가는 경제에 불을 지피고, 국민적 화합 위에서 민주 정치를 구현한 국정 책임자의 리더십에 대한 평가서가 아닌 것이 못내 아쉽다. 지금 우리는 흔들리는 국민 경제를 바로잡고 흩어지는 민심을 화합으로 수습할 큰 지도자에 목말라 있는데.

세밑에 날아든 외신 한 토막이 기어이 우리의 노벨 평화상에 깊은 흠집을 내고 지나간다. 새벽은 언제나 오려는지 밤은 칠흑만 같다. 간접적으로 전해지는 반도 북쪽의 소식은 차라리 절망적이다. 기본적인 자유마저 탄압되고 있는 인권과 민주화 '최악의 국가'로 발표한 외국의 한 인권옹호 단체의 보고서가 원망스럽다. 팡파르 속에 세계인을 사로잡았던 한반도에 대한 집중 조명을 시샘이라도 하자는 것인지. 쿠바, 아프가니스탄, 미얀마, 티베트, 체첸, 이라크, 리비아 등 진정 같이하지 않았으면 싶은 대열에 끼어 있다. 세계 192개국에서 마지막 11개국에 포함된 성적표이다.

그렇다고 남은 반쪽의 마음 또한 밝거나 편치만은 않다. 공약으로 난무하던 인권 관련법의 제정이나 개폐는 요원한 공염불로 맴돈다. 인권

침해 사례는 가실 줄 모른다. 외국인 근로자들에 대한 편견·학대 소식은 얼굴을 달군다. 오늘의 우리 정치 민주화와 인권이 과연 노벨 평화상을 받을 만한 수준일까. 진정 한 사람의 영웅이 나기 위해서는 수많은 악당이 있어야 하나 보다.

대개의 종교가 발상지에서는 배척된다. 올해의 노벨 평화상은 유독 국내에서 세찬 거부의 벽에 부딪친 감이 있다. 상대를 알수록 신뢰감이 생긴다지만 은밀한 곳까지 다 노출된다는 것은 위험천만이다. 베일에 싸이는 부분이 있어야 신비감은 돋아나고, 마력이 설 땅을 찾는다. 국민들의 심정이 이런 유(類)와 궤를 같이했음 하는 바람이다. 외적 요인이 상의 빛을 삼키거나 짙은 그림자를 드리우지 말아야 한다.

한 세기 만에 새 천 년을 축복하듯 찾아온 귀중한 상이 아니던가. 수상자 개인을 위해서만이 아니다. 국가의 위신과 민족의 자존심을 위해서라도 오래오래 빛을 발해야 한다. 우리의 민주화나 평화로 가는 노정에서의 시련은 지난 한 세기로 충분하다. 더 이상 어느 누구의 투쟁 목표나 수상 공적으로 되풀이되지 말아야 한다. 이제는 평화가 정착된 민주 복지를 구가하면서 인류의 참된 삶에 기여하는 과학을 얘기하고 문학을 노래해야 한다. 2000년 노벨 평화상이여! 동시대인에게는 자긍심을, 그리고 후손에게는 희망을 주는 등불로 피어올라라.

양호유환(養虎遺患)

"울고 왔다 울고 가는 설운 사연을/ 당신이 몰라주면 누가 알아주나요 /알뜰한 당신은 알뜰한 당신은/ 무슨 까닭에 모른 척하십니까요" 떠날 때가 되어서인지 사람들이 담합이나 한 듯 함구령을 내렸다. 미움보다도 더 무서운 무관심과 침묵으로 일관하는 것이 심상치 않다. 한 사람 한 사람이 다 입법 기관이요, 한 사람의 교수를 이끌어 가는 것이 벼룩 백만 마리를 몰고 가기보다 더 어렵다고 하는 교수 사회인지라 이해는 가면서도 스치는 바람결이 맵고 차다. 더욱이 때리는 남편보다 말리는 시어미가 더 밉다. 따뜻해야 할 가슴이 머리 대신 차가워지는 서글픔에 잠긴다.

지금은 두 번째 가라면 서러운 세계적 관광 명소 제주도이지만, 60년 대까지만 해도 하늘의 별 따기처럼 어렵게 직장을 잡은 축복받은 신임 직원조차도 세 번 울리는 기피 첫 번째 초임지로 악명이 높았다. 임명장 받는 날 남몰래 사령장 적시며, 절해고도로 부임하는 먼 뱃길의 선창에서 눈물 삼키고, 급기야 뭍으로 영전해 올 때는 깊어진 순박한 정에 얽혀 운다고 했다. 세상사 돌고 도는 것, 지금은 너도 나도 자원하는 곳으로 바뀌었으니 이제는 마지막 울음만 유효한 것 같다. 한데, 나는 아직도 세 번을 다 울고 있지 않은가.

2005년 봄이면 내 삶의 진수를 이루는 47년의 대단원을 마감한다. 떠날 때는 말없이 덕담이나 남기는 것이 예의이겠기에 착잡한 심경을 미리 정리하고 싶다. 모교 K대학과는 학생으로도 교수로도 뜻과는 상관없는 유별난 기연(奇緣)으로 얽혀 있다. 굳이 실낱같은 인연을 찾자면 "동지섣달 긴긴 밤 사랑방에서 이슥하도록 얘기꽃 피우다가 한밤중 집으로 돌아오는 고샅길 맞은편에서 질주해 오던 고양이 한 마리가 바짓가랑이 속으로 뛰어들어 갑자기 호랑이로 변하여 포효하는 소리에 놀라 깼다."는 아버지의 태몽뿐이다. 호랑이가 고양이과에 속하며, 모교의 상징인 것으로 나의 인생 여정은 미리 예고된 길이었다고 속단한다면 좀 지나친 아전인수나 과장된 억측일 테지. 아무튼 예사 인연이 아닌 것만은 분명하다.

우선 K대학과 얽힌 몇 가지 진기(珍奇)한 기록을 본다. '뒷문으로 들어왔다, 뒷문으로 나온 친구' '대학을 가장 오래 다닌 학생' '가장 오랫동안 사랑받은 지도 학생' '낮에는 단하, 밤에는 단상' '도망쳐 봐야, 제자리로 돌아온 부메랑' '인생을 거꾸로 사는 친구'. 학부(10% 무시험 특별 전형)나 석사 과정(국가고시 합격자 시험 면제)은 시험 없이 들어오고, 반백(半白)이 되어 겨우 박사 과정을 처음으로 시험 보고 입학하나 원체 만학인지라 가급적 아는 사람을 피하고자 후문으로 주로 출입한다. 학부입학 25년 만에 최종 학위 받으며 학생 신분을 면하고, 한 분의 지도 교수를 25년간 모신다. 낮에 학생으로 공부한 교실에서 밤에는 선생으로 가르치는 1인 2역—생업까지 합치면 실은 1인 3역—을 하며, 학부 졸업 때 교수님들의 애정 어린 대학원 진학 권유를 헌신짝처럼 외면하고는 뒤늦게 다시 찾아오는 속없는 녀석이다. 뿐인가, 강요에 못 이겨 2년만의 약속으로 붙들려 왔다가 24년이나 모교에 발목 잡히는 우직한 놈, 10년이나 15년의 공든 탑을 버리고 밑바닥부터 다시 기는 미련과 어리석음 등 다 나를 사랑하고 아끼는 분들이 붙여 준 명예로운 별명이요 애칭이다.

호랑이 사육 길에 본격적으로 뛰어든 것은 1981년 봄이다. 13년 넘는 금융기관 생활을 거친 후 개업 5년째를 맞으며 공인회계사와 세무사로 한창 기반을 다져 갈 무렵, 모교로부터 전임으로 와 달라는 의외의 요청을 받았다. 당황했으나 차분히 진지하게 갈 수 없음을 설명했다. 그로부터 밀고 당기기 6개월, 2년 조건으로 수락할 수밖에 없었다. 약속한 2년의 의무 방어를 마친 후 다시 자유의 몸(FA : free agent)이 되고파 정식으로 사표를 제출했으나 끝내 관철되지 못하고 세월은 훌쩍 흘러 24년을 향하고 있다. 인간의 운명은 과연 누가 통제하는 것인가. 운명 통제의 소재(locus of control)는 내부에 있는가, 외부에 있는가. 나의 탓인가, 남의 탓인가. 아니면 노력인가, 행운인가. 중학교 졸업하면 사범학교로, 고등학교 졸업하면 사범대학으로, 대학 졸업하면 대학원으로 한결같이 외곬로만 몰아가는 선생님들의 진로 지도에 '이유 있는 반항'으로 몸부림쳤으나 막상 걸어온 길은 바로 그 길이 아닌가. 이제는 자의 반 타의 반이라는 생각 떨치고, 늦게나마 지난날 선생님들에 대한 무례를 사죄드리며 '자의 전부'의 'my way'로 치부하고 싶다.

아무리 노련한 사육사나 조련사라 하더라도 맹수를 다루다 보면 때로는 예기치 않은 사고를 당하거나 피해를 입는 일이 있게 마련이다. 부덕의 소치인지 능력 탓인지 양호(養虎) 동산에서 크고 작은 육체적 정신적 상처를 많이 받았다. 때로는 길들지 않은 어린 호랑이에게 할퀴어 팔다리에 피멍이 들고, 때로는 동료 조련사에게 치어 가슴에 응어리지곤 했다. 하나, 화근(禍根)이 내게 있는 것을 누구를 원망하랴. 비록 제 뜻으로 온 것이 아니라 할지라도 맡은 이상 자기의 책임인 것을. 오직 참회의 의미에서라도 몇 가지를 마음에 새기고 싶을 뿐이다.

민주화 투쟁이라는 시대적 상황과 신설 캠퍼스라는 열악한 교육 환경을 헤쳐 오며 학생, 교직원, 학교 당국 모든 구성원들은 많은 고통과 갈등을 함께했다. 이제는 25세의 청년이 된 캠퍼스로 우뚝 선 모습이 대견스럽기만 하다. 하나, 그 뒤에 흐른 눈물도 잊어서는 안 된다. 창업의 어려움은 겪지 않은 사람들은 이해 못 한다. 무에서 유를 만드는 과정이니 그 고초와 진통을 헤아릴 수 있겠는가. 책임자와 보직자만 애가 탈 뿐이다. 앞에서는 진두지휘하며 쓰다듬고 뒤에서는 악랄한 황폐화 작전으로 치달을 때의 허탈감이나, 한쪽에서는 설득하고 다른 쪽에서는 조장하는 학생 데모 현장에서의 상반된 배신감과 불신의 골이 얼마나 깊었던가. "당신 때문에 이 캠퍼스가 없어지지 못했다. 이 캠퍼스가 없어져야 서울로 갈 텐데, 너는 우리의 역적이다."라며 신임 교원으로 모셔 온 죄밖에 없는 내게 적반하장으로 주먹이라도 날릴 듯 면전에 대고 삿대질하며 책임 추궁하듯 덤벼드는 후배 교수의 살기 띤 폭언과 힐책은 정말 난감하고 감내하기 힘들었다. "그래, 내가 죄인이다. 하나 한 가지만은 분명히 말하마. 이 캠퍼스가 없어지면 이를 살리려고 고군분투하면서 시간을 끌어 온 나의 노력으로 막대한 인적, 물적 손실을 초래한 만큼 K대학의 역적이 될 테고, 만약 이 캠퍼스가 계속 발전하면 K대학에는 물론 당신들에게 은인일 것이다."라고 응수할 때 혈압은 최고조에 달했다. 9명의 창설 멤버의 일원이요, 어려운 시절 오래 보직을 맡아 왔고, 캠퍼스의 책임자로 일했던 한 사람으로서 떠나는 감회에 만감이 교차한다.

또한 학내 민주화라는 이름으로 휘몰아친 총장이나 부총장 직선제라는 태풍은 구성원의 화합을 갈가리 찢으면서 반목과 질시를 증폭시키지 않았던가. 자기의 지지 세력이 아니라는 이유로 생사람 잡는 음모와 음해로 몰아치던 양두구육의 파렴치한들은 스스로 밝힌 진실이 백일하에 드러난 후에도 침묵으로 일관한다. 서슬 퍼런 점령군의 총칼 아래 어제의 총알받이와 소방수는 또 한 번 표적 감사와 타도의 대상으로 전락한다. 정녕 자유와 정의는 피를 먹고 자라는가 보다. 악은 악을 잉태하는 것인가. 도무지 악순환이 멎을 기미가 보이지 않는다. 동일한 규정의 해석이나 적용이 특정인에게는 급선회하며 변질된다. 그렇지 않고는 승진이나 승급을 막는 길이 없는 것인가. 지성인의 세계에 어울리지 않는 너무도 용렬하고 추접스러운 행위이다. 언제쯤이면 진정한 진과 위, 허와 실, 선과 악이 제자리를 잡을지 암울하기만 하다. 진리를 탐구하는 상아탑에 진실이 함께 숨 쉬지 못함을 안타까워할 뿐이다.

　고비를 넘길 때마다 얼마나 뇌었던가. '다시 한 번 일할 기회가 주어진다면 설립자가 생존한 왕립대학(?)을 택하겠다.'고. 알아줄 '알뜰한 당신'이 있다는 단 한 가지 이유에서. 국립이든 사립이든 소위 명문대학이라면 조직에 의해서 운영되는 '공개 대학'이요 '상장' 대학이어야 한다. 구성원 또한 그 위상에 걸맞아야 한다. 학교든 국가든 구성원의 민주 의식 없는 민주화의 외침은 공염불이다. 내가 하면 민주요, 남이 하면 독재라는 전천후 철벽 무장한 이기주의 팽배의 사고(思考) 틀이 깨지지 않는 한 한낱 구두선(口頭禪)일 뿐이다. 개인의 명예욕이나 이익이 조직 발전의 기여라는 명제보다 앞서거나, 자기의 이해가 가치 판단의 기준이 되는 수준에서 자리를 넘보는 만용이나 과욕은 없어야 한다. 더욱이 최고 경영자의 자리가 인턴 과정쯤으로 생각하는 권위형 지도자의 몫에서 떠난 지는 이미 오래다.

　모름지기 고위 공직자나 최고 경영자는 명심할 일이다. 아무리 노력과 땀의 대가라 할지라도 당신의 성공을 알리는 일간신문의 인사란을 보고 남몰래 눈물 흘리는 무수한 사람이 있다는 사실을. 어찌 자기 노력만의 결과이겠는가. 한 사람의 성공은 많은 악역과 조연이 있었기에 가능한 것이다. 굳이 시체를 밟고 넘지 않아도 전임자를 감옥으로 몰지 않아도 자기가 뿌린 만큼은 걷는 것이다. 천하의 아부파도 진실은 안다. 다만 말하지 않을 뿐이다. 4반세기가 지난 기관을 맡은 책임자가 가는 곳마다 자기가 처음이고, 하는 일마다 처음으로 했다고 내세우는 것은 후임자인 자기로서 처음임을 강조한 것이 아닐 테지만 그 속내를 이해하지 못할 만큼 독자나 청중은 어리석지 않다. 후손을 잘 낳아야 가문이 흥하듯, 보다 훌륭한 후임자로 이어지는 조직이 건전하게 발전한다. 제아무리 걸출한 인물이라도 자리는 미완성으로 물러나는 법, 그 완성이나 후속조치는 후임자의 과제요 책임이다. 전임자의 부족한 점은 결코 비난의 대상이 아니라 후임자의 축복의 근원이다. 적어도 후임자가 전임자를 죄인으로 매도하는 풍토가 사라지지 않는 한 조직 발전의 미래는 어둡기만 하다. 진정 남을 짓밟지 않고도 조직 발전에 공헌하는 길은 없단 말인가. '다른 사람을 못살게 하지 않으면서 누군가를 잘살게 하는 변화는 좋은 것'이라는 파레토의 혜안이 지도자를 꿈꾸는 자들의 뇌리를 섬광처럼이라도 한 번 스쳐 지나갔으면 싶다.

　세상은 선한 자만의 것도 아니고 그렇다고 악한 자만의 것도 아니다. 언제나 선과 악은 함께한다. 단지 선이 다가오면 악이 물러나고, 악이 다가서면 선이 움츠릴 뿐이다. 악이 무섭기도 하지만 선과 악을 구분하지 못할 만큼 타락한 인간성 상실이 더욱 소름끼친다. 진리 탐구의 현장에서조차 선악의 분별이 서지 않고, 진리의 땅에 진실이 공존하지 못하는 현실이 개탄스럽다. 진리라는 이름으로 포장된 사육사의 잔꾀에 물든 우리 안에 갇힌 나약한 호랑이보다 진실 먹고 광야를 달리는 순박한 야성의 호랑이가 더 그리운 시절이다.

K대학과 기연으로 얽히고설킨 정신적, 육체적 굴곡이 많았던 만큼 켜켜이 서린 애정 또한 두텁고 깊다. 특히 'S캠퍼스의 발전'은 언제나 어깨를 짓누르는 삶의 명제요, 어느덧 내 영혼에 종교처럼 굳게 자리한 신념이다. 능력의 한계로 크게 기여하지는 못하였으나 주춧돌 맞잡고 놓은 기억만은 간직하고 싶다. 많은 사람에게 심려만 끼친 채 성원의 큰 빚 안고 떠나는 발걸음이 무겁기만 하다. 호랑이 기르는 언덕에 언제나 햇살 넘쳐나고, 호랑이의 포효와 사육사의 함성이 어우러진 화합의 합창 소리가 만방으로 퍼져 나가기를 빈다.

노량진

재개발 덕분에 노량진(鷺梁津)은 요즘 노량성(鷺梁城)으로 둔갑해 버렸다. 정확히는 몰라도 아마 만년고개 위의 고층 아파트는 우리나라에서 가장 높은 건물일 것 같다. 샛강 건너의 63빌딩이 코밑으로 바짝 좁혀오니 말이다. 서쪽으로 달리는 올림픽대로는 세계로 뻗어 가는 간선이요, 노들길은 옛 선비의 정취가 묻어나는 향토색 짙은 마음의 안식처이다. 아랫길은 기차, 지하철에 각종 노선버스가 사통팔달로 달린다. 게다가 윗길에 지하철 7호선이 개통되면서 교통 천국이 되었다. 이래도 이곳에 사는 내게 강남(?)도 아니면서 찻값만 비싸다며 입방아 찧는 사람은 있을 테지. 나는 이곳에 살면서 많은 사람들로부터 퍽 동정을 받아 왔다.

직장의 출퇴근에 기차를 이용하기 좋은 곳을 물색하던 중 나는 4년 전 이곳으로 이사 왔다. 가족들도 한시적으로 전세 들어 사는 데 어렵사리 따라 주었다. 이사 초기 우리 가족들은 언덕길에 적응하느라 퍽 고생을 했다. 뒤로 나자빠질 듯 깎아지른 가파른 절벽 같은 골목길을 오르내리면서 착잡한 상념에 젖기도 했다. 그것도 그럴 것이 우리는 그동안 줄곧 시쳇말로 잘 나가는 평지 동네에서만 살아왔다.

하루는 큰아이가 두 동생에게 푸념 섞인 하소연을 한다. "우리가 좋은 동네에서 자라서 다행이지 처음부터 여기서만 살았으면 좀 따분했겠다." 어쩌면 이곳으로 이사 오자고 한 나의 제의에 섣불리 동의한 것을 후회하는지도 모르겠다. 둘째 놈의 대답이 걸작이다. "너의 아버지가 요즘 그렇게 어려워졌냐?"라고 한 친구가 심각하게 물어오더라는 것이다. 2년이 채 되지 않아 상황은 급전되었다. 막내아들 친구들이 "너의 아버지께서 앞을 잘 내다보셨다."라며 IMF를 대처한 선견지명 능력으로 높이 평가했단다.

어쨌든 노량진은 유감스럽게도 가난의 대명사로 비치고 있는 성싶다. 4년간 물어보았으면 충분하련만 만날 때마다 같은 안부(?)를 묻는 고약한 친구의 진의를 알 수가 없다. '자네 요즘 어디 살지? 아직도 그곳에 사는가? 왜 거기서 살지?' 질문은 계속 꼬리를 문다. 여성들의 감각은 더 예리한 것 같다. 자존심 상하는 마음의 생채기에 집사람은 모임에 다녀올 때면 파김치가 되곤 했다.

노량진이 어떻다는 거야? 나, 원! 예나 지금이나 서울의 관문이다. 나라님이 행차하시던 주교요, 지체 높은 사대부는 물론 양반, 상민 가리지 않고 오가는 길손 다정히 포용하는 배다리이다. 돛단배에 몸을 싣고 낚시 드리운 채 유유자적 시를 짓고 태평가 띄워 보내던 노들나루이다. 철마의 시발점으로 제물포행 기관차가 힘차게 첫 기적을 울린 곳이요, 1번 국도가 유달산을 향하여 내달리는 육로의 출발지가 아니던가. 사육신의 충절이 서려 있고, 선왕 찾아 효심을 불태우던 정조대왕의 숨결이 배어 있는 충효의 마을이다.

노량진은 저자의 거리요, 각종 시장의 집합지이다. 골목시장, 재래시장, 수산시장, 쇼핑센터…, 과거와 현재가 허물없이 어우러져 공존한다.

경매인의 종소리와 주문 외듯 외치는 목쉰 호가 소리에 노량진의 아침은 잠을 깬다. 중개인들의 열띤 손가락 움직임 따라 물 떠나 기진맥진한 수산물은 또 한 번 뭍에서의 고난의 역정을 맞는다. 부산의 광어가 경인 고속도로를 달리고, 목포의 낙지는 미아리고개를 넘는다. 백령도의 꽃게는 문경 새재 중턱에서 가쁜 숨을 몰아쉬며 옆걸음 치고, 마산의 미더덕은 임진강변에서 북녘 하늘만 바라보고 한숨짓는다. 전혀 자기의 뜻과는 상관없이 주인의 입맛 따라 떠도는 신세가 어쩌면 세파에 내동댕이쳐진 우리네 범부의 삶과 흡사하다.

꼭두새벽 골목시장에서는 동태가 새남터 망나니의 칼날에 잘려 나가는 사육신의 목이 되어 땅 위에 나뒹군다. 재래시장의 정감은 아련한 향수 되어 각박한 도시 서민들의 메마른 가슴에 단비를 뿌린다. 수협마트는 손색없는 첨단 유통망의 host port이다. 밤늦은 시간 길가의 난전이 걷히고, 할머니, 아주머니들의 생활 전선에 찌든 얼굴은 전대에서 쏟아지는 구겨진 지폐와 동전 소리에 상기되어 발그레하니 생기를 찾으며 깊은 주름살이 한 겹 걷힌다. 소란스럽던 골목은 정적이 사뿐히 내려앉고, 짧지만 깊은 단잠에 빠진다. 밤의 고요 속에서 노량진은 또 하나의 내일을 잉태한다.

하루가 밝았다. 밀물처럼 밀려오고 썰물처럼 빠져나가는 젊음의 눈빛이 유난히도 반짝인다. 진학이 되어야 하고, 합격되고, 승진되어 나라의 내일을 일궈 갈 일꾼들이다. 노량진은 명성 있는 학원가로 자리매김한 이 나라 인재의 산실이다. 단일 직종으로는 학원과 독서실이 단연 1위를 차지하는 명실상부한 배움과 학습의 본산이다. 꿈이 피어나는 미래의 도시이다.

건너편 언덕 위 고층 아파트의 불빛이 반투명의 창으로 별빛처럼 쏟아져 들어온다. 아늑한 천기를 느낀다. 제 눈의 안경인가, 별스럽게 정이 도타워진다. 지형적으로 봐도 배산임수의 높지 않은 구릉 지대가 퍽 명당 격이다. 멀리 관악을 후 현무로 구릉의 꼭지에서 서남향으로 줄줄이 방사형의 내룡들이 흐르고 있어 자연스레 좌청룡, 우백호를 이루며 4호신을 갖춘다. 청룡이나 백호 작국을 이루었는가 하면, 포란(抱卵)이요 관쇄 형국을 이룬 곳이 적지 않게 눈에 띈다. 가난과 행복은 비례하지 않는다. 경제적으로는 좀 뒤질지 모르지만 우리 마을의 행복 지수는 결코 낮을 수 없다. 천기와 지기가 서려 있는 길지에서 부지런한 사람들이 근검절약으로 오순도순 알뜰한 삶을 꾸려 가고 있고, 산자락 끝에는 민족의 젖줄이요 재(財)의 상징인 한강수가 언제나 찰랑대니까. 노량진의 달팽이 속 같은 골목길과 샛길은 인정이 흐르고 웃음을 나르는 실핏줄이다.

나는 꿈을 키우는 젊은 학원 수강생들의 물결을 헤치고, 골목시장 상인들의 연륜 겹친 투박한 모습을 스치면서 반세기 전 가난을 물려주지 않으려고 몸부림치던 부모들의 얼굴과 나의 자화상을 떠올리곤 한다. 내가 어릴 적에는 초여름에는 초근목피로 주린 배를 움켜쥐며 보릿고개를 힘겹게 넘었다. 숨 돌릴 틈도 없이 성급한 귀뚜라미 울음에 초가을이 싸리문을 넘어오면 또 한 고비 입도선매가 앞을 가로막는다. 허기진 기간이 한 세기는 족히 넘었다. 하나, 그때의 우리의 부모들은 가난을 그렇게도 무서워했었지. 겨우 한 철 아니면 길어야 1년을 넘지 않고 갚아 나가는 빚이건만 눈에 불을 켜고 덤벼들었다. 하여 가난을 거뜬히 극복했다.

오늘은 어떤가. 고속도로, 지하철, 인천국제공항, 고속전철…, 공사마다 개국 이래 기록이 바뀌는 대 역사(役事)들 앞에서 우리는 기억 상실증 환자가 되어 버렸다. 우리의 말초신경은 완전 마비 상태이다. 밑 빠진 독에 물 붓듯 쏟아 넣는 공적자금의 탕진에 무감각이요, 늘어나는 외채는 잊은 지 오래다. 어찌 한 철 미리 앞당겨 쓰는 것만 입도선매라 할 것인가. 우리는 다음 세대에 천정부지의 빚을 남기며, 그들을 속죄양 삼아 혜택을 만끽하고 있는데. 가난보다 더 무서운 것은 가난 불감증이요, 가난에 대한 책임 회피이다.

　노량진은 나라의 가난을 막아 내는 첨병이요 전초 기지이다. 불야성의 수산시장 활어가 부(富)의 제물이 되어 조용히 죽어 간다. 도시 서민의 짙은 애환과 질경이보다 끈질긴 생명력은 혼미한 나의 의식의 심지에 불을 댕기는 삶의 활력소이다. 언덕에 오르면 내 마음은 어머니의 젖무덤에 묻힌 듯 포근하고 솜구름 피어나듯 넓어지며, 차가운 나의 머리는 생기를 되찾는다. 나루터의 풍류가 세월 따라 노량성의 마천루에서 붉게 솟는 아침 해를 노래하고, 서해 낙조의 황홀한 실루엣에 몰입된다. 멀리 행주산성으로 잠기는 석양 먹은 자줏빛 한강이 하늘인지 바다인지, 오늘따라 유난히도 넓고 길게 뻗친다.

어떤 실패한 수필가의 몽상(夢想)

그는 요즘 깊은 회의와 시름에 빠져 있다. 섣불리 맺은 수필과의 인연이 파경에 이른 것이다. 연인의 거짓을 깨닫고 첫사랑의 환상이 깨어지는 순간에 겪는 실연의 울분만큼 몸과 마음이 몹시 아프다. 서사나 서정을 노래하는 수필을 가까이하면 사색의 뜰에 윤기가 흐르고, 삶의 지혜는 넓혀지려니 했던 애초의 기대가 어림없는 허욕이었나 보다. 문학이라는 가면을 쓴 지나친 상업적 행태와 타인에 대한 최소한의 배려마저 실종된 독선과 아집 앞에서 갈등은 증폭되고 스트레스는 쌓여 간다.

처음부터 그는 문학적 소양을 갖추었거나 문학에 대한 체계적 수련의 기회를 갖지 못했다. 기껏 전공 분야 활동의 틈새에서 자투리 시간을 독서로 할애한 것이 전부이다. 준비나 노력이 태부족하니 문학 앞에서는 늘 위축되곤 했다. 해서 스스로 문외한 또는 국외자로 치부하면서 전업 문인들에 존경을 표하며, 그들의 글을 즐겨 왔다. 어쩌다 문인의 말석에 합류하면서부터는 최소한 그들에게 누를 끼치지 않겠다는 각오를 다지기도 했다. 한데 "못된 송아지 엉덩이에 뿔난다." 하더니 기껏 '서당 개' 행세하기에조차 힘겨운 그에게서 나쁜 버릇이 생겼다. 주제넘게도 그는 수필을 편식하려 든다. 가식적 미문보다는 행간에서 삶의 진실이 숨 쉬는 진솔한 글을 찾는다. 탁월한 문학적 기법을 갖추었더라도 거짓임이 드러나거나 작자의 언행이나 생활이 글과 일치하지 않는 문학적 기교로 허위를 포장한 것임이 판명나면 글쓴이의 사회적 경륜이나 명성과 상관없이 밀쳐 낸다.

허허로운 마음을 달래려 애완견과 함께 공원길을 거닌다. 공기는 상큼하고 하늘에는 그림 무늬 아름답게 흐른다. 대지는 눈부신 연초록 바탕 위에 다투어 피어난 봄꽃의 향연이 오감을 간질인다. 오랜만에 자연이 펼치는 청정한 한 편의 수필에 푹 빠져든다. 애견도 신이 났는지 앞서 가며 목줄을 팽팽히 당긴다. '개보다도 못한 놈이지!' 바람결에 실려 온 행인들의 주고받는 귓속말에 포근한 단꿈은 쨍그랑 산산조각이다. 무의식중에 목줄을 휙 당겨 개를 뒤로한 채 한참을 걷는다. '개보다 더한 놈이라.' 핀잔한다. 해서 개와 나란히 걸었더니 그제야 겨우 '개 같은 놈'이란다. 그의 수필 인생은 어떠한가. 그는 진정 '수필가 같은 놈'으로 살고 싶었다. 홀로 가는 수필 산책의 길이 외롭고 힘들 때면 과연 누구와 함께 걸으면 진정한 수필가가 될 수 있을까.

진실을 얘기하는 문학이라는 데 매료되었던 그는 진실이 매도되고, 글쓴이의 언행이 어긋지고, 가슴을 떠난 머리로 쓰는 글이 넘치는 작금의 문단 풍토에서 열정이 서서히 식어만 간다. 글만큼이나 따뜻하게 느꼈던 문인들에서 비정하고 잔인한 모습을 본다. 줏대나 소신 없이 명리 따라 갈대처럼 흔들리는 명분 없는 대리전 앞잡이로 음해, 비난을 일삼는 행태에 실망한다. 정치적 성향의 표출이나 노사 투쟁을 방불케 하는 행위며 개인적 이해에 따라 진과 위를 뒤집고, 맹목적으로 추종하는 군상, 허위 날조하는 거짓말, 막말의 언어폭력 앞에 천성이 나약한 그는 스스로 패배자임을 인정한다.

인간의 수명은 늘어나고 은퇴 연령이 낮아지면서 요즘 최적의 인생이모작으로 문학에 대한 수요가 호기를 맞고 있는 성싶다. 더욱이 지금의 대부분 고령자는 가난과 전쟁을 겪은 생존의 한계 지대에서 헐벗고 허덕이며 앞만 보고 달려왔다. 압축 고도성장의 주역으로 또는 자식에게는 가난이나 역경을 물려주지 않으려는 부모의 본능적 과욕에서 나를 버린 채 개인적인 삶을 통째로 희생하였다. 늦게나마 잃어버린 자기의 삶을 되찾고 숨은 재능을 꽃피우려는 절박감에서 문학을 찾고, 예술을 즐기려는 열정이 가수요로까지 번지고 있는 성싶다. 수요 있는 곳에는 공급이 따르거늘 이에 질세라 수필가를 배출하는 양산 체제(量産體制)가 갖추어지면서 수필의 시대가 왔다고들 환영하는 것 같다. 한데 수필가나 문인의 장인정신(匠人精神)을 학습하는 곳이나 인생의 거울이 될 문학의 참스승이 과연 얼마나 될까. 세속적 이해나 타산에 밝은 선생은 넘치나 진정한 스승은 없고, 수강생은 가는 곳마다 만원이나 진정한 제자는 없는 오늘의 세태 앞에서 문단이나 수필계만 유독 순수하고 지조와 품위 있기를 주문하는 것은 지나친 결벽일 테지. 그러나 개별 작가의 사명이나 임무가 '흘러넘치는 탁류에 맑은 물 한 바가지 붓는 일'이라면 최소한 흙탕물을 붓는 일만은 없었으면 싶다. 양과 질이 비례하지 않음은 문학이라고 예외일 수 없다. 문학 작품이나 문인의 양산으로 인한 사회적 역기능이 문학의 순기능을 구축하는 현상은 없어야 할 텐데…

같은 진영(陣營)이면 불법도 감싸거나 침묵하는 반면, 다른 진영이면 똑같은 행위를 무조건 악으로 모는 진영 논리가 팽배하는 세태라 할지라도, 교육은 옳고 그름의 분별력을 가르치고 도덕적 심성과 행동을 일깨워야 한다. 교육자에게 다른 직업과는 유별히 높은 도덕성이 요구되는 것도 이 때문이리라. 문학이라고 예외일 수 있겠는가.

인간의 궁극적 추구가 행복한 삶이라면 인문학의 지향점은 이를 충족시켜 주는 삶의 방식을 모색하는 것일 터다. 문학 특히 수필의 순기능은 인간성의 회복이나 정서의 순화를 통하여 윤택한 삶의 방식에 북을 돋우는 것이 아니던가. 문학이나 문인이 극단적인 상업화, 정치화로 세속적인 타락을 거듭하고, 거짓말과 상호 불신, 파벌의 확대 재생산, 문학의 정치 도구화 등으로 오염되고, 더욱이 internet과 SNS를 통하여 급속히 확산 증폭되는 상황에서 과연 수필 문학이나 문단의 정상적인 발전을 기대할 수 있을까.

문인은 글 쓰는 재능을 타고난 만큼 기묘하게 거짓을 꾸미고 음해하는 재주 또한 탁월하다. 해서 특정 개인의 대리전 양상을 띠거나 집단적 편 가르기에서 진과 위가 뒤집히는 경우 음해나 모함을 당하는 사람은 정신적, 신체적 상처는 말할 것도 없고 물질적 피해나 명예에 치명적인 타격을 받게 된다. 한 사람의 정의가 불특정 다수의 불의를 감당하기는 역부족이다. 해서 문학에서의 '악화(惡貨)에 의한 양화(良貨)의 구축(驅逐) 현상'은 경제 현상에 못지않게 심각하다.

문학적 장치나 기교의 탈을 쓴 허위의 수필에 독자들이 기만당하는 일은 없었으면 싶다. 수필이 나와 너를 편 가르는 씨앗이 되거나 음해의 늪이 되어서도 안 되겠다. 문인에게서만이라도 자기 잇속 챙기려 남의 가슴에 아린 멍을 안기는 행위만이라도 없었으면 한다. 익명성 뒤에 숨어 수필의 진실성을 해치거나 익명에 의한 무책임한 여론 형성에 가담하는 '사이버 테러'나 선동적 인터넷 여론의 폐해가 태동도 하지 않은 지난날 순수 아날로그 방식의 문학 세계에서 풍기던 운치가 새삼 그립기만 하다. 수필 한 편이면 각박한 세파에 지친 영혼이 생기를 찾고, 삶에 시달린 심신에 새움이 돋아나던 시절이었지. 진정 수필 문학의 유토피아는 영원히 잡을 수 없는 신기루이런가.

이별의 여정(餘情)

1. 폐허에 피는 꽃

지난겨울은 유난히 추웠다. 또한 눈도 많았다. 30여 년 이래의 혹한이요 폭설이라는 대서특필 속에 재산상의 손해는 물론 인명 피해 또한 기록적이었다. 해동이 되고 봄이 무르익으면서 그 깊은 상처가 여기저기서 드러났다. 큰 산에 오르면 가지들이 꺾이어 지체의 통증을 호소하는 수목들이 뿌리째 뽑혀 동사된 시체들 앞에서 말도 못하고 눈물만 흘린다. 치유되지 못한 가로수며 정원수, 화초의 상처는 한동안 마음을 달래려 찾는 이의 마음을 되레 아리게만 하지는 않을지.

무엇보다 눈에 띄는 것은 대나무의 시련이다. 충청 이북의 대나무는 거의 고사되었다. 하기야 지구 온난화의 덕분이지. 그동안 누린 사랑이 분에 넘치는 호사였다. 생존 북방 한계선을 이탈한 사실조차 까맣게 잊고 천년만년 살겠다는 과욕을 부리며 토착 수목들의 영역을 겁 없이 파고들던 무모함을 자책해야 할 일이다. 그러나 죽음 앞에서 감히 대범하고 진솔할 자가 얼마나 될까. 죽어 가면서도 책임을 남에게 전가하는 미련이나 떨쳤으면 싶다.

혹한과 폭설은 우리 집에도 적잖은 피해를 주었다. 겨울 한 철 폐쇄하였던 고향집을 찾은 것은 3월 초였다. 대문을 열고 들어서니 너무나 황량하였다. 기와지붕의 물받이가 내려앉은 채 꼬이고 엉켜 마치 하늘로 날아오르는 용의 형상마냥 꿈틀대고 있다. 욕실 샤워기 꼭지는 동파되어 분수처럼 물을 뿜는다. 욕실 천장 전체가 샤워기를 방불케 했다. 해빙기를 맞아 지열이 오르면서 수증기로 욕실 천장에 맺힌 물방울이 비가 되어 내리고 있다. 마치 지붕이 새는 것처럼 말이다. 처참한 사고 현장을 긴급 처치한 후 정신을 차리니 '여자와 집은 가꾸기 나름이다.'라 하시던 옛 어른들의 말씀이 불현듯 뇌리를 스쳤다. 엄동 3개월을 비워 둔 것이 화근이었다. 400밀리 이상의 폭설이 두 차례나 내린 데다 눈이 녹으면서 지붕에 쌓인 눈이 한꺼번에 흘러내렸으니 철판마저 부지할 수 없었던 것이다. 겨울마다 비워 두었어도 수도 동파 또한 처음이었다.

수도관이나 물받이야 수리하면 원상회복되지만, 죽은 정원수에 대한 애틋한 아쉬움이 쉬 가시지 않는다. 멀리 정읍에서 시집온 정원수 70여 그루 중에서 여섯 그루가 동사했다. 황금향나무 두 그루, 천리향(?) 한 그루, 연산홍 세 그루가 지난겨울을 이기지 못했다. 단순히 혹한만을 탓할 일이 아니다. 인간의 애정 부족이다. 수목이나 농작물은 주인의 숨결과 사랑을 먹고 자란다. 한데 나는 3개월 족히 팽개친 게 아닌가. 평생을 교육계에 종사하면서 틈틈이 육종 연구를 해 오신 민경상 선생님의 각별하신 정성을 지키지 못한 것이 무엇보다도 송구스럽기 그지없다. 용케 추위를 이겨 낸 금송, 공작 단풍, '경상홍' 등에 박수를 보내면서 이제부터라도 살아남은 수목에게 '죽은 자'의 사랑까지 듬뿍 쏟을 것을 다짐한다.

2. 아련히 멀어지는 조종(弔鐘) 소리

4월 첫 일요일은 초등학교 동기생이 연례적으로 모임을 갖는 날이다. 다들 바쁜 생활 속에서도 1년을 기다리던 기대, 흥분을 안고 상기된 모습으로 전국 각처에서 고향의 약속 장소로 달려오곤 한다. 서울에서 내려간 우리 일행 10명은 약속 시간보다 한 시간 정도 일찍 도착했다. 해서 오랜만에 자연스레 모교를 둘러보는 기회를 가졌다. 졸업 후 꼭 50년 만의 방문이었다.

교문을 들어서자마자 바람에 흩날리는 은발(銀髮)도 얼굴의 골 깊은 투박한 나이테도 삽시간에 화사한 봄바람을 타고 날아갔다. 모두가 동심의 나라 왕자요 공주가 되었다. 순간적으로 시간은 반세기 전으로 역류했다. 졸업 기념으로 교문 안 양쪽에 심었던 감나무가 일행에게 반가이 손짓한다. 우리의 어린 가슴에 꿈을 심어 주던 그 광활(?)한 교정은 지금 봐도 무척 넓다. 운동장 동쪽 가장자리의 중앙에 자리 잡은 플라타너스 두 그루는 각각의 둘레가 두 명이 양팔을 벌려야 품안으로 들어오는 풍만한 거목 부부로 귀티를 자랑한다. 반대편 서쪽 끝에는 은행나무 부부가 웅장한 모습으로 뽐낸다. 개교 때 심었다 하니 80여 년 넘게 학교를 지켜 온 터줏대감들이다. 추석 전후 열리는 대운동회 때면 홍군과 청군 양 진영의 개선문이 설치되던 수문장들이었지. 어느 날 갑작스레 '홍군'은 '백군'으로 바뀌었었지. 배일(排日) 사상의 고취를 위해서인지 분단조국의 비애 때문이었는지 알 수 없으나 아직도 치유되지 못한 지난날의 아픔과 한이 꿈틀대며 가슴이 아려 온다. 마룻바닥을 유리알처럼 갈고 닦던 사라진 일본식 목조 건물에 대한 향수가 아련히 피어난다. 대신 들어선 콘크리트 건물이 유령처럼 다가오면서 흡사 찬바람 이는 계모만큼 멀게만 느껴지는 것은 나의 못난 옹졸함 때문인가.

지난날 신사(神社)가 있던 자리에는 여러 개의 기념비가 학교의 경륜을 과시한다. 우리는 1992. 5. 3. 건립한 개교 70주년 기념비 앞에서 발을 멈추었다. 저마다 비석 뒷면[陰碑]에서 자기의 이름을 찾기에 바쁘다. 건립 기금으로 낸 조그마한 정성과 이름이 음각되어 있기 때문이다. 순간 나의 눈이 침침해 오면서 깊은 슬픔이 엄습해 왔다. 모기 소리 같은 기진맥진한 가냘픈 구원의 부르짖음이 나의 귀청을 때렸다. 결코 환청이 아니다. 우리의 영원해야 할 모교는 지금 사망 진단서를 손에 쥐고 가쁜 숨을 몰아쉬고 있다. 존폐가 풍전등화다. 개교 시에는 인근 4개 면을 관할했고, 그 후 5개의 신접살림을 분가시켜 준 어머니 학교이다. 졸업생 3,500여 명을 배출했으며, 내년이면 개교 80주년을 맞는다. 지금은 전교생이 20명이 채 안 되는 새끼 학교의 분교이다. 동창회에서는 여러 요로를 통하여 역사와 전통을 생각해서라도 '제발, 살려만 달라.'고 진정 중이란다.

　"과곡(果谷) 과곡, 빛나라 과곡." 교가의 결구가 너무나 애처롭다. 자식들이 목이 터지도록 외쳐 온 것은 시한부가 아닌 영원한 '빛'이었는데, 슬픈지고. 80풍상을 겪으며 숱한 애환을 간직한 모교가 임종을 맞으며 보고 싶은 얼굴과 못다 한 마지막 한마디는 무엇일까. 비록 애초에는 식민 통치 수단의 교육 기관일망정 하늘을 찌를 듯한 기개로 탄생했을 텐데. 만주벌을 헤매던 항일 투사의 얼어 터진 손발, 남양 군도의 원혼, 가슴 에는 위안부 딸의 아픔, 삼천리 산하에 묻힌 영혼, 월남 전선의 선혈, 수많은 산업 역군의 땀, 고향을 지켜 온 순박한 아들과 딸들의 효심, 어찌 다 잊을 것인가. 아무리 생각해 봐도 시절 인연 다하여 죽을 수는 있어도 눈을 감지는 못할 것 같다. '부디, 너희들만이라도 죽지 말고 빛이 되라.' 절규하면서 불멸의 불사조 되어 우리의 곁을 맴돌 테지.

죽음은 슬픈 것인가. 아니, 슬퍼해야 하는가. 아니다. 축하하든지 축복된 죽음이어야 한다. 말할 것도 없이 죽음은 생명 현상의 종결을 뜻한다. 모든 생명체의 피할 수 없는 삶의 종국적인 한 지점이다. 하나, 죽음은 단순한 소멸이 아니고 삶이 반드시 딛고 일어서야 할 한 과정이다. 새끼에게 먹히는 어미 거미가 있고, 죽어 가는 수벌이 있어서 삶은 영속한다. 탄생이 죽음의 예고라면 원초부터 축복은 후자의 몫이다. 시대와 사회, 민족과 인류, 그리고 자기 자신의 양심에 투철한 삶보다 더 값진 '큰 죽음'이라면 슬퍼할 이유가 없다.

나는 왜 모교의 죽음 앞에서 슬퍼하는가. 적어도 두 가지가 나를 우울하게 한다. 생명체가 아닌데 죽을게 무엇이 있느냐. 또한 결코 노환에 의한 자연사가 아니지 않느냐. 학교는 죽음과는 거리가 먼 영원할 수 있는 기관이 아닌가. 모교의 죽음은 인간에 의한 타살이다. 광복 이후의 비전 없는 무모한 학교 설치는 다산다사(多産多死)라는 전형적인 후진국형 출산 형태로 유례없는 높은 유아 사망률은 이미 오래전에 예고된 것이다. 6, 70년대의 강도 높은 개발 경제정책 추진에 따른 급속한 산업화와 도시화는 이농 현상을 심화시켰다. 뒤따른 중학교 의무 교육과 교육의 평준화 정책은 가까운 도시 학교를 배제하고 무조건 같은 행정 구역 내 중학교로 배정하는 교육 정책과 연계되면서 농촌의 공동화에는 더욱 탄력이 붙었다. 우리 학교의 숨통은 서서히 조여들었다. 전적으로 인간의 실책에 기인한다. 유아뿐만 아니라 산모까지 죽어야 하는 우를 범한 것이다. 그렇다면 복지 국가가 실현되고 다시 사람들이 전원을 선호하며 자연으로 회귀하는 먼 훗날 우리의 모교는 부활해야 한다.

아쉬운 석별의 손을 나눈 것은 청명 지난 뒤의 긴 봄날 하루해가 기울 무렵이었다. 돌아가는 길에 10여 명의 친구들이 나의 고향집을 잠시 들렸다. 갖가지 꽃이 만발한 정원을 내려다보며 대청에서 담소를 나눈 짧은 시간 또한 우리를 반세기 전의 동심으로 몰고 갔다. 한여름 밤 마당에 멍석 깔고 누워 매캐한 모깃불 연기 삼키며 별을 세고 꿈을 키우던 아득한 시절로 바짝 당겨다 놓았다.

3. 슬픈 유비무환(有備無患)

언제나 고향은 어머니 품안이다. 다녀간 지 한 달이 채 안 되었으나 어머니와 같이 있는 밤은 마음이 포근하고 나이를 잊게 해서 좋다. 저녁 식사 후 어머니는 무엇인가를 부산하게 찾으신다. 꼬깃꼬깃 구겨진 주머니를 내밀면서 이것 에미(큰머느리)에게 갖다 주라 신다. 열어 보니 금반지 한 쌍과 금목걸이이다. "왜요? 갑자기." "아니다. 다음에 네 동생 내려오면, 금팔찌는 작은애(작은며느리) 갖다 주게 하겠다." "그러고, 내가 가지고 있는 돈, 많지 않지만 내가 이만 할 때 정리하는 게 좋겠다. 갑자기 내가 죽기라도 하면 공연히 너만 오해받을 수도 있고 하니, 네 몫으로 나누어 한 몫은 내 것으로 두고 또 한 몫을 다섯으로 나누어 5남매에게 고루 나누어 주고, 두 몫은 네가 갖도록 하겠다." 이를 두고 '한밤중에 홍두깨'라던가. 한동안 어안이 벙벙했다. 말려도 보았으나 한사코 막무가내시다. 얼떨결에 나는 9월 어머니 생신 때 이야기 나누자고 절충하는 것으로 만족할 수밖에 없었다. 다음 날 상경하여 집사람에게 주머니를 건네주었다. 사연을 듣고는 기절(?)하듯 놀라며 뿌리친다. 왜 갑자기 그러시냐며 섬뜩한 기분마저 든단다. 자기는 갖기 싫다며 굳이 그러시면 나보고 가지란다. 우리는 죽음의 예고 앞에서 일시나마 숙연했다.

새 생명 탄생의 진통이 있기 때문인지 잔인한 달이라 노래했던 4월은 내게는 늘 소생과 생명의 계절이며 희망으로 다가왔다. 한데, 이번만은 달랐다. 슬픈 사연들이 겹치면서 금년 4월은 왠지 내게 죽음을 깊이 천착하게 한다. 탄생은 삶의 출발인 동시에 죽음의 시작이다. 죽음은 삶의 결실이요, 새로운 삶의 기약이다. 끝도 또 하나의 시작이니까. 삶은 이별로 가는 긴 여정이다. 아버지께서 느닷없이 부고를 전할 명단을 건네주실 때만 해도 매사에 계획적이고 용의주도하신 성품 탓으로만 알았다. 아니면, 어린 아들에 대한 염려이려니 했다. 1년 후 그 바쁜 길을 가시면서도 자식이 욕먹는 것까지 배려하신 아버지의 깊은 사랑에 나의 뜨거운 눈물은 식을 줄을 몰랐다.

마음 같아서는 늘 효자이고 싶기도 했다. 부모님의 체온이 그리워 어렵게나마 고향을 지켜 왔고 한 번이라도 더 찾아가려고 애쓴다. 하나, 떠나 산 지 40년의 공백은 너무 크며 고향집은 이제 농사철에만 한시적으로 이용한다. 남의 손을 빌려 관리해 온 허물어져 가는 선영의 묘역에 웅크려 앉아 조상께 속죄해 본들 늘 빈 가슴이다. "불구자식 효자 되고, 굽은 솔이 선영 지킨다."는 옛말을 실감한다. 큰 효를 바라지도 않는 노모 앞에 늘 송구스러운 것은 같이 있어 주지 못하는 아쉬움이다. 만남은 기쁨이요, 이별은 슬픔이다. 하나, 만남이 있기에 우리는 이별을 견딜 수 있고, 이별이 있어서 만남은 빛이 나는 것이다.

문을 닫는 모교는 졸업생의 가슴에 영원한 빛으로 남겠지. 부디 마음을 비우신 어머니께서 가벼우신 마음의 효험으로 미수(米壽)까지만이라도 무병장수하시기를 빈다. 지금 돌아가셔도 너울너울 춤을 추며 아버지 곁으로 가신다고는 하시지만 어머니는 늘 아쉬워하신다. 당신의 숨결이 배어 있는 고향집에서 폐허 속에서도 곱게 피어나는 꽃길 걸으며 자식들과 어울려 함께 살지 못하는 것을.

바보들의 행진

아기들이 자라면서 말을 배우는 시기에 부모들은 한번쯤 자기의 아이가 천재가 아닐까 하는 생각을 하게 마련인 성싶다. 너무도 어른스런 말들이 예상치 않게 튀어 나오는가 하면 불쑥불쑥 던지는 질문으로 깜짝깜짝 놀라게 하니 말이다. 대단한 착각이지만 부모의 마음만은 흐뭇하기 이를 데 없다. 좀 더 철이 들면 대답하기 점점 난처해진다. 엄마 아빠가 만난 것이 너무도 신기하고, 때로는 부모가 다른 사람이었으면 하는 생각을 하기도 하나 보다. 큰 놈은 신혼여행 사진을 보고 함께 데려가지 않았다며 떼를 쓰더니, 또 한 놈은 왜 엄마를 택했냐고 꼬치꼬치 캐묻는다. 다행히 우리 아이들은 제 어미 아비만큼이나 순진하다. '갈 때는 아빠가 데려가고 올 때는 엄마가 데려왔다.'는 대답에 웃음보가 터지는가 하면, 자기 짝 엄마가 제 엄마였으면 좋겠다는 바람에는 알고 보니 순전히 제가 친구보다 좀 더 잘 생겼으면 하는 욕심이 숨어 있다. 마치 제 엄마가 바뀌어도 저는 태어날 수 있다는 듯 자신만만하다. 딸이면 더 아기자기한 물음이 있을 것도 같으나 상상에 맡길 수밖에 없다. 여기서부터 세태 변화를 감지하지 못하는 바보 행진의 엇박자는 시동이 걸린다. 여성 상위시대의 임박이나, 노후 여행의 비행기를 누가 태워 주는지 도무지 관심 밖인 대단한 시대 불감증이다.

어느 날 제 엄마는 아이들의 유도 질문에 걸려들었다. 아이가 내게서 '엄마, 아빠는 손도 한번 잡아 보지 않고 결혼했다.'는 사실을 확인하면서도 이해하기 어렵다는 듯 벌레 씹은 표정으로 고개만 갸우뚱거린다. 우리는 중매로 만나 3개월여 만에 결혼을 했다. 뭐 뚜렷이 데이트라 이름 붙일 만한 만남의 기억도 없다. 이처럼 우리 부부의 인연에는 자기의 아이들조차 이해나 인정하기 힘들 만큼 환경적인 요인이 깔려 있다.[2]

결혼 35주년에 맞은 정년기념문집 봉정식에서 집사람이 내빈들께 드린 인사 말씀의 일부를 들어본다.

" 오라버니보다 더 믿음직한 오빠 친구의 '똑똑한 신랑감'이라는 말 한 마디에 저는 주저 없이 이이를 맞이했습니다. 저의 둔함에 보상이라도 받는 듯한 기분이었습니다. 천품이 선하고 인성이 부드럽게 자리 잡은 이이지만 환경적인 요인이 이이를 너무도 바쁘게 살게 했습니다. 7대 종손에 도농(都農)을 오가는 이중생활을 감내하면서 완벽과 철저를 지향하는 그의 삶은 언제나 고단했습니다. 저의 오지랖이 조금만 더 넓었더라면 이이의 자아실현은 보다 크고 높을 수 있었을 텐데…. 이이의 하는 일에 적극적인 힘이 되기보다는 방관자 아니면 야당의 역할에 더 충실했던 지난날의 제 모습이 회한으로 다가옵니다.

하나, 이이의 정신세계와 영혼은 치외법권 지대입니다. 최소한 저와 아이들에게 남긴 아쉬움만큼은 보장이 되었으니까요. 사랑과 애정이 남보다 부족한 것은 아니지만 — 저의 집에도 세 아들이 있네요! — 이이에

---

2) 농촌 출신의 2남 4녀의 둘째인 장남으로 7대 종손이며, 아내는 4남 4녀의 일곱 번째 막내딸로 대도시에서 자라고 교육을 받았다.

게는 의지와 노력과 땀이 우선적인 덕목입니다. 이이가 하는 일을 방해 하지 않고 그냥 내버려두는 것이 이이를 도와주는 길입니다. 여든일곱 시어머니께서 지금도 외는 넋두리가 있습니다. 어느 해 소나기 만나 들 일하다 말고 황급히 집으로 달려갔더니 마당에 널어 둔 곡식은 하수구로 휩쓸려가고 있는데도 방 안에서 책만 보고 있어 채근을 했더니 농사는 내년에 또 다시 지으면 된다며 억장 무너지는 소리만 하더라고요."[3]

40년 전 산골 고향 마을을 찾아가는 길은 퍽 힘들었다. 기차역에서 10여 킬로미터 거리이나 시내버스가 드나들기 전이요 황톳길 편도가 고 작이었다. 집에서 2킬로미터 지점쯤에 장거리 시외버스가 지나가지만 배차 시간 등으로 이용이 쉽지 않다. 당시 가장 쉬운 교통수단은 택시 이용이다. 어느 해 명절 전 집사람은 네 살과 세 살의 두 아들은 앞세우 고, 막내를 등에 업은 채 손에는 선물 꾸러미를 잔뜩 들고 택시를 대절했 다. 황토 먼지 자욱이 날리며 가파른 언덕길을 헐떡이며 오르던 택시 기사가 안쓰럽다 못해 위로를 했단다. "아주머니! 연애 한번 잘못하여 큰 고생하십니다."라고.

우리는 어렵사리 고향을 지켜 왔다. 시원한 물이 흐르는 강이나 넓은 들이 있는 것도 아니고, 산수가 빼어난 곳도 아니다. 인연 없는 사람의 눈으로 보면 실망스럽기 그지없는 초라하고 조그마한 두메산골 마을이 다. 하나, 나는 고향을 버릴 수가 없다. 고향은 나의 삶의 원동력이요 자연은 나의 스승이다. 심신이 고단할 때면 나는 고향을 찾는다. 250여 년간 선조들의 음덕이 쌓인 선영에 흐르는 기는 삶의 의욕을 북돋워 준 다. 조실부모로 누대의 빚만 껴안은 소년가장인 아버지는 거센 바람기

---

3) 智芿 全炳勳敎授停年記念文集 ≪나의 삶 나의 인생≫, <묻어 둔 사연> 1부–사랑, 아쉬 움의 화신, 2005.

를 주체 못한 장사(壯士) 아버지(외할아버지)의 해외 가출로 졸지에 풍비박산된 집에서 태어나 세 살에 어머니(외할머니)마저 여의고 일찍이 눈물젖은 빵을 씹은 어머니를 만혼으로 맞았다. 솔향기 그윽이 풍기는 고향집 대청마루에 천장을 바라보고 누워 심호흡을 한다. 부창부수 맨주먹으로 가난을 극복하고 자수성가하여 가문을 일으키신 아버지의 뜨거운 피와 어머니의 소금기 찌든 땀이 가슴 그득히 흘러내린다.

가난을 힘의 원천으로, 근면을 재력(財力)으로 승화시킨 부모님의 삶자체는 내 삶의 역할 모델이요 '명심보감'이다. 중·고등학교 6년간 하루에 4시간 이상을 깊은 사색에 잠겨 홀로 외로이 묵묵히 걷고 걸어온 가파른 산길 통학로에서 나는 어렴풋이 스치는 나의 삶의 길을 보았다. 계절을 스물네 번이나 바꾸어 가며 미련한 내게 삶의 지혜를 깨우쳐 준자연은 나의 유일한 스승이다. 나는 자연에 너무나 큰 빚을 지고 있다.

아직도 고향에는 사랑과 정감이 흐른다. 우리의 가문과 삶의 생생한내력을 고스란히 꿰고 있는 고향의 죽마고우는 내 아내에 대한 칭송이대단하다. "철 따라 고향을 오가며 시부모는 말할 것도 없고 후사(後嗣)없는 처숙부모까지 정성껏 받들고, 시동생과 시누이 4남매를 모두 서울로 데려가 대가족을 꾸려가면서 학업을 치다꺼리하여 성혼시키고 대성시킨 것은 전적으로 자네 집사람의 희생적인 노력의 덕분일세."라며 고향 모임이나 동창 모임 등에서 찬사를 아끼지 않는다. 핵가족이 만연하고 제 자식 챙기기에만 급급한 각박한 세태인지라 주변 어디에서도 이처럼 고귀한 삶의 모습을 보지 못한단다. 과찬의 말씀이라며 정중히 사양하면서도 내심으로는 팔불출이 된다. 아쉬움이 있다면 우리 부부는 자신을 위한 삶에 너무 소홀했다. "우리가 사는 것은 인생의 일부분에 지나지 않는다."[4]지요. 그 나머지는 인생이 아니라 그저 시간일 따름이라고 하니, 안타깝게도 우리 부부는 인생을 살지 못하고 시간만 보낸 부분이 너무 많다. 우리의 게으름 탓이겠지. 소홀히 한 노후의 허허로움을 실감하는지라 남은 인생의 마무리만이라도 잘 챙겨야 할 텐데.

어머니의 가장 큰 불만은 나의 무능이었다. 남들은 '되[升]로 배워 말[斗]로 써먹건만, 말로 배워 되로도 못 써먹는다.'며 늘 지탄하셨다. 그 푸념 속에는 밤낮없이 책과 씨름하는 자식에 대한 안쓰러움 이상의 의미가 담겨 있다. 바로 나의 '가지 않은 길'에 대한 아쉬움이다. 적수공권(赤手空拳)으로 가문을 일으킨 분이기에 교수인 아들로서는 애초부터 성에 차지 않으신다. 권력이나 재력에 대한 미련이 남는다. 중견기업으로 성공을 거둔 동생이 있기에 한 가지 소원은 푼 듯도 하련만 당신이 떠난 후 장남으로서 부모 구실 제대로 대신하기에는 턱없이 부족한 궁색스런 살림에 늘 애를 태웠다. 물욕을 챙기지 못하고 태어난 것을 어머니의 잘못이라 해야 하나, 아니면 나의 탓으로 해야 하나. "약삭빠른 사람은 학문을 경멸한다."[5] "능력 없는 자가 가르친다." 등 학문이나 교수라는 직업에 대한 특성을 몰라 줄 때 교수는 맥이 풀린다. 약삭빠른 사람이나 능력이 있는 사람이면 사업해서 돈 벌지 힘든 교수를 할 리야 없겠지. "학문의 기쁨은 한가하게 혼자 있을 때 나타난다."[6]는 사실을 알아주는 현인이 일찍이 있었기에 대학 연구실의 불은 꺼지지 않는다.

우리 세 아이가 중·고등학교 다니던 때는 과외와 치맛바람의 전성기였던 성싶다. 압축개발 시대의 건설 붐을 탄 경제 개발이 호황이던 시절

---

4) 세네카(Lucius Annaeus Seneca), 천병희 옮김, 《인생이 왜 짧은가》, <인생의 짧음에 관하여>

5) 베이컨(Francis Bacon), 권오석 옮김, 《수상록》, <문에 대하여>

6) 전게서, <학문에 대하여>

로 부동산 투기가 기성을 부리고 분양 아파트의 프리미엄이 천정부지로 오르면서 아파트 가격이 밤낮으로 억억 하면서 숨 가쁘게 몰아쳤다. 우리는 분에 넘치는 일생일대의 행운으로 당첨된 8학군 중심의 아파트에 사는 호사는 누렸으나, 유감스럽게도 아이들의 과외에까지는 재력이 미치지 못했다. 당시 어느 날 절친한 친구가 집을 팔아서라도 애들 과외를 시키는 것이 좋겠다는 힘든 조언을 한다. 그러나 부양가족 10명이 넘는 월급쟁이 가장으로서는 언감생심이라 귓전으로 흘릴 수밖에 없는 바보들의 가슴에는 천근만근의 무쇠덩이만 내려앉았다. 천성적인 소치이기도 하지만, 시도도 해 보지 못한 무능은 오래오래 속절없는 후회의 짐이 되면서 아이들에 대한 죄책감으로 남기도 했다. 이제는 부족함 속에서도 큰 불만 없이 밝게 자라 제 길 가고 있는 세 아들이 마냥 대견스럽다.

40대 끝 무렵 홀로 겪는 유학의 육체적 정신적 무게는 예상보다 버겁다. 경영실무에 종사하던 중 예상치 않게 모교의 교수로 초빙되어 20여 년 늦게 맞은 한때 꿈이었던 실기한 재충전의 기회이기에 유감없이 만학의 집념을 불태우기도 했다. 전공이 용도 폐기된 지금 되돌아보니 만감이 교차한다. 노모를 비롯한 대가족을 꾸려 준 아내의 성원이 큰 힘이 되었다. 잠시나마 누릴 수도 있었던 선망되는 오붓한 핵가족의 즐거움과 아이들 현지 어학연수 절호의 기회마저 살리지 못한 한계와 미련은 또 하나의 아쉬움이다. 우리의 삶의 길에는 알게 모르게 많은 기회가 스쳐간다. 해서, 삶의 성패는 기회를 잡느냐 놓치느냐에 좌우된다. 능력이 있을 때는 기회가 없고, 기회가 있을 때는 능력이 따르지 못하는 곡예 같은 인간사! 어디 그리 쉽던가.

막내아들까지 대학에 진학시킨 후 아내는 해 질 녘에 겁도 없이 문학의 숲으로 뛰어들었다. 늦게 배운 도둑이 날 새는 줄 모른다더니 동시에 주야간 두 학교에 적을 두고 수렁 깊은 늪을 헤매기 10여 년 각고의 노력으로 교육학 석사와 문학 석사 학위를 취득하더니 내친김에 문학 박사 과정까지 수료한다. 드디어 만학은 대학 강단에서 후학을 가르치는 기회로 꽃을 피운다. 강의를 마치고 교정을 거닐며 상쾌한 숨을 들이쉴 때면 가슴이 펑 뚫리면서 날아갈 듯한 기분이란다. 진정 배움은 날개인가. 초록은 동색인지라 못난 남편의 빛이 조금은 탕감되는 듯 옆에서 보기에도 흐뭇하다. 오랜만에 실종된 자기 삶을 되찾아 10년 이상 대학에서 자아실현의 기쁨을 만끽한다. 하나, 도끼자루는 썩어 가고 대책 없는 노후의 찬바람이 양 옆구리를 서서히 공격하는 기미는 감지조차 못한 게다. 힘든 20여 년의 만학의 노력이면 복부인으로 대성할 수도 있으련만…. 초라한 노후의 모습에 명품에 휘감긴 귀부인이 겹치는 환영은 무슨 미련 때문인가. 아무렴 고무신을 통째 누릴 사람과 껌 하나로 만족할 사람에는 타고난 국량의 차이가 엄연할 테지. 사람 팔자 참 오묘하다. 근묵자흑(近墨者黑)이라 너무 가까이하여 오염되었나. '남산골샌님' 같은 주변머리 없는 교수 남편에 대한 수십 년간 켜켜이 쌓인 불만과 실망은 다 어디로 날려 보내고 흉보던 며느리가 시어머니 닮듯 뒤따라오며 쾌재를 부르니 또 이 무슨 질기고도 얄궂은 인연인가.

지금 돌이켜보니 우리가 걸어온 지난 44년의 인생행로가 퍽 가파르다. 한 사람 겨우 지나칠 수 있는 농경시대의 외길에 벤츠로 고속 질주하려는 과욕이었나 보다. 과속과 후진, 역주행으로 곡예를 한 무모한 운전기사의 운전 미숙과 과실이 분명한데도 승객만 나무란 듯싶다. 아무튼 무사고로 여기까지 왔음은 분명 신의 가피나 선조의 음덕의 힘이 분명할 터이다. 각자의 가는 길에서는 어느 누구의 스텝도 어긋남 없이 온전했다. 다만 같이 걷는 행진에서만 보폭과 속도 차이로 엇박자가 난 것이다.

해서 각자는 고슴도치 겨울 나듯 늘 춥고 외로웠나 보다. 아내의 진실이
담긴 실토를 들어 본다.

"우리는 영원히 통하지 않는 문을 서성이며 계속 갈등하며 살아갈 것
입니다. 아직도 가야할 길이기에."7)

나는 처음부터 짝패(pair use)가 아닌 외짝용(single use)으로 태어났
지 싶다. 사주나 역학을 들먹이기 전에 내 인생을 내 마음대로 살게만
내버려 두었다면 아마 나는 지금쯤 초라한 독신 독거인 아니면 근엄한
구도자의 길을 걷고 있을지 모르겠다. 자유인이 한때 잠깐의 꿈이었으
니까. 이제야 아내와 아이들이 동행하기 힘들어했던 이유가 자명해진
다. 예부터 남자의 운명 치마폭 세 개라 했던가. 어머니의 땀에 찌든
무명치마에 묻힌 그리움, 아내의 새색시 다홍치마 새까맣게 물들인 애
증, 며느리의 스커트 자락에 피어나는 핑크빛 효심이 나의 가슴을 뜨겁
게 적신다. 귀여운 손자, 손녀들의 사랑에 흠뻑 빠져 호사를 누리는 나는
분명 억세게 운수 좋은 행운아이다.

지금까지 우리는 함께 가면서도 각자의 춤을 추고, 각자의 노래를 쉼
표도 없이 숨 가쁘게 외쳐 왔지 싶다. 이제는 우리의 춤이 서로 뒤엉켜
돌아가는 관능미 넘치는 열정의 탱고이기보다는 경쾌하고 부드럽게 다
정히 둘이서 발맞추어 가는 우아한 자세[promenade position]의 왈츠
나 블루스였으면 좋겠다. 이왕이면 우리의 노래도 소프라노와 알토의
화음 근사한 앙상블이었으면 한다. 진정 피안까지 함께하기를 원하는
부부가 얼마나 되려는지 궁금하다. 나는 늦게나마 보다 나은 남편, 더
좋은 아버지의 자리를 만회하고 싶지만 아내는 쉽게 동의하지 않는다.

---

7) 전게서, <묻어 둔 사연> 2부–그래도 가야 할 길, 끝맺는 말.

겉으로는 더 좋은 배우자 만나는 기회를 준다는 치마폭 넓히는 아량이지만 8할 이상 해수면 아래 잠겨 있는 빙산의 실체 파악이 안 된다. 아무래도 바보들의 행진에 지쳤나 보다. 이제 와서 보상할 길도 없으니 어쩌랴. 그래도 마음만은 건강하게 오래오래 함께 가잔다. 오늘도 아내는 라인댄스 교실에서, 나는 스포츠 댄스반에서 보폭과 속도 조율에 여념이 없다. 왜! 아직도 같이 가지 않느냐고요? 바보들의 서툰 엇박자는 대외용 핑계이고, 진의는 각자의 짧은 자유나마 만끽하려고. 이승의 힘겨운 여정 끝난 훗날 무량한 자유 속에서 지친 영혼 달래 주는 천상의 노래에 발맞춘 정겨운 행진을 꿈꾸면서.

고전에서 해답을 찾다(3)

- 행복한 삶

    인간은 누구나 행복한 삶을 추구한다. 하나, 무엇이 행복이며 어떻게 이를 구현할 수 있는지에 대한 해답을 찾기는 어렵다. 아니, 정답이 존재하지 않는지도 모를 일이다. 이 문제는 인류의 최대의 관심사인 동시에 영원한 미완의 명제로 남을 수도 있겠다. 한데도 우리는 항상 미흡한 행복을 충족하려 노심초사하고 있다. 무엇이 얼마 만큼이면 족할까.

    동양에서는 대체로 행복을 다복의 개념으로 이해하고 있다. 해서 다복을 누리는 것을 행복한 삶으로 여겨 왔다. 통상 복의 내용을 다섯 가지로 제시하고 있으나 주장에 따라서는 내용상의 차이가 있다. 우리나라에서는 ≪서경(書經)≫ <홍범편(洪範編)>에 있는 오복을 기본으로 받아들이고 있는 성싶다. 즉 오래 살고[壽], 부(富)를 누리며, 육체적 정신적으로 건강(康寧)하고, 남에게 선행을 베풀어 덕을 쌓고[攸好德], 천수를 다하는 것[考終命]을 오복으로 삼는다. 오래 살되 부자로서 건강하게 살면서 남들을 위하고, 편안하게 생을 마치는 일생을 사는 것이 동서고금을 막론하고 바람직한 인생의 전형이라 믿는다. 한편 중국 책현(翟顥)의 <통속편(通俗編)>에서는 수(壽), 부(富), 귀(貴), 녕(寧), 자손중다

(子孫衆多)를 오복으로 삼는다. 수명과 부와 건강은 공통이나 전자는 선행과 덕, 편안하게 삶을 마치는 것을 중시하는 반면에 후자는 귀한 신분과 자손번창을 꼽고 있다. 논자에 따라서는 앞의 공통 사항 세 가지 외에 고마운 마음씨[美心術], 학문을 많이 익히는 것[好讀書], 사람의 도리[行世], 건치(健齒), 부부해로(夫婦偕老), 사후명당(事後明堂) 등이 오복의 내용으로 대체되기도 한다. 인간이 선호하는 복의 내용이 시공을 초월하여 고정 불변일 수는 없겠다. 시대의 변천에 따라 변화되고 장소에 따라 다를 수 있다. 장수 시대를 살아가는 현대인에게는 특히 일[事]과 친구[朋]의 중요성이 강조되어 마땅할 것이다.

인류 최초의 행복론자 아리스토텔레스는 행복은 인생의 목적이라 단언한다.[1] 인간의 행복은 인간만의 고유의 특질을 완전하게 발현하는 것이 인간다운 삶을 사는 것이자 행복을 위한 지름길이라고 생각한다. 행복의 조건으로 중용, 상당한 수준의 재화, 우정, 원숙한 지식과 맑은 영혼을 제시하고 있다. 인간의 행위 내지 활동은 모두 목적을 가지고 있고 그 목적을 잘 이루는 것이 '선'이다. 우리의 모든 활동은 그 활동의 목적이 보다 높은 목적의 수단이 되는 연쇄 체계로 이루어져 있다. 우리는 많은 능력과 기술을 통해 차례차례로 보다 고차원적인 목적을 추구해 나가면 궁극적으로 '최고의 능력 내지 기술'이 발휘됨으로써 발생하는 성과로 최고선에 도달한다. 그런데 목적을 이루는 것이 선이므로 이 최고의 목적을 달성하는 것이 곧 '최고선'이며 그것이 바로 '행복'이다. 행복은 인간이 삶에서 추구하는 것 가운데 가장 좋은 것, 즉 최고의 선이다. 최고선의 기준은 "첫째, 우리 인간이 오직 그것을 위하여 추구하는

---

1) 아리스토텔레스 지음, 홍석영 옮김, ≪니코마코스 윤리학 ―아들에게 들려주는 행복의 길≫(풀빛, 2005), p. 11.

목적이어야 하고 둘째, 무조건적으로 완전해야 하며 셋째, 만족할 수 있는 것이어야 한다."[2]는 세 가지를 제시하면서 행복은 이 조건에 모두 맞는다고 주장한다. 행복은 인간만이 가지고 있는 고유한 일과 기능인 이성 활동과 그 능력을 완전히 발휘하고 실현하는 것이다. 따라서 인간의 행복은 이성 활동에 기반을 한 관조하는 생활, 즉 정신 활동에서 얻어진다. 행복은 완전한 정신의 덕에 따른 활동이다. 정신의 이성적 활동은 그 활동에 알맞은 행위의 규범인 덕을 가지고 수행할 때 보다 잘할 수 있다. 그러므로 인간이 추구하는 선이란 덕과 일치하는 정신의 활동이다. 정신의 덕은 지혜, 이해력, 지성과 같은 '지적인 덕'과 절제, 관용, 인내, 용기, 관후, 정의와 같은 '도덕적 덕'으로 구분된다. 도덕적인 덕은 동물의 수준이라 할 수 있는 감각적인 즐거움이나 인간의 수준인 사회적인 즐거움과 관련이 있지만, 지적인 덕은 과학적이며 철학적인 영역과 관련이 있기 때문에 지적인 덕이 보다 우월하다. 행복하기 위하여 덕이 있는 사람이 되려면 정념, 즉 감정을 잘 다스리고 관리해야 하며 지나침이나 모자람이 없는 중용의 상태를 유지해야 한다. 덕은 교육을 통해서 얻어지며, 꾸준한 훈련과 실천을 통해서 도달할 수 있다. 인간의 정신 활동을 담당하는 영혼의 이성적인 부분은 도덕적인 덕을 실현하기 위해 욕망을 통제한다. 그리고 욕망의 통제를 규칙적으로 반복하다 보면 덕에 습관이 붙게 된다. 해서 아리스토텔레스는 덕을 '습관화된 중용'이라 규정한다. "덕은 행위를 결정하는 본성의 상태이며, 중용을 통해 구성되고 우리 각자의 상황에 따라 상대적으로 결정된다. 그리고 이성의 명령을 통해서 정의(定義)된다. 즉 지적인 사람들이 그것을 정의할

---

2) 상게서, pp. 185~186, 189.

때와 같이 이성과 관련해서 정의되는 것이다."라고 아리스토텔레스는 결론짓고 있다. 아리스토텔레스의 행복에 이르는 올바른 길은 인간의 고유한 능력을 바르게 실현하는 것이다. 이성의 힘으로 감각과 욕구를 조절하고 통제할 때 행복에 이를 수 있으며, 그 조절과 통제의 구체적인 방법은 중용이다.

한편 세네카는 〈행복한 삶에 관하여〉에서 쾌락의 지배를 받게 되면 고통의 지배도 받게 됨을 깨우쳐 주며 "행복은 미덕을 추구하며 자연에 맞게 사는 데 있음"3)을 역설한다. 세속에 물들면서도 인간이 인간다운 까닭은 올바른 이성과 유일의 선(善)인 덕(德)을 목적으로 행동하기 때문이라는 스토아주의 철학의 이론에서 행복을 구하면서도 건강과 부 등이 지니는 가치에 대해서도 이야기한다. 스토아 철학자들이 다 그러하듯이 그는 자연과의 조화에 동조한다. 자연에서 벗어나지 않는 것, 자연의 법칙과 본보기에 따라 자기를 형성하는 것이 지혜이며 따라서 자신의 본성과 조화를 이루는 삶이 행복이다. 이성에 힘입어 바라는 것도 두려워하는 것도 없는 사람이 행복하다고 할 수 있다. 행복한 사람은 "이성이라는 선물에 감사하며 욕망과 두려움에서 자유로운 사람이다." 행복해지기 위해서는 먼저 원하는 목표를 정확히 설정하고, 쾌락의 유혹에 빠지지 말고, 미덕을 최우선으로 하고, 행동으로 실천해야 한다. 세네카 행복론의 요체는 올바른 이성(理性), 미덕(美德)추구, 자신의 본성과 자연의 조화(自然調和), 정신적 육체적 건강(健康), 시대 상황에의 적응(狀況適應)이다. 행복한 삶이란 올바르고 확고한 판단에 기초하고 있어 동요하는 일이 없는 생활이다. 외적인 것에 무관심하기만 하면 어떤 상

---

3) 세네카 지음, 천병희 옮김, ≪인생은 왜 짧은가≫(숲, 2005), p. 165.

황에서도 행복할 수 있다. 또한 인간은 고통과 시련을 통하여 더 강해진다. 때문에 잘 다스리기만 하면 고통도 반드시 좋은 목적에 이바지할 수 있다.

또한 스피노자는 데카르트의 합리주의 정신을 이어 받아 이성에 대해 절대적 믿음을 갖고 해탈의 윤리를 전개하였다. 스피노자는 가장 값진 삶은 지성이나 이성을 가능하면 최대로 완성하는 일이며 이것이 바로 행복이라고 하였다. 행복이란 자연에 대한 참된 의식에서 우러나오는 마음의 평화라고 보았는데, 여기에서의 자연은 신이나 정신, 혹은 모든 것을 포함하여 존재하는 것을 뜻한다. 부귀나 명예, 혹은 쾌락이나 권력은 우리의 인생을 좀 더 행복하게 하기 위한 수단으로써 가치가 있을 뿐이며, 자연의 모든 사물들은 이성과 감성의 협력에 의하여 엄격히 결정되어 있다는 것을 파악할 때에 비로소 행복해질 수 있다고 주장하였다. 인간의 진정한 최고 행복은 어떤 외부의 상황에도 마음의 동요를 전혀 일으키지 않는 평정의 상태에 이를 때 가능하며, 감정의 노예에서 해방된 자유인만이 그 경지에 이를 수 있다.4) 따라서 스피노자 윤리학의 목표인 인간이 최고 행복에 이르는 길은 수동적인 감정의 노예 상태에서 이성의 힘에 의한 올바른 인식을 통해 능동적인 감정을 소유함으로써 자유인이 되는 데 있다. 일반 대중의 신앙과는 달리 신학자나 철학자는 인식에 근거해서 신에 대한 지성적인 사랑을 해야 하고, 이 지적인 사랑(또는 상상적인 사랑)의 결과로 생긴 기쁨이 인간이 누릴 수 있는 최고의 행복이다. 이 지적인 사랑에서 생기는 마음의 평화와 정신적으로 최고의 만족을 누리는 것이 인간에게는 최상의 행복이다.5) 인간의

---

4) 박삼열 저, 《스피노자의 윤리학 연구》(선학사, 2002), pp. 181~182.

5) 상게서, pp. 199, 201.

행복, 즉 잘 사는 법은 신에 대한 지적 사랑에서 이루어진다. 신에 대한 지적 사랑을 소유한 사람은 모든 정념의 예속 상태에서 벗어나 세상에서 어떤 어려움을 겪더라도 동요되지 않고 정신의 평정을 누리는 자유인이다. 진정한 자유인은 심지어 죽음의 공포에서도 벗어나 있다. 현자는 정신이 거의 동요되지 않고, 자기 자신, 신 및 사물을 영원한 필연성에 의하여 의식하고, 결코 존재하는 것을 그치지 않으며, 항상 정신의 참다운 만족을 소유하고 있다. 영원의 관점에서 보면 모든 것이 무한한 실체의 일부이며, 인간의 삶도 영원의 한 부분으로서 움직이고 있다는 것을 깨닫게 된다는 것이다. 이렇게 될 때에 온갖 정념의 속박으로부터 벗어나서 자유와 기쁨을 누리게 되며, 이것이 바로 신에 대한 사랑으로 나타난다.

철학자 임마누엘 칸트는 인간이 행복해지기 위해서는 첫째, 일을 해야 하고 둘째, 누군가를 사랑해야 하고 셋째, 희망을 가져야 한다고 말했다.6) 여기서 말하는 일이란 어쩔 수 없이 억지로 하는 일이 아니다. 자발적으로 최선을 다하고 성취감을 느끼는 일이다. 우리가 행복하지 않은 것은 내가 가지고 있는 것을 누리고 감사하기보다는 가지고 있지 않은 것을 탐내기 때문이라고 한다. 행복해지고 싶다면 내가 가지고 있는 것들과 내 주변에 있는 사람들을 아끼고 사랑해야 한다는 것이다.

행복은 인간의 활동인 생활을 통해 주어진다. 인간의 실제 생활에는 쾌락적 생활, 정치적 생활, 그리고 관조적 생활의 세 가지 형태가 있다. 쾌락적 생활은 쾌락을 선으로 하여 그것을 추구하는 것으로 가장 낮은 단계의 생활로 많은 사람들이 선택하는 삶의 모습이다. 이것은 가장 일

---

6) 마틴 베레가드 · 조던 밀른 지음, 김인수 옮김, ≪스마트한 성공들≫(걷는 나무, 2014),
   p. 7 재인용.

반적인 형태로 오감에 의한 감각적 만족을 얻는 것을 행복으로 느낀다. 이러한 행복은 물질적, 육체적인 욕구의 만족으로부터 주어진다는 점에서 동물적 행복이라고 말할 수 있다. 정치적 생활은 명예를 선으로 추구하는 생활로 교양 있고 활동적인 사람들의 삶이다. 그 선이란 바로 '정의'이다. 국가에서 사회적 활동을 하며 각자 직분의 완수로 성과를 이루고 이에 따르는 명예를 통해 선을 이룬다. 훌륭한 일을 하면 높은 명예를 얻을 수 있고 그것으로 사람은 만족과 행복을 느낀다. 최고의 영예가 주어지는 사람은 최고의 행복을 누린다. 관조적 생활은 명상하고 깊이 생각하는 삶으로 진리를 탐구하는 생활로서 인간적 행복을 초월한 신적 행복을 얻는 생활이다. 인간은 이성을 갖고 있기 때문에 동물과 달리 진리를 탐구할 수 있다. 행복은 욕구의 충족으로 느껴진다. 인간의 욕구에는 생리적 욕구, 안전 욕구, 사회적 욕구, 존중의 욕구, 자아실현 욕구의 5단계의 계층이 있다.[7] 욕구는 하위에서 상위의 단계별로 순차적으로 충족되며, 만족된 욕구의 단계가 올라감에 따라 행복 또한 커지게 마련이다. 또한 인간 생활이 쾌락적 생활, 정치적 생활, 관조적 생활로 상향됨에 따라 행복한 삶의 질은 고차원으로 발전하게 된다.

인생살이에는 정답이 없다. 인간이 추구하는 행복 또한 동서고금에 따라 한결같지 않다. 동양 사상에서는 행복의 수단에 주안점을 두고 있는 데 비하여 서양 사상에서는 행복의 목적에 초점을 맞추고 있다. 이처럼 행복은 시공에 따라 다를 수 있으며, 개인별 차이도 있을 수 있고 동일한 개인도 시간과 장소에 따라 변할 수 있다. 성현이나 선비가 추구하는 행복과 필부들의 세속적인 행복 간에도 큰 차이가 있겠다. 행복은

---

7) Stephen P. Robbins · Mary Coulter, ≪Management 7th≫(Prentice Hall, 2003), p. 425.

개별적인 것이기에 각자의 본성과 조화를 이루며, 자연에 순응하는 삶이 행복한 삶이다. 행복은 외부에 존재하는 것이 아니다. 개인의 마음가짐에서 비롯된다. 예컨대 소득 수준과 행복 지수는 비례하지 않는다. 행복 한가 그렇지 못한가는 결국 우리들 자신에게 달려 있다. 행복함에는 어떠한 기준도 존재하지 않는다. 스스로 행복하다고 느끼면 그것이 행복이며 행복은 자신이 만들어 가는 것이다. 행복은 쾌락이 아니라 의미 있는 삶에 따르는 부산물이다. 인간은 사회적 존재이기에 더불어 사는 사회에서 유아독존적인 나 홀로 행복을 만끽할 수는 없다. 환경적인 요인이 개선될 때 보다 온전한 개인의 행복이 달성될 수 있다. 때문에 시대적 사회적 외부 환경의 변화를 읽는 예지와 전체를 보는 통찰력을 키우고, 불행의 원인을 정확히 파악하여 적절히 대응할 때 비로소 보다 높은 차원의 자유롭고 진정한 개인의 행복은 실현될 수 있다.

행복은 다다익선(多多益善)인가. 행복에는 한계가 없을까. 동양 사상에서는 정도를 지나침은 미치지 못한 것과 같다는 과유불급(過猶不及)이나 안빈낙도(安貧樂道)가 군자가 갖추어야 할 덕목으로 숭상되고, 안분지족(安分知足)이 절제된 선비 정신의 표상으로 기려온 것으로 미루어 볼 때 행복에도 한계가 있음을 쉽게 유추할 수 있다. 한편 세네카는 "과도한 것은 무엇이든 해롭지만 과도한 행복이야말로 가장 위험하다."[8]라며 행복에도 한계가 있음에 경종을 울리고 있다. 행복의 과잉은 고통과 파멸의 원인이 될 수 있다. 해서 행복에도 응분의 절제와 균형이 따라야 하며, 행복의 요인들이 상호 조화를 이루어야 한다. 행복한 삶은 저절로 오지 않는다. 노력 앞에서는 운명도 비켜 간다. 인생의 노예가

---

8) 세네카 지음, 천병희 옮김, 상게서, p. 152.

아닌 진정한 주인으로서 자기의 삶을 정성껏 가꾸는 노력을 경주할 때 개인의 행복한 삶은 향상된다. 하지만 조직의 구성원 모두나 인류 전체가 온전한 행복을 누리는 것은 공정한 정의 사회·복지 사회가 실현되고 평화가 보장될 때에만 가능할 텐데, 백년하청(百年河淸)이려나. 인간의 궁극적인 최고 행복은 신에 대한 지적 사랑과 관조적 삶을 통하여 완성된다. 눈앞에 아른거리며 부침하는 자유·평등·평화가 신기루 아닌 행복이 피어나는 봄 동산의 아지랑이였으면 좋으련만….

나비넥타이

    손녀 여진이로부터 고사리 손으로 만든 '작은 음악회'의 초청장을 받았다. 아침 일찍 서둘러 찾은 유치원 강당에는 공연 시작 한 시간 전이건만 학부모들로 붐빈다. 일 년 동안 익힌 솜씨를 할아버지 할머니에게는 자랑하고 엄마 아빠에게는 쏟은 정성과 사랑에 보답하는 송년 잔치이다. 어린이 사물놀이로 막이 오른다. 생애 처음으로 출연하는 공연에 마냥 고무된 천진무구한 얼굴들이 해맑다. 무대의 가장 높은 열 중간에 다소곳이 앉아 장구를 부둥켜안고 장단 맞추는 손녀의 미소 짓는 모습이 팔불출 할아비의 눈에는 하늘에서 내려온 천사다. 조용하던 객석이 술렁인다. 자기의 아이를 찾느라 분주하고, 스마트 폰으로 이름 날리기에 바쁘며, 찾은 아이 사진이나 동영상 촬영에 여념이 없다. 오랜만에 보는 교육열 뜨거운 현장의 진수다. 현악기와 관악기 연주에 합창, 무용 등 다양하게 알찬 내용이 이어졌다. 남자 어린이들의 목에 맨 앙증맞은 나비넥타이가 유난히 눈길을 끈다. 대견스럽다.

    사르르 눈이 감긴다. 흐르는 음률을 타고 타임머신은 나를 25년 전으로 옮겨 앉힌다. 무대는 뉴저지 주의 뉴브런스위크 하이랜드파크 문화센

터다. 나는 다양한 피부 색깔의 세계인과 어울려 뒹굴고 춤춘다. 각자 자기가 태어난 고국의 무용을 자랑하는 시간이다. 〈아리랑〉 가락에 맞추어 한국 무용을 뽐내며 갈채를 받는다. 생소한 우리 고유의 율동과 선율에 덩달아 날갯짓하는 반원들 앞에서 한층 우쭐한다. 과연 가무는 시공을 초월한 만인의 공통 언어이다.

나와 춤과의 인연에는 사연이 있다. 15여 년의 은행원과 공인회계사라는 경영 실무자에서 갑작스런 모교의 요청으로 본의 아니게 예상치 않은 학문의 길로 전직한 지 어언 8년이 흐른다. 학창 시절에 이루지 못한 유학의 꿈이 되살아난다. 하나, 인간사 한 번 놓친 실기를 만회하기란 쉽지 않다. 어렵사리 학위 과정 입학 수속을 마친 학교는 공교롭게도 재직 학교와 자매결연이 되면서 교수의 신분으로 학생이 되는 것이 금기란다. 해서 서부에서 동부로 급선회하여 연구교수로서 수학하는 길을 택한다. 그마저 노모를 모시는 대가족의 가장인지라 외기러기다. 처자식과 함께하는 호사는 엄두도 못 낸 옹색한 남편이요, 한 치 앞을 내다보지 못하는 아둔한 아버지라는 일생일대의 치욕스런 수치를 남기면서. 40대 끝 무렵 홀로 겪는 만학의 육체적 정신적 무게는 예상보다 버겁다. 그 시절 나를 지탱한 버팀목은 말도 배우고 춤도 추며 생활 속의 문화까지를 엿보려는 꿈도 야무지게 일타삼매를 노린 문화센터 모던 댄스 교실에 남긴 서투른 걷기와 샤세(walk & chasse)의 발자국이다.

어느덧 세월은 많이 흘렀다. 어렵게 유학에서 수학한 본업인 학문은 용도 폐기된 지 오래지만, 덤으로 익힌 서투른 스텝은 4반세기가 지나도록 나의 일등 건강 지킴이이다. 말이 어눌하고 손발이 둔한 춤의 문외한인 생짜의 이방인을 따뜻하게 감싸 주신 퇴직 후 자원봉사자로 열정을 쏟던 앨리스 선생님의 정성 어린 사랑과 같이 수강하며 노구를 마다않고 친절하게 파트너가 되어 주곤 하던 인자한 부군의 친절이 내게는 아직도 봄 동산에 피어오르는 아지랑이다. 스스럼없이 집으로 초대하고, 자진하여 시샘하듯 앞 다투어 교통 편의를 주던 동료 수강생들의 애정 넘치는 환대는 언제까지나 내 삶에 생기를 북돋우는 자양분이다.

당시만 하여도 우리나라에는 사회 체육이 일반화되기 전이라 평생교육을 비롯한 사회 복지시설에 대한 부러움이 컸다. 귀국 후 나는 국내 최초로 사회체육학과를 설치하는 데 일조를 하였다. 세계 10위권 경제 대국, 올림픽 5위의 체육 강국으로의 발전과 인간 수명의 연장으로 생활체육(sports for all)은 보편화되고 모든 국민의 필수가 되었다. 특히 경기 댄스(sports dance)가 대학의 정규 교과목이 된 지 오래이며, 올림픽 시범 경기 종목이 되면서 각종 댄스가 날개 돋친 듯 남녀노소에게서 총애를 받는 세월이다.

댄스는 시대에 따라, 또는 지역이나 국가에 따라 그 유형이 다양하다. 모던 댄스와 고전 댄스, 경기 댄스1)와 사교댄스2)로 나뉘기도 하며, 라틴 댄스나 남미 댄스가 있는가 하면 같은 종목이라도 아메리칸 왈츠나 비엔나 왈츠처럼 국가나 지역에 따른 차이를 보이기도 한다. 한국 전통 무용, 하와이언 훌라댄스, 폴리네시안 원주민의 춤 등은 국가나 지역 고유의 민속춤으로서 명성을 떨친다. 춤이 나라를 의미하기도 한다. 리우

---

1) 경기 댄스 : 스포츠 댄스(sports dance) 또는 댄스 스포츠(dance sports)라 불리며 체력 단련과 건강 증진을 도모하는 운동으로의 춤으로서 경기와 기술을 겨루는 스포츠에 역점을 둔다. 왈츠(waltz), 폭스트로트(foxtrot), 퀵 스텝(quick step), 탱고(tango), 비엔나 왈츠(viennese waltz)의 종목으로 짜이는 스탠더드 모던 댄스 부문과 룸바(rumba), 차차차(cha cha cha), 삼바(samba), 파소 도블레(paso doble), 자이브(jive)로 구성되는 라틴 댄스 부문으로 이루어진다.
2) 사교댄스(social dance) : 즐거움을 공유하는 사교에 주안을 둔다. 지터벅(jitterbug), 블루스(blues), 트로트(trot), 탱고 등은 한국의 전통적 사교댄스로 사랑받고 있다.

카니발에서 절정을 이루며 불꽃보다도 더 뜨겁게 타오르는 정열의 삼바는 브라질, 관능미의 극치라 칭송받는 탱고는 아르헨티나를 상징하기도 하며, 파소 도브레는 스페인의 투우 경기에서 유래한다. 경기 댄스는 국제적으로 공식화되고 정형적이나 사교댄스는 국가나 문화권에 따라 다양한 형태로 발전하고 있다. 우리가 즐기는 지터벅은 자이브에, 블루스는 탱고에 뿌리를 두고 있으나 한국에서 개발되어 토속화된 독자적인 한국인의 춤이다. 춤의 세계화 추세로 보면 왈츠나 룸바와 같은 스탠더드 모던 댄스나 라틴 댄스라야 지구촌의 사교계에서 즐거움을 공유할 수 있다. 하지만 "가장 한국적인 것이 세계적이다."라는 말이 있듯이 요원의 불길처럼 번지는 한류가 멈추지 않는 한 한국 춤의 세계화는 시간의 문제이리라. 수요가 양적으로 신장되고 질적 욕구가 커짐에 따라 경기용 춤의 다양한 춤사위(routines)가 사교댄스로 유입되면서 바야흐로 사교계는 융합의 시대를 맞고 있다. 춤이 전부를 하나 되게 아우르는 대통합의 가교가 되고, 험한 세상, 피안(彼岸)까지 가는 길을 안전하게 건네주는 다리가 되었으면 싶다.

시간의 흐름에 따라 내가 관심을 갖는 댄스도 변한다. 개성이 강하면서 동작이 자유로운 모던 댄스에서 미국 시민, 아니 세계인을 상대로 국경을 초월한 기쁨을 향유하면서 외로움을 달랬다. 재직 중에는 정규 교과목인 스포츠 댄스 수강 학생들과 함께했다. 생기발랄한 학생들과 몇 곡을 연속으로 추고 나면 계절에 따라서는 땀에 흠뻑 젖기도 한다. 기분은 상쾌하고 젊음이 되살아난다. 성취감에 도취된 나머지 스스로 제법 잘한다는 자부심을 갖기도 했는데 추억 열차의 차창에 어리는 영상은 마냥 희뿌옇다. 잊혀 가는 스텝을 가물가물 더듬어 보는 지금 생각하니 전적으로 파트너들의 학교 책임자에 대한 예우 차원의 보살핌 덕분이었던 성싶다. 차츰 손발의 움직임이 둔해지면서 동작이 비교적 느린 사교댄스로 관심이 기울더니, 언제부터인가는 실버 댄스 교실의 단골손님이 되었다. 자연스레 파트너 또한 은발의 청춘이다.

댄스가 인간에게 주는 순기능은 무한하다. 동서고금을 가릴 것 없이 가무가 왕성하면 태평성세를 누린다. 하지만 여기에는 천 년 사직이 무너지는 함정이 도사리고 있음도 명심할 일이다. 하물며 허약한 개인에게 있어서랴. 옥에도 티가 있고 능라금수에도 얼은 있다. 5, 6월에 지는 나뭇잎이 있다 한들 가을일 수는 없다. 간혹 물의를 빚는 댄스 주변의 불륜이 뉴스의 초점은 될 수 있으나 댄스가 인간에 베푸는 혜택(benefits)을 훼손할 수는 없겠다. 노래, 춤, 사람이 하나 되는 복합 예술 댄스가 발산하는 신바람은 인류 화합의 최대 마력이다. 춤의 흥과 멋에 신들린 인류는 유사 이래 무수한 위기와 가파른 고비를 거뜬히 쉬이 넘었다. 댄스는 인간 생존의 근원이요, 인류 문화의 본류이다.

춤의 마력은 시공을 초월한다. 과거 현재 미래가 함께 호흡하며 동서양을 넘나든다. 춤이 권력자나 권위적인 프로의 전유물에서 평등하게 만인의 품에 안긴 지도 오래다. 태극의 기(氣)와 음양 조화의 상보성(complementarity)에 시원(始原)을 둔 춤의 원류는 그침이나 마름이 없이 유유히 흐르며 폭을 넓힌다. 인종이나 국경의 장벽 없이 세대, 성별, 노소, 언어에 따른 차별 없이 의지와 노력만 갖추면 누구나 수용하는 포용력은 청탁을 불문하고 안아 주는 바다와 같은 어머니다. 춤의 파장은 신체적 스킨십이나 정서적 교감을 통한 현세의 육체적 즐거움과 쾌락에 멈추지 않고, 내세 영계(靈界)의 안일에까지 그 기가 뻗치고 감응(感應)함을 고분벽화3)에서부터 읽는다. 세속의 어느 종교인들 이보다 더 위력적일 수 있을까. 애초 생리적 욕구 충족이나 무료함을 달래는 충동

같은 인간의 원초적 본능의 자연 발생적 발현이었음직한 춤은 급기야 건강 증진과 정신 정화에 기여하는 스포츠 댄스로까지 발전하였다. 나아가 인류 번뇌의 뿌리인 탐·진·치(貪·瞋·癡)[4]를 말끔히 걷어 주는 고차원의 예술 활동으로 승화되기를 바란다면 부질없는 환상(幻想)이려나. 아니면 또 다른 탐욕의 늪에서 허우적대며 절규하는 나약한 인간의 미래상을 입도선매하는 것일까.

춤에 대한 미래의 불확실성으로 위축될 필요는 없겠다. 건강관리(healthcare)와 즐거움을 공유함으로써 육신을 건전하게 보존해 주며 영혼을 자유롭게 해 주는 것만으로도 과분하다. 이심전심으로 나누는 인정, 사랑, 즐거움은 메마른 인정세태에 윤기를 돌게 하며 점점 황폐화되어 가는 정서에 단비가 되고, 벽에 갇힌 채 이웃을 잃어 가는 현대인에게 소통의 길을 열어 준다. 댄스에 대한 편협한 부정적 시각이나 편견을 버리고 개방적인 사고로 세계화 시민에 걸맞은 선진 문화인의 예의범절

---

3) 고구려 춤에 대한 기록
  - 중국 지안시, 무용총(舞踊冢-古墳壁畵, 5세기), ≪무용도≫
  - 이백(李白), 〈高句麗〉* 당나라 궁중무의 하나인 고려무(高麗舞)를 노래한 시
    금화절풍모(金花折風帽) 노란 꽃을 절풍모에 꽂아 쓰고
    백ㅇ소지회(白ㅇ小遲回) 하얀 신발바닥 조금 보이고 돌아서네.
    편편무광수(扁扁無廣袖) 넓은 소매 펄펄 휘날리며 춤을 추니
    사조해동래(似鳥海東來) 해동에서 날아온 새 같아라.
4) 탐·진·치(貪·瞋·癡) : 불교 용어의 차용으로 삼독(三毒)이라고도 칭하며, 인간 번뇌의 근원으로 봄.
  - 탐욕(貪慾) : 쾌락과 소유를 향한 욕심, 생존의 욕구, 권력·지위·명예를 통해서 자긍심을 굳건히 하고자 하는 자기 중심적 욕구를 뜻함.
  - 진에(瞋恚) : 거부, 짜증, 저주, 미움, 적개심, 분노, 폭력 등의 형태로 나타나는 부정적 반응을 뜻함.
  - 치암(癡暗) : 정신적 무지를 뜻함.

로 단장하는 날 유네스코 세계문화유산 <아리랑>에 대한 우리의 자긍심은 한층 높아지고, 민족의 노래 <아리랑>은 세계인의 가무로 격상되리라.

저무는 세밑, 올해도 작품 발표회로 '가는 년'을 속절없이 떠나보낸다. 설렘과 아쉬움이 교차하는 실버 회원들의 상기된 투박한 얼굴에 유치원 음악회에서 나비처럼 나부끼던 손자 손녀들의 얼굴이 겹친다. 뜨는 해의 찬란한 아침 햇살과 지는 해의 황홀한 낙조에서 삶의 심오한 의미를 되새긴다. 새싹들의 재능이 넘치던 작은 음악회의 단상단하가 갑자기 뒤바뀌어 버렸다. 6세든 70세든 시험 앞에 주눅 들기는 매한가지인 것을. 긴장된 공연이 끝나고서야 나는 겨우 내 모습을 대형 벽면 거울을 통하여 본다. 얼굴에는 안도감이 역력하나 애꿎게도 늙은이 목에 매달려 노심초사 불안에 떨던 주인 잘못 만난 나비넥타이는 일순이라도 빨리 자유를 찾아 훨훨 날고파 진즉 하늘을 향해 비스듬히 이륙 채비를 끝냈다. 순간 '칠순제비'[5]의 희망 사항이 뇌리를 스친다. '이제 남은 장애는 1.5급만이려나.'

삶은 장애를 극복해 나가는 과정이 아니던가. 고고의 성을 울리면서부터 둥지에서 재잘거리는 제비새끼들의 노란 주둥이만큼이나 예쁜 입 종알대며 말을 배우고, 엎치락뒤치락 걸음마하며, 문자를 터득하고, 드디어 노래하고 춤추고 애인을 찾으면서. 하나, 누구에게나 저마다 숨어 있는 장애는 있을 터, 창조주는 공평하거늘 차안(此岸) 어디엔들 완전한 사람 있으랴. '노래 못하면 3급 장애인, 춤 못 추면 2급 장애인, 애인 없으면 1급 장애인'이라는 세간의 호사가들 사이에 유행처럼 회자되는

---

5) 칠순제비 : 세 아들들이 붙여 준 별명임. 처음에는 '블루스 전'이라는 애칭으로 부르더니 언제부터인가 본인의 동의 없이 개명됨.

유머가 세태의 정곡을 찌른다. 글씨도 못 쓰면서 글은 쓰고 싶어 하듯, 제대로 걷지도 못하는 주제에 나는 지금까지도 춤을 아낀다. 장애 극복을 위한 몸부림일 테지. 세파에 지친 상처투성이의 영혼이 말끔히 치유되어 끝없는 자유를 온전히 만끽하고 여한 없는 영성(spirituality)을 꽃피우는 내세의 향연을 맞이할 수만 있다면, 두고 간 '댄서의 순정'만은 내 고이 간직하리라.